豪放词三百首注析

注释·赏析

国学

刘筑琴◎编著

陕西新华出版传媒集团·三秦出版社

图书在版编目（CIP）数据

豪放词三百首注析／刘筑琴编著．—2 版．—西安：
三秦出版社，2003.07（2022.5 重印）
（传统文化经典读本）
ISBN 978-7-80628-126-0

Ⅰ．豪… Ⅱ．刘… Ⅲ．词（文学）- 注释 - 中国
- 唐代～清代 Ⅳ．I222.8

中国版本图书馆 CIP 数据核字（2003）第 042821 号

传统文化经典读本
豪放词三百首注析

刘筑琴　编著

出版发行	陕西新华出版传媒集团　三秦出版社
社　　址	西安市雁塔区曲江新区登高路 1388 号
电　　话	（029）81205236
邮政编码	710061
印　　刷	北京华强印刷有限公司
开　　本	710mm×1000mm　1/16
印　　张	28
字　　数	297 千字
版　　次	2003 年 7 月第 2 版
	2022 年 5 月第 2 次印刷
标准书号	ISBN 978-7-80628-126-0
定　　价	68.00 元

豪放词人苏轼像

总　序

　　中国是举世闻名的文明古国，其光辉灿烂的传统文化，已成为整个人类共同的精神财富。随着时代的进步，随着探索自然、认知社会的触角不断深入，人们比以往任何时候都迫切需要发掘传统文化宝藏，汲取更多的智慧和精神力量，来进行自我完善、自我提高，从而获取成功。于是许多人都不约而同地把目光投向那些历尽风雨淘洗的传世经典，吟之诵之，含英咀华。他们意识到，不了解唐诗宋词，没读过孔孟老庄，其麻烦不仅仅是难以达到辩才无碍的境地或获得博学多识的美誉，而且会在工作、学习及社会生活的许多方面遭遇尴尬。反之，熟知经典，以古为镜，以古为师，必定会在全新意义上的修身、齐家、治国平天下方面收到奇效。这方面例子很多，如国内某名牌高校从《易经》中提取"厚德载物"做为校训，培养了无数英才；日本企业家运用《孙子兵法》和《菜根谭》进行经营管理，屡创经济奇迹；某自然科学家要求弟子背诵《道德经》，作为攻克难关前的心理演练；某诺贝尔奖得主坦言，其所以能够历经磨难取得突破，全得益于《孟子》中的一句名言。近年来我国中小学实验教材不断加大古诗文比重以及高考试题频频"考古"，也是为了促进素质教育，培养一代新人。

　　传统文化经典很多，就存在一个轻重缓急和选择的问题，我们不赞成搞什么"百种必读"或"50种必读"，武断地制造一个封闭系统。我们认为中国传统文化经典宝库应当是开放的，其中异彩纷呈，玉蕴珠藏。所以我们推出这套《传统文化经典读本》丛书，第一批20种，只能说是向广大读者奉献的最基本的、应当最先了解的经典作品，包括《易经》、《论语》、《孟子》、《道德经》、《庄子》、《孙子兵法》、《幼学琼林》、《唐诗三百首》、《宋词三百首》、《元曲三百首》等。我们还将根据情况陆续推出第二辑、第三辑。值得说明的是，我社自上个世纪 80 年代就开始致力于传统文化经典的整理普及，是最早出版白话类经典读本的出版社之一。此次推出的这批图书都是精选版本、精选作者，付出了艰苦努力完成的，内在质量上乘，曾作为我社品牌图书，经受了市场的检验，受到读者的广泛好评。为适应新的形势，更好满足读者的需求，我们对其进行了重新改造整合，使之在版式、装帧等方面更趋考究精美。同时也希望读者多提批评意见，以便进一步改进。

魏全瑞

2003 年 7 月

前　言

明代徐师曾在《文体明辨序说·诗余》中写道："至论其词，则有婉约者，有豪放者。婉约者欲其词情蕴藉，豪放者欲其气象恢弘，盖虽各因其质，而词贵感人，要当以婉约为正。"

这段话说明了两个问题，一是词有二体，或曰两种风格，即婉约和豪放；二是词以婉约为正宗。

于盛唐在民间孕育生长起来，再经中晚唐一些著名词人的努力，终于逐步成熟和完型的词，自它诞生以来，从形式到内容，走过了一段相当曲折的道路。应当说，作为词的原始和朴素形态的唐五代民间词，反映生活面是比较宽广的，歌咏的题材也是比较社会化的，其中对时政大事、民生疾苦、边塞风烟、都有所反映，当然也不乏对日常生活和男女爱情的描写，风格淳朴、清新、兼有粗犷、豪放。随着社会的发展，词逐渐走向城市，而且文人作者亦逐渐介入，词人风格由朴而华，由粗而细，染上了华丽纤巧的特色。特别是经过温庭筠、韦庄、欧阳炯、冯延巳、李煜等"花间派"和南唐著名词人的创作实践，"词"这一文学形式不仅由民间词变为文人词，而且从表现市民阶层比较广阔、复杂的社会生活，反映当代动乱不堪和民族矛盾的社会现实，而转向逃避现实，使词成为他们歌筵舞榭、茶余酒后消遣的工具。

有宋一代随着北宋初期社会的相对稳定，经济的相对繁荣，词人们承袭了晚唐五代的婉约词风，以词来抒写男欢女爱、相思离别、委婉缠绵、含蓄蕴藉、清丽纤柔。那些文人雅士，风流才子，可以在诗中纵论古今，一展抱负，却把在诗中难言之情、难状之景，即那些隐藏于心中的艳情、闲愁，甚至是男女的隐私，在词中尽情地宣泄。另外，北宋社会的"太平"、"繁荣"，也使词的题材内容自然囿于歌舞升平和抒写艳情的圈中，"绮罗香泽之态"与"宛转绸缪之度"就成了当时词坛的主要风貌。于是作为"诗余"的词便被定位为"艳科"，充满了浓烈的脂粉气，即所谓"诗庄词媚"，并以此为正宗。

从"花间词"的"拍案香檀"到南唐词的"娱宾遣兴"，至欧阳修的"聊佐清欢"，词愈来愈多的失去了它的社会功能，融入较广泛的社会意识，有益于教化而不失雅正的内容，远不如诗。

于是，拓宽词的意境，扩大词的表现功能，使词能像诗文那样自由地、多侧面地表达思想感情，观照社会人生，是历史的必然，也是文学的必然。在北宋建国六十年后，社会表面繁荣的背后隐藏着深刻的阶级矛盾和民族矛盾，面对积贫积弱的社会，为了宋王朝的长治久安，有识之士纷纷提出政治经济等诸多方面的革新，这些革新虽因种种原因而终至失败，但对社会生活的各个方面的影响却不容低估，"豪放派"便是于这一历史背景下异军突起的。

于词坛高唱边塞风光和军旅生活，具有慷慨悲凉之风的先驱是"先天下之忧而忧，后天下之乐而乐"的范仲淹，他的《渔家傲》等篇可谓豪放词之先声，紧接着改革家王安石的《桂枝香》、《浪淘沙令》风格刚健豪壮，英气飒爽，并显示了其卓越的政治才能。

当然，真正打破"诗言志"、"词言情"的题材分工，冲破"诗庄词媚"的风格划界的勇士应当是苏轼，这里用清人赵翼评论苏轼诗歌的话来评论他的词作，亦十分恰当，词"至东坡益大放厥词，别开生面，成一代之大观。"苏轼之词，反映了以前词人所没有反映过的广阔的内容，凡是能够用诗来写的题材和主题，他都勇敢地写入词里。他在词里论史谈玄、吊古伤今、抒爱国之志、叙师友之谊，说理、谈禅，伤别念远，真正做到"无意不可入，无事不可言"（《艺概》）。在苏词中，有要求建功立业的明确的爱国主题，有雄浑博大的意境，有富于幻想的浪漫精神，表现出豪迈奔放的个性特征和积极乐观的处世态度，确实是"指出向上一路，新天下耳目"，加上他以自己独特的语言填词，摆脱了音律的束缚，达到了晁无咎所谓"横放杰出，自是曲中缚不住者"的成就，"大气旋转，不屑屑于句法、字法中别求新奇，笔力所到，自成创格"。使词不再仅仅作为音乐的附庸，而日益明确地作为一种抒情诗体而存在于诗坛。胡寅在《酒边词》的序文中有一段话极为中肯："……眉山苏轼一洗绮罗香泽之态，摆脱绸缪宛转之度，使人登高望远，举首高歌，而逸怀浩气，超然于尘垢之外，于是《花间》为皂隶，而柳氏为舆台矣。"

苏轼高举革新的大旗，冲破了"词为艳科"的藩篱，给颓废的词坛注进了使人振奋的新鲜血液，也使他成为豪放词派的创始人和奠基者，直开南宋豪放词之先河。此后，北宋唯一的一位从武官队里脱颖而出的著名词人贺铸，他的豪放词写得奇姿壮采，虎吟龙啸，在开启南宋辛派词上起到了先导作用。

南渡之后，中原的沦陷和南宋偏安的历史巨变，使具有正义感的词人普遍觉醒了，面对国家的危亡、民族的耻辱、人民的苦难，谁还能依红偎翠，浅斟低唱？他们为国家的命运，民族的前途忧心如焚，奔走呼号，这一时期遍地燃烧着战火，流淌着血泪，一群和人民一道坚决抗敌的进步作家，如岳飞、李纲、张元干、张孝祥等，致力于建立爱国主义词作的新传统，对于豪放刚健的新风格的形成，具有一定的贡献。怒涛排空的南宋爱国词潮，至辛弃疾出而上升到了顶峰，他继承苏轼的革新精神，发扬了豪放之风格，进一步扩大了词体的内涵，使其更为丰富多彩，把词推向更高的层次，这就是南宋词坛的振奋人心的主流——豪放派。

以辛弃疾为代表的豪放派，他们具有坚定不移的爱国思想和强烈的民族自豪感。他们用词来反映广阔的社会生活，冲破传统的清规戒律，纵横驰骋，自由奔放，乃至以文为词。尤其是辛弃疾，他那横戈跃马，以恢复中原为己任的豪情壮志。他那一触即发、击筑悲歌的慨然浩气，豪迈奔放，龙腾虎跃，一泻千里，雄视当代，使他成为豪放派的领袖和巨擘。同时大批辛派词人如陆游、陈亮、刘过等也像海底喷发而起的火山那样矗立于词坛之上，它所倾泻的热浆瀑流痛快淋漓，横放恣肆，震撼人心，实为时代的最强音。南宋后期的刘克庄、陈人杰和南宋末期的文天祥、刘辰翁等，他们所作之词正气凛然，骨高格道，千载之下犹能促人奋起。

宋代是词的黄金时代，词在宋代已达到登峰造极的高度，后世难以为继，故其后的金词仅为其余韵而已。吴激、蔡松年和代表金词最高成就的元好问，都有颇具豪放风格的词作传世。特别是元好问，浑雅博大，有骨干，亦有气象。明词成就不高，具有豪放风格的词人可以高启、夏完淳等为代表。词至清代，又一度中兴，呈现出人才辈出，异彩纷呈的局面。鸦片战争之后，外患频仍，国势艰危，爱国之士，感慨奋发，满腔豪情，龚自珍是其代表。林则徐和邓廷桢等抗英将领其词作忧国忧民，风格刚健遒劲，是英雄的心声。鉴湖女侠秋瑾之词声情俱壮，豪气逼人，是为近代豪放词最后的一缕霞光。

豪放词是词坛的一朵奇苑，它为文学的百花园增添了奇光异彩，焕发了词的青春，勃发了词的生命，使词更加生机勃勃，光彩照人。特别是在民族危急的紧要关头，是它大声疾呼，勇敢战斗，增强人们的爱国热忱，在提高人们民族意识的大潮中推波助澜，功不可没，于文学史应大书一笔。

以上对豪放词发展的过程作了一个粗线条的勾勒，同时论及豪放词的重要特征。本书选词近300首，词首附有作者小传，词后注释，力求简明完备，赏析短文则尽量把握其思想和艺术特色。

因水平有限，不当之处，敬希方家及读者指正。在编选的过程中曾参考多家注本及词学著作，谨致谢忱。

作　者

1997.8.

目　录

◇ 唐　词 ◇

白居易

柳宗元

姚　合

杜　牧

杜秋娘

皇甫松

温庭筠

韦　庄

◇ 五 代 词 ◇

◇ 敦煌曲子词 ◇

敦煌曲子词

◇ 宋　词 ◇

王禹偁

潘　阆

柳　永

范仲淹

张　昇

叶梦得

陈　克

朱敦儒

李　纲

李清照

宋　江

胡世将

赵　鼎

◇　金　词　◇

◇ 元　词 ◇

◇ 明 词 ◇

◇ 清　词 ◇

◇ 唐　词 ◇

李　白

【作者介绍】

　　李白（701—762），字太白，号青莲居士，祖籍陇西成纪（今甘肃泰安、庄浪、通渭一带），生于安西都护府之碎叶城（今中亚细亚吉尔吉斯境内）。五岁时，随家迁至绵州彰明（今四川江油县）。二十五岁出蜀，四方漫游。天宝初，由道士吴筠及贺知章推荐，应召入京，未被重用，仅待诏翰林。后遭毁谤，被迫自请还山。至德年间为永王幕僚，后坐罪流夜郎，遇赦而还，病死当涂。李白是唐代著名的大诗人，他的诗歌是古代浪漫主义诗歌的高峰。现存诗近千首，有《李太白集》。

忆　秦　娥①

【原文】

　　箫声咽，秦娥梦断②秦楼月。秦楼月③，年年柳色，灞陵④伤别。　　乐游原⑤上清秋节，咸阳⑥古道音尘绝⑦。音尘绝，西风残照，汉家陵阙⑧。

【注释】

　　①秦娥：泛指京城长安美丽的女子。
　　②梦断：梦醒。
　　③秦楼月：传说春秋时期，秦穆公的女儿弄玉和她的爱人萧史所住的楼，叫秦楼。
　　④灞陵：汉文帝刘恒的陵墓。
　　⑤乐游原：在今西安市南，居全城最高处，唐时的游览胜地。

⑥咸阳：秦代京城，汉唐时从京城长安往西北从军或经商的必经之地，现陕西咸阳市。

⑦音尘绝：音信断绝。音尘指声音与尘埃，借指信息、音信。

⑧汉家陵阙：汉朝帝王的陵墓。

【赏析】

这是一首借思妇念远而抒写伤今怀古之情的小令。王国维在《人间词话》中评曰："'西风残照，汉家陵阙'，寥寥八字，遂关千古登临之口。"有词中鼻祖之称。

上片写伤别。忆秦娥既是词牌又是题目。夜深人静，月色朦胧，呜咽的箫声把只身独处的秦娥从梦中惊醒，借着月光向外望去，依依垂柳使她不禁忆起与爱人分别的伤心情景。溢于心头的离愁别恨，冠之"年年"，点出此恨之久、之深，这是人们永远咏叹不尽的悲剧主题。接着词人把秦娥个人的伤别念远，扩大到人所共有的离情别绪之中，并融入了自己的情感，深化了主题，境界顿时为之开阔，从而过渡到下片，并从伤今转入怀古，感情上出现了较大的跌宕。在悲秋之后，通过对咸阳古道、汉家陵阙这样一些历史古迹的凭吊，抒发了词人的怀古之情。词人站在一个历史的制高点上，把悲与欢、聚与散、古与今、盛与衰都放到历史的长河中去观照，昔日的辉煌如云烟般地逝去了，"西风残照，汉家陵阙"，沉重的历史消亡感给全词涂上重重的悲壮色彩，在这历史的忧愁面前，个人的一点离愁别恨已经算不了什么了！最后的八个字只写了气象，但关合了大题目，留下了不尽的思考给读者，意境深远博大，风格雄浑疏旷，为豪放派之先声。

结 袜 子

【原文】

燕南壮士①吴门豪②，筑中置铅③鱼藏刀④。感君恩重许君命，泰山一掷轻鸿毛⑤。

【注释】

①燕南壮士：战国时燕人高渐离。

②吴门豪：春秋时吴人专诸。

③筑中置铅：高渐离善击筑（一种乐器），与荆轲友善。荆轲刺秦失败被杀身亡，高改名换姓，为人佣保。秦王喜欢听他击筑，找到他，弄瞎他的眼睛，让他为自己击筑。高渐离便暗将铅块藏于筑中，乘机向秦王扑去，可惜没有击中，被秦王杀死。

④鱼藏刀：吴公子光（阖闾）阴谋篡夺吴王僚的王位，暗蓄武士专诸，在一次筵席上，令专诸将匕首藏入鱼腹，献给王僚，乘机杀死王僚，专诸亦为卫士所杀，阖闾遂自立为吴王。

⑤"泰山一掷轻鸿毛"：司马迁《报任安书》"人固有一死，或重于泰山，或轻于鸿毛"，此用其意。

【赏析】

本词只有短短四句，但观点明确，慷慨激昂。前两句列举了古代两位有名的刺客高渐离、专诸和他们的事迹，然后赞扬了他们的豪壮义气：为了报答知遇之恩，而献出了自己宝贵生命。第四句阐明了这些壮士，也是作者自己的生死观，用司马迁的话，说明为知己而死，死得其所。本词不一定为李白所作，姑存备考。

张志和

【作者介绍】

张志和，本名龟龄，字子同，唐代金华（今浙江金华县）人。生卒年月不详。唐肃宗时待诏翰林。后隐居江湖，自号烟波钓徒。工诗词，有《玄真子》二卷。

渔歌子（一）

【原文】

西塞山①前白鹭飞，桃花流水鳜鱼②肥。青箬笠③，绿蓑衣，斜风细雨不须归。

【注释】

①西塞山：在今浙江湖州市西。

②鳜（guì）鱼：即桂鱼。

③箬（ruò）笠：用箬竹叶制作的斗笠。

【赏析】

词人归隐之后，长期徜徉于太湖之上，自号"烟波钓徒"；但每垂钓，不设饵，志不在鱼。因与世俗相忤，只能到大自然中寻求心灵的安慰，并陶醉其中。这首词就是以淳古淡泊之音，写山林闲适之趣，因取自民间，又以清新、质朴见长。开篇二句寄情于景，以景入画。山、水、白鹭、桃花、鳜鱼，织成了一幅江南水乡的天然图画。紧接着推出头戴箬笠、身披绿蓑的渔父形象，正是词人自己。渔父的出现使画面更加生动，更加完美。鹭飞、花开、水流、鱼逐的美景和情趣使渔父乐而忘返，他直抒胸臆："斜风细雨不须归"。投向大自然，融身于大自然是他执著的追求，所以一点风雨算不得什么，他不但一无所惧，一无所求，而且充满喜悦、充满自豪。《新唐书》说他"每垂钓，不设饵，志不在鱼也。"说明张志和是借渔家生活写隐居江湖之乐，表现了他不愿与世俗同流合污的思想情怀。

渔歌子（二）

【原文】

钓台渔父褐为裘①，两两三三舴艋②舟。能纵棹③，惯乘流，长江白浪不曾忧。

【注释】

①褐为裘：指渔父穿的是布衣。

②舴艋（zé měng）：一种状似蚱蜢的小船。

③棹（zhào）：摇船的用具，也指船。

【赏析】

此篇从渔父身穿布衣写起，再写渔父在江上纵棹乘流，敢于与波浪搏击的勇敢精神。

渔 歌 子（三）

【原文】

雪①溪湾里钓鱼翁，舴艋为家西复东。江上雪，浦②边风，笑着荷衣③不叹穷。

【注释】

①雪（zhà）溪：在浙江省吴兴县。

②浦：水边。

③荷衣：用荷叶做的衣服，比喻高雅。

【赏析】

此篇写渔翁家无定所，云里来，风里去，生活艰苦，但他胸怀高洁，不以穷为意。

渔 歌 子（四）

【原文】

松江①蟹舍②主人欢，菰饭莼羹③亦共餐。枫叶落，荻花干，醉宿渔舟不觉寒。

【注释】

①松江：即吴淞江，又称苏州河。

②蟹舍：指房舍很小很简陋。

③菰饭莼羹：菰米做的饭与莼菜做的羹。

【赏析】

此篇写渔父虽住陋室，粗食淡饭，但生活在枫落荻干的大自然中，心情舒畅，醉宿船上也不觉寒冷。

渔歌子（五）

【原文】

青草湖中月正圆，巴陵渔父櫂①歌连。钓东子，橛头船，乐在风波不用仙。

【注释】

①櫂（zhào）：摇船的工具，棹的异体字。櫂歌，打鱼摇船时唱的歌。

【赏析】

此篇写渔父潇洒快乐的生活，胜过神仙。中唐时期，由于社会动荡，"隐逸"之思难免在一些文人心头泛起。张词表现的生活情趣，正是这种社会心理的反映。其作色彩鲜明、音节流畅，既有文人诗笔之清丽淡雅，又保持了民间渔歌的通俗清新，显示了它是文人作词而获成功的佳作。特别是第一首，对后代影响很大。四十九年后传到日本，嵯峨天皇和一些宫廷贵族和者甚多，遂开日本词学之端。同时代人亦有和词，宋代苏轼、黄庭坚等人亦用其原句增写为《浣溪沙》、《鹧鸪》，都说明张志和的《渔歌子》在词史上的作用。它一方面开后代山水隐逸词之先河，另外在吸引文人作者学写小令这个问题上，也起到了示范和推动作用。

戴叔伦

【作者介绍】

戴叔伦（732—789），字幼公，一说字次公。润州金坛（今江苏金坛县）人。曾任抚州（今江西抚州市）刺史、容州（广西容县）刺史等职。其诗，题材较广泛，多写农村、边塞羁旅愁思等多方面内容。明人辑有《戴叔伦集》。

调 笑 令

【原文】

边草①，边草，边草尽来兵老。山南山北雪晴，千里万里月明。明月，明月，胡笳②一声愁绝。

【注释】

①边草：边塞的野草。
②胡笳：北方军中的乐器。

【赏析】

这是一首边塞征人的咏叹调。以边草起兴，一连用三个"边草"，这复沓的句式，一咏三叹，有回环跌宕之妙。老兵的呼告，给人以身临其境如闻其声之感，读者也似乎听到老兵在痛苦地咏叹：边草啊边草，伴我度过戍边岁月的惟有你这边草，是你看到我的生命是怎样一点一点逐渐衰老的。这种充满哀伤的倾诉也正如历史事实所展示的那样，安史之乱以后的中唐，边塞诗歌已经由充满豪情壮志的最强音而变成了悲凉凄苦的柔弱之音。紧承第二句，作者把镜头引向边塞的山川：山南山北白雪皑皑，千里万里月光明亮。月光与白雪互相辉映，无限辽阔壮观。

在一片寂静之中，忽然传来了哀怨凄恻的胡笳声，它更激起老兵的愁思，多年的征战，骨肉的分离，岁月的流逝，一起涌上心头，使他"愁来如山倒"，刹那间愁肠百结。用"愁绝"二字作结，传神地写出了老兵的愁怨之深。这首描写征人思乡的小令，带有浓厚的民歌风格，爽朗明快，言简意深，情韵兼胜，耐人寻味。

刘禹锡

【作者介绍】

刘禹锡（772—842）字梦得，洛阳人。贞元九年进士，因参与政治革新，贬官朗州、连州、夔州、和州等地，两度外放达二十二年之久。晚年以太子宾客分司东都，其诗骨力豪劲，气韵沉雄。与白居易酬唱颇多。所作《竹枝词》有独步元和间之誉，是中唐时期较早依曲填词的作家之一。

杨 柳 枝（一）

【原文】

炀帝行宫汴水滨，数株残柳不胜春。晚来风起花如雪，飞入宫墙不见人。

【赏析】

这是一首咏史短歌。隋炀帝荒淫无道，国亡身丧。他留下的汴水之滨的行宫，残柳数株，枝条柔弱，好像忍受不了春风的摇荡。"不胜春"三字，是残柳的写照，是故宫之衰景。晚来风起，柳花如雪，飞入宫墙。但宫内冷落，早已无人。出语平淡，但故宫离黍之思，兴亡浮沉之感，亡国荒凉之态，齐现于笔端。咏史点到为止，留不尽之意尽在言外，言有尽而意无穷。

杨 柳 枝（二）

【原文】

城外春风吹酒旗，行人挥袂日西时。长安陌上无穷树，唯有杨柳管别离。

【赏析】

这是一首感叹离别的短歌。古人饯别,一般是在驿亭或酒肆。那些地方都种着许多杨柳,人们离别时便折柳为赠或攀柳垂泪放悲。本篇开头先写告别的场景:春风拂许,酒旗轻扬,太阳西沉,行人挥袂。为了表示相送的情意,送行的人折柳相赠,使词人感慨万端。各种树木都在抽枝发芽,但人们却只折杨柳送别,因为惟有杨柳才真正关心着人们的离情别绪。用一"管"字,赋予杨柳以人的情感,使全篇神采飞动,蕴含不尽。当然,在咏叹别离的表面意义之外,词人还有更深层的含义:那些王公将相,位尊权重,趋炎附势之人必然很多,正如他们栽培的桃李很多一样,而一旦失势贬谪或辞官去国,其门下士始终不相背负者却很少,正如"无穷树"中只有杨柳才"管别离"一样,其人情炎凉可想而知。咏物而别有所讽,以世情入词,含蓄蕴藉,境界开阔。

浪 淘 沙(一)

【原文】

九曲黄河①万里沙,浪淘风簸自天涯,如今直上银河去②,同到牵牛织女家。

【注释】

①九曲黄河:据说黄河有九曲十八弯,此非实指,极言其多也。以后人们常称黄河为"九曲黄河"。

②直上银河去:据《荆楚岁时记》载,汉武帝曾派张骞出使大夏(我国西部少数民族),寻找黄河源头,乘槎(木筏)一月有余,直到银河,见到了牵牛、织女。

【赏析】

落笔先写九曲十八弯的黄河，挟带大量泥沙滚滚而来，它那汹涌澎湃的滔天巨浪，都是来自遥远的天边。两句破题，点明"浪淘沙"。再用"自天涯"三字过渡，激起人们的想象。接着用张骞寻找黄河源头遇牛郎织女的故事，又从黄河写到银河，从人间写到天上。词人是借题抒发心中的不平，以黄河的风狂浪激和泥沙万里暗喻朝廷的黑暗腐败。以"银河"和"牛郎织女"喻政治清明的理想境界，而以"浪淘风簸"喻自己屡遭贬谪的坎坷生涯，把人间与天上、混浊与光明、险恶与平静巧妙地交织在一起，构成两个意境截然不同的画面，形成极大的反差，曲折地表达了他希望实现自己政治理想的愿望。本词想象丰富，构思奇特，比喻巧妙，含意深刻，气魄宏大。

浪 淘 沙（二）

【原文】

日照澄洲①江雾开，淘金女郎满江隈②。美人首饰侯王印，尽是沙中浪底来。

【注释】

①澄洲：清亮、洁净的沙滩。洲、江河中的陆地，此指沙滩。
②江隈：江湾。隈（wēi），弯曲的地方。

【赏析】

这首《浪淘沙》是描写淘金女痛苦生活的短歌。当江上云开雾散的时候，淘金女都结伴来到沙滩上淘金。她们不辞劳累辛苦，浪里淘金。淘金干什么呢？原来那美人戴的首饰和高官显爵的金印，都是她们在沙中浪里淘出来的。语气平缓，却唱出了她们对人生的感慨和对世道不平的愤怒，使人感受到那些淘金女内心深处反抗意识的觉醒。

浪 淘 沙（三）

【原文】

濯锦江^①边两岸花，春风吹浪正淘沙。女郎剪下鸳鸯锦，将向中流定晚霞。

【注释】

①濯（zhuó）锦江：即四川成都之浣花溪。

【赏析】

这是一首描写女孩子们天真烂漫情趣的短歌。开头二句先交待地点与时间。春天来了，给濯锦江带来一片生机，两岸鲜花开放、莺飞蝶舞。春风吹拂，江水滚滚，浪花淘尽江沙。三四句写人。在江边踏春的女孩子们嬉戏了一天之后，天色将暮，那绚丽的晚霞引起了她们的遐想，于是便动手剪下绣有鸳鸯的锦缎，一片片地抛向江中，用她们那天真烂漫的方式挽留美丽的云霞。全篇只有四句，短小、凝练，女孩子们单纯烂漫，富于幻想的形象跃然纸上。风格清新、活泼。

浪 淘 沙（四）

【原文】

八月涛声^①吼地来，头高数丈触山回^②。须臾却入海门去，卷起沙堆似雪堆。

【注释】

①八月涛声：指钱塘潮。

②触山回：波浪碰着了高山，又折了回来。山，指钱塘江口两岸的龛（kān）山，赭（zhě）山。

【赏析】

这是一首描写钱塘潮的短歌。落笔不凡，以一"吼"字极为生动形象描写了钱塘潮到来时咆哮之势，然后词人便推出了一个惊心动魄的特写镜头：钱塘江潮头凌空而起，高达数丈，雄奇壮观，令人叹为观止。开篇起点较高，三四句必须缓缓落下，否则难以为继，所以用"须臾却入海门去"进行转折，片刻间，潮退水落，风平浪静，只留下雪白的沙堆。词人以景喻理，暗示人间事物瞬息万变。

本篇气象万千，气势恢宏，具有豪放词之特色。

白居易

【作者介绍】

白居易（772—846）字乐天，太原（今属山西）人。贞元十六年进士，任左拾遗，后贬江州（今江西九江）司马，移忠州（今四川忠县），累任杭州、苏州、同州（今陕西大荔）刺史，太子左赞善大夫等职，以刑部尚书致仕。晚年居洛阳，自号醉吟先生、香山居士。他是唐代伟大的现实主义诗人，中唐新乐府运动的倡导者，也是唐代早期写词较多、较出色的词人之一。因为长期接近民众，接受了民间文学的表现形式，对文人词的发展有很大影响。有《白氏长庆集》，存诗近三千首，存词二十余首。

忆 江 南（一）

【原文】

江南好，风景旧曾谙①。日出江花红胜火，春来江水绿如蓝②。能不忆江南？

【注释】

①旧曾谙（ān）：从前很熟悉。
②蓝：可制蓝色染料的一种草。

【赏析】

《忆江南》三首写于唐文宗开成三年，六十七岁的白居易已饱经宦海风波，十分不满朝廷内部的朋党纷争、宦竖擅权，以太子太傅身份分司东都。他青年时期就曾漫游江南。旅居苏杭，后来任杭州、苏州刺史，风景秀丽的江南风光给他留下了美好的印象，使他终身难忘，于是写下了《忆江南》三首。

第一首写春景，先写江南的总体印象。一上来便赞道：江南好！紧接着就说明这种印象是自己亲身经历所得，并非道听途说，增加了这种赞美的可信程度。以下二句转入对江南风景的具体描绘：在众多的景物中作者抓住"日出"和"春来"。春天来临，百花开放，春水㶉㶉，在阳光的照射下，江边的鲜花如火如荼，浩浩荡荡的江水澄碧湛蓝。"火"、"蓝"二字，浓淡相映，使江花更红、江水更蓝。在他笔下，阳光、江花、江水、火焰、蓝叶，交织成一幅美丽壮观的图画，色彩绚丽，耀人眼目，发人联想。最后用一句"能不忆江南？"表达了作者对江南由衷的喜爱之情。

忆 江 南（二）

【原文】

江南忆，最忆是杭州。山寺月下寻桂子①，郡亭②枕上看潮头。何日更重游？

【注释】

①月下寻桂子：《南部新书》载，"杭州灵隐寺多桂。寺僧日：'此月中种也'。至今中秋望月，往往子堕，寺僧亦曾拾得。"意谓灵隐寺的桂树是月亮里的桂树掉下来的种子长成。白居易为杭州刺史时，多次往寻月中桂子。

②郡亭：郡守官府内的"虚白亭"。

【赏析】

紧承前一首的结句，以"最忆是杭州"把镜头转向杭州，词人在杭州最回味不尽的活动之一是"山寺月下寻桂子"。天竺寺里，秋月朗照，桂花飘香。词人童心未泯，趣味盎然地在月下寻找桂子，多么富有诗意！多么富有浪漫的情趣！这里把动与静、景与情、视觉、嗅觉、触觉，乃至整个心灵融合在一起，创造了一个如诗如画梦幻般的境界。

令人回味不尽的另一活动是"郡亭枕上看潮头"。据《运舆胜览》云，钱塘潮"头高数丈，卷云拥雪，混混沌沌，声如雷鼓。"词人躺在郡衙内的"虚白亭"上，就能悠闲地看到潮涨时卷云推雪的天地奇观，天下"独此一家"，在其他地方是看不到的，因此特意重写一笔。在末句以"何日更重游"作结，表现了他重游旧地的热切愿望。

忆 江 南（三）

【原文】

江南忆，其次忆吴宫①。吴酒一杯春竹叶②，吴娃③双舞醉芙蓉。早晚④复相逢？

【注释】

①吴宫：本指春秋时吴王夫差在苏州西南郊灵岩山上所修建的供他和西施玩乐的馆娃宫，这里指苏州。

②春竹叶：春天酿成的酒。

③吴娃：泛指江南美女。娃，古代吴楚之地对美女的称呼。

④早晚：何时。

【赏析】

这一首以"其次忆吴宫"开篇，引入对江南生活的回忆，他常常端起一杯吴地美酒春竹叶，欣赏着娇美如醉荷花般的江南美女双双起舞，真是舒适悠闲，赏心悦目！这里词人以"吴酒"和"吴舞"这两个具有代表意义的事物，概括地描写了江南生活的美妙、惬意，难怪他到六十七岁的高龄还殷切地企盼着旧地重游。结尾说"早晚复相逢？"仍是"何日更重游"之意。这是他心中宿愿的流露，希望美好的回忆能变成现实。

《忆江南》三首，今、昔、南、北，时间和空间的跨度都很大，每一首都由抚今追昔、神驰江南开始，再以具有代表意义的事物描写难忘的江南美景和江南生活，最后则以希望重游故地的感叹作结。境界开阔、情绪欢快。又因此曲来自民间，故整体通俗、明朗、真挚，韵味悠扬，带有浓郁的民歌风味。

柳宗元

【作者介绍】

柳宗元（773—819）字子厚，唐河东解县（今山西运城县西南）人，世称柳河东，贞元793年登进士第。唐代杰出的散文家，为"唐宋八大家"之一，工诗，偶有词作。因参与革新，一再被贬。有《柳河东集》十五卷。

杨　白　花①

【原文】

杨白花，风吹渡江水②。坐③令宫树无颜色，摇荡春光千万里。茫茫④晓日下长秋，哀歌未断城鸦起。

【注释】

①杨白花：北魏杂歌谣辞旧题。南北朝的北魏有个胡太后，爱上一位勇武强壮、容貌雄伟的年轻将军杨白花，逼他私通。事后杨白花惧祸，带领部队投奔了南方的梁朝，改名杨华。胡太后思念不已，便写了一首《杨白花》歌，教宫女连臂踏足歌唱，声调凄婉。

②"风吹渡江水"句：化用胡太后歌辞中"春风一夜入闺闼，杨花飘落入南家"。

③坐：立刻。

④茫茫：不明的样子。

【赏析】

这首词是摹拟北魏胡太后《杨白花歌》而作。起首"杨白花"三字一语双关，既是胡太后情人之名，又说明时间正是杨树的白色花朵飘坠的季节，这是一声深情的呼唤。"风吹"句，写杨白花被无情的风吹到江那边去了。这两句表现了胡太后对情人深深的思念和对无情的"风"深深的怨恨。"坐令"二句，自从他走了之后，宫中的千树万花，立刻都黯然失色，那美好的春光都随他一起消失在千万里之外了。"宫树无颜色"形象生动地表达了胡太后对情人的眷恋。"茫茫"两句，言"我只能独自守在那孤寂的长秋宫中（太后居处），无情无趣地打发日子，唱着我的哀歌，从清晨直到暮鸦归飞。"

封建社会的女子，尽管她地位尊贵，如果一旦有了私情，就为礼法所不容，为世人所不齿，以至情人惧祸远走他方。作者显然把同情心倾注在她的身上，并代她立言，这首词就是为她抒发了爱情的失望、痛苦和悲哀。情真意长、凄婉动人。柳词基本上保持了胡后原作的风格，直率、大胆、执著，运用比喻和寄托的修辞手法，动人心扉，余音袅袅。

欸 乃① 曲

【原文】

渔翁夜傍西岩②宿，晓汲清湘燃楚竹。烟消日出不见人，欸乃一声山水绿。

【注释】

①欸（āi）乃：摇橹的声音，用为劳动的号子。

②西岩：西边的山崖。

【赏析】

这首寄情山水的小词，寓含着政治失意的孤愤。词中那位在青山绿水之中自遣自歌的渔翁，大约就是词人的自况。首句"渔翁夜傍西岩宿"，从夜写起，渔父不傍流水孤村和古渡小镇，而宿于山崖之下，就含有独来独往、孤芳自赏的味道。第二句写到拂晓："晓汲清湘燃楚竹"，早起打水生火本为常事，但"汲清湘"、"燃楚竹"却未为人闻，造语新奇。"清湘"、"楚竹"何等高雅，何等清高，真正是超凡脱俗！拂晓后，读者从汲水的声响和燃竹的火光已知西崖下有一渔翁。渔翁该露面了，但词人却宕开一笔："烟消日出不见人"，烟消之后太阳出来，青山绿水，已显出原貌，但人还没有出场。此句为结句蓄势，人们急切地要见到这位高雅的渔翁，终于"欸乃一声山水绿"，随着摇橹划桨的"欸乃"声，大地回春，山水变绿，渔翁已从朦胧隐约而变为清晰、亲近。在青山绿水之中忽闻橹桨欸乃之声，不仅悦耳怡情，而且旷远豪放，富有奇趣。

姚　合

【作者介绍】

姚合（775—854后），陕州硖石（今河南陕县南）人。登元和进士第，初授武功主簿，人称其姚武功。官终秘书监。诗与贾岛齐名，有《姚少监诗集》十卷。

杨　柳　枝

【原文】

江上东西离别饶①，旧条折尽折新条。亦知春色人将去，犹胜狂风取次飘。

【注释】

①饶：增加。

【赏析】

这是一首咏物词。起首二句写春天到来之后，人们纷纷外出，江岸上增加了许多离别的行人。古人习俗，离别时折柳相赠，以示留恋之意。因离别的人增多了，所以才出现"旧条折尽折新条"的情景。作者写到这里，用拟人化的写法表达了杨柳的内心感受。"亦知"二句，杨柳知道春色不能永驻，也将随人而去，所以尽管被人折去是件痛苦的事，但却胜过遭受随着夏季到来的狂风暴雨无情地吹打。杨柳宁愿被人攀折而不愿随风飘落，这是一种不甘寂寞的心态反映，颇有一些豪纵之气。

剑 器 词① （一）

【原文】

圣朝②能用将，破敌速如神③。掉剑龙缠臂，开旗火满身。积尸川没岸，流血野无尘。今日当场舞，应知是战人④。

【注释】

①剑器词：咏《剑器舞》之词。

②圣朝：泛指唐王朝，即朝廷。此处指唐宪宗李纯朝廷。

③"破敌"句：唐代名将李愬夜袭蔡州（今河南汝阳县），出奇制胜。李愬元和十一年冬受命为唐、随、邓节度使，征讨叛逆魁首吴元济前后仅一年，就取得胜利。

④战人：舞者身着戎装，故称战人。

【赏析】

开头两句先写唐朝军事上曾经取得过的辉煌胜利，为《剑器舞》提供了事实根据。三四句写剑器舞的生动、逼真。跳舞的人一手持剑一手持绸帛等物像龙一样飞舞。然后将绸帛缠绕于手臂，另有人摇动旗帜助舞，还有人手持火炬，用火光照射跳舞的人。那些舞者穿着战士的服装就像战士一样舞蹈，场面非常热烈。说明老百姓和演艺人员对抗敌将士的热爱，他们尽情的表演将士们的英雄事迹，正是他们爱国心情的流露。

剑 器 词（二）

【原文】

昼渡黄河水，将军险用师①。雪光偏著甲②，风力不禁旗③。阵变龙蛇活，军雄鼓角知④。今朝重起舞，记得战酣时。

【注释】

①"昼渡"二句：李愬攻蔡州时，要渡黄河，如被敌方发觉，十分危险，故云"险用师"。

②"雪光"句：写舞蹈者的装束和舞姿。雪光，舞蹈者表演当年李愬雪夜奔蔡的情景。偏，同遍。甲，舞者穿的戏用铠甲。

③"风力"句：舞者表演战斗场面时，拉开战旗，奔跑如飞，战旗似乎经不住风力的吹动。

④"阵变"二句：舞者摹拟战阵变化，如龙蛇一般，舞姿雄壮，擂鼓吹角与舞者配合。

【赏析】

本篇紧承上篇，首二句继续写历史事实，先说明当年李愬攻蔡州之险，以衬取得胜利的不易。三、四、五、六句从舞蹈者的服饰、道具、舞姿、战阵等各方面对当时战况逼真生动的摹拟进行描述。末二句抒发内心的感受，今天的舞蹈，简直就是当年酣战的情景啊！

剑 器 词（三）

【原文】

破虏行千里，三年意气麤①。展旗遮日黑，驱马饮河枯。邻境求兵略，皇恩索阵图。元和②太平乐，自古恐应无。

【注释】

①麤（cū）：同“粗”。
②元和：唐宪宗的年号。

【赏析】

舞蹈再现了当年克敌制胜的激动人心的场面，使作者深为感动，并引起了他的回忆。起首二句写三军将士为讨伐吴元济，意气风发，奔行千里。三四句写杀敌将士同仇敌忾、旌旗蔽日饮马河枯的壮观场面。“邻境”二句，写带兵将军一方面谋略过人，另外也得到其他将士和朝廷的支持协助，使人感受到朝野上下同心协力捍卫家国的人心归向。最后两句是作者的感想，宪宗元和年代，社会较为安定，天下较为太平，百姓能够安居乐业，故对克制顽敌的军队将士尽情讴歌，由衷地表达了他们的崇敬和爱戴。

这三首《剑器词》叙事状物，淋漓酣畅，场面壮观，曲调慷慨，遒劲有力，风格豪放。

杜 牧

【作者介绍】

杜牧（803—852），京兆万年（今陕西省西安市）人，大和二年擢进士第，复举贤良方正科，官至中书舍人。诗与李商隐齐名，亦称“李杜”。其诗情致豪迈，著有《樊川集》。

江 南 春

【原文】

千里莺啼绿映红，水村山郭酒旗风。南朝四百八十寺。多少楼台烟雨中。

【赏析】

这首词，可以说是词中的小品，常被誉为"尺幅千里"之作。开头二句，如同电影镜头迅速移动，掠过春色笼罩的千里江南。在读者面前展现了一幅江南春景的长卷，笔触生动，色彩鲜明，使读者仿佛置身于无边的春色之中，处处柳绿花红，莺歌燕舞。临水有村庄，依山有城郭，酒旗在望，迎风招展，使人心旷神怡。特别是"千里"二字，高度地概括了江南春景，把铺展于江南大地上的千里繁丽锦绣凝练概括在尺幅之中。这两句，红绿对衬，山水并举，村庄城郭映照，动静互相搭配，使人眼花缭乱，应接不暇，言少意多，读之如饮醇酒，其味无穷。这是江南的晴朗天气。如遇天雨，江南景色更加使人着迷。"南朝"二句，又把镜头转向金碧辉煌，壮丽宏伟的佛寺。庄严的佛寺，笼罩在迷蒙的烟雨之中。"南朝"二字，给画面增加了悠远的历史色彩，感觉深邃，再用"四百八十寺"强调数量之多，也使画面的包容量更大更广。最后以"多少楼台烟雨中"的感叹，使这些寺庙的崇楼杰阁，若隐若现地矗立在朦胧的烟雨之中，更增添无限风光。

全词仅二十八字，既写了江南春景的丰富多彩，也写出了它的广阔迷离和深邃。词人从大处落笔，视野开阔，大气旋转，词风豪迈。

杜秋娘

【作者介绍】

杜秋娘，金陵娼家女。年十五为浙西观察使李锜妾，常唱《金缕曲》劝酒。

金 缕 曲

【原文】

劝君莫惜金缕衣，劝君须惜少年时。有花堪折君须折，莫待花残空折枝。

【赏析】

金缕曲亦七言绝句入乐歌者。《全唐五代词》依《词名集解》，张宗橚《词林纪事》卷一列入。本篇作者为一女子。她以她独特的视觉抒发了她对人生的感受。表达了她对青春的珍惜和对生命的热爱。前两句用"莫惜"与"须惜"对举，衬托出对青春的珍惜。后两句用比喻的手法，形象地说明在生命的春天里应当尽情地享受生命的美好，不要等到花凋人老徒增感慨。

短短二十八字，内含深刻的人生哲理，感情层层递增、跌宕有致。句句都是警世之语，词气明爽。视野开阔，感情豪放。

皇甫松

【作者介绍】

皇甫松（一作嵩，约857年前后在世），字子奇，自称檀栾子，睦州新安（今浙江淳安县）人。举进士不第，未入仕途。工诗善词，词集已失传。《唐五代词》录其词22首。

采 莲 子

【原文】

船动湖水滟滟①秋举棹，贪看年少信船流②年少。无端隔水抛莲子举棹，遥被人知半日羞年少。

【注释】

①滟滟：水波流动的样子。

②信船流：任船随水漂流。

【赏析】

本篇描写了湖上采莲少女刚刚萌发的朦胧的爱情。

首句先勾勒自然景色。秋天水满湖平，湖水在阳光下波光粼粼，采莲的船只在湖上自由自在地游动，湖光、山色、采莲船，构成了一幅美丽的江南湖上采莲图。这是人物活动的特定环境。以下三句推出画面的主人公———一个正值青春年少的采莲女子，并对她的动作，心态作了深入细致的描写。"贪看年少信船流"，写在采莲少女面前突然出现了一个风度翩翩的迷人的少年，少女被其吸引，萌生爱意，忘情地偷看那一少年。用一"贪"字，惟妙惟肖地刻画了少女的忘情和大胆，也因此而忘记了手中的双桨，而一任船只随波逐流。少女已产生朦胧爱意，为了引起对方的注意，她竟不由自主地向他抛掷莲子。结句"遥被人知半日羞"最有意趣，少女"贪看"，"信船流"和"抛莲子"的举动，在她单纯而幼稚的心中总以为无人知晓，没想到她的这些举动早已暴露了她心中的秘密，当她知道别人窥透她的秘密时，顿时羞得半天抬不起头来。

作者淡淡写来，一个天真纯朴、活泼、清新，刚刚产生了朦胧爱情的少女形象跃然纸上，由衷地赞美了少女憨痴的情态和纯真的爱情，全篇洋溢着活泼欢快、清新朴实的情调，表现了民间少女的纯朴可爱。

每句之后加以"举棹"，"年少"的和音，更具民歌风味。

天 仙 子

【原文】

晴野鹭鸶飞一只，水蒱①花发秋江碧。刘郎②此日别天仙，登绮席，泪珠滴，十二晚峰高历历。

【注释】

①水葓（hōng）：即水荭，一种供观赏的草本植物，多生于水中，根细而长于泥中，叶浮水面，夏秋之间开黄色、白色、粉红色花朵。

②刘郎：典出《幽明录》。东汉永平年间，浙人刘晨、阮肇到天台山采药迷路，遇二仙女，邀至家中，半年后作别回家，子孙已过七代。后刘郎常指一对情人中的男子，本词把美人比做天仙，故以刘郎自况。

【赏析】

这是一首抒发离别之苦的词作。"晴野鹭鸶飞一只，水葓花发秋江碧"，二句描写了告别的环境，在晴空下的旷野中飞起了一只素有"风标公子"之称的白鹭，鲜艳的水葓花在秋天清澈澄碧的江水中开放了。旷野鹭鸶独飞，暗喻自己即将孤篷远征，而葓花与江水相依相伴，不能随鹭鸶远去，正如美人不能随自己远去一样。这两句既是写景，又是写情，且有交代事情原委的暗喻。"刘郎"一句，点明离别主题，用"天仙"喻美人，把作者对美人的爱慕和深情，隐含其中，更衬出离别的惆怅。"登绮席，泪珠滴"，在丰盛的告别宴会上，美人因与作者相别而难过地偷洒眼泪，可见美人亦十分依恋作者，对作者情深意长。结句"十二晚峰高历历"，与美人告别之时，天色已晚，舟船即将远行，两情依依。

至此，本当极写二人悲痛之情，难舍之意，但作者宕开一笔，把目光投向暮色苍茫的远方，江岸上的重峦叠嶂已为暮霭所笼罩，在薄暮中历历可见，此时相别双方已经无语凝咽，那堪此景更助凄凉。情至极不写情而写景，深合远韵，情致优美，本句从"曲终人不见，江上数峰青"化出，从而更见功力。

浪　淘　沙

【原文】

滩头细草接疏林①，浪恶罾②舡③半欲沈④。宿鹭眠鸥飞旧浦⑤，去年沙觜⑥是江心。

【注释】

①疏林：树叶稀疏的树林。

②罾（zēng）：本指鱼网，这里作动词"网"用。

③舡（chuán）：指船。

④沈：同"沉"。

⑤旧浦：原来的水滨。

⑥沙觜：向江海突出的低平狭隘的堆积地。

【赏析】

这是一首借写景而抒发人生感慨的小令。首句"滩头细草接疏林"，写河滩上细弱的小草慢慢地向稀稀落落的树林延伸过去。树林稀疏，树叶凋零，一片苍凉景象。二句"浪恶，罾舡半欲沉"，茫茫大江，恶浪像网一样，笼罩着船只，船只势单力薄，波浪滔天，状况凶险。这两句是景语，又是情语，在景物的背后，读者不难感受到作者那人生的苍凉感和人生旅途的险恶感。第三、四句，仍然是写景，但换了一个新的视角。"宿鹭眠鸥飞旧浦，去年沙觜是江心"，在夜幕降临时，南归的鹭鸶和鸥鸟要回到原来的水滨去睡觉，但它们十分惊奇，从前突出于江中的沙觜现在已经变成浩荡江水的中心。作者从沙觜江心，沧海桑田的变化中，感受到时光易逝，青春不再，抒发了人生短暂，时事变迁的深沉感慨。汤显祖曾评曰："沧海桑田，一语破尽，红颜变为白发，美少年化为鸡皮老翁，感慨系之矣。"

作者极为自然地把眼前景和心中情，借助想象融为一体，把对世态炎凉和人生易老的满腹感慨尽情倾吐出来，形象生动，寄托遥深，有苍凉之感，无感伤之味。

摘　得　新

【原文】

酌一卮①，须教玉笛吹。锦筵②红蜡烛，莫来迟。繁红一夜经风雨，是空枝。

【注释】

①卮（zhī）：古代盛酒器皿。

②锦筵：丰盛华丽的筵席。

【赏析】

这是一首感慨人生无常的小令。开头二句"酌一卮，须教玉笛吹"点明地点，场景。这是一个华筵盛开的夜晚，一面酌满琼浆玉液，一面教美人吹起玉笛。"锦筵红蜡烛，莫来迟"二句，写筵席的华美装饰的富丽，大厅红蜡高照，席上海味山珍，笛声缭绕。人们兴高采烈，都沉浸在欢乐之中。词人对此良辰美景，不由得叹道："千万不要来迟了！"这是对友人，也是对自己。奉劝自己和友人，面对佳肴，琼酒，美人和良辰美景要及时行乐，切莫错过机会。行文至此，仅有一片及时行乐的感慨而已，但结句却突兀转折，推出深层主题："繁红一夜经风雨，是空枝。"作者离开了眼前欢乐的场景，移笔户外，在短短的一夜风雨之后，似锦的繁红纷纷凋零，只留下一树空枝。美好的事物总是那样很快地就消失了，人的青春生命，不也像这鲜花一样短暂吗？花无久红，人无长少，来日苦短，应当珍惜，这是文人骚客经常咏叹的主题。

本篇见得破，说得透，语言直率。况周颐曾说："词以含蓄为佳，亦有不妨说尽者，皇甫子《摘得新》云：'繁红一夜经风雨，是空枝。'语淡而沉痛欲绝。"（《餐樱庑词话》）栩庄云"语浅意深而不病其直者，格高故也。"（《栩庄漫记》）正是说明本篇语直意尽，言浅意深，并无含蓄的特点，不以为病的原因就在于其格调极高，感慨良深，颇具豪气。

《摘得新》词牌为皇甫松首创。

温庭筠

【作者介绍】

温庭筠（812—866），字飞卿，太原人，才思敏捷，诗词兼长，词更胜诗。《旧唐书》本传曰："能逐弦吹之音，为侧艳之词"，是第一个大量进行词创作的文人。其词风浓艳香软，词藻华丽，为花间词之鼻祖，在词的发展史上有重要地位。宣宗大中年间，屡试不第。恃才傲物，讥刺权贵，生活浪漫，为当政者所不容，终生潦倒。今存《花间集》、《金奁集》和王国维辑《金荃词》一卷。

清 平 乐

【原文】

洛阳愁绝，杨柳花飘雪。终日行人恣攀折，桥下水流呜咽。　　上马争劝离觞，南浦莺声断肠①。愁杀平原年少②，回首挥泪千行。

【注释】

①"南浦莺声断肠"：江淹《别赋》有句："送君南浦，伤如之何"。南浦是地名，在福建省，这里借指送别之处。

②平原年少：出自"我本平原儿，少年事远行"，这里指远行的人。

【赏析】

这是一首送别词。上片写桥上送别，起首二句，点出送别地点是在洛阳，时间是阳春时节。"洛阳愁绝，杨柳花飘雪"，洛阳城里柳絮纷飞，如同雪花飘扬，离别给人带来了忧伤，带来了惆怅，正如这满天的飞絮。愁云笼罩在洛阳桥头，用"愁绝"二字，极写离别的伤感气氛。"终日行人"二句，古人习俗，送别要折柳相赠，取"柳"（留）之音，以示依依之情。洛阳桥头，整天都有人折柳送别，执手呜咽。桥上送别者的呜咽声和桥下流水的呜咽声交织在一起，更增加了离人的愁情。

下片承上具体写离别情景，行人上马就要起程，友人们还要争着再劝他更进一杯离别酒。挥手就要离去，忽然又听到令人断肠的莺啼，更增伤感。送别的人牵肠挂肚，举手劳劳；远行的人离愁万种，回首洒泪，双方都是那样情真意切，难分难舍。送别之情在词人笔下情致深婉，悲壮而有风骨，和其他送别之词风格迥异。词人虽为花间鼻祖，也有颇具风骨之作，本篇即为其一。

杨 柳 枝

【原文】

馆娃宫①外邺城西，远映征帆近拂堤。系得王孙归意切，不同芳草绿萋萋。

【注释】

①馆娃宫：吴王夫差为西施修建的宫殿。

【赏析】

这是一首咏物词。起句先点杨柳生长的地方。馆娃宫和邺城的杨柳很多。"远映"句，杨柳多姿，长条依依，近看在堤岸上轻拂，远望与江中船帆相映衬，旖旎可爱。这一句具体写杨柳的浓密茂盛和依依之状。"系得王孙"二句，推开青草，为杨柳立门户。古人见春草而思王孙，而本篇偏偏写能"系得"王孙归意的不是萋萋绿草，而是依依垂柳。内容含蓄不尽，奇意奇调，不落俗套，特别用一"系"字，使杨柳无情之物化为有情之物，顿觉全篇神采飞动。难怪古人评曰："构语闲旷，结趣萧散，豪情自然。"（宋臣语）

韦 庄

【作者介绍】

韦庄（836—910），字端己，京兆杜陵（今陕西西安市东南）人，早岁寓居长安、洛阳等地，壮岁南游，足迹遍及长安南北，浪游十余年后，至894年（五十九岁）才考中进士，任校书郎。六十六岁入蜀，从王建为掌书记，辅佐前蜀立国，官至丞相（平章事）。工诗，尤工词，与温庭筠同为"花间"领袖，并称"温韦"。有《浣花集》。

喜 迁 莺

【原文】

街鼓动，禁城①开，天上探人回②。凤衔金榜③出云来，平地一声雷。　　莺已迁④，龙已化⑤，一夜满城车马。家家楼上簇神仙，争看鹤冲天⑥。

【注释】

①禁城：帝王宫殿之代称。

②"天上探人回"：送达诏书的使者来了。天上，朝廷。探人，朝廷的使者。

③凤衔金榜：朝廷使者送来金纸书写的中举名单。金榜：即科举考中者的名单。"凤衔"由"凤凰衔书"而来。

④莺已迁：莺迁为升擢或迁居的颂词。

⑤龙已化：化龙飞天喻得志或升官。

⑥鹤冲天：喻指一举得中的人。源出《诗经·小雅·鹤鸣》："鹤鸣于九皋，声闻于天。"

【赏析】

韦庄从年轻时就考进士，但屡试不第，直到五十九岁才中举，故万分激动，欣喜若狂。上片起笔先写捷报传来的情景，渲染出十分热闹喜庆的气氛。"街鼓动"三句，鼓声擂响，宫门打开，朝廷使者走了出来。金榜上赫赫地写着他韦庄的名字。这喜讯恰如一声春雷，顷刻间喜从天降。古人认为最幸福的时刻是"洞房花烛夜，金榜题名时"，而后者带给人的鼓舞对一个渴望步入仕途的士人来说则是前者无法比拟的。下片一气贯下，现在的中举升擢就像莺迁龙化，他就要一步登天了。紧接着"一夜满城"三句，集中描写了他中举后的热闹场面：新及第的进士披红挂花，走马扬鞭，围看的人群前挤后拥，车马如流，仙女般的姑娘簇拥着登楼争相观看。此时的他，春风得意，飘飘欲仙，如同仙鹤要凌云冲天。

本词语调活泼，气氛热烈，心情舒畅，神采飞扬，意境开阔，气势豪放。韦词语言清丽以白描见长，多写游子思妇的相思离别，这一篇的内容和风格都是比较罕见的。

菩 萨 蛮

【原文】

洛阳城里春光好，洛阳才子他乡老。柳暗魏王堤①，此时心转迷。　　桃花春水渌，水上鸳鸯浴。凝恨对残晖，忆君君不知。

【注释】

①魏王堤：洛阳胜景之一。唐太宗赐给魏王李泰，称魏王堤。

【赏析】

上片开头"洛阳城里"两句先赞美洛阳风光，感慨自己长期流落异乡。词人虽是杜陵人，但寓居洛阳较久，洛阳又有家园，故词中以旧称东汉贾谊为"洛阳才子"，自况自喻。江山信美，又有自己的家园，在那里留连光景，优游岁月，人之情也。但自己却只能浪迹天涯，飘泊异地，至老不归，其间隐痛便是时移世易，家破国亡。词人淡淡写来，但仔细品味，情意深惋，力度极大，有很深的感染力。"柳暗"句，是对"春光好"的具体描绘，也是词人对故国和家园的回忆，从白居易"柳条无力魏王堤"化出。故国那样美好，游子因何不归？他心里有许多隐痛，一时之间，迷惘难解，"此时心转迷"一句，表现了他的矛盾和苦闷，"迷"字正是这种心情的写照。下片继续写洛阳风光，春天的洛阳，桃花嫣红，春水碧绿，烟笼柳堤，水浴鸳鸯。使他再次陶醉在故园的美景之中。但现实又是残酷的，自己毕竟是在远离故土的南国，于是他的相思相忆都凝结成愁恨，聚集在心头，面对着夕阳的余晖，慢慢倾吐出来。"忆君君不知"，你不知道，我是在怀念你啊！此句似对远方的爱人，又似对遥远的故国，是感叹，又似剖白。无限低徊，无限深情。只此一句，前面的写景，都有了着落，一并融入此情，是感情的总爆发。全词语淡意浓，语近意远，体现了韦词"运密入疏，寓浓于淡"的风格。丰神妙境，清畅疏朗，独树一帜。

◇ 五 代 词 ◇

李 珣

【作者介绍】

李珣（约855—约930），字德润，其先为波斯人，后移家梓州（今四川三台），其妹为前蜀主衍昭仪。珣曾以秀才预宾贡，又曾经商江南各地，词作多写江南风光，为"花间派"重要词人之一。作品散见《花间》、《尊前》等选本，《全唐词》收其词五十四首。词风清婉明丽，较少雕饰，独具特色。

定 风 波

【原文】

志在烟霞①慕隐沦②，功成归看五湖春。一叶舟中吟复醉，云水。此时方识自由身。　　花岛为邻鸥作侣，深处。经年不见市朝③人，已得希夷④微旨，潜喜。荷衣蕙带⑤绝纤尘。

【注释】

①烟霞：山水之间的烟雾云霞。

②隐沦：隐姓埋名。沦，没也。

③市朝：商贾官宦。市，指商贾，求利于市的人；朝，官宦，争名于朝的人。

④希夷：谓空虚寂静，不能感知。《老子》："视之不见名曰夷，听之不闻名曰希"。河上公注："无色曰夷，无声曰希。"

⑤荷衣蕙带：指神的服饰，比喻隐者的高洁。语本《九歌·少司命》"荷衣兮蕙带，倏而来兮忽而逝。"

【赏析】

李珣事蜀主衍，未能立功，而遭亡国之痛。国亡不仕，感慨良多。本篇借范蠡隐居江湖之事以明己不仕之志。上片落笔二句先赞范蠡。范蠡在亡吴复越之后，功成身退，泛一叶扁舟于五湖（即太湖）之上，过着隐逸的生活，寄情山水，啸傲风月。词人仰慕他高洁的品格，明白表示自己隐遁江湖的愿望。"二叶"二句，抒写隐逸生活的乐趣，驾舟徜徉于云水之间，饮酒吟诗，其乐陶陶。美好的大自然使他从内心深处认识到不做官的自由自在，精神上的解脱，使他整个身心都感到愉悦，不由自主地感叹"此时方识自由身"。

下片具体描写隐逸之乐。隐居在奇山异水的幽深之处，与开满鲜花的小岛为邻，与纯洁无邪的鸥鸟为侣，何等安闲恬适！这里没有争名逐利，没有尔虞我诈，一片天籁，人的心灵得到了彻底的净化。所以词人欣喜地说："已得希夷微旨"，他已进入了视而不见，听而不闻的微妙境界。结句"荷衣蕙带绝纤尘"，意思是词人将身着如神仙般的隐者服饰，离开烦嚣污浊的尘世，大有一尘不染，飘飘欲仙之意。这首词纯用白描，直抒胸臆，清新自然，意境高远，摒弃名利，不慕权势，颇有豪放之风。

渔 歌 子（一）

【原文】

荻花①秋，潇湘夜，橘洲佳景如屏画。碧烟中，明月下，小艇垂纶初罢。 水为乡，蓬作舍，鱼羹稻饭常餐也。酒盈杯，书满架，名利不将心挂。

【注释】

①荻花：多年生草本植物，形状像芦苇。

【赏析】

这首词主要描写了词人的隐逸生活。宋黄休罗《茅亭客话》云：（珣）"所吟诗，往往动人。国亡不仕，词多感慨之音。"李珣在蜀亡之后，矢志隐逸，词作多写南方风云、山水之美和隐逸生活的乐趣。上片写景。开头三句点明时间、地点，是地处潇湘的橘子洲的秋夜，荻花临风，美景如画。"碧烟中"三句，将镜头渐次拉近，月光下的江水，轻柔澄碧，云烟淡淡，词中主人公刚刚垂钓完毕，划着小艇在水上荡漾。真是如诗如画，如梦如幻。下片写人事，主要写词人的隐逸生活及其乐趣。隐在民间，云水就是家乡，蓬舍就是住所，经常吃的是家常的鱼羹稻米饭。杯中斟满美酒，架上摆满书籍，开怀惬意，其乐陶陶，绝不把名利挂在心上。

词人淡淡地写景，不事雕琢，明白如话，把一个一心远离名利，以隐逸为乐的词人的内心活动真实地展示在读者面前，旷达超脱，余韵悠悠，受中唐张志和《渔父》词影响颇大。

渔 歌 子（二）

【原文】

楚山青，湘水渌①，春风澹②荡看不足。草芊芊③，花簇簇，海艇棹船相续。　　信浮沉④，无管束，钓回乘月归弯曲。酒盈斟，云满屋，不见人间荣辱。

【注释】

①渌：清澈。

②澹：恬淡。

③芊芊：草木茂盛的样子，也指很浓的绿色。

④信浮沉：随意从水面上出发。信，随意，任意。

【赏析】

这也是一首以楚山湘水为背景，描写隐逸生活的短歌。上片先描绘自然风光，山清水秀，春风荡漾，这样美好的河山使词人发出"看不足"的感叹，这是发自内心深处的赞美之情。在这青山绿水之间，茂盛的青草浓翠欲滴，鲜艳的花朵，争相开放，更令人陶醉的是江上海艇争游竞渡，好一派生机勃勃的动人景象。

下片写词人隐逸之情，他在江上垂钓，一任船只在水面上出没，全不以垂钓为意，用一"信"字表现了他的自由自在和无拘无束。下一句具体写"无管束"：垂钓完毕后就欣然回到自己那草舍中去，喝着美酒，看着飘动的云彩，忘记了人间的得失，忘记了人间的荣辱，悠然自得。词人亡国不仕有云霞之志，寄情山水，超凡脱俗，厌恶官场，摒弃名利。这首诗和前一首一样，清新、洒脱、豪放，在"花间"词中甚属罕见。

欧阳炯

【作者介绍】

欧阳炯（896—971），益州华阳（今四川双流）人。少事前蜀后主王衍为中书舍人，又事后蜀孟知祥，拜翰林学士，累迁门下侍郎，兼户部尚书同平章事。后从孟昶降宋，授左散骑常侍。其词多写艳情，为《花间》词人之一，存词四十八首。

江 城 子

【原文】

晚日金陵岸草平，落霞明，水无情。六代繁华，暗逐逝波声。空有姑苏台①上月，如西子②镜照江城。

【注释】

①姑苏台：春秋时吴王夫差曾耗费大量人力物力，用三年时间筑成此台，以供游乐。

②西子：即春秋时越国美女西施。

【赏析】

这是一首怀古词。落笔描绘了一幅黄昏时分金陵的图景，长江两岸丛草苍郁，天边晚霞绚烂夺目，气象开阔、雄浑壮观。承上用"水无情"一句，写江水默默流淌，蕴含丰富，感慨极深。金陵南依钟山，北临长江，虎踞龙盘，丰饶富庶，为六朝帝王之都，但这些朝代国祚短暂，繁华转瞬即逝。究其原因，都是统治者穷奢极欲，居安忘危，以至国破家亡、悲恨相续。历史的无情，正如这江水的无情。"六代繁华、暗逐逝波声"，极为凝练、深刻地点明了主题，使人顿感萧飒衰败、沉痛难耐。最后以"空有姑苏台上月，如西子镜照江城。"作结。六代繁华既随江水逝去，一切都已荡然无存，只有残留的荒台和亘古不变的明月依然如故。那曾照过西施的圆月现在还照耀着金陵古城，它是江城风云变幻的见证，也是六朝兴亡的见证。历史的教训令人深思，词人目睹了五代相继败亡的现实，自己又有亲身经历，感触尤为深刻。本词内涵丰富、深含借古鉴今的现实意义。语言清新、风格苍凉，在《花间》词中实属罕见。作为以金陵为题材咏怀史迹的首篇，实为宋代咏史词之先声。

冯延巳

【作者介绍】

冯延巳（903—960），又名延嗣，字正中，广陵（今江苏扬州）人。自幼跟随李璟，官至同平章事，是南唐词坛存词最多的一个，在五代词人中是一位大家。他在词中创造了一种"深美闳约"的艺术境界，对北宋早期词坛产生了直接的影响。有《阳春集》传世。

喜 迁 莺

【原文】

雾濛濛，风淅淅，杨柳带疏烟。飘飘轻絮满南国，墙下草肝①眠。　　燕初飞，莺已老，拂面春风长好。相逢携手且高歌，人生得几何。

【注释】

①阡（qiān）：阡，阡瞑。青草茂密貌。

【赏析】

上片写春景。"雾濛濛"三句，先描绘了一幅雾云濛濛，轻风淅淅、杨柳如烟的春天图画。"飘飘"二句进一步写柳絮纷飞、青草郁郁，使人感到春意盎然。下片，"燕初飞"三句，写春天的飞鸟、燕莺的活动，实则点明季节是仲春，在以静为主的画面上，引入莺歌燕舞，动静结合，调动了人的视觉和听觉。春光美好，春意浓浓，在这美好的春天里，和友人携手高歌，忘掉一切烦恼，尽情欢乐，是多么惬意！全词色彩明丽，笔调轻快，最后以"人生得几何"作结，这是对人生的参悟，虽有及时行乐的倾向，但也不失旷达、豪放。冯延巳词作风格婉约，有浓厚的忧患意识和感伤情绪，偶有旷放之气。

李　璟

【作者介绍】

李璟（916—961），字伯玉，初名景通，后避周讳改名璟，徐州人。庙号元宗，在位十九年，称南唐中主。向周称臣去帝号后，迁都洪州（今南昌），抑郁而死。善作词，所作多流失，仅存四首。

摊破浣溪沙

【原文】

手卷真珠上玉钩，依前春恨锁重楼。风里落花谁是主？思悠悠。　　青鸟不传云外信①，丁香空结雨中愁②。回首绿波三楚暮，接天流。

【注释】

①"青鸟"句：青鸟是《汉武故事》中西王母的使者，此句借用西王母不遣来使的故事，以西王母代指伊人一去无音讯。

②"丁香"句：丁香枝条柔弱，常互相纠结，合人称之为丁香结。此句谓不见伊人音讯而内心郁结苦闷。

【赏析】

这是一首思妇念远之词。首句"手卷真珠"平平叙起，伊人远去，闺中思妇怅恨可知，卷帘是为了观景，为了排解心中之愁闷，此句看似平淡，实含无限幽怨。次句承上，凄苦尤甚。"依前春恨锁重楼"，卷帘所见，都是春景，景色愈美愁恨愈深，即所谓"忽见枝头杨柳色，悔教夫婿觅封侯"也。"依前"二字，点明此恨不仅今年有，往年也有，加重了恨的分量。"卷帘"为了消恨，见景反而增恨，其情何堪？两句自为开合。下文宕开一笔，写风里落花无主，由花及人。伊人远去，自己孤寂无依，亦感身飘无主。故见落花，不禁引起悠悠遐思。

下片，承"思悠悠"来，"青鸟"句写伊人不归，杳无音信，直点"愁"、"恨"，这是远；雨中丁香枝叶缠绕，似离人愁肠百结，映入离人眼帘，徒增离恨，眼前景、心中情，融为一体，这是近。此二句也自为开合。"回首"两句，写思妇极目远望，已暮色苍苍，绿波浩浩荡荡，远接天宇，冲离三峡，滚滚而来，又滔滔东去。她的满腹愁恨，从风里落花，经雨中丁香，到三楚绿波，愈来愈浓，愈来愈深，愈来愈广阔，恰如接天的江流，汹涌不尽，无边无际，将主人公的情感推向高潮，全词到此戛然而止。

本词是写离情，但一洗缠绵之态，高潮处，景象开阔，气势雄浑，通首一气蝉联，刀挥不断，清空舒卷，源长势大。

李 煜

【作者介绍】

李煜（937—978），字重光，初名从嘉，号钟隐，南唐中主李璟第六子。徐州人，性格纯真聪颖，好读书，精通音乐，善诗文、书画，尤工于词。

961年嗣位，史称南唐后主，在位十五年，降于宋。亡国后，日夕以泪洗面，词多悲愤悔恨，极言亡国之痛，故国之思。题材扩大，境界深远，感情真挚。宋太平兴国三年（978）七夕，为宋太宗赵光义赐药毒死。有后人所辑《南唐二主词》。

玉　楼　春

【原文】

晚妆初了明肌雪，春殿嫔娥鱼贯列。凤箫吹断水云闲，重按霓裳①歌遍彻②。　　临风谁更飘香屑，醉拍阑干情未切。归时休放烛花红，待踏马蹄清夜月。

【注释】

①霓裳：即《霓裳羽衣曲》，唐玄宗时的宫廷歌舞曲。唐末已残缺不全，李煜和大周后曾整理过此曲。

②歌遍彻：意指演奏完整套歌舞曲中的最后一遍。

【赏析】

这是李煜前期的作品，描写他在宫廷里纵情游乐的情景。

上片写春夜宴乐。"晚妆"二句，先写嫔娥晚妆之后，一个个容貌靓丽，肌肤如雪，在春光融融的宫殿里，鱼贯而列。"明肌雪"三字，抓住美人肌肤白皙的突出特点，给人以明丽、柔软的质感。"鱼贯列"明白自然、生动准确地写出了嫔娥起舞的整齐阵容。这两句也透露了作为皇帝的词人对这一切的欣赏和自豪。"凤箫"二句写笙箫优美的旋律在云水间荡漾，一遍遍地演奏《霓裳羽衣曲》，直至奏完最后一遍。这是金陵盛时的宫中景象，豪华、富丽，龙吟凤啸，歌吹喧天。

下片集中写词人在欣赏音乐时的美妙感受和乐终醉归的情景。

"临风"二句，词人在欣赏音乐时，嗅到芬芳的花香，用修辞中移情的手法把耳闻的音乐化作鼻子嗅到的香味、舞蹈、音乐、花香、美酒，这一切都使他陶醉，他手拍阑干、击节赞美，神驰心醉。酒醉舞散，青年皇帝要回院歇息了，但他意犹未尽，仍然沉浸在观赏歌舞之后的兴奋之中，不肯让灯光去破坏这美妙幽雅的月光，这融融的春意和满腔的兴致。他要骑马踏月作清夜之游，这又表现了他作为文人的雅兴逸致。沉溺于享乐的思想情绪虽不足取，但写景逼真、情味真切，文笔生动。既写出皇帝富贵豪华的气派，又写出文人雅致的胸怀与情趣。风流倜傥，不失豪放之气。

望 江 南（一）

【原文】

闲梦远，南国正芳春。船上管弦江面绿，满城飞絮滚轻尘，忙杀看花人。

【赏析】

这是一首描写江南春景的短歌，以"闲梦远"入词，然后点出时间正是春季。"闲梦"，说明梦是清闲的梦、空闲的梦。一个"远"字，又点出这梦中的事离现在很远，是早已逝去的往事。可以肯定这是作者已经由唐入宋成为阶下囚时的作品，句中透露的是故国之思，怀旧之情。以下三句是词人梦中的江南春景：暮春三月，江南草长，秦淮河上绿波粼粼，画船游舫，来往如梭。慢慢地词人把镜头转向江边：杨柳绣绒才吐，春风飞絮满城。这是春意盎然的江南，也是醉人心扉的江南。春光美好，春花美艳，随着轻尘的飞扬，画面上就出现了络绎不绝、前呼后拥的游人。"忙杀看花人"一句，口语入词，生动形象地说明了春花的美丽鲜艳、多姿多彩和百花盛开时令人目不暇接的盛况。"忙杀"二字，把百花之美、游人之多，看花人兴致之高，尽纳其中，江南之春如此美妙动人，难怪词人恋恋不舍，甚至在梦中都念念不忘了。

望 江 南（二）

【原文】

闲梦远，南国正清秋。千里江山寒色远，芦花深处泊孤舟。笛在月明楼。

【赏析】

这一首是写江南秋景的短歌。和前篇一样以"闲梦远"起首，然后说季节，词人又梦见了江南的秋天。以下三句具体描写清秋的景物。首先推出一个着了冷色的背景"千里江山寒色远"，千里江南笼罩在一片寒色之中，用一"远"字拉开了距离，与"千里"相呼应，给人江南寥阔之感。"芦花"句，既写景物又暗寓人事，一只孤舟停泊在芦花深处，透露出孤独凄苦的气氛，照应前面的"清秋"的"清"和"寒色"的"寒"。深秋的远山、瑟瑟的芦花和凄苦的孤舟都是"清"、"寒"的具体写照。结句"笛在月明楼"，把时间向前推移，渐次进入夜晚，秋月当空、银光如泻，高楼之上，笛声悠扬。吹笛之人一定是满腔愁绪；笛声如泣如诉，听笛之人一定也是心事浩茫，感觉心灵激荡。这一句一石双鸟，融进了吹笛人和听笛人的共同情绪。其实这断肠的笛声正是词人眷恋故国的真情流露，他的故国之思，恋旧之情都寓于笛声之中了。

两首词抓住春秋两季的江南美景进行描绘，抒写了对江南的怀念。写梦中之美，正是为了衬托今日之悲，愈是怀念江南之美景，就愈是感叹今日之惨境；笔下的江南之景愈美，词人的心情就愈苦。这两首描写故国之思的短歌，妙在并无一字写悲思，而字字有思，并无一字写悲苦，而字字悲苦。读者在这美景之后能深刻地体会到词人那强烈跳动着的脉搏。春景清新活泼、秋景开阔深远，含蓄蕴藉，感人至深。

乌 夜 啼

【原文】

昨夜风兼雨，簾帏飒飒秋声。烛残漏断频欹[1]枕，起坐不能平。　　世事漫随流水，算来一梦浮生。醉乡路稳宜频到，此外不堪行。

【注释】

①欹：依。

【赏析】

李煜天生具有多愁善感的气质，外界的任何变化都会触动他那敏感的神经，加上他自己早已经历的亡国之痛，就会迸发出如顷如泻的愁苦宏响。本词落笔"昨夜"二句，夜来风雨无端，秋声飒飒，由景入情，写出人生的烦闷。此景本已令人愁绝，加之烛残漏尽，伤感愈甚，故而"起坐不能平"写尽抑郁塞胸、展转无眠之苦。风声、雨声都是生活中极常见之事。然而由于他心中蓄积着悲感的势能，一旦遇到适当的机会，就会释放出巨大的能量，震撼读者的心灵。

换头，承上抒情，往事如梦，不堪回首。"世事"二句，写世事如流水，浮生如梦幻。自己遭此巨变，悲痛难耐，只能认为已往的一切都是一场大梦，正如他所说"往事已成空，还如一梦中"。他追悔过、挣扎过，但眼前他只能悲天悯人了。末二句写人世茫茫，众生苦恼，他只能以酒醉来麻痹自己，使自己忘记一切。醉乡没有令人断肠的惨痛，没有人世的艰难险阻，故曰"醉乡路稳"。因路稳，那就频频光顾吧。除了醉乡之外，其他一切地方都不能去。痛苦至极，才需麻醉，这句尤为沉痛。

李煜之词，在五代词人中是别标风致的，直抒胸臆、直吐心声，自然而工，本词即如此。表现忧患意识，却气象开阔，堂庑广大。

破 阵 子

【原文】

四十年来家国①，三千里地山河②。凤阁龙楼③连霄汉④，玉树琼枝⑤作烟梦。几曾识干戈。　　一旦归为臣虏，沈腰潘鬓⑥销磨。最是仓皇辞庙日，教坊犹奏别离歌。挥泪对宫娥。

【注释】

①四十年来家国：南唐始祖李建国，经过李璟，到后主为宋所灭，共三十九年，故云四十年。

②三千里地山河：南唐疆土有江西全省、江苏、安徽两省境内淮水以南地区共三十五州，故云三千里地。

③凤阁龙楼：指金陵的宫殿楼阁，上面装饰着龙凤。

④连霄汉：（宫殿很高）连接着天上的银河。

⑤玉树琼枝：用珍宝制成的树。

⑥沈腰潘鬓：沈腰，《梁书·沈约传》载沈约与徐勉书："百日数旬，革带常应移孔。"移孔指腰瘦。潘鬓，西晋美男子。《文选》载潘岳《秋兴赋序》："余春秋三十有二，始见二毛。"即鬓发花白。后人遂以潘鬓作为鬓发斑白的代称。

【赏析】

本词作于李煜被俘之后。上片先概述南唐从建国到亡国四十年经历和三千里山河的疆域。宫中的亭台楼阁高入云霄，以玉树琼枝装饰庭院。写南唐经历之久，疆域之大，豪华富贵，盛极一时。四句话寄托了对失去了的故国深深的眷恋和沉痛的悔恨，然后引出自责"几曾识干戈"！只知安享荣华富贵的李煜哪里有忧患意识，金陵被困群臣皆知旦暮国亡，而他犹信张洎之言，以为北师即将撤退，在围城中还听人讲经。他不懂政治、又任用非人，受到蒙蔽，导致亡国之难。

下片，骤转为被俘之后的凄凉。李煜被俘后，亡国之痛折磨得他又瘦又老，故曰"沈腰潘鬓"，与前对比，天地迥异，其悲惨可知。使他永远难以忘怀的是当年江南陷落之时，自己被俘，慌慌张张地辞别宗庙，教坊里还在奏着别离之曲，只能挥泪面对送行的宫娥。他对此场面印象太深，归汴之后，每一念及，辄为肠断。上片极写江南豪华，气魄沉雄，开宋人豪放一派。下片写城破出降，情形十分逼真。

本词追忆往事，写南唐从立国到亡国，词人从帝王到囚徒，跨度极大，前后对比鲜明，背景广阔，气势跌宕。凄怆悲壮可与项羽拔山之歌相提并论，他的词是用血泪写成的，饱和着真情。而感情之"真"，正是李煜词的"词骨"，是他具有震撼读者心灵的力量之所在。

鹿虔扆

【作者介绍】

鹿虔扆（yì），生卒年月不详。事后蜀孟昶为永泰军节度使，进检校太尉，加太保，后蜀之后不仕。存词仅六首，为"花间派"词人之一。

临 江 仙

【原文】

金锁重门荒苑静，绮窗①愁对秋空，翠华②一去寂无踪。玉楼歌吹，声断已随风。　　烟月不知人事改，夜阑还照深宫。藕花相向野塘中。暗伤亡国，清露泣香红。

【注释】

①绮窗：华丽的窗子。

②翠华：本指皇帝仪仗中用翠鸟羽毛装饰的旗，这里代指后蜀国君孟昶。

【赏析】

《花间》词总的来说，是枕奠于"艳情"的基础之上的，但艺术的小舞台终究是建筑于社会的大舞台之上的，亡国的经历使"花间"词人从依红偎翠中猛醒过来，把目光投向社会，投向家国。

这首词写于后蜀亡后不久。上片起首写荒苑寂寞，重门静锁。"锁"字点出人去楼空的萧索，这是客观的环境。"绮窗愁对秋空"，用一"愁"字，渲染了秋色，并融入词人主观感情，以"愁"人之眼观景，使景物皆被以愁情。"翠华"一句即直接推出社会大背景，后蜀亡国，孟昶被俘于宋都汴京，去后一无消息。此句落实前句之"愁"，乃是亡国之愁。下句"歌吹"、"声断"写人去无踪的哀伤，用以衬托昔日的轻歌曼舞，尤显出亡国后的凄凉。使感情逐渐深化，极为委曲婉转。

下片，又以烟月、藕花无知之物，反衬人之悲伤。"烟月"句，从刘禹锡"淮水东边旧时月，夜深还过女墙来"化出，以无情之物衬有情之人，加深物是人非之感，良辰美景，徒增人之怅恨。"藕花相向野塘中"三句，移情于景，情景相融。在词人眼中，野塘、荷花也为亡国悲伤哀怨，相向痛泣。草木皆怀亡国之痛，其痛之深可想而知。这是词人悲痛凄楚心情的写照，感人至深，动人心弦。本篇章法缜密，用笔巧妙，感情凝重，字字血泪，对后世影响颇深。

孙光宪

【作者介绍】

孙光宪（？—968），陵州贵平（今四川仁寿县）人。曾任后唐陵州判官，又曾在荆南历任检校秘书少监兼御史大夫之职。后劝（荆南）南北王高继冲献三州之地归宋，入宋后任黄州刺史，他是一个身跨两代的词人，存词八十三首，其中录于《花间集》六十一首，风格多样，除《花间集》外，兼涉多种题材，内容宽广丰富。

浣 溪 沙

【原文】

蓼岸风多桔柚香，江边一望楚天长，片帆烟际闪孤光。

目送征鸿①飞杳杳，思随流水去茫茫，兰红②波碧忆潇湘③。

【注释】

①征鸿：远飞的鸿雁。

②兰红：即红色的兰花。

③忆潇湘：传说舜南巡视察时，他的两个妻子娥皇、女英，未与他同往。之后她们后悔没有同去，便去追赶，走到洞庭湖畔，听到舜死于苍梧（今湖南宁远东南）的噩耗，悲痛不已，溺于湘水而亡。因湘水与潇水在湖南零陵汇合，故称"潇湘"。"忆潇湘"，比喻怀念远在天涯的亲人。

【赏析】

这是一首送别诗。上片写送别的时间、地点，以长江两岸深秋时节的景色为特定的送别背景。首句"蓼岸风多桔柚香"，蓼花开放，桔柚飘香，一派丰收的景象，使人顿觉情绪昂扬，这是乐景。但词人此时心情惆怅，因为他就要与亲人分别。然后笔锋一转，把镜头对准大江，写远望之景。"江边"两句，放眼望去，楚天空阔，千里烟波，水天一色，无际无涯，勾起了词人的离情别绪。江边的凄清，楚天楚水的幽远迷茫，使人惜别的怅惘之情油然而生，由金秋景色带来的喜悦陡然变为离别的愁思。这两句重在写愁，第一句以"乐景"写愁，第二句以"哀景"写愁。前句是反衬，后句是正衬。从景色上形成色调和情绪的反差，突出一个"愁"字。第三句"片帆烟际闪孤光"，紧承二句写亲人坐着一只小船，孤身只影，在高远廓清的楚天之下，在烟水迷茫的江流中渐渐远去。"闪孤光"三字既是景语，又是情语。词人站在岸边凝望远去的孤舟，越来越远，最后只能看见白色的船帆还在闪动着点点光彩。"片帆烟际"写景尤为精神，被王国维誉为“尤有境界”（《人间词话》附录）。但那是清冷的、孤寂的。亲人的孤寂来自词人心头的感受，惜别留恋之情达到高潮。

过片即景抒情。“目送”二句，词人伫立江边，目送如征鸿飞去的亲人的船只消失在杳远的天际，孤舟带走了词人的心，带走了他的牵挂，带走了他的留恋，故下句说“思随流水去茫茫”。“茫茫”二字用得精采，水的茫茫，化为人思绪的茫茫，词作至此，融情于景，情景交融，把惜别留恋之情表达得淋漓尽致。这两句对仗工整，构思新颖，意境深远。最后照应上片起句的喜景，以“兰红波碧忆潇湘”作结，他把希望转向翌年，当红兰盛开、江水澄碧的时候，他们一定会更加殷切地思念对方。用娥皇女英追舜的典故，不仅使人联想起那美丽的神话传说，而且也暗示了送别的对象也许就是词人的心上之人。

孙光宪是“花间派”词人，但他的题材多样，写景真切。本篇写送别，境界开阔，笔力苍劲，虽凄婉而不消沉，虽伤感而不颓唐，颇具太白之风。

酒 泉 子

【原文】

空碛①无边，万里阳关道路。马萧萧，人去去，陇云愁②。香貂旧制③戎衣窄，胡霜④千里白。绮罗心⑤，魂梦隔，上高楼。

【注释】

①空碛（qì）：指广袤的大沙漠。碛，沙漠。
②陇云愁：形容边防战场悲风四起，愁云惨淡。陇，即陇山，古代防御吐蕃等族侵扰的军事要地。
③香貂旧制：出阵前妻子用貂皮制作的战袍。
④胡霜：胡地的霜。

⑤绮罗心：以绮罗代妻子，此指妻子的心。

【赏析】

这是一首抒写征人思乡的边塞词。上片推出一派西北边塞壮阔的风光。"空碛"二句，放眼望去，茫茫沙漠，无边无垠，只有那从阳关通往西北的大道，寂寞地躺在戈壁滩上。用一"空"字，逼真地表现了沙漠的荒远、凄凉。这是征人远戍的大背景，衬托出征人戍边之艰苦。"马萧萧"三句，写战马嘶鸣，征人愈走愈远，这应当是征人回忆离家的情景。征人在荒凉寂寞的边塞，不时地回忆起使他刻骨难忘的离别，他感到心头的愁云几乎笼罩了整个的边地。下片转入抒情，征人愁肠百结，低头端详自己的战袍，早已又窄又小又破，一个"旧"字和"窄"字，写出征人离家之久、忆家之深。可是眼前自己面对的仍然只能是茫茫无际的千里胡霜。心中愁苦未解，身上又添重霜，征人的痛苦，就只能像这"空碛"一样无边无际了。

晚唐国力衰微，边地不宁，战乱不休，远征将士常常是"去时里正与裹头，归来头白还戍边"，朝廷对他们漠不关心，战地生活十分艰苦，征人们思归之心十分迫切。征人在极度思乡的情况下，自然想到妻子，她一定非常思念自己，望眼欲穿地盼望自己归去。"绮罗心，魂梦隔"，是征人想象妻子思念自己的情景：她想念我，魂牵梦绕，但我们在梦中也难相逢，这是多么冷酷的现实啊！在孤独寂寞、凄凉的煎熬下，词人以"上高楼"三字作结，登楼念远，遥寄心怀，是古人寄托感情的方式之一。这里的登楼，一语双关，既写征人登高望乡，归心如箭，也写思妇登楼远眺，望穿秋水，真是"一种相思，两处离愁"了，含蓄、凝练地表达了双方的深情眷恋。

本篇语言质朴，感情深沉，风格遒劲，气氛悲壮，在《花间词》中是绝无仅有的边塞佳作，其苍凉悲壮的风骨，尤其使人感到广阔的社会生活开始使词的创作冲破"艳科"的樊篱，豪放飒爽的英气已经扑面而来了。

定 西 番

【原文】

鸡禄山①前游骑②，边草白，朔③天明，马蹄轻。鹊面弓④离短韔⑤，弯来月欲成。一只鸣髇⑥云外，晓鸿惊。

【注释】

①鸡禄山：在今陕西省北部，古时属边塞地区。

②游骑（jì）：边塞的巡逻兵。

③朔：指北方。

④鹊面弓：弓的两端绘着彩色的鹊鸟图案。

⑤韔（chàng）：盛弓的短袋。

⑥鸣髇（xiāo）：发出响声的箭，即鸣镝。

【赏析】

本词通过描写边塞巡逻兵的精湛技艺，赞颂了戍边将士为保卫国家，苦练本领的精神。

起句点出游骑骑射的地点与时间：是北方的深秋，天气晴朗，茂密的边草在阳光下白茫茫的一片，无边无垠，在鸡禄山前，勇武强悍的游骑正在巡哨。"马蹄轻"一句，描绘了游骑骑在马身上的飒爽英姿。马蹄落地轻巧、灵活，使人感到他们身轻马捷，矫健机警。

过片写健儿们射鸿的情景。他们从弓袋中先取出精美的弯弓，把弓拉满，如弯月一般，随着一声鸣镝的响亮的呼啸，使正在天空飞翔的鸿雁大大地吃了一惊。

全词展示的边塞风光是一片北方的大草原，草原的人物是一群正在拉弓射鸿的技艺超群的射手。对这些游骑技艺的称赞，流露了一种保家卫国的自豪感，充满了豪放的精神。词作色彩鲜明，气象开阔。

谒 金 门

【原文】

留不得。留得也应无益。白纻①春衫如雪色。扬州初去日。　　轻别离，甘抛掷。江上满帆风疾。却羡彩鸳三十六。孤鸾还一只。

【注释】

①白纻：春色。

【赏析】

这首词抒写了一个女子的相思之苦。起首便直抒胸臆，决绝的言词突兀而来，如泰山压顶，懊恨百端，沉痛悲哀，入骨三分，一下把感情推向高潮。读者自然要发出疑问，为什么必须分手？词人紧扣"留"字，笔法陡转："留得也应无益"。此句含义丰富：不是不想留，是想留却留不得。再退一步，就是留得也无益，恩断情绝，毫不留恋。这种突起、急转、既坦率又峭劲的写法，正是孙词气骨遒健的表征。以下"白纻春衫"二句，追忆离别情景，对方穿着雪白的春衫，风流潇洒、飘然远去。去的地方是扬州，更使人联想到一些士子的放荡行为。"春衫"、"扬州"选词极具匠心。

过片紧承上片起首二句，把胸中的郁闷全部倾泻出来，原来对方是一个"轻别离，甘抛掷"的无义之人，一个"甘"字和一个"轻"字回答了首二句的疑问，"留不得"、"留得也应无益"到此才有了答案。词人把主人公的心事和盘托出。到此离别情景又浮现于脑际，风送征帆、浪催船行。结语二句以成双成对的鸳鸯衬托主人公这一只孤鸾，更显得凄凉孤苦，更具有动人心弦的力度。通篇看来，雪白的春衫，繁华的扬州，疾驶的风帆和恩爱的鸳鸯，色彩鲜明，格调轻快，以乐景写哀情，更见其哀，深刻地表现出主人公的怨恨。词人的表现手法精健爽朗，词气遒劲，情景沉郁。如陈廷焯所说"孙孟文词，气骨甚遒，措词亦多精练"。

◇ 敦煌曲子词 ◇

【介绍】

清光绪二十六年（1900），甘肃敦煌莫高窟（又称千佛洞），偶然被人打开，沉埋于此千年之久的二万余卷珍贵文献从此重见天日，其中一部分是燕乐曲子歌辞（称曲子）。它们创作的年代早的始自盛唐，晚的直至五代，绝大部分是民间作品，保留着词初产生时的原始状态，并具有浓厚的生活气息。题材多样，反映社会生活面较为宽广，为我们展现了中世纪社会生活的繁复画卷。形式多样，有小令也有长调，风格质朴清新，对后代影响甚为深远。

生 查 子

【原文】

三尺龙泉剑①，匣里无人见。一张落雁弓，百只金花箭。
为国竭忠贞，苦处曾征战。先望立功勋，后见君王面。

【注释】

①龙泉剑：传说中的宝剑。

【赏析】

这是一首赞颂爱国将领的词篇。

上片一、二句写将军使用的是龙泉宝剑，经常收藏在剑匣之中；三、四句写将军的另一种武器落雁弓和百只雕着金花的箭。没有写将军的坚韧的铠甲、威武的相貌和魁梧的身材，只是选取了足以表现将军性格特征的典型事物宝剑、良弓就使人感受到将军威武的风度和超群的武艺。

下片集中写将军的精神面貌，他为国竭尽忠心，南征北战历尽艰辛，他想要在建功立业后再面见君王。

语言通俗易懂，风格朴素自然，充满了爱国的豪情和希图报效国家的壮志。

浣 溪 沙（一）

【原文】

五里滩头风欲平，张帆举棹①觉船轻。柔橹②不施停却棹，是船行。　满眼风波多闪烁，看山恰似走来迎。子细③看山山不动，是船行。

【注释】

①棹（zhào）：船桨，这里名词用作动词，有摇船前进的意思。

②柔橹：轻轻地摇橹。橹，拨水使船行进的工具。

③子细：即仔细。

【赏析】

这是一首行船记游之词。

上片写船行到五里滩头的时候，风力平缓，正要举棹划船，忽觉船身很轻，原来是起风了，于是舟子赶快借风扬帆。连轻轻地摇橹都没有必要了。不用举棹也不用摇橹，就感到船在前进。这是多么舒畅惬意！

下片写船在行进中所见到的景色和风光。展现在舟子面前的是风卷波涛，浪击急流，阳光灿烂，波光闪烁，群山迎面而来，似乎是在迎接自己，但仔细再看，群山并没有前行，而是自己的船只在行进。大河行船，风急浪高，本身就带几分惊险，舟子迎浪看景，泰然自若，颇有潇洒自如的风度。

本篇写景独具特色，行舟看山的动态之景，十分亲切自然，感觉准确，描写生动，对宋词有一定的影响。

浣 溪 沙（二）

【原文】

卷却①诗书上钓船，身披蓑笠执鱼竿。棹向碧波深处去，几重滩。　　不是从前为钓者，盖②缘时世掩良贤。所以将身岩薮③下，不朝天。

【注释】

①卷却：卷起。

②盖：发语词。

③薮（sǒu）：湖泽的通称。

【赏析】

本篇通过一个读书人决意隐居的行为，表现了在封建社会里，一些洁身自好的知识分子不愿与世俗同流合污的高尚情怀和与朝廷决裂的勇气。

上片写行动。这位读书人把诗书卷起上了钓船，身披蓑笠，手执鱼竿，划向碧波深处，虽然经过重重艰险，但却誓不回头。

下片写原因。这位主人公并非从前就是一个钓鱼的人，都是因为现实太黑暗了，朝廷不能任用贤能，埋没贤才，自己才遁身山林和湖泽，永不和朝廷合作。态度的坚决，言词的痛快都显示了作者的勇气和无畏的精神，充满豪放之气，从内容和形式上对以后的文人词产生了较大的影响。

◇ 宋　词 ◇

王禹偁

【作者介绍】

王禹偁（954—1001），字元之，钜野（今山东县名）人。出身农家，宋太宗时进士。曾任翰林学士、知制诰（替皇帝草拟诏令的官吏）。晚年曾知黄州，世称王黄州。因出语过直，多次受贬。是北宋初期首先起来反对绮靡文风的诗文家。著有《小蓄集》等。偶有词作。

点　绛　唇

【原文】

雨恨云愁，江南依旧称佳丽①。水村渔市，一缕孤烟细②。

天际征鸿，遥认行如缀③。平生事，此时凝睇④，谁会凭栏⑤意！

【注释】

①"雨恨云愁"两句：江南多雨，但风景美丽。南朝梁诗人谢朓写过"江南佳丽地"（《入朝曲》）的名句，这里承接他的意思。雨恨云愁：形容雨多，给人们带来愁闷。

②一缕孤烟细：意指渔村里的人很少。烟，炊烟。

③行（háng）如缀：行列整齐，像是连缀在一起。

④凝睇：注视。

⑤凭栏：凭栏远眺。古人所谓"凭栏""登楼""登临"一般都是有所寄托。

【赏析】

这是一首借景抒怀的小令。上片写景，作者眼前展现的是烟雨笼罩着的江南大地，远远望去烟雨迷濛的水村渔市只有一缕孤烟袅袅升起，尽管云浓雨密使人愁闷，但江南依然是那样美丽。这美丽却又使人愁闷的"眼前景"，一下子触发了他的"心中情"。由于苦闷、寂寞涌上心头，作者笔下"雨恨云愁"的眼前之景便都涂上了作者的主观感情色彩，形成如王国维在《人间词话》中所说的"有我之境"，所谓"物皆著我之色彩"。这就是缘情造境。水村渔市、孤独的炊烟也衬托出作者心情的凄凉。

下片开头二句，紧承上片，继续写作者抬头遥望天空，只见远征的鸿雁整齐地排列着，飞入远远的天际。他触景生情，鸿雁尚能展翅高飞，而自己却在宦海浮沉，无法一展抱负。最后三句，直抒胸臆：作者登高望远，凭栏远眺，思绪万千，自己的理想、愿望都随着岁月的流逝而化为烟云，贬谪的生涯，几乎熄灭了他胸中的火花，可谁能理解自己，理解这一切呢？所以全篇以"谁会凭栏意"作结。语气苍凉，感慨极深，含蓄地表达了作者的抱负和不被理解的凄凉、孤寂。

潘　阆

【作者介绍】

潘阆（？—1009），字逍遥，大名（今属河北）人，一说钱塘人。卖药京师，好友结贵近，有言其能诗者。至道元年（995）赐进士及第，授国子四门助教，未几，追还诏书。真宗时为滁州参军，与王禹偁、林逋等交游唱和。其词笔调清新，多有佳句。有《逍遥集》。

酒 泉 子

【原文】

长忆观潮①，满郭②人争江上望。来疑沧海尽成空，万面鼓声中。　　弄潮儿向涛头立，手把红旗旗不湿③。别来几向梦中看，梦觉尚心寒。

【注释】

①观潮：钱塘江每年八月涨潮胜于常时，江水汹涌，浪高数丈，为天下奇景，从十一日起，便有人观潮，十五、六日，杭州人倾城而出，车马纷纷，十八日最为繁盛。

②满郭：满城、全城。郭，城。

③"弄潮儿"二句：《武林旧事·观潮》："吴儿善泅者数百，皆披发文身，手持十幅大彩旗，争先鼓勇，泝迎而上，出没于惊波万仞中，腾身百变，而旗略不沾湿，以此夸能。"

【赏析】

本篇从观潮和弄潮两个方面描写了钱塘潮的奇异和弄潮儿的勇敢精神。上片回忆观潮情景。起首二句，"长忆"，先强调自己经常回忆观潮，说明印象之深。"满郭"句写人们为观潮倾城而出的壮观场面。"来疑"二句具体写观潮时人们的心理感受，以衬钱塘潮景色之奇。钱塘潮来时排山倒海，怒涛翻滚，浪高数丈，人们见此情景，惊疑地以为倒沧海之水，尽入钱塘。波涛之声，震耳欲聋，站立江岸，如闻万面大鼓，轰鸣撼动，使人不禁为此欣喜陶醉，赞美兴叹，这就是作者"长忆"的原因。

下片回忆弄潮情景：起句写弄潮儿迎着巨浪，手持红旗涛头而立的飒爽英姿和勇敢精神。"旗不湿"转而描写他们的精湛技艺，这些弄潮儿出没于惊波万仞之中，腾身百变而红旗不湿，堪称绝技。上片极写钱塘潮的惊涛骇浪，下片再写弄潮儿的技艺高超，读来惊心动魄，令人赞叹。也表现了人能够战胜自然的大无畏精神和自豪之感。"别来"两句：由于印象太深，作者离开钱塘之后，还经常梦见那惊险的场面，醒后尚觉心惊胆战。这是以自己的心里感受来衬托弄潮儿的勇敢和他们的高超技艺。

全词积极乐观，意气风发，精神昂扬，豪气感人。

柳　永

【作者介绍】

柳永（987？—1053），字耆卿，初名三变，福建崇安人。因排行第七，人称柳七。景祐元年（1034）进士，官至工部屯田员外郎，世称柳屯田。性放旷，一生蹭蹬飘泊。精于音乐，善为歌辞，作品题材广泛，以写羁旅行役、离情别绪最为出色。感情纯真、大胆，善用铺叙和白描手法，是大量创作慢词的第一个词人，又善于向民间曲子词学习，促进了词的通俗化、口语化，对词的发展有重大贡献。有《乐章集》传世。

传 花 枝

【原文】

平生自负，风流才调。口儿里、道①知张陈赵。唱新词，改难令②，总知颠倒。解刷扮③，能哜嗽④，表里都峭⑤。每遇著、饮席歌筵，人人尽道。可惜许老了。　　阎罗⑥大伯曾教来，道人生、但不须烦恼。遇良辰，当美景，追欢买笑。剩⑦活取百十年，只恁⑧厮好。若限⑨满、鬼使来追，待倩⑩个、掩通著到⑪。

【注释】

①道：指"拆白道字"，是宋元时盛行的一种用拆字法说话表意的文字游戏。

②令：指曲调。

③刷扮：涂刷、打扮。犹今之修饰打扮。古代男性修整仪容发鬓髭须皆有梳刷涂抹的办法，故言刷。

④哜（pēn）嗽：即喷嗽。指吐出和吸入，语出《西京杂记》，是谈养生的术语。宋人盛行修炼延年之方，哜嗽是其中主要功夫之一，实际上就是今天所说的气功。

⑤峭：峻峭，陡直。

⑥阎罗：即阎罗王，佛书中管地狱之主。

⑦剩（shèng）：尽，多。

⑧恁（nèn）：这样。

⑨限：大限。指人生寿命的期限。

⑩倩（qiàn）：请求别人作事叫"倩"。

⑪掩通著到：掩，捕。此指捕者。通，到达。这句话意为捕捉时应当到达。

【赏析】

本篇和《鹤冲天》为姐妹篇。柳永精于音律，善为歌词，因而召入禁中。但由于他不善阿谀，这些创作反而造成了他仕途的坎坷。他在《鹤冲天》中流露出轻视功名利禄和对封建统治者的不满情绪给他带来了更大的不幸，已经考中进士却被无理除名。这一切都使他对现有的封建秩序和封建统治阶级的本质，有了更为深刻的认识，使他产生了怀疑性的思考。另一方面，长期与乐工歌伎等下层人民接触，又使他找到了生命的价值，强化了他积极生活的信念，从而形成了本词所喷射出来的早期"铜豌豆"精神。

词的上面写浪子生涯的自得情怀。落笔"平生自负，风流才调"，写他一贯就为自己的英俊杰出又倜傥不羁的才调而自恃、自赞、自赏。八字一字一顿，分量极重，无异是叛逆的宣言，定下了全词的基调。然后从各个方面详细地铺叙"风流才调"的内涵：一是"拆白道字"以示多才，二是作词改曲，标其多艺；三是深通化妆，风度翩翩和深谙气功，身体健美，称得上表里都峭。这些"风流才调"在当时就被人视为"不检率"、"儇薄无行"，可词人以此自赏，表现了他对此责难的傲视和不屑。"每遇"以下三句，以"人人尽道"与"平生自负"对举，表现虽然人言汹汹，我故我行我素。别人替他惋惜："可惜就这样老了！"（即完了）但词人却大不以为然。下片紧承上片，公然站在对立面上，向世俗挑战。"阎罗大伯曾教来"，突兀而来，是文章的陡转，宋人敬畏阎罗，柳永称阎罗为大伯，诙谐之中含有蔑视一切的无畏。此句领起下片，接着便倾倒出阎罗的教诲和对他的鼓励。"道人生"以下到完，都是阎罗的话：人生在世，不要忧愁烦恼，碰上良辰美景，就尽情地去享受，活上个百十年。我对你只能这样好了。并知会柳永大限来时，小鬼无常来捉拿你，你就干脆利索地到我这里来报到。这是柳永借阎罗之口，申明他对人生的看法和态度，是他渴望按照自己的意愿主宰自己，充分享受生命的心声，是他对生死观的具体解释。这里有他乐观顽强的性格力量，有他坚持自己生活道路至死不渝的意志，当然也有知识分子在封建社会中失意的辛酸。但这种辛酸已为他的乐观所化解，追求个人精神中的自由、满足，已成为他新的性格取向。应该看到这种新的面目对封建秩序和传统封建思想构成潜在的破坏性，所以当时就受到统治阶级和封建卫道者的强烈谴责。

这首词以狂放的笔调，表明自己对人生的看法，起句高亢，铺叙酣畅淋漓尽致，气势浑灏，乐观奔放，豪迈不羁。

夜 半 乐

【原文】

冻云①黯淡天气，扁舟一叶，乘兴离江渚②。渡万壑千岩，越溪③深处。怒涛渐息，樵风④乍起，更闻商旅相呼。片帆高举。泛画鹢⑤、翩翩过南浦⑥。　　望中酒旆⑦闪闪，一簇烟村，数行霜树。残日下，渔人鸣榔⑧归去。败荷零落，衰杨掩映，岸边两两三三，浣纱游女，避行客，含羞笑相语。　　到此因念，绣阁轻抛，浪萍⑨难驻。叹后约丁宁竟何据？惨离怀、空恨岁晚归期阻。凝泪眼、杳杳神京路。断鸿⑩声远长天暮。

【注释】

①冻云：凝聚的云层。

②渚（zhǔ）：水中的陆地，洲。

③越溪：原指春秋时西施浣纱的若耶溪，这里是泛指。

④樵风：即顺风。

⑤鹢（yì）：水鸟名，古代把它画在船头，取得顺风行驶之意。后来常以画鹢代指船。

⑥南浦：代指水边。

⑦酒旆（pèi）：酒旗。酒店挂的招徕顾客的布旗。

⑧鸣榔：以木棒敲击船旁，驱鱼入网。榔，长木棒。

⑨浪萍：被浪滚转的浮萍，指游踪不定。

⑩断鸿：孤雁，相传雁能传书。

【赏析】

这是柳永用旧曲创制的新声之一，全词长达一百四十四字，分为三片。第一片写行舟的经历，这时柳永心情是轻快的。首句点明天气特点，层云凝聚，清晨黯淡，词人却兴致勃勃，乘一叶扁舟离开越溪上游的江洲。"渡万壑"二句，化用《世说新语·言语》篇中记顾恺之赞美会稽山川之美时说的"千岩竞秀，万壑争流，草木蒙笼其上，若云兴霞蔚"称赞溪中美丽，记舟行之远。经过险滩危濑之后，江面宽阔，怒涛渐息，至一埠头，便"更闻商旅相呼"。风顺水平，小船扬帆急驶，轻轻地行过江面。

中片写舟中所见，美景如画。"酒旆"三句，写岸上之物，残阳下酒旗飘飘，暮色笼罩着炊烟缭绕的村庄和几行行经霜落叶的老树，这是远影。"残日"句，写江中之人：渔人鸣榔，浣女含羞，晚行归去，一片生机。这群天真活泼无忧无虑的少女却牵动了舟中旅客的离愁，使他想起心爱之人，词人轻松的心情，顿时感到失落，感到孤独，深秋映入眼帘的景物便是"败荷落叶""衰杨掩映"。愁景的出现，为第三片蓄势，这是近景。

第三片写去国离乡的愁绪。以"到此困念"领起，由景入情，触景生情。本是"乘兴"览景，清佳之景尚可排遣思乡之情，浣女的出现，打破了他暂时宁静的心态，重重的乡愁使他不得不叹息："绣阁轻抛，浪萍难驻"，叮咛相约的时间都不能兑现。"惨离恨"以下四句，分别写家乡和神京，初念离家飘泊，继叹后约无凭，终恨岁晚难归，直笔展开，极舒荡浑灏之致。最后以"断鸿"作结，以景衬情。"断鸿"之"远"。"长天"之"暮"，"离怀"之"惨"，"泪眼"之"凝"，情调凄切，语语深厚。抒去国之愁，远游之感，大气磅礴，铺叙尽致，大开大阖。

双 声 子

【原文】

晚天萧索，断蓬踪迹，乘兴兰棹①东游。三吴②风景，姑苏台榭③，牢落④暮霭初收。夫差旧国，香径⑤没、徒有荒丘。繁华处，悄无睹，惟闻麋鹿呦呦⑥。　　想当年，空运筹决战，图王取霸⑦无休。江山如画，云涛烟浪，翻输⑧范蠡扁舟。验前经旧史⑨，嗟漫载，当日风流。斜阳暮草茫茫，尽成万古遗愁。

【注释】

①兰棹（zhào）：画船的美称。

②三吴：说法不一，今采《水经注》之说，指吴兴（浙江吴兴）、吴郡（江苏苏州）、会稽（浙江绍兴）。

③姑苏台榭：指姑苏台，在苏州市郊灵岩山。春秋时吴王夫差与西施曾在此游宴作乐。

④牢落：稀疏。

⑤香径：指采香径，在灵岩山上，是当年吴国宫女采集花草所走之路。

⑥麋鹿呦呦（yōu）：呦呦，鹿鸣之声。吴国大夫伍员曾谏夫差拒绝越国求和，夫差不听。伍员认为夫差如此一意孤行，必将亡国，吴王宫殿不久也将变成废墟，故愤言："臣今见麋鹿游姑苏之台也。"

⑦图王取霸：指吴越为建立王霸事业而纷争图谋。

⑧翻输：反不如。范蠡，春秋末政治家，曾协助越王勾践复国灭吴，功成后乘扁舟泛游于太湖中，避免了杀身之祸。

⑨前经旧史：前人的重要著作和史记。

【赏析】

此词以"晚秋"作为背景，抒发了词人吊古伤今的历史感慨。柳永的游踪，从汴京出发，经汴河东下至江淮一带，再向南到镇江、苏州、杭州，随着他的愈走愈远，他内心因羁旅生涯而引发的伤感情绪，也愈来愈浓，到达苏州时游姑苏台就写下了这首《双声子》。词一开始即以"晚天萧索"来渲染气氛，引起下文。接着两句"断蓬踪迹，乘兴兰棹东游"，前句写自己似断根的蓬草随风飘荡，因仕途坎坷不甚得意，而发牢骚之语。后句则表示自己随遇而安，不妨尽情欢笑，故乘兴兰棹东游。接下来"三吴风景，姑苏台榭，牢落暮霭初收"，嚣闹繁华的城市已经是远远地消失，清冷荒凉的历史陈迹触目惊心地扑入眼帘，境界顿时开阔，并把人带入历史的回忆中去。紧接着便以层层铺叙之法，推出"夫差旧国"，昔日的香径已成荒丘，繁华似锦的姑苏台榭如伍子胥所预言的那样成了野鹿出没之所，那些风流豪奢都随着时间的推移而烟消云散了。换头之后词人进一步拓开词境，"想当年"三句，在读者面前展现了一幅历史画面，吴王夫差与越王勾践的你争我夺，到头来只是一场空！用一"空"字冠于"运筹决战"之前，具有了历史的穿透力，使词作的主题得到深化。而当人们从历史的纷争中又回到现实时，放眼远眺，只见"江山如画，云涛烟浪"，山河依旧，人事全非，只有那激流勇退的范蠡，在越国胜利之后，随即驾扁舟逍遥于五湖的明智之举，使人至今仍十分叹服。在这样的历史反思之中，功名、利禄，一切都被淡化了，当然词人的坎坷不平也愈来愈随之消解了。"验前经旧史"三句，以"前经旧史"验之，当时记载的风流人物和他们那轰轰烈烈的事业，早已消失到历史的长河之中，现在只剩下"斜阳暮草茫茫"，令人勾起"万古遗愁"。

柳永词的风格一般是艳而柔，但本词却表现了他的另一面，即对现实遭遇的不满和怨叹，具有一定的思想深度。本词以深秋萧索、黯淡的景色为背景，展开了历史与现实、繁华与荒凉、图王取霸与江湖隐者之间错综的对比，具有极强的艺术感染力。柳永以词抒写登临怀古之思，感怀身世之情，具有"初发轫"的意义，在拓宽词的内容方面对后世产生不可忽视的影响。项安世《平斋杂说》说他的"长调尤能以沉雄之魄，清劲之气，寄奇丽之情，作挥绰之声"。这个评价是比较客观准确的。

安 公 子

【原文】

远岸收残雨，雨残稍觉江天暮。拾翠汀洲^①人寂静，立双双鸥鹭。望几点、渔灯隐映蒹葭浦^②。停画桡^③，两两舟人语。道去程今夜，遥指前村烟树。　　游宦成羁旅，短樯吟倚闲凝伫。万水千山迷远近，想乡关何处？自别后、风亭月榭孤欢聚。刚断肠、惹得离情苦。听杜宇声，劝人不如归去。

【注释】

①拾翠汀洲：古代妇女喜欢到河滩上拾翠鸟尾羽作装饰品。一说拾翠是采摘香草。

②蒹葭浦：长满芦苇的水滨。

③画桡（ráo）：装饰华美的船桨。

【赏析】

羁旅行役是柳永词的主要题材之一，本词的中心，就是"游宦成羁旅"。上片写景，远岸残雨渐收，天色已晚，词人蛰居舟中，见汀洲之上，拾翠之人皆已散去，只剩下一双双还巢的鸥鹭。几点渔灯，在苇荻岸边，时隐时现，客舟停了桡，靠了岸，舟子在隔船问答：远远地指着前面说今夜要去的路程，就在前村的烟树那里。

下片写泊船后的情景：词人为了生活去就任远方的小官，越走离家越远，再也回不了家乡，正所谓"游宦成羁旅"。他斜倚船樯，凝望远方。万水千山已使自己迷失了远近，不知家在哪里，离家有多少路程。自从离别亲人之后，辜负了多少美好的时光，这些断肠之事，使他更感到离别的痛苦，只听得杜鹃鸟还一声声地劝人不如归去。

上片所写之景，雨是残的，汀洲是静的，渔灯隐映只有"几点"，都构成一种凄凉的环境，只有几分生气的鸥鹭，却是成双成对，更衬出作者的形单影只。景物的布置，是产生"离情苦"的典型环境。下片写情与景密切交融，词人本身游宦成羁旅，心中已藏有"贫士失职而志不平"（宋玉《九辨》）的牢骚，和常年奔波失去家庭生活的痛苦，对这凄凉之景，耳闻杜宇声声，孤独、寂寞、怨恨之情充溢于心头，杜宇鸟的"不如归去"似乎道出了他的心声，名场的失意、政治的苦闷、对现实遭遇的不满、漂泊江湖之苦和浓重的乡愁，交织成他人生的苦闷。本词写景萧疏淡远，结构层层深入，在内容和意境上都有新的拓宽。

满 江 红

【原文】

暮雨初收，长川静、征帆夜落。临岛屿、蓼烟疏淡，苇风萧索。几许渔人飞短艇，尽载灯火归村落。遣行客、当此念回程，伤漂泊。　　桐江①好，烟漠漠。波似染，山如削。绕严陵滩②畔，鹭飞鱼跃。游宦区区成底事③，平生况有云泉约④。归去来⑤、一曲仲宣吟，从军乐⑥。

【注释】

①桐江：在今浙江桐庐县北，即钱塘江中游，又名富春江。

②严陵滩：在桐江畔。

③底事：何事。

④云泉约：谓归隐山林。

⑤归去来：谓去官归耕，语出陶渊明《归去来辞》。

⑥"一曲"二句：仲宣，三国时王粲的字，初依荆州刘表，未被重用，后为曹操侍中，从曹操西征张鲁，作《从军诗》五首，主要抒发行役之苦和思妇之情。

【赏析】

词人初仕睦州推官，心中充满抑塞无聊之感。他仕途蹭蹬，已届五十，及第已老，游宦已倦，自然产生了归隐思想。这首词就是归隐思想的流露。这种思想在柳永词中是不多见的，且中国词史上《满江红》的调名也自此词始。

词一开始，"暮雨"三句，雨歇川静，日暮舟泊，即以凄清的气氛笼罩全篇。"临岛屿"二句，写船傍岛而停，岸上蒹葭，清烟疏淡，秋风瑟瑟。景色的凄凉与词人心境的凄凉是同一的，含有无限哀情。至"几许"以下，词人笔调突然一扬，写渔人飞艇，灯火归林，一幅动态的画面呈现在眼前，日暮归家，温暖、动人的生机腾然而起，但同时又从反面引出"遣行客"、"伤漂泊"二句，渔人双桨如飞，回家团聚，而自己却远行在外，单栖独宿，怎不触动归思？于是前几句之情，与这几句之景，妙合无垠，构成了浑成的意境。

换头再以景起，上片是夜泊，下片是早行。"桐江好"六句，一气呵成，先写江山之美。美好的河山扫尽了昨夜的忧愁，桐江上空，晨雾浓密，碧波似染，峰峦如削，白鹭飞翔，鱼虾跳跃，生动美丽的景色使词人心情欢娱。从感情线索上看，这里又是一扬。但因为词人情绪总的基调是愁苦的，欢娱极为短暂，又很快进入低谷，"严陵滩"三字已埋下伏笔，这里以乐景写哀，江山美好，鱼鸟自由，渔人团聚，而自己一年到头忙些什么？四海为家，宦游成羁旅，于是"游宦区区成底事"之叹自然从肺腑流出，词人得出的结论是不值得，不如及早归隐，享受大自然和家庭的天伦之乐。"云泉约"三字收缴上文，同时也启发下文，具有开合之力，所以结语痛快地说"归去来，一曲仲宣吟，从军乐"，用王粲《从军乐》曲意，表明自己再不想忍受行役之苦了。

本词表现了柳永想要弃官归隐的思想，写景抒情上下贯之，因景生情，情景交融，于抑扬有致的节奏中表现出激越的情感和悲壮的情怀。这首词当时就在睦州民间广为流传，深受百姓喜爱。

少 年 游

【原文】

参差烟树灞陵桥①，风物②尽前朝。衰杨古柳，几经攀折，憔悴楚宫腰③。　　夕阳闲淡秋光老，离思满蘅皋④。一曲阳关⑤，断肠声尽，独自凭兰桡⑥。

【注释】

①灞陵桥：在长安东（今陕西西安）。古人送客至此，折杨柳枝赠别。

②风物：风光和景物。

③楚宫腰：以楚腰喻柳。楚灵王好细腰，后人故谓细腰为楚腰。

④蘅皋：长满杜蘅的水边陆地。蘅即杜蘅。

⑤阳关：王维之诗《渭城曲》翻入乐内《阳关三曲》，为古人送别之曲。

⑥兰桡（ráo）：桡即船桨，兰桡指代船。

【赏析】

这是柳永漫游长安时所作的一首怀古伤今之词。上片写词人乘舟离别长安时之所见。"参差"二句，点明所咏对象，以引起伤别之情。回首遥望长安、灞桥一带，参差的柳树笼罩在迷濛的烟雾里。风光和景物还和汉、唐时代一样。词人触景生情，思接百代。"衰杨"三句，进一步写灞桥风物的沧桑之变，既"古"且"衰"的杨柳，几经攀折，那婀娜多姿的细腰早已憔悴不堪了。时值霜秋，没有暖意融融的春风，杨柳已经不堪忍受，况复"几经攀折"，惟有憔悴而已矣！拟人化修辞手法的运用，不仅形象生动，而且也增强了表达效果。上片通过描绘眼中景、心中事、事中情的顿挫，写出了词人伤别中的怀古，及怀古心中的伤今。

下片写离长安时置身舟中的感触。"夕阳"句，点明离别之时正值暮秋的傍晚，一抹淡淡的夕阳，映照着古城烟柳。连用三个形容词"闲"、"淡"、"老"，集中描写"夕阳"的凋残，"秋光"更是"老"而不振，清冷孤寂的环境，令人颓丧、怅恼的景物与词人自己愁怨的心情交织在一起，使他愈增离恨。"离思"句，极写离思之多、之密，如长满杜蘅的郊野。然后以"阳关曲"和"断肠声"相呼应，烘托出清越苍凉的气氛。结句"独自凭兰桡"，以词人独自倚在画船船舷上的画面为全篇画上句号，透露出一种孤寂难耐的情怀。

本词紧扣富有深意的景物，以繁华兴起，又陡转萧瑟，有咏古之思和历史变迁之叹，但未触及历史事实，不加议论，只是通过描写富有韵味的景物和抒发离情别绪来突出感情的波澜起伏，虚实互应，情景相生，笔力遒劲，境界高远。

范仲淹

【作者介绍】

范仲淹（989—1052），字希文，先世邠（今陕西彬县）人，迁居吴县（今江苏苏州市）。真宗大中祥符八年进士。宋仁宗时官至参知政事（副宰相）。他在陕西守卫边塞多年，西夏不敢来犯，惧他"胸中自有数万甲兵"。曾条陈十事，力求革新。推行庆历新政，为守旧派所阻挠，没有显著成就。词作仅存五首，有《范文正公集》。

渔 家 傲

【原文】

塞下①秋来风景异，衡阳②雁去无留意。四面边声③连角起。千嶂里④，长烟落日孤城闭。　　浊酒一杯家万里，燕然未勒⑤归无计。羌管悠悠霜满地。人不寐，将军白发征夫泪。

【注释】

①塞下：边界险要的地方，这里指西北边疆。

②衡阳：湖南市名。旧城南有回雁峰，峰形很像雁的回旋。相传大

雁至此不再南飞。

③边声：边地的悲凉之音，如马鸣、风号之类。李陵《答苏武书》"侧耳远听，胡笳互动，牧马悲鸣，吟啸成群，边声四起。"

④千嶂里：在层层山峰的环抱里。像屏障一样的山峰叫做嶂。

⑤燕然未勒：意谓虏敌未灭，大功未成。燕然山即今蒙古杭爱山。据《后唐书·窦宪传》，窦宪北伐匈奴，追逐单于，登燕然山，刻石勒功而还。

【赏析】

宋仁宗朝，西夏是从西北方面侵扰中原的强大敌人。公元1040年，范仲淹任陕西经略副使兼知延州（陕西延安），在边城的防御上起了很大的作用；但朝廷腐败，败多胜少，只能坚守以稳定大局。本词即作于此时。

上片着重写景。"塞下"二句首先点明地点，时间和边地延州与内地不同的风光，其次具体地描述风光的不同，西北边疆气候寒冷，一到秋天，寒风萧瑟，满目荒凉，大雁此时奋翅南飞，毫无留恋之意。"四面边声"三句写延州傍晚时分的景象，边声伴着军中的号角响起，凄恻悲凉。在群山的环抱中，太阳西沉，长烟苍茫，城门紧闭，"孤城闭"三字隐隐透露出宋王朝不利的军事形势。千嶂、孤城、长烟、落日，这是静；边声、号角则是伴以声响的动。动静结合，展现出一幅充满肃杀之气的战地风光图画，形象地描绘了边塞特异的风景。

下片抒情。"浊酒一杯"二句，先自抒怀抱，作者为前线三军统帅，防守边塞，天长日久，难免起乡关之思。想要借一杯浊酒消解乡愁，路途遥远，家人在何方？更重要的是，战争没有取得胜利，还乡之计就无从谈起。而要取胜又谈何容易，因此更浓更重的乡愁就凝聚在心头，无计可除。"羌管悠悠霜满地"，写夜景，紧承"长烟落日，"到了夜晚，笛声悠扬，秋霜遍地，更引动了征人的乡思。全词结束在"人不寐，将军白发征夫泪"二句上，此二句从写景转入写情。戍边将士上下一心，同仇敌忾，本可以战胜敌人，无奈朝廷奉行的是不抵抗政策，戍守艰苦，又无归计，人怎么能睡得着呢！旷日持久的守边白了将军的头，使征夫洒下许多思乡的热泪。

把西北边陲的羌管筘鼓声带进词坛，使词进一步向社会化靠拢，旁枝独秀于艳词之外，本篇即为发端者之一。语气沉郁雄浑，风格苍凉悲壮，上下片之间情景相生，浑然一体。上篇"雁去无留意"移情于物，生动地表现了征人久戍边关，更无留意的内心感受。"千嶂里，长烟落日孤城闭"，在描写边塞风光的词篇中，可称警策。作者爱国主义的英雄气概充满了字里行间，气象开阔，开苏、辛豪放词之先河。

张　昇

【作者介绍】

张昇（992—1077）字杲卿，陕西韩城人。大中祥符八年（1015）进士，历知数州，擢枢密副使，累官参知政事，枢密使，彭信军节度使，终以太子太师致仕，谥康节。今存词二首。

满　江　红

【原文】

无利无名，无荣无辱，无烦无恼。夜灯前、独歌独酌，独吟独笑。况值群山初雪满，又兼明月交光好。便假饶①百岁拟如何，从他老。　　知富贵，谁能保。知功业，何时了。算箪②瓢金玉，所争多少。一瞬光阴何足道，便思行乐常不早。待春来携酒殢③东风，眠芳草。

【注释】

①饶：加上，增加。
②箪：古代盛饭的圆竹器。
③殢（tì）：困扰、纠缠不清；滞留。

【赏析】

这是一首看透世事的旷放之作。上片着重写自己不重名利的心态。起首三句，直书自己的处世态度、名利、荣辱、烦恼一切皆无。"夜灯"二句，写自己洒脱不羁的快乐生活。"况值"四句，承上，本来就很快乐，加上群山雪满和明月朗照的美景，心情更为舒畅。他豪迈地说，就算是再增加一百岁寿命又能怎样，还不是一样的要老。言下之意是眼前这种惬怀的生活，比增添百岁寿命更使人感到珍贵留恋。

下片，阐发议论。"知富贵"以下六句，写富贵不能永保，建功立业，又何时能了，就是金钱，能要多少呢？意为自己不重富贵、功名、金钱，把这一切都看得极淡。"一瞬"二句，表明自己应当抓紧时间及时行乐。最后"待春来"一句写自己享受生命及时行乐的具体行动：等到春天到来时要立刻带上酒馔去留住东风，无拘无束地躺卧在芳草之上。这是他潇洒生活的写照。

全词明白如话，但把自己看透一切要享受生命的人生态度写得极为生动，言浅意深，乐观潇洒，旷放不羁。

尹　洙

【作者介绍】

尹洙（1001—1047），字师鲁，河南洛阳人。官至起居舍人。博学有识，但屡遭贬谪，终至死于贬所。有《河南先生文集》。

水调歌头

和苏子美①

【原文】

万顷太湖上，朝暮浸寒光。吴王去后，台榭千古锁悲凉。谁信蓬山仙子②，天与经纶才器，等闲厌名缰。敛翼③下霄汉，雅意在沧浪。　　晚秋里，烟寂静，雨微凉。危亭好景，佳树修竹绕回塘④。不用移舟酌酒，自有青山渌水，掩映似潇湘⑤。莫问平生意，别有好思量。

【注释】

①苏子美：即苏舜钦
②蓬山仙子：指苏舜钦。
③敛翼：本指鸟收翅落地，此指苏舜钦退居苏州。
④回塘：此指亭边之水。
⑤潇湘：本指发源和流经广西、湖南交界处的潇湘二水，水清竹美，风景极佳。一般用以代指风景优美之地或隐居之地。

【赏析】

这首词题为"和苏子美"，是作者和苏舜钦《水调歌头·沧浪亭》而作的一首词。上片对景怀古，流露出作者乐天知命的出世思想。"万顷"二句和苏词从太湖景起笔，"吴王"二句，由眼前之景想到吴王夫差的显赫繁华，是终还是烟消云散，徒留悲凉。言下之意，人生何尝不是如此，功名富贵、高官厚禄，转头而空。"谁信"三句，称赞苏舜钦和蓬莱仙子，虽才华横溢，满腹经纶，却视功名利禄如缰绳，不屑于跻身庙堂。"敛翼"二句，指苏退居苏州，隐于沧浪。

下片借景抒情，"晚秋里"以下五句，描绘了一幅沧浪秋景图：晚秋寂静，小雨微凉，竹叶细细，回塘碧澄。"不用"三句，写在这美景如画的地方，不必移舟它处，就能饱览青山绿水，在绿树翠竹掩映之处开怀畅饮。最后以"莫问平生意，别有好思量"作结，意思是不要问此中真意，妙处只有你我知道。照应苏词并围绕苏在沧浪亭的隐居之乐，直抒平生的抱负和心愿：彼此相知甚深，志趣相投，二人都不愿随波逐流，而想退居山林，尽享林泉之美。通过和苏舜钦诗，一方面表现了对苏抛弃功名利禄表示支持，另一方面也表现了作者自己在宦海风浪、怀古伤今中领悟到的人生启示。在旷达自适的处世哲学背后，包含着愤懑不平的激愤和洁身自好的追求。

全篇写景、抒情、议论融为一体，既是和词的佳篇，又是一首独立的抒情感怀之词，流畅、明快，含义丰厚。

欧阳修

【作者介绍】

欧阳修（1007—1072），庐陵（今江西吉安）人。号醉翁，又号六一居士，天圣八年（1030）进士，官至参知政事。神宗朝，迁兵部尚书，以太子少师致仕。卒赠太子太师，谥文忠。其词多写缠绵悱恻，伤春怨别，风格深婉清丽，接近于晏殊，亦有疏旷豪迈之作。有《欧阳文忠集》、《六一词》等多种。

采 桑 子（一）

【原文】

轻舟短棹西湖好，绿水逶迤①。芳草长堤。隐隐笙歌处处随。　　无风水面琉璃②滑，不觉船移。微动涟漪。惊起沙禽掠岸飞。

【注释】

①逶迤：绵延曲折貌。
②琉璃：天然的发光宝石，此处借以形容平滑如镜的水面。

【赏析】

欧阳修早年曾被贬知颍州（今安徽阜阳），晚年又归隐于此，对此处山山水水情有独钟。州城西北，颍河与泉河汇流处，有一天然水泊，亦称西湖，作者常优游于此，并写了十首《采桑子》，依次描写颍州西湖四季的不同景色。

本篇是组词的第一首，描写春日乘舟游湖的情趣。"轻舟"句总摄全篇，点明题意，直抒赞美之情，用轻快的笔触，把读者带进一个春色宜人的境界。"绿水"三句，具体写西湖美景，作者乘着轻舟，荡起双桨，绿水蜿蜒曲折，长堤芳草青青，远处传来隐隐约约动听的笙歌妙曲。分别从视觉和听觉上极写春景之美。"处处随"则又暗示游人之盛。着墨不多而有声有色，声情并茂。下片着重写泛舟湖上特有的体验，湖上风平浪静，波平如镜，不待风助，小船已在平滑的春波上缓缓移动。"不觉船移"四字，信手拈来，贴切地描绘了舟行的情景。最后两句写小船荡开水波，沙洲上的小鸟，被桨声惊动，突然展翅掠过堤岸飞向远方。在静谧的环境中，出现了"动"的点染，静中有动，以动衬静。作者通过对多姿多彩的客观景物的描写，烘托出一种舒畅、愉悦的气氛，语言清新自然。表现了作者轻松活泼的心境。

采 桑 子（二）

【原文】

画船载酒西湖好，急管繁弦，玉盏催传。稳泛平波任醉眠。　　行云却在行舟下，空水澄鲜。俯仰留连。疑是湖中别有天。

【赏析】

本篇写作者泛舟西湖，饮酒作乐，醉眠舟中的情景，表现了他纵情山水的欢乐心情。上片起首三句先写作者一行人携带酒肴，游览西湖。节奏明快的管弦音乐，催促着游客们传杯畅饮。一个"催"字，把作者一行欢乐兴奋和戏谑热闹的场面传神地勾勒出来，这才有了后面的结果，畅饮而醉眠于船上。"稳泛"句，写湖面无风无浪，醉者逍遥闲适卧于船上，一任扁舟从容荡漾。他们忘记了烦恼，忘记了心灵的创伤，把全身心都交于大自然，暂时寄情山水，啸傲江湖，这是作者晚年厌倦政治斗争，希冀平和的心理写照。

下片写作者醉眠船上之所见所感。但见行云在船下飘动，湖水清澈空明。"行云"二句巧妙地勾画出天水一色富有诗意的图画。

"俯仰"句，作者俯身看湖水，一片碧波粼粼；仰卧观天空，万里行云舒卷。使他如同置身于世外桃源，故云"疑是洞中别有天"。于是舟行迟迟，流连忘返。"洞中有天"四字透出作者追求安宁平和的理想境界，胸怀洒脱，令人心旷神怡。

采桑子（三）

【原文】

天容①水色②西湖好，云物俱鲜。鸥鹭闲眠。应惯寻常听管弦。　　风清月白偏宜夜，一片琼田。谁羡骖鸾③。人在舟中便是仙。

【注释】

①天容：指天空中的景色。

②水色：指湖水中奇丽的倒影。

③骖鸾：语出韩愈诗"远胜登仙去，飞鸾不暇骖。"指乘着鸾鸟到仙境中去。骖，一车驾三马，这里作"骑"讲。鸾，传说中凤凰一类的鸟。

【赏析】

上片写西湖动人的风光。"天容"二句：在天光云影之下，岸边景物倒映在清澈的湖中，千姿百态，多姿多彩。此句既写了湖面上动人的风光，又暗示了湖水的明净清澈。在这自然美景中，最动人的是沙滩上安闲睡觉的沙鸥和白鹭，不仅显示了环境的平和恬静，也表现了大自然的纯朴、动人。但美丽的西湖却是静中有动，湖上不时传来管弦之声。可见游人之多，游客之众，可鸥鹭早已习惯了这样的环境，所以它们在管弦声中不但没有被惊醒，而且依然安闲入睡，这是一种反差较大的和谐，使人深深地享受到湖光山色鸥鹭等大自然真实的美感。

下片描述令人陶醉的西湖景色。"风清"二句，写西湖的夜晚，月白风清，晴空万里，晶莹的湖面好像是一片用美玉铺成的良田，夜色宁静、清幽，令人神往，令人陶醉。作者早年仕途坎坷，晚年虽位居高官，但已无意于政治，只求远祸全身。这种静谧、悠闲的晚境，已逐渐成为他的追求和生活情趣的折射，所以当他置身舟中，面对如此美景时，他从内心由衷地叹道："谁羡骖鸾，人在舟中便是仙。"谁还羡慕神仙？人在舟中，就是神仙！这随口说出的话，却是他心灵深处愿望的流露。本词信手拈来，寄意深远，景色淡雅，意境开阔。

玉 楼 春

【原文】

尊前①拟把归期说，未语春容先惨咽。人生自是有情痴，此恨不关风与月。　　离歌且莫翻新阕。一曲能教肠寸结。直须看尽洛城花，始共春风容易别。

【注释】

①尊前：即樽前，饯行的酒席前。

【赏析】

这是欧阳修离开洛阳时所写的惜别词。上片落笔即写离别的凄怆情怀。"尊前"二句：在酒宴前，本为告别，却先谈归期，正要对朋友们说出他的心中所想，但话还没说，本来舒展的面容，立刻愁云笼罩，声音哽咽。作者把酒宴的欢乐与离别的痛苦，离别与归来，春容与惨咽，几种事物对举，多次进行了感情的转换。在这种转变和对比中，使读者感受到对美好事物的追求和对人生无常的悲叹，把作者与友人之间深厚的友谊、彼此的依恋等复杂丰富的情感全部包容进去。作者没有按作词时一般写景抒情的格局，而是侧重抒写离别时的内心活动。"人生"二句：是从人生哲理的高度来观照这种惜别的感情。离别之所以如此痛苦，并非留恋风月繁华，而是感情的执著、真诚和美好。即将到来的"失去",使他陷入痛苦,这种痛苦不是春花秋月这种外物所能给人带来的感情变化,而是心灵的默契,是痴情的写照。

下片"离歌"二句,劝止那些唱离歌的人不要再换新的曲子了,仅只一曲离歌,就使人肝肠寸断。"且莫"二字,叮咛得如此恳切,目的是反衬后句"肠寸结"的哀痛伤心。至此,作者对离别无常之悲哀感慨、低徊宛转已至极限。惜别之情,俱已说完。结尾"直须"二句,笔锋一转,抛开一切悲哀伤感,要去"看尽洛阳花",然后再同洛阳告别,表现出一种豪宕的意兴,当然豪宕之中也隐含着沉重的悲慨,王国维曾评此几句曰:"于豪放之中有沉着之致,所以尤高。"

朝 中 措

送刘原父①出守维扬

【原文】

平山②阑槛倚晴空。山色有无中。手种堂前垂柳,别来几度春风。　　文章太守,挥毫万字,一饮千盅。行乐直须年少,樽前看取衰翁。

【注释】

①刘原父:刘敞,字原父。嘉祐元年(1056)出知扬州。史载刘敞博学多识,气度不凡。

②平山:即平山堂,在扬州西北蜀冈上,欧阳修庆历八年(1048)为郡守时建。叶梦得《避暑录话》说:"欧阳文忠公在扬州作平山堂,壮丽为淮南第一,上据蜀冈,下临江南数百里,真润、金陵三州。公每暑时,辄凌晨携客往游。"

【赏析】

这是一首送别词。欧阳修于庆历八年（1048）知扬州，一年后移知颍州。他在扬州修建了平山堂，并手植杨柳。本词因为是送刘敞出维扬，所以就从追忆扬州平山堂景色写起。上片"平山"二句，写登上凌空耸立的平山堂，凭阑远眺，被烟云笼罩的青山若隐若现，迷离朦胧，这是远眺。近观，则又想到自己手植之柳自别后又经几度春风，景中带情，蕴含着作者对平山堂的深切思念，也充满对自己在扬州政绩的自豪。当地人把他手植之柳称为"欧公柳"，足见百姓对他的热爱。

下片则由昔及今，回到送别刘敞题旨。"文章"三句，栩栩如生地刻画了刘敞才思敏捷、气度豪迈的形象。刘敞身为太守又有文才，故说文章太守。此二句表达了作者对刘的钦佩之情。和刘相比，作者感到自己已年老力衰，自称为衰翁。最后两句即从自己衰老劝勉刘敞要及时行乐。其中不无调侃，主要还是寄托着作者的人生感慨。

本词写得清旷豪放，别具一格，深受苏轼喜爱。

浪 淘 沙

【原文】

把酒祝东风，且共从容①。垂杨紫陌②洛城东。总是当时携手处，游遍芳丛。　　聚散苦匆匆，此恨无穷。今年花胜去年红。可惜明年花更好，知与谁同？

【注释】

①从容：留连。
②紫陌：指洛阳。洛阳曾为东周、东汉的首都，当时都用紫色土铺路，故云。

【赏析】

欧阳修早年处于逆境，仕途坎坷。他一生都在忧念积贫积弱的国家，关心它盛衰兴亡的命运，也结交了不少志同道合的革新派朋友，如尹师鲁、梅圣俞等，他们一起议论国事，锐意革新，少年意气，倜傥风流。在陪都洛阳，到处都留下了他们感事抒怀、偃仰啸歌的足迹，这首令词就是追忆昔日在洛阳与友人欢聚的赏心乐事。起首"把酒"二句，写词人持酒祷祝，希望东风暂且与人从容留连，千万不要匆匆离去，这是他此刻的希望，紧接着便转入回忆。"垂杨"一句，点明当年欢纵的时间地点是春天的洛阳。当时他们如作者在诗句中所说："相将日无事，上马若鸿翩。出门尽垂柳，信步即名园。""寻尽水与竹，忽去嵩峰巅。"那是何等的欢乐！何等的潇洒！故本词接着回忆道"总是当年携手处，游遍芳丛。"没想到，事过境迁，聚散匆匆，当年携手共游之地竟变成了今日梦魂萦绕的相思之处了。

下片，写与友人分别后的怅恨。"庆历新政"失败了，革新派一一被免职、贬谪，各奔东西，"洛阳旧友一时分散，十年会合无二三。"现在面对眼前的春色他十分怀念旧时的挚友。"聚散"二句，写离别的憾恨。"今年"以下三句，着重写作者满怀愁绪感叹今年的好花，无人共赏，又不胜惋惜地预料明年花将更好，担心仍无人共赏。此处怀念旧友，黯然神伤，是含义之一；重要的是还有更深一层的含义：作者怀抱壮志，锐意除弊，新政夭折了，他的幻想也随之破灭了。什么时候能与革新派友人再聚政坛，一展抱负呢？这种渴望心情尽在不言之中。本词在写景抒情时，情绪转化大开大合，意境逐层深化、拓宽。语言朴素自然，感情饱满浓烈，风格洒脱清新。余音袅袅，耐人寻味。

王　琪

【作者介绍】

王琪，字君玉，徙居舒州（今安徽庐江），生卒年月不详。天圣三年（1025）召试，授大理评事、馆阁校勘，历任集览校理，知制诰、加枢密直学士。以礼部侍郎致仕。《全宋词》收其词十一首。

望 江 南

【原文】

江南岸，云树半晴阴。帆去帆来天亦老，潮生潮落日还沉。南北别离心。　　兴废事，千古一沾襟。山下孤烟渔市远，柳边疏雨酒家深。行客莫登临。

【赏析】

王琪有《望江南》十首，各咏一物，名标句首。本篇即以"江南岸"起句，所写的内容，都是岸头所见的江乡景物。"云树半晴阴"，写江天云树，时阴时晴，变幻不定。这是江天的总体背景。"帆来"句，江中船帆来来去去，历经人世变迁，天若有情也要为之衰老，"天亦老"用李贺诗"天若有情天亦老"诗句。"潮生"句，江中潮水时起时落，阅尽沧海桑田，太阳还是日日西沉。"帆去帆来"和"潮生潮落"都是实写江边景物，但却深含怀古之情。诗人们常把人世变化，和自然变化寓于"帆"和"潮"之中，如刘禹锡的"沉舟侧畔千帆过"和"潮打空城寂寞回"。"南北"句，由怀古到咏怀，古往今来的人事变迁，饱含了多少人间的悲欢离合。

下片紧承上片，由虚到实，从包蕴深刻哲理的比喻，转而实写，正面议论。"兴废事"三字，既是对上面怀古之情的点醒，说明作者写到的"帆"、"潮"都意在揭示国家兴亡、朝代更换大事，如帆去帆来，变幻不定，只有潮水永远是那样有起有落，亘古不变，它是历史的见证。"千古句"，既为"别离"又为"兴废"，深有所感，才会沾巾。而前面冠以"千古"，意为千古以来，人同此心。"山下"二句，又宕开一笔，由情到景，远眺山下，云遮雾掩，细雨濛濛，渔市和酒家都是那么遥远、飘渺，使人无法烹鱼饮酒，一解胸襟，凄清伤感，油然而生。千古兴废已足以令人沾襟，而眼前之景又徒增凄凉，最后以"独自莫登临"作结，已然登临又冠以"莫"字，极写登临后的感慨使人过于伤感，还不如不要登临，惆怅寂寞伤怀交织于胸，含不尽之意，深婉含蓄，情韵悠然。

苏舜钦

【作者介绍】

苏舜钦（1008—1048），字子美，梓州铜山（今四川中江南）人，迁居开封。仁宗景祐元年（1034）进士。历任大理评事、集贤校理、监进奏院，以议论侵权贵，罢居苏州，筑沧浪亭。自号沧浪翁。诗与梅尧臣齐名，风格豪迈奔放，亦工散文，其词仅存一首。有《苏学士文集》。

水调歌头

沧 浪 亭

【原文】

潇洒太湖岸，淡伫洞庭山①。鱼龙隐处，烟雾深锁渺弥②间。方念陶朱③张翰④，忽有扁舟急桨，撇浪载鲈还。落日暴风雨，归路绕汀湾。　　丈夫志，当景盛，耻疏闲。壮年何事憔悴，华发改朱颜？拟借寒潭垂钓，又恐鸥鸟相猜⑤，不肯傍青纶。刺棹穿芦荻，无语看波澜。

【注释】

①洞庭山：太湖中的岛屿，有东洞庭和西洞庭。

②渺弥：旷远貌。

③陶朱：就是范蠡，他曾帮助越王勾践完成灭吴大业，最终却忧谗畏讥归隐江湖。

④张翰：曾在齐司马冏手下当东曹掾（法官），处在八王之乱的历史时期，因见秋风起而想鲈脍莼羹，于是归隐故乡。这不过是避祸的借口而已。

⑤鸥鸟相猜：《列子·黄帝篇》载，有人与鸥鸟亲近，但当他有了不正当的心术后，鸥鸟便不信任他，飞得很远。此反用其意，借鸥鸟指别有用心的人。

【赏析】

本词作于作者免官居苏州时，乃抒愤之作。上片从写景入词。"潇洒"四句，总摄太湖风景。潇洒、淡伫，二句互文见义，写太湖岸和洞庭山的湖山之美。接下二句，湖上云遮雾掩，湖中鱼龙如被锁于湖底。此句既是写景又是透露作者怀才不遇，突然遭贬的愤懑。所以以下三句，从自身的遭贬而联想到与太湖有关的两位古人陶朱和张翰，他们急流勇退，避祸全身，正在沉思时，忽见一扁舟满载鲈鱼急驶而来。作者想到古人的遭遇，对自己今天的处境也就聊以自慰了。"落日"二句，以写景结束上片，暗喻人生道路曲折。

下片直抒胸臆，"丈夫志"以下五句，写内心的激愤，大丈夫正值盛年，耻于疏懒闲散，但遭诬陷，受贬谪以至壮年憔悴，早生华发、怀才不遇，青春蹉跎，感慨万千。如何排解这苦闷呢？"寒潭"三句，写他想要隐居沧浪亭、垂钓于寒潭，但又怕别有用心的人猜疑。"刺棹"二句，写作者由苦闷而旷达的心情，既然与世不合，倒不如荡起双桨，穿过芦荻，默默地去观看江湖的波澜。作者深层的意义是自己将在沉默中冷眼观看人世的风云变幻。作者由遭谗而退隐，再到心甘情愿地退隐，由忧谗畏讥转为愤世嫉俗，进而转为疏狂。苏舜钦是北宋词坛早期写政治题材的作家之一，在开拓词境上功不可没。

王安石

【作者介绍】

王安石（1021—1086），字介甫，号半山，临川（今江西临川县）人，庆历二年进士，神宗熙宁年间两任同平章事（宰相），实行变法，企图改变宋朝积贫积弱的局面，因保守派阻挠，新法未能很好地贯彻。后退居金陵，封荆国公，世称王荆公。王安石是我国历史上著名的政治家，文学成就也颇高，他的散文雄健峭拔，为"唐宋八大家"之一，诗歌刚劲清新。存词仅二十余首，风格高峻豪放，感慨深沉，有《半山词》。

桂 枝 香

【原文】

登临送目①，正故国②晚秋，天气初肃③。千里澄江似练④，翠峰如簇⑤。征帆去棹⑥残阳里，背西风、酒旗斜矗。彩舟云淡，星河鹭起⑦，画图难足。　　念往昔、繁华竞逐。叹门外楼头⑧，悲恨相续。千古凭高对此，谩嗟荣辱⑨。六朝旧事随流水，但寒烟、芳草凝绿。至今商女⑩，时时犹唱，后庭遗曲。

【注释】

①登临送目：登临高处，放眼远眺。

②故国：指金陵，六朝均建都于此，国祚极短，即今江苏省南京市。

③初肃：秋天的肃杀之气刚刚开始出现。

④澄江似练：江水清澈犹如白色的丝带。本句是从谢朓的"澄江静如练"化出。

⑤翠峰如簇（cù）：碧绿的山峰连绵不断，好像簇拥在一起。

⑥征帆去棹：已经出发在江上行驶的船只。帆和棹（zhào 桨）代指船。

⑦星河鹭起：远远望去，高出江面的白鹭洲好像白鹭在大江中起飞一样。星河指长江，远眺长江，天水相连，故称之为星河，星河即天河。鹭，指江中的白鹭洲。

⑧"门外楼头"句：用杜牧"门外韩擒虎，楼头张丽华"诗意。韩擒虎，隋将。灭陈，俘陈后主和张丽华于景阳井中。意谓当敌国大将已攻到宫城之外，陈后主还在和宠妃张丽华等寻欢作乐，致使陈亡。

⑨谩嗟荣辱：即空叹兴亡。

⑩"商女"句：用杜牧《泊秦淮》诗意，其中有"商女不知亡国恨，隔江犹唱后庭花"两句。后庭花是亡国的靡靡之音的代称，即陈后主所制的《玉树后庭花》。杜牧诗中的意思是，在这衰世之年，有人还不以国事为怀，歌亡国之音寻欢作乐，表现了较为清醒的封建知识分子对国事的隐忧。

【赏析】

这是一首金陵怀古之词。上片写金陵之景，下片写怀古之情。一开头，用"登临送目"四字领起，表明以下所写为登高所见。映入眼帘的是晚秋季节特有的白练般清澈的江水和连绵不断翠绿的山峰。船帆飘动，酒旗迎风，云掩彩舟，白鹭腾空。这图画难述其美的江天景色使诗人极为赞赏也极为陶醉，同时也引起他深深的思考。换头之后写怀古：在金陵建都的六朝帝王，争奇斗胜地穷奢极欲，演出一幕幕触目惊心的亡国悲剧。千百年来，人们只是枉自嗟叹六朝的兴亡故事。但空叹兴亡，又有何益？诗人在这里表现了政治家深邃的思想和雄伟的气概。不仅批判了六朝亡国之君的荒淫误国，也批判了吊古者的空叹兴亡。六朝的往事都随水逝去，空余寒烟芳草。可悲的是，有些人如商女一般，不顾国家兴亡，还沉溺于享乐，吟唱着《后庭花》这样的亡国之曲。作为政治家的王安石反对"谩嗟"六朝兴废，在北宋这积贫积弱的现实面前，要汲取历史教训，从政治上进行改革，免致奢华靡费导致国力衰竭，重蹈六朝覆辙。

本词以壮丽的山河为背景，历述古今盛衰之感，立意高远，笔力峭劲，体气刚健，豪气逼人。多处化用前人诗句，不着痕迹，显示了作者深厚的功底。

浪淘沙令

【原文】

伊吕①两衰翁，历遍穷通，一为钓叟一耕佣。若使当时身不遇，老了英雄。 　　汤武②偶相逢，风虎云龙，兴亡只在谈笑中。直至如今千载后，谁与争功？

【注释】

①伊吕：伊，指伊尹。夏末时为奴隶，因才干卓越，为成汤所赏，委以国任，得以灭夏而建商。吕，即吕尚，又称姜太公。早年贫寒，老来垂钓渭津，遇周文王，后辅佐武王完成灭纣兴周大业。这二人都是儒家称颂的著名贤相。

②汤武：汤即成汤，亦称天乙，商王朝的建立者。武即周武王。

【赏析】

这是一首借咏史而抒发个人在政治上自豪之情的小令。嘉祐五年王安石入阁为三司度支判官，熙宁二年又拔为参政知事（副宰相），不久又升任同中书门下平章事（宰相），主持变法，其备受宠遇而踌躇满志。本词从伊尹、吕望的身世入笔，先写伊、吕二人早年身世沉沦，政治上处于"穷"境，遇见成汤和周文王后才成了辅国大臣，建功立业，倘若没有这个机遇，也将无所作为，老死田亩。说明一个人才干的发挥、功业的成就，除了需要杰出的才干外，重要的是还要有发挥才干的机缘；没有时势，也难造就英雄。下片抒发感慨，英雄自有雄才大略，关键在于"遇"与"不遇"。若得遇明主，则可如风从虎，如云从龙，改朝换代，建立奇功，青史留名。

词人表面上是咏史，实则借古喻今，以伊、吕自况。一方面暗示对神宗知遇之恩的感激，一方面自许为英雄，意谓自己秉国政，行新法，将要建功立业。全词充满了强烈的自信心和自豪感，洋溢着欢快喜悦的气氛。

本词出现在充满脂粉气的北宋前期，题材开阔，意境宏大，风力刚健，现实性强，是豪放词史早期的力作。

孙浩然

【作者介绍】

孙浩然，宋仁宗、英宗时人。生平不详。《全宋词》仅存词二首。

离 亭 燕

【原文】

　　一带江山如画，风物向秋潇洒。水浸碧天何处断？霁色①冷光②相射③。蓼岸荻花洲，掩映竹篱茅舍。　　天际客帆高挂，烟外酒旗低亚。多少六朝兴废事，尽入渔樵闲话。怅望倚层楼，寒日无言西下。

【注释】

①霁色：雨后晴朗的天气。
②冷光：秋水反射出的波光。
③相射：互相辉映。

【赏析】

　　这是一首写景兼怀古的词。上片描写金陵一带的山水景色。起首"一带"赞美金陵一带的山水风物之美，"如画"二字先表现了作者由衷地叹赏，以下便是对这美丽如画的江山进行具体的描绘。"风物"句，首先写秋天的明净爽朗，"潇洒"含义丰富，既潇疏、高远，又有乐观、洒脱的意味，这是总写。"水浸"二句，写远望、碧水、蓝天相连，水天一色，无边无际，境界开阔迷茫，雨后放晴，天色湛蓝，与秋水的波光互相映衬，晶莹碧透，如一派秋天的风光。"蓼岸"二句，转写近景，在蓼草与荻花丛生的小岛上，竹篱茅舍隐约可见。这里花开草长，竹篱茅舍，一片生机。

　　下片紧承上片一气贯下，由纯粹的景物描写转向带有人事活动的景物描写。"天际"二句，写高挂风帆的客船向云水相接的远方驶去，在云烟之外，酒店的酒旗低垂。这两句是景，但已含深意，与下文对照方能读出。"多少"两句，以议论代抒情，金陵是吴、东晋、宋、齐、梁、陈六朝故都，江山变色、王朝更迭，都是那样繁华、那样奢侈、那样短暂。照应上一句，虽然人们依然是乘船外出，卖酒饮酒。但历史前进，时间推移，山河依旧，煊赫繁华的六朝却如流水一样，一个接一个地逝去了。六朝盛衰的故事，现在都变成渔翁和樵夫们闲谈的话题。人事沧桑，变化无常，怎能不让人感叹呢？最后"怅望"二句，作者无限惆怅地倚在楼上的窗口，只见夕阳无声无息地渐渐西下。人事代谢如行云流水，宇宙万物不以人的意志为转移。作者的心中所思本来极深极远，这是历史的感叹，人生的感叹，他没有直说，却宕开一笔，以自己充满深思惆怅的行动和秋天黄昏的落日之景作结，一切欲抒之情尽在不言之中，容量极大，且如前人所评"尤极苍凉，肃远之致"。借景抒情，情景交融，笔法冷峻，格调沉郁，豪气内藏。

张舜民

【作者介绍】

张舜民，字芸叟，自号浮休居士，又号矴斋，邠州（今陕西彬县）人。生卒年不详。英宗治平二年进士，哲宗朝曾任监察御史，徽宗朝为吏部侍郎，以龙图阁待制知同州。后被指为元祐党人，贬商州卒。善画，亦能诗文，有《画墁集》。存词四首，慷慨悲壮，风格与苏轼相近。

卖 花 声

题岳阳楼

【原文】

木叶下君山①，空水漫漫②。十分斟酒敛芳颜。不是渭城西去客，休唱《阳关》③。　　醉袖抚危栏，天淡云闲。何人此路得生还？回首夕阳红尽处，应是长安。

【注释】

①君山：在洞庭湖中。

②漫漫：空茫、渺远。

③《阳关》：王维《送元二使安西》，入乐歌唱，称为《阳关三叠》。

【赏析】

张舜民因从军守灵州，与西夏作战无功，又写诗讥议边事，为人攻讦，被谪监郴州酒税，途经岳阳，写了此词。上片首二句写楼外景色。作者登上岳阳楼，只见洞庭叶落、水空迷濛，烟波浩渺，秋风萧瑟，于是他自然咏出了"木叶下君山，空水漫漫"。因为被贬谪，所以心境悲凉，触目伤情，不忍多看。"十分"二句，转入楼内酒宴。在座的人都心情沉重，唱歌斟酒时也不苟言笑，芳颜紧敛不展，只是将酒斟得十分之满。这时宴会上奏起《阳关三叠》，作者便道："不是渭城西去客，休唱《阳关》。"这里一是宽慰友人，此去不似西出阳关，不必过于伤感；另外是牢骚之词，作者从西北前线被赶回来，想西出阳关而不可，意蕴丰富，耐人寻味。

下片"醉袖"二句，先写景，宕开一笔，然后一收，把感情推向高潮。"何人此路得生还？"把千古以来迁客骚人之命运总揽其中，同时对自己此去的绝望之情也倾泻而出，于是一声浩叹，以"回首"二句结束全篇。此句化用白居易"夕波红处近长安"（《题岳阳楼》），以长安代汴京。对故乡的眷恋，对贬谪的怨愤和对朝廷的期望，都隐含其中，跳出了令词那种"绮罗香泽之态"和"绸缪宛转之度"，真切地抒发了自己被贬的人生感慨，卓然不群，令人刮目相看。用语凝练浑成，抑郁盘旋，深婉又露峭拔之气。

江 神 子

癸亥陈和叔①会于赏心亭②

【原文】

七朝③文物旧江山。水如天。莫凭阑。千古斜阳，无处问长安。更隔秦淮闻旧曲④，秋已半，夜将阑。　　争教潘鬓⑤不生斑？敛芳颜。抹幺弦⑥。须记琵琶，子细⑦说因缘⑧。待得鸾胶⑨肠已断，重别日，是何年？

【注释】

①陈和叔：名陈睦，嘉祐六年进士，累迁史馆修撰。

②赏心亭：在金陵（今南京）城西下水门城上，下临秦淮，为观赏胜地。

③七朝：六朝指东吴、东晋、宋、齐、梁、陈。此处说"七朝"系指包括南唐在内的七个朝代。

④旧曲：南朝后主陈叔宝所制《玉树后庭花》，被视为亡国之音。

⑤潘鬓：晋人潘岳富文才，美仪容，三十岁开始有白发，后世即以"潘鬓"指中年鬓发斑白。

⑥抹幺弦：抹，弹琵琶的一种手法。幺弦，指弹琵琶的第四弦。

⑦子细：即仔细。

⑧因缘：佛家语，指产生结果的直接原因及造成这种结果的条件。因此相契谓之有缘，相乖谓之无缘。

⑨鸾胶：据《武帝外传》："西海献鸾胶，武帝弦断，以胶续之，弦两头遂相著，终日射不断，武帝大悦，名续弦胶。"

【赏析】

本词为作者谪监郴州酒税，南贬途中与友人陈睦会于金陵赏心亭时所作。

上片写登临怀古，忧心国事。"七朝"三句，写作者登上赏心亭，看到江山依旧，而文物已非，想起七个朝代都在这里兴国、繁荣和灭亡的历史事实，又想到宋灭南唐完成统一，而北宋后期却国势渐衰，前车之鉴，意义尤深，故忧心忡忡。尽管江水浩瀚、水天一色，却不忍凭阑远眺了。本句怀古伤今的感情都凝聚在一个"莫"字上。"千古"二句，"斜阳"除写景之外，又有抒写兴亡之感的象征意义。加上"千古"二字，自寓沧桑之感。以"长安"代指"汴京"。"无处问"表示自己身在江南，心恋京阙，坐罪遭贬，欲问国事而不能。"更隔秦淮"化用杜牧《泊秦淮》诗意,"烟笼寒水月笼沙,夜泊秦淮近酒家,商女不知亡国恨,隔江犹唱后庭花。"从写情转向写景,以景寓情。与友人盘桓至深夜,秦淮月亮格外明朗,照人无眠,听到水上传来音乐声,更是感慨万千。开头以"更"字领起,意为前句的斜阳,江山已足以使人伤怀,再加上月夜、旧曲,情何以堪?

下片回思往事,嗟叹来日,国事难问,而自己命运多舛,仕途蹭蹬,双鬓已白,脸上已失去笑容,回忆起当年琵琶弹奏着动听的乐曲,似乎娓娓地诉说自己政治上的顺利,那是何等地美好啊!而眼下自己处于贬途,又是何等可悲。至此,作者失望已极。但失望而不绝望,最后三句,表白自己期待有朝一日,朝廷重用再回京师,使自己的仕途如断弦重续。当然这种希望是渺茫的,他心中明白,所以又复长叹"重别日,是何年?",谓此地与友人别后,何时又能重别呢?有重别就得先有重逢,不说重逢,而直接说重别,意思更为深沉。上片以景结句,下片以情结句,饱含怀古伤今之情,深寓人世沧桑之感。追溯往事,寄慨身世,内容丰富,蕴藉深沉。

苏　轼

【作者介绍】

苏轼(1037—1101),字子瞻,号东坡居士,眉州眉山(今属四川)人。宋仁宗嘉祐时进士。以文章知名。神宗时因与王安石政见不合而求外职,任杭州通判与密、徐、湖三州知州。因作诗得罪朝廷,被捕入狱,贬为黄州(今湖北黄冈县)团练副使(执掌地方军事的助理官)。哲宗朝,旧党当权,召还为翰林学士、礼部尚书等,并出知杭、颍、扬、定四州。新党再度秉政后,又贬谪惠州并以六十三岁的高龄远徙琼州(今海南岛)。徽宗立,赦还,第二年,卒于常州(在今江苏)。他是继欧阳修之后的宋代文坛领袖。诗、词、文造诣都很高,代表了北宋文学的最高成就。苏轼才情奔放,为词的发展开辟了广阔的天地,一扫晚唐、五代以来文人词柔靡纤弱的词风,创造出高远、清新的意境和豪迈奔放的风格。笔力纵横,气势磅礴、豪壮清雄之作尤新人耳目。在词的题材、意境、体制等方面均进行了开拓和革新，对于词的发展起到了极为有益的推动作用，堪为豪放词派之创始人。著述颇丰，有《东坡乐府》，存词三百五十余首。

满 庭 芳

元丰七年四月一日，余将去黄移汝①，留别雪堂②邻里二三君子。会李仲览自江东来别，遂书以遗之。

【原文】

归去来兮，吾归何处？万里家在岷峨③。百年强半④，来日苦无多。坐见黄州再闰⑤，儿童尽、楚语吴歌。山中友、鸡豚社酒，相劝老东坡。　　云何，当此去？人生底事，来往如梭！待闲看，秋风洛水清波。好在堂前细柳，应念我、莫剪柔柯。仍传语，江南父老，时与晒渔蓑。

【注释】

①去黄移汝：元丰七年（1084）苏轼减刑，贬地由黄州（今湖北黄冈）移到汝州（今河南临汝）。

②雪堂：苏轼在黄州时开垦东坡，葺堂五间，堂成于大雪之中，遂绘雪于四壁，名曰东坡雪堂。

③岷峨：苏轼原籍四川眉山，在岷山、峨嵋一带，故以峨峨代指。

④百年强半：苏轼作词时，年四十九岁，故云"强半"。

⑤"坐见黄州再闰"二句：感叹贬官黄州的时间太长了。苏轼于元丰三年（1080）二月到达黄州，七年四月移汝，其间三年闰九月、六年闰六月，故云再闰。"坐"表明白白浪费时间，因为他在黄州是放闲，"不得签书公判"。

【赏析】

这是一首与黄州父老及山中好友的告别词，通过描写自己宦途的坎坷，感叹光阴的无多，表达了词人依依惜别的深情和弃官归隐的愿望。

该词以陶渊明《归去来辞》的"归去来兮"开篇，自己有罪在身，连弃官归隐也不可能，不禁为自己年将半百，来日无多而感叹。贬谪黄州时间太长了，已过了两个闰年，连孩子也变为楚地口音，唱熟了吴地的歌谣。现在要离开黄州到汝州去，友人和黄州父老以鸡豚社酒相送，他心中感慨良多。时间、空间的推移和转换，透露了贬谪异乡之人心境的悲凉。

下片写父老们虽然不明白他为什么要"来往如梭"地奔波，当此分别之际，他们又能说些什么呢？最后是苏轼的答问，他要去欣赏汝州附近洛水的秋风、清波。表面的轻松不能掩盖他内心的沉重和他的恋恋不舍。这种不舍的情绪体现在他叮嘱雪堂邻里照管好他的"堂前细柳"，叮嘱黄州父老经常为他晒晒打鱼的蓑衣，意思是他还要回来，要回来实现他终老斯地的宿愿。

苏轼虽然仕途艰险，但他却以超然旷达的态度对待人生旅途中的每一次坎坷。本篇寄慨遥深，感情真实，洒脱自如，回归大自然，向往民间乡野的质朴生活之情跃然纸上，沉郁顿挫而不掩一身豪气。

满 庭 芳

有王长官①者，弃官黄州三十三年，黄人谓之王先生。因送陈慥②来过余，因为赋此。

【原文】

三十三年，今谁存者？算只君与长江。凛然苍桧，霜干苦难双。闻道司州古县，云溪③上、竹坞④松窗⑤。江南岸，不因送子，宁肯过吾邦。　　拟拟⑥，疏雨过，风林舞破⑦，烟盖云幢⑧。愿持此邀君，一饮空缸。居士先生老矣，真梦里，相对残釭⑨。歌声断，行人未起，船鼓已逢逢⑩。

【注释】

①王长官：不详其名。

②陈慥：字季常，少为豪侠，壮而折节读书，晚年隐居光州、黄州之间的岐亭。与苏轼过从甚密。本篇是王长官送陈慥到黄州访苏轼时（1083），苏为之所题之词。

③云溪：白云缭绕的山溪。

④竹坞：种竹以为屏障的土垒。

⑤松窗：窗外长满松柏。

⑥扰（chuāng）扰：象声词，风吹树枝相摩击声。

⑦舞破：树木在大风中舞动，车帘好像快要被大风撕破。

⑧烟盖云幢：盖，车盖。幢，车帘。冠以"烟""云"二字，形容王长官所乘之车都带有雾气云霞，表现他那山中隐士的高雅特征。

⑨残釭（gāng）：灯油快点完。釭，灯。

⑩逢逢：象声词，状鼓声，开船的信号。

【赏析】

苏轼贬官黄州，弃官隐居的王先生送陈慥过访，苏轼结识了这位孤傲的王先生，十分赞赏他高洁的品格。

上片写陈慥的过访，落笔先用自问自答的方式，以万古不废的长江比王先生之高寿，以眼前景取喻，熨帖自然。第二句又以经冬不凋的凛然苍桧喻王先生的品格，使人顿生敬畏之感。又用"苦难双"，极赞其人之不多见，此为苏与王第一次谋面。王在当地隐者中颇有名气，故词人紧接着便描绘自己想象中王的居所，白云缭绕，流水淙淙，松柏掩映、竹叶森森、幽静高雅，令人神往。通过进一步写其深居简出不愿与俗人交往的性格。表现了词人对他的倾慕。上片写王先生弃官之久，年事之高，居地之幽，交人之疏，着墨不多，"凛然苍桧"的品格已跃然纸上。

下片紧承上片，写过访之情景。在一阵扰扰的阵雨之后，树枝在风中舞动，车帘好像要被大风撕破，王先生乘坐着烟绕云遮的车子来到了词人的面前。词人举杯邀王，酒逢知己，一饮空缸，豪饮畅谈直至深夜。他们互相倾吐了彼此的不幸遭遇后，词人发出重重的叹息，"居士（指自己）先生（指王）老矣！"然后把深沉辛酸的人生感慨，用"真梦里"三字轻轻带过，留下不尽之思，蕴含无穷。最后三句写分别，歌声刚罢，王先生还未起身，发船的鼓声，就连续响了起来。催发的鼓声，又抒发了相聚恨短之情。本篇通过描写对王先生的赞美、倾慕到二人的相知相别，抒发了词人对友人的真情实意，词风明朗自然，堪称不隔。词评家郑文焯评论本词曰："不事雕凿，字字苍寒，如空岩霜干，天风吹堕玻璃地，铿然作碎玉声。"

水调歌头

快哉亭①作

【原文】

落日绣帘卷，亭下水连空。知君为我新作，窗户湿青红。长记平山堂上，欹枕江南烟雨，渺渺没孤鸿。认得醉翁语，山色有无中②。　　一千顷、都镜净，倒碧峰。忽然浪起，掀舞一叶白头翁。堪笑兰台公子，未解庄生天籁，刚道有雌雄③。一点浩然气，千里快哉风。

【注释】

①快哉亭：宋神宗元年（1083）苏轼谪居黄州时，他的友人张怀民（字偓佺）在黄州宅舍西南长江边建造了一座亭台，苏轼为其命名为"快哉亭"。又以《黄州快哉亭赠张偓佺》为题，写了本词。

②"长记平山堂上"五句：平山堂，坐落在江苏省扬州市西北蜀岗法净寺内，居高临下，举目即可眺望江南的山光水色，是庆历八年欧阳修任扬州太守时所造。欧阳修为此堂写了《朝中措》词，其中有"平山栏槛倚晴空，山色有无中"的句子。后苏轼由杭知密，路经扬州，亦有诗题。这里是说快哉亭之景使自己想起当年在平山堂上，卧看江南的浩渺烟波，遥望远天渐渐消失的孤雁，那种高远、空濛的意境。以彼景比

此景，也以欧阳修的风雅比张怀民的襟怀。

③"堪笑兰台公子"三句：兰台公子，指宋玉。庄生即庄周。庄周曾在《庄子·齐物论》中，有天籁、地籁、人籁的议论。天籁指大自然演奏的乐曲，指风。宋玉在《风赋》中写道，自己曾陪楚襄王游兰台之宫，忽然风起，便在襄王面前把风分为"大王之雄风"和"庶人之雌风"。"刚"，"偏要"之意。

【赏析】

本词通过对在快哉亭上所见到的山光水色的描写，表现了词人达观的情怀。上片落笔先写夕阳西下时，他在快哉亭上卷起锦绣的窗帘，看到亭台和江面水天一色的美景。继写友人张怀民为迎接他而做的准备，窗户上的油漆青红之色尚未干透，表现了二人的深挚情谊。这几句先点明时间、地点和人事，为全词之纲。紧接着，又以登临平山堂所见之景色和欧阳修的优美词句来衬托登临快哉亭饱览的美景，并暗示张怀民亦有欧公之风雅。

下片用动与静相协调、描写与议论相结合的方法写俯视江面之所见。写静景是"一千顷，都镜净，倒碧峰"，广阔无垠的江面，风平浪静，如明镜一般。碧绿的山峰，倒映在江中，犹如一幅优美的画卷。接着笔锋一转，以"风"领起，词人又展示了大江的动态美，风起云涌，一位白发老人驾一叶扁舟，被风掀动，如舞其中，煞有趣味。在读者沉浸于大江美景之中时，写景之笔又戛然而止，转入议论，由风而联想到战国的宋玉，在楚襄王面前硬要把风分为雌雄的举动；借此，对那些是非不分的谗言表示了自己深深的不满，但含而不露。最后两句抒发感慨，表示说，只要我胸中有浩然正气，就可以领略这大江之上吹来的千里浩然长风。

词人着力对词进行革新，扫荡词坛的绮靡之风，扩宽了词境，"使词无意不可入，无事不可言"，本词即融叙事、抒情、写景、议论为一体，意境清新高远，词风旷达、豪放。

满 江 红

寄鄂州朱使君寿昌①

【原文】

江汉②西来，高楼③下，蒲萄深碧④。犹自带，岷峨雪浪⑤，锦江春色⑥。君是南山遗爱守⑦，我为剑外思归客⑧。对此间、风物岂无情，殷勤说。 　　江表传⑨，君休读；狂处士⑩，真堪惜。空洲对鹦鹉⑪，苇花萧瑟。不独笑书生争底事⑫，曹公黄祖俱飘忽。愿使君、还赋谪仙⑬诗，追黄鹤⑭。

【注释】

①朱使君寿昌：字康叔，时为鄂州（今湖北武汉市）太守，与苏轼友善，二人过从甚密。

②江汉：长江、汉水，两水在武汉汇流。

③高楼：指黄鹤楼，在武昌黄鹤矶上，面临长江。

④蒲萄深碧：形容水色。化用李白《襄阳歌》"遥看汉水鸭头绿，恰似蒲萄新酦醅"诗意。

⑤峨峨雪浪：岷山、峨眉山都是四川西部的大山。山上积雪，夏天溶化，涌入长江东流，李白有诗"江带峨眉雪"。

⑥锦江春色：化用杜甫"锦江春色来天地"诗句。锦江在四川。

⑦南山遗爱守：颂扬朱寿昌，朱寿昌早岁曾任陕州通守（即通判），卓有政绩，境内有终南山。遗爱，留下恩泽，故称南山遗爱守。

⑧剑外思归客：苏轼故里四川，在剑门山之南，故称剑南思归客，化用杜诗"江汉思归客"。

⑨《江表传》：是记载三国时代吴国人物事迹的史书。

⑩狂处士：指三国时祢衡。其刚直傲物，不见容于曹操，最终为江夏太守黄祖杀害。

⑪空洲对鹦鹉：祢衡写过辞气慷慨，借物抒怀的《鹦鹉赋》，死后葬地人称鹦鹉洲，在今湖北汉阳江边。

⑫ 争底事：即争何事。

⑬ 谪仙：此指李白，世人称李白为谪仙人。

⑭ 追黄鹤：旧传李白游黄鹤楼时，看到崔颢的题诗，曾搁笔而叹，后作《登金陵凤凰台》，欲与之争胜。

【赏析】

苏轼谪黄州时与朱寿昌不断翰墨往还，倾泻肺腑，本词即是其一。上片，由景入情，景中寓情。落笔便使长江、汉水，浩浩荡荡，突兀而来，描绘了大江千汇万状，直奔东海的雄伟气势。接着转入近景，黄鹤楼下，江水澄澈碧透，再用"犹自带"三字领起，驰骋想象，视通万里，奔腾的大江还带着蜀地岷山、峨嵋的雪浪和锦江的春色，不仅为大江铺染了一层绚烂夺目的色彩，而且融入自己浓浓的乡思。面对斯景，词人有许多感慨。笔锋一转写到朱寿昌和自己，先称赞朱寿昌为"南山遗爱守"，对他的政绩和人品表示钦佩；再称自己为"剑外思归客"，郁愤不平之情，他乡思归之意，溢于言表。他要在这壮丽风物景色的面前，对朋友敞开心扉。

换头之后便进入怀古抒情。劝友人不要读《江表传》，不必倾慕那些豪杰、这是激愤之语。他想起三国时在此被害的狂处士刚直傲物的祢衡，对其深为痛悼。眼前滚滚逝去的大江，使他想到像祢衡这样的士人虽为当时的权贵所不容，但至今英名犹存；而那些不容他们、杀害他们的人，不都被大浪淘净了吗？想到这里，词人排解了郁愤，心情豁然开朗，洒脱、旷达之情油然而生。"争底事"以下，点出主旨，劝勉友人和自己一道超脱于政治风云，寄情于文章事业。

全词写景、抒情、谈古论今，一气呵成，表达了与友人之间的深厚情谊，又畅所欲言，直抒胸臆，用典抒怀写志，贴切自然，深含苍凉悲慨、郁愤不平之情。

念 奴 娇

赤壁①怀古

【原文】

大江②东去，浪淘尽，千古风流人物③。故垒④西边，人道是，三国周郎赤壁。乱石崩云，惊涛裂岸，卷起千堆雪。江山如画，一时多少豪杰！　　遥想公瑾⑤当年，小乔⑥初嫁了，雄姿英发⑦。羽扇纶巾⑧，谈笑间，强虏⑨灰飞烟灭。故国神游，多情应笑我，早生华发。人间如梦，一尊还酹⑩江月。

【注释】

①赤壁：三国时周瑜击败曹操的地方，在今湖北嘉鱼县东北长江南岸，一说在蒲圻县西北。苏轼所游赤壁在湖北黄冈城外，他不过在此借景抒怀而已。

②大江：即长江。

③风流人物：指才能出众、品格超群、风度潇洒的人物。

④故垒：旧时营垒。

⑤公瑾：周瑜字公瑾。

⑥小乔：乔公之幼女，以美貌著称，是周瑜之妻。

⑦英发：英才焕发。

⑧羽扇纶巾：三国六朝时儒将常有的打扮，从肖像仪态上描绘周瑜的儒雅、风度。

⑨强虏：指曹操。

⑩酹（lèi）：把酒倒在地上祭奠。

【赏析】

神宗元丰五年（1082），四十七岁的苏轼因反对新法被贬谪黄州（今湖北黄冈县）已经两年多了，他深感自己政治抱负未能施展，在这里借怀古以抒发自己对建功立业的企盼。

词一开头从滚滚东流的长江落笔，以"浪淘尽"三字把眼前之景与历史的故实相联系，将空间的感受和时间的联系交织在一起，使人想到英雄人物的非凡气概。"故垒"句，由远而近的镜头，推出了三国周郎即前句的"风流人物"，同时点题。然后用"乱石"三句来描绘渲染赤壁惊心动魄，壮丽雄伟的景色，把读者带进一个万马嘶鸣，激烈紧张的古战场，也使读者的情绪激奋昂扬，达到高潮。用"江山如画"二句，结束上片并领起下片。壮丽的景色，哺育了无数的英雄豪杰，为他们提供了施展雄才大略的舞台。他们灿若群星，光耀千古，其中最引人注目的是大破曹兵的周瑜，以众星捧月之法大书周瑜，自然过渡到下片。

"遥想"以下六句，集中塑造周瑜的形象，刻画了一个年轻气盛，雄才大略、风度翩翩、在千军万马中指挥若定，从容不迫，谈笑之间大破敌虏的儒将形象。词人之所以这样称颂周瑜，正是由于他深感北宋国力衰弱，几乎无力抵挡辽夏的威胁，自己空有一腔报国疆场的热血，却身遭诬陷，无法施展抱负。社会政治现实和词人被贬的坎坷处境，同他振国兴邦的理想大相牴牾，他渴望有如周郎那样的英雄人物来增强宋王朝的国力，也希望自己能像周瑜那样驰骋疆场，报效国家。但现实是残酷的，在故国神游之后，他又跌入现实，只能对自己的多愁善感进行自我解嘲了。结尾调子的低沉，是理想与现实经过尖锐冲突之后，有志报国，却壮志难酬，无可奈何的心理反应。余音袅袅，发人深思。

本篇是苏词豪放风格的代表之作，气势磅礴，格调雄浑，高唱入云，境界宏大，开一代之风。波澜层叠，摇曳多姿，逸怀浩气，超然乎尘埃之外。

念　奴　娇

中　秋

【原文】

　　凭高眺远，见长空万里，云无留迹。桂魄①飞来光射处，冷浸一天秋碧。玉宇琼楼②，乘鸾来去③，人在清凉国④。江山如画。望中烟树历历。　　我醉拍手狂歌，举杯邀月，对影成三客⑤。起舞徘徊风露下，今夕不知何夕。便欲乘风，翩然归去，何用骑鹏翼⑥。水晶宫里，一声吹断横笛⑦。

【注释】

①桂魄：月的别称，古人以月为魄，相传月中有桂树，故云。

②玉宇琼楼：月中殿宇。

③乘鸾来去：乘飞鸾自由往来。想象月宫中仙人们的活动。鸾，传说中的仙鸟。

④清凉国：指月宫。

⑤"我醉拍手狂"句：化用李白《月下独酌》"举杯邀明月，对影成三人"诗意。

⑥何用骑鹏翼：典出《庄子·逍遥游》"鹏之翼，不知其几千里也，怒而飞，其翼若垂天之云"。此处说可以乘风到月宫中去，用不着乘鹏翼。

⑦水晶宫，一声吹断横笛：想象自己在月亮里吹着横笛。水晶宫，即月宫。吹断，尽情吹笛。

【赏析】

本词作于宋神宗元丰五年（1082），作者谪居黄州期间。当时他的政治处境虽然比较艰难，但是心情却比较开朗，通篇都用幻想组成，反映了主人公自求解脱、胸怀开阔的精神面貌。上片先写自己凭高远眺，广阔的天空，万里无云，月亮的清辉洒满大地，秋天的碧空沉浸在冷冷的月光中。他便驰骋想象，仿佛看到月中仙子乘着鸾鸟来来去去，自己也似乎置身于月宫那清凉的国度，那里美景如画，烟雾缭绕，仙树分明。上片词人着力描写了清净自由的月中世界。

下片转入现实。由于现实的丑恶黑暗，使他不得不借酒浇愁，举杯邀月饮，风露舞翩跹，词人醉了，在这美好的月夜，他要乘着清风飞到月亮中去。于是他又幻想自己遨游月宫，在月宫中尽情吹笛的纵放情景。

词人追求超凡的清空境界，是为了排遣政治上失意的苦闷，暂时忘掉污浊的现实。全篇洒脱飘逸、狂放而有仙者之风。

水 龙 吟

【原文】

古来云海茫茫，道山绛阙①知何处。人间自有，赤城②居士，龙蟠凤举。清净无为，坐忘遗照，八篇奇语。向玉霄③东望，蓬莱④晻霭⑤，有云驾、骖风驭。　　行尽九州四海，笑纷纷、落花飞絮。临江一见，谪仙风采，无言心许。八表⑥神游，浩然相对，酒酣箕踞⑦。待垂天赋就，骑鲸路稳，约相将去。

【注释】

①道山绛阙：道家的仙山和红色的殿阁。

②赤城：四川灌县西之青城山，一名赤城山，苏轼是四川人，故称赤城居士。

③玉霄：指天上。

④蓬莱：道家称三座仙山之一。

⑤晻霭：暗淡的云彩。

⑥八表：八方之外，极远的地方。

⑦箕踞：坐时两脚岔开，开似簸箕，为一种轻慢态度。

【赏析】

词人在临淮见到一位仙风道骨的湛然先生，十分敬佩，写了这首《水龙吟》表达他的倾慕心情，也抒发了他超然物外的旷达。

上片先写自己想象中的天上仙境，一开头用"知何处"表示自己对道山绛阙的向往。那些神仙一无人世烦恼，在蓬莱仙境、乘风驾云随意遨游。然后写湛然先生，先写他行尽九州四海的仙游生涯，再写自己今天在临江见到湛然后的印象。果然是一位谪仙人的风采，仙风道骨，野鹤闲云，虽然没有说什么，但心已相许，为他倾倒，于是和湛然神游八表之外，畅饮沉醉，箕踞而歌，傲视一切，并约定将骑着鲸鱼一道离开凡世。

全词充满对天上仙境的向往之情，飘逸豪放，有浓郁的浪漫气息。

沁 园 春

【原文】

孤馆灯青，野店鸡号，旅枕梦残。渐月华收练，晨霜耿耿；云山摛锦①，朝露溥溥②。世路无穷，劳生有限，似此区区长鲜欢。微吟罢，凭征鞍无语，往事千端。　　当时共客长安，似二陆③初来俱少年。有笔头千字，胸中万卷；致君尧舜，此事何难。用舍由时，行藏在我，袖手何妨闲处看。身长健，但优游卒岁，且斗尊前④。

【注释】

①云山摛锦：朝霞在飘浮着白云的山头慢慢升起，展开。摛（chī）：舒张。

②朝露溥溥（tuán）：露多的样子。

③二陆：指西晋的陆机、陆云。

④且斗尊前：化用杜甫"且斗尊前见在身"诗句。

【赏析】

本篇一本有副题为《赴密州早行马上寄子由》，作于熙宁七年（1074）赴密州途中。上片，以议论入词，直抒胸臆，表现词人的政治抱负。先写自己的早行，化用温庭筠《商山早行》诗句，"鸡声茅店月，人迹板桥霜"，以逐渐西沉的月亮，刚刚抹上一缕朝霞的山色，清晨的露水和满地的寒霜，极写早行的辛苦和出门的悲凉。然后抒写感慨"世路无穷，劳生有限"。"往事千端"引出下片的议论。

回想当年他们兄弟二人共客长安时，如陆机、陆云那样怀着"致君尧舜上，再使风俗淳"的远大抱负，和"结人心、厚风俗，存纪纲"的政治理想。他们"笔头千字，胸中万卷"（《上神宗皇帝书》），少年锐气，自负才学，大有不可一世之气概。然而他们都碰了壁。回忆中又隐含着仕途坎坷的愤懑，似乎在倾吐心中的块垒不平，读来令人迥肠荡气。但词人在坎坷之中仍是达观的，他坦率地宣称"用舍由时，行藏在我，袖手何妨闲处看"，表现了他对政治的态度和对现实的态度。最后用"身长健"停顿蓄势，以"但优游卒岁，且斗尊前"作结，旷达、乐观、气势飞动。

全篇写景、抒情、议论融为一体，诗、文、经、史融为一体，以诗入词，以词议论，是词人革新词体、转变词风的具体实践。

西 江 月

公自序云：春夜行蕲水①中过酒家饮。酒醉，乘月至一溪桥上，解鞍曲肱②少休。及觉，已晓。乱山葱茏，不谓尘世也。书此词桥柱。

【原文】

照野弥弥③浅浪，横空暖暖微霄。障泥④未解玉骢⑤骄，我欲醉眠芳草⑥。　　可惜一溪明月，莫教踏破琼瑶⑦。解鞍欹枕⑧绿杨桥。杜宇一声春晓。

【注释】

①蕲（qí）水：源于湖北蕲春县。
②解鞍曲肱（gōng）：解下马鞍，弯着胳膊把它当枕头睡。
③弥弥：水盛的样子。
④障泥：即马鞯（jiān），因垫在鞍下垂至马腹以挡尘土，故有是称。
⑤玉骢：毛色青白相间的马。
⑥芳草：代指郊野。

⑦琼瑶：美玉，此指月亮在水中的倒影。

⑧欹枕：侧卧。

【赏析】

苏轼谪居黄州的第三年（元丰五年），他常往来于东坡雪堂和蕲水之间。一次，夜晚在酒家吃醉了酒，趁着月色走到一座溪水桥上，卸了马，枕着胳膊稍事休息，醒来天色将晓，见周围丛山乱石一片葱茏，疑为仙境，便在桥柱上题了这首词。

全篇上下两片，一气呵成，浑然一体。先写月光下所见：一溪翻着细浪的春水流向原野，夜空中薄薄的云层若有若无，醉眼惺忪的词人想要解鞍醉眠于旷野之中。下片紧承上片说明因为爱惜那映在水中美玉般的月色，生怕自己骑马过河踏碎水中琼瑶，破坏了这如画的仙境，才乘着酒兴解鞍下马侧卧于绿杨翠岚之中，于是淙淙流水和声声杜鹃伴着迎来春天的早晨。

通过对春天景色的描写，抒发了词人轻松愉快的心情，但是透过幽静的画面，却可以看出他内心的波涛，对自然景物的热爱，实际上是对黑暗现实的憎恶，点出杜宇催归，隐含着自己盼归的愿望。

他不仅关心政治，关心人民，同时像许多感情丰富的骚人墨客一样，爱人、爱山水、爱自然、爱故乡、爱他乡，处在自身难顾的逆境之中，还把丰富的情感给予了他的身外之物，多么可爱的风月，切莫叫马蹄踏破，宁可不涉水过河，也不愿破坏那如画的美景，这是何等宽广博厚的人格和泛爱苍生万物的情怀。

浣　溪　沙

【原文】

万顷风涛不记苏①，雪晴江上麦千车。但令人饱我愁无。
翠袖倚风萦柳絮，绛唇得酒烂樱珠。尊②前呵手镊霜须。

【注释】

①苏：苏醒。

②尊：同樽。

【赏析】

元丰五年，太守徐君猷携酒宴请苏轼，座上苏轼赋词三首，明日酒醒又作二首，此其一。

苏轼一贯同情人民疾苦，大自然的任何变化，都牵动着他那一颗爱民之心。本词上片写雪景，由此又联想到来年丰收的景象，并且直抒胸臆，表明只要老百姓能得到饱食，他的忧愁就没有了，境界十分开阔。但轻快的笔调不能掩盖那丰收景象的背后所隐藏的深深的忧虑。即使是雪兆丰年，老百姓也未必能够丰衣足食，他们怎么能逃过朝廷的苛赋重敛呢？用"但令"二字，使丰衣足食的幻想破灭了，那只是一个不可能实现的假设罢了。

下片抒写酒宴情景，翠袖白雪，绛珠樱桃相映增趣，在欢乐的酒宴上词人未能尽欢，使他不禁用热气呵手捻着自己业已花白的胡子陷入沉思。以乐景写忧思，以艳美写愁情，造成一种强烈的对比，虽身遭贬谪处境艰难，但爱民之心，未尝稍减，从中可以看出词人的博大胸襟和他的忧国忧民的情怀。

定　风　波

三月七日，沙湖①道中遇雨。雨具先去，同行皆狼狈，余独不觉。已而遂晴，故作此词。

【原文】

莫听穿林打叶声，何妨吟啸且徐行，竹杖芒鞋②轻胜马，谁怕？一蓑烟雨任平生③。　　料峭④春风吹酒醒，微冷。山头斜照却相迎。回首向来萧瑟处，归去，也无风雨也无晴。

【注释】

①沙湖：在今湖北黄冈东南三十里处。

②芒鞋：草鞋。

③一蓑烟雨任平生：披着蓑衣在风雨中度过一生。蓑衣：一种蓑草编成的防雨衣。

④料峭：形容春天的微寒。

【赏析】

苏轼谪居黄州二年，处境险恶，生活穷困，但他坦然乐观。

上片叙事，风雨骤起，穿林打叶，但词人内心十分镇静，仍旧且吟且啸，徐徐而行，竹杖芒鞋，轻快胜马，安详自若，"一蓑烟雨任平生"，在叙事中渗透了强烈的感情色彩，用"莫听"、"何妨"、"谁怕"、"任平生"表现了他广阔的襟怀和倔强的个性。"任平生"三字把此次遇雨的遭遇扩大到人生旅途的种种坎坷遭遇，表明他在人生道路上履险如夷，泰然自若的旷达心理，深化了主题。

下片写雨后的景物和心理的感受，雨过天晴，春风料峭，微带寒意。前路山头是夕阳斜照，经过风雨洗礼的诗人，酒意已完全消散，阵风骤雨之后，一切又归平静。对大自然的真切感受，逐渐升华为他对政治风云和人生遭遇的感受，是他心灵经历的投影和折射。在黄州经过一番艰苦的思索和追求之后，他终于找到了精神上的归宿：任天而动，随遇而安，这首《定风波》历来为人们所珍视并玩味无穷正是因此。词人战胜了他遇到的人生风波，产生了一种精神抵抗的能力，其结果就是他得到了解脱，逐渐坚强起来，他将含着微笑来对待向他袭来的任何灾难。通过对一件生活小事的描写，寄寓了生活的普遍意义和哲理，以曲笔写胸臆，而豪气纵横，正是本词的特色。

望 江 南①

超然台②作

【原文】

春未老，风细柳斜斜。试上超然台上看，半壕春水一城花。烟雨暗千家。　　寒食③后，酒醒却咨嗟④。休对故人思故国，且将新火⑤试新茶。诗酒趁年华。

【注释】

①望江南：比原来的单调《望江南》增加了一叠。

②超然台：苏轼于熙宁七年十一月到密州，"处之期年"即八年底，动工修葺园北旧台，并由其弟苏辙命名"超然"台。这是词人登超然台，眺望满城烟雨，触动乡思所写之词。

③寒食：清明节前两天，相传为纪念介子推，禁火三天，又谓寒食节。

④咨嗟：感叹。

⑤新火：寒食节后举火，称新火。

【赏析】

这首词为双调，故亦可分为上下片。

上片写登台时所见的城中春景，以"风细柳斜斜"，先写出春柳在春风中飘拂不定的样子，以点明季节征候。然后登临远眺，以春水春花绘出春景，这是近景，继而推开镜头，居高临下，"烟雨暗千家"，使满城风光，尽收眼底。

下片转入抒情，寒食过后，可以起新火，饮酒宴乐，但酒醒之后，却徒增他的感慨，因为寒食后是清明，清明是扫墓祭祖之日，词人远在山东，与四川有万里之遥，欲归不得；再者他年届不惑，抱负未展，只能深自嗟叹了。但他毕竟是一位襟怀开阔的有志之士，一生从不沉溺于某种伤感之情而不能自拔，当此际，他自有自己的解脱之法。"休对故人思故国，且将新火试新茶"，可以使内心的痛苦和矛盾得到暂时的缓解，再进一步用"诗酒趁年华"表示自己忘却尘世，超然物外的胸怀。趁年华正好诗酒自娱，虽不无及时行乐的思想，却更是他因苦闷追求解脱的表现，宁愿诗酒自娱，不愿随波逐流，正是他正直不阿、旷达雄放的性格使然。篇幅虽短而蕴含丰富，借景抒情，融情于景，对仗工整，合于格律，可以看出词人深厚的赋词工力。

临 江 仙

夜归临皋①

【原文】

夜饮东坡②醒复醉，归来仿佛三更。家童鼻息已雷鸣。敲门都不应，倚杖听江声。　　长恨此身非我有③，何时忘却营营④？夜阑风静縠纹⑤平，小舟从此逝，江海寄余生。

【注释】

①临皋：即临皋亭。本名回车院，在黄州朝宗门外，下临长江。居黄州期间，苏轼初寓定慧寺，后迁居临皋亭。

②东坡：在黄冈县东边。苏轼流放黄州，戴罪任检校水部员外郎黄州团练副使，筑雪堂于东坡，名之曰"东坡雪堂"，并自号东坡居士。

③此身非我有：这是老庄思想，也是苏轼当时的思想，庄子宣扬"此身非吾有"，提倡人身自由，主张不为外物所役，正与苏轼思想相一致，他因"讪谤罪"被逮下狱，又被放黄州，他痛恨自己不能掌握自己的命运。

④营营：为功名利禄而劳碌奔波。

⑤縠（hú）纹：水的波纹。縠，即绉纱。

【赏析】

宋神宗元丰二年，乌台诗案结束后，苏轼在黄州开始了长达五年的贬谪生活，他陷入了深深的苦闷之中，但是他在自己的人生哲学中反复地进行了自我调节，在他处境最困难的时候，沙湖清泉寺兰溪溪水向西倒流的情景给他极大的启发，"谁道人生无再少？门前流水尚能西！"于是，他发现了一个寻求解决矛盾的"法宝"：忘却烦恼，恢复清净！因此在黄州他虽然身心交瘁的情况下，他却写出了风趣而机智的《临江仙》。

一开头，词人便渲染了自己的醉态。因为醉，故对时间的概念只能是"仿佛"，其醉态可掬！到家后家僮已熟睡，敲门不应，只好"倚门听江声"，可以看出，他在现实生活中是多么善于自我开解。

下片写他酒醒后的思想活动，"长恨此身非我有"，富含双层意义，一是老庄思想，提倡人身自由，主张不为外物所役，二是正合词人此时处境，他是作为"罪人"接受看管的，自己不能掌握自己的命运。为什么这样痛苦？因为自己未能忘却人世间的功名利禄，未能"忘却营营"。在未忘却营营之前，江水腾涌，心潮起伏，而一旦彻悟之后，却"夜阑风静縠纹平"，江风平息，水波不起。这种奇妙的境界，正是他内心重归恬静的艺术写照。他想自己应当忘掉这身外的一切，甚至想象自己驾着小船飘往江海之中。表现了痛苦解脱后的旷达、超迈。词人把客观物境与主观心境融为一体，把写景、抒情、议论融为一体，具有强烈的艺术感染力。

八声甘州

寄参寥[①]子

【原文】

有情风万里卷潮来，无情送潮归。问钱塘江上，西兴浦口，几度斜晖？不用思量今古，俯仰昔人非。谁似东坡老，白首忘机。　　记取西湖西畔，正春山好处，空翠烟霏。算诗人[②]相得，如我与君稀。约他年、东还海道，愿谢公雅志莫相违[③]。西州路，不应回首，为我沾衣。

【注释】

①参寥：僧道潜的字。道潜是苏轼平生交谊甚深的一位方外友人。苏轼守吴兴时会于松江，以精深的道义和清新的诗句为苏所称赞，二人交好日深。以后每当苏轼迁谪，参寥都辗转相从，苏知杭州，他更曾"卜智果精舍居之"，二人诗歌唱和颇丰。

②诗人：指参寥。

③"愿谢公"句：《晋书·谢安传》所载：谢安功业既盛，未忘归隐，结果病卒于西州门，未遂雅志。苏轼用谢安故事说明他今日虽被召还朝，并未忘归隐之志，他日亦将东还，与参寥重会杭州。

【赏析】

这首词抒写了词人怀参寥之间诚挚而不可多得的友谊。一开篇"有情风万里卷潮来"二句，写万里之风涛，气象开阔、笔力矫健。但超迈之中用"有情"、"无情"、"潮来"、"潮去"，又隐含了词人感慨苍凉之意，抒发了人世间盛衰离合无常之悲慨，把词人仕途偃塞、宦海波澜的遭际，数十年的沧桑往事尽纳其中。词人从大自然的各种意象落笔，到"不用思量今古，俯仰昔人非"点出人事的感慨。细细体会，如近人夏敬观所说："东坡词……天风海涛之曲，中多幽咽怨断之音"，虽然激昂排宕，不可一世，但仍可以谛听到其中隐含的几个低沉的音符。不过，词人豪放的气质却不允许他徘徊伤感于他的低音区。笔锋一转，用"谁似东坡老，白首忘机"，使激越豪迈之情飞扬超越而出。

下片着重写词人与参寥的深厚情谊。"记取"三句，回忆与友人流连于西湖美景的往事，和二人密笃之友谊，用谢安故事表示自己归隐的愿望，最后又用羊昙故事暗示他对生离死别的隐忧，加以"不应"是重新振起，自我安慰也安慰友人，他一贯的旷达又跃然纸上。本词语句平淡而情意深厚，俯仰天地，纵览古今，既如天风海涛，又含幽咽怨断。气势雄放，意境阔大。

江 城 子

密州出猎

【原文】

老夫聊①发少年狂。左牵黄，右擎苍。锦帽貂裘，千骑卷平冈。为报倾城随太守，亲射虎，看孙郎。　　酒酣胸胆尚②开张。鬓微霜，又何妨。持节云中③，何日遣冯唐？会④挽雕弓如满月，西北望，射天狼⑤。

【注释】

①聊：姑且。
②尚：更。
③云中：汉时郡名。今内蒙古自治区托克托县一带，包括山西省西北一部分地区。
④会：会当，定将。
⑤天狼：星名，又称犬星，主侵掠。

【赏析】

这是苏轼第一首最具豪放风格的词。

宋神宗熙宁八年，是苏轼被贬官密州的第二年。此时的北宋王朝国贫兵弱，不断受到西北边境各少数民族的侵扰，就在本年七月，辽主曾胁迫宋廷割地数百里。苏轼在这年十月祭常山回来，与同官会猎于铁沟、黄茅冈，作此词以抒怀，词的上片描写打猎的盛况，下片表现了他决心抗击辽、夏侵略者的爱国壮志。

本词开篇就显示出豪放气韵"老夫聊发少年狂"，老夫，作者自谓。本句体现出作者虽是"老夫"，但打猎习武时却偏要像少年那样纵情恣意的发发狂劲，突出豪壮之气势。

"左牵黄，右擎苍。锦帽貂裘，千骑卷平冈。"古时打猎常用鹰和狗追捕猎物，词中黄即黄狗，苍即苍鹰，只六个字，便将一个威风凛凛左手牵狗，右手举鹰的密州太守形象勾勒出来，令人产生强烈的印象。在《梁书·张充传》中曾有："值充出猎，左手臂鹰，右手牵狗。"作者在此暗用这一典故。"锦帽貂裘"，原是汉时羽林军的服装，在这儿指随从打猎的将士们的装束。"千骑卷平冈"展现出威武雄壮的猎队武士，乘马飞驰，大有席卷山林之势。苏轼素喜与民同乐，故有"为报倾城随太守，亲射虎，看孙郎"之句，意为快通知全城的官员将士百姓跟随我出城射猎，看看我，你们的太守像孙权那样射杀猛虎的威武场面吧。在《三国志·吴志·孙权传》中记载："（建安）二十三年十月，权将如吴，亲乘马射虎于庱亭，马为虎所伤，权投以双戟，虎却废。""酒酣胸胆尚开张，鬓微霜，又何妨？"在畅饮好酒之后，心胸开阔，胆壮，气正，更加激发了作者的豪情壮志，即使双鬓斑白，又有何妨？"持节云中，何日遣冯唐"，这里又用了一个典故。《史记·冯唐列传》记载：汉文帝时，云中郡太守魏尚杀敌甚众，但因报功文书上所载的杀敌人数与实际不符（缺六人）被削职查办，后经郎中署长冯唐极力辨白，使得文帝派冯"持节"（即带着传达命令的节符）前往云中，赦免了魏尚的罪，让他继续担任云中太守。苏轼这时在政治上处境不太好。故以魏尚自许，希望得到朝廷的信任，使他能再展宏图，为国立功，表现出作者渴望报效国家的急切心情。"会挽雕弓如满月，西北望，射天狼"，此处用主侵略的天狼星比喻侵犯北宋的辽国与西夏。作者卒章显志：我一定把那雕弓拉得像满月一样，射向西北方的天狼星。表现出作者强烈的爱国心情，恨不能立即驰骋疆场，杀敌报国。

这首词具有明显的豪放特征，不论是内容，还是题材，都已超越日常生活范围，拓展境界，声势浩大，一反当时笼罩词坛的"艳科"词风，粗犷豪迈，具有极强的阳刚之美，是苏轼豪放词的代表作之一。

永 遇 乐

彭城夜宿燕子楼，梦盼盼，因作此词①

【原文】

明月如霜，好风如水，清景无限。曲港跳鱼，圆荷泻露，寂寞无人见。纨如三鼓②，铿然一叶，黯黯梦云惊断。夜茫茫，重寻无处，觉来③小园行遍。　　天涯倦客，山中归路，望断故园心眼④，燕子楼空，佳人何在，空锁楼中燕。古今如梦，何曾梦觉，但有旧欢新怨。异时对黄楼夜景，为余浩叹⑤！

【注释】

①"彭城夜宿燕子楼"三句：彭城即今江苏徐州，燕子楼在徐州郡舍后。盼盼，旧说为唐节度使张建封的侍儿，实为其子张愔的侍儿，善歌舞，多风态。张愔卒，盼盼念旧爱而不嫁，居张氏旧第燕子楼十年。白居易有《燕子楼三首》以记其事。本词是苏轼知徐州（1078）时作。

②纨（dǎn）如三鼓：三更鼓响了。纨，打鼓声。如，助词。

③觉来：醒来。

④"天涯倦客"三句：说自己倦于作客远方，很想回家去，过田园生活，可是故乡缥缈、归路难寻。

⑤"异时对"二句。苏轼设想后世的人凭吊自己时，也会发出感叹。黄楼，彭城东门上的大楼，苏轼在徐州所建，此处以黄楼代自己。

【赏析】

词人夜宿彭城燕子楼，梦见唐代名妓关盼盼，因作本词。

上片写梦醒，深夜寂静，明月如霜，在弯弯曲曲的池子里，鱼儿跳出水面，圆圆的荷叶上滚下了晶莹的露珠。三更时分，夜深人静，一片树叶落地都铿然有声，自己从梦中惊醒，夜色茫茫，踏遍小园寻找旧梦，却无处可得。写夜景，以夜间轻微的声响衬托夜间的寂静，写梦仅用"梦云惊断"一笔带过，无处寻梦，不禁黯然神伤。

下片写自己这个"天涯倦客"在清幽的深夜被秋声惊醒后惟见"燕子楼空"，感到无限惆怅。接着便由张愔与关盼盼的故事引出对整个人类历史无限深沉的感慨，昔日燕子楼中的旧事，已如梦一般地逝去，而古往今来无数代人的欢乐、怨恨，又何尝不像它一样也如一连串连续的梦境？世人不明此理，固如大梦未醒。而大梦已醒的词人自己，此时此地所感发的人生感叹，在后人看来，难道不也是一场梦！这种对人生深刻的思考，显示了苏轼内心对于整个人类历史的怀疑和迷惘，表现了他对宇宙、人生以及整个社会进程的忧患情绪。结合现实处境，表达了自己盼归难归，触景伤情，怀古伤今的感伤。语言高度凝练概括，仅"燕子楼空"三句，便说尽张建封（当为张愔）事，写景如画，感情浓郁，具有强烈的抒情色彩。低沉而感伤的情绪正是词人厌倦官场的心绪在词作中的艺术折射。词境的开阔，题材的阔大，又是词人把社会、历史以及对人生哲理性思考引入词作的豪爽表现。

浣 溪 沙

游蕲水①清泉寺②，寺临兰溪③，溪水西流。

【原文】

山下兰芽短浸溪，松间沙路净无泥。潇潇暮雨子规④啼。
谁道人生无再少？门前流水尚能西！休将白发唱黄鸡⑤。

【注释】

①蕲（qí）水：今湖北浠水，在黄州（今湖北黄冈）东。
②清泉寺：在蕲水郭门外二里许，有王少逸洗笔泉，水极甘，下临兰溪。
③兰溪：出箬竹山。其侧多兰，故名。

④子规：杜鹃鸟，鸣声凄厉，能动旅客思乡之情，传说是古代蜀帝杜宇之魂所化。

⑤休将白发唱黄鸡：不要徒然自伤白发，悲叹光阴易逝。语出白居易《醉歌》"谁道使君不解歌，听唱黄鸡与白日。黄鸡催晓丑时鸣，白日催年酉前没。腰间红绶系未稳，镜里朱颜看已失。"这里是反其意而用之。

【赏析】

苏轼在黄州贬所，政治上的失意，生活上的困顿，使他对宇宙、人生引起了深深的思考，他有过哀伤，有过苦闷，也有过消沉，但经过艰难曲折的"思想历程"之后，终于以他的达观、乐观，战胜了他的悲观、消沉，达到了精神上的解脱和超旷。词人偶游沙湖清泉寺，发现寺边的兰溪水向西倒流，于是他思想中不甘心消沉悲观的一面，就因自然景物的启发而亢奋起来。西流的溪水给他了很深的启迪，使他的思想豁然开朗，眼前一片光明。

上片写清泉寺的外部环境，浸溪的兰芽和洁净的松间沙路都显示了寺庙的清静幽深。子规的哀鸣，在潇潇的暮雨之中更衬托了环境的凄清和词人心境的悲凉。

下片写西流溪水给他的启发和激励。既然"门前流水尚能西"，那么人生就不能再年少吗？他不服输、不气馁，"谁道人生无再少？"强烈的反问就是他有力的回答，这样一位"奋励有当世志"的词人，怎么能向命运低头，他虽处困境，仍力求振作向上。最后一句化用白居易诗，白诗调子较为低沉，而词人在"白发唱黄鸡"这样的哀叹前面加上"休将"二字，对原诗意进行了否定，决不为白发苍颜而伤感、消沉，表现词人积极的人生态度。此词上片写景、写静、写凄凉的心境，这是现实。下片即景抒慨，静中有动，凄清之中透露了活力，这种不向命运低头的精神，给予了无数受挫折的后人以生活下去的勇气，正是这首小词艺术魅力的精神力量之所在。

江 城 子

【原文】

墨云拖雨过西楼。水东流，晚烟收。柳外残阳，回照动帘钩。今夜巫山①真个好，花未落，酒新篘②。　　美人微笑转星眸。月华羞③，捧金瓯。歌扇萦风④，吹散一春愁。试问江南诸伴侣，谁似我，醉扬州⑤。

【注释】

①巫山：此暗指美人。用巫山神女与楚襄王相会的故事。

②酒新篘（chōu）：新漉的酒。篘，过滤酒。

③月华羞：美人笑脸盈盈，顾盼生辉，使姣好的月亮都自愧弗如。

④歌扇萦风：（美人）翩翩舞扇招来徐徐清风。

⑤"试问"三句：化用杜牧诗意，杜有诗曰："落魄江湖载酒行，楚腰纤细掌中轻。十年一觉扬州梦，赢得青楼薄倖名。"苏轼以酒色自娱来解嘲，似乎自己放浪形骸，忘怀一切，其实不过是苦中作乐。

【赏析】

这首词通过抒写词人在一个雨霁月朗的良宵，有美人相伴，饮酒听歌的欢娱情景，表现了他暂时放浪形骸，陶情风月的旷达情怀。

上片主要写景，随着时间的推移，依次写出傍晚带雨的乌云在楼头洒落一阵骤雨之后又飘往他方。水向东流，云收雾敛，夕阳映柳，风吹帘动。这意象纷呈又气脉连贯的景色，组成了一幅幅动态的画面，令人美不胜收，加之鲜花美酒，使词人情不自禁地赞叹这良辰美景。又用"巫山"为美人的出场作了铺垫。

下片转入描写美人。从"美人"起五句都是刻画美人的情态，这是一个明眸如星、巧笑顾盼、翩若惊鸿、轻歌曼舞的美丽形象，她的舞扇带来的缕缕清风，吹散了凝结在词人心头的愁云。最后三句化用杜牧诗句，似乎自己已沉醉于酒色美景，忘怀一切了。用反问句，流露了他心头的苦闷。词人固然度过了一个良辰美景，暂时忘掉了一切，但前不久在颍州因久雪百姓饥饿自己彻夜不眠，到扬州后吏胥催租，百姓无以为生，自己无力拯救的情景，仍历历在目。百姓的疾苦和自己的遭际，酿成浓浓的愁云，积压于心头。他只能借酒浇愁。欢娱吹散春愁只是暂时的，词人尽管狂放豪爽，但深隐于心头的创痛，却是无计消除的，旷达的笔触，只能使读者更体会到他内心的痛苦。

鹊　桥　仙

七　夕

【原文】

　　缑山①仙子，高情云渺，不学痴牛騃女②。风箫声断月明中，举手谢、时人欲去。　　客槎③曾犯，银河微浪，尚带天风海雨。相逢一醉是前缘，风雨散、飘然何处。

【注释】

　　①缑（gōu）山：即缑氏山，在今河南偃师县南四十里，《列仙传》王子晋见桓良曰"告我家七月七日，待我于缑氏山头"，果乘白鹤驻山巅，望之不到，举手谢时人而去。

　　②痴牛騃女：指牛郎织女，騃，呆的异体字。

　　③客槎：槎（chá），同楂，竹木编成的筏。用晋张华《博物志》故事，有人曾乘浮槎从海至天河，见牛郎织女。后至蜀问严君平曰，某年月日，有客星犯牵牛，宿计年月，正是此人到天河时也。客槎即指此。

【赏析】

　　这是一首送别词，题为七夕，是写与友人陈令举在七夕夜分别之事。

上片落笔先写陈令举之风度，他高情云渺，如侯家人于缑氏山头的王子晋在风箫声声的新月之夜，没有望到家人，自己便飘然而去。与友人在七夕夜分别，词人自然想到牛郎织女，但陈令举不像他们那样痴心于儿女之情。

下片想象友人乘坐的船只来到银河之中，当他回到人间时，就挟带着天上的天风海雨。接着他评价二人的友谊能够相逢共一醉，那是前世有缘，当天风海雨飘飘散去之后，友人也将随风飘去。

写送别，一般人都会徒增伤感，而词人却是豪气纵横，驰骋想象，遨游天界银河，如陆游所说"曲终觉天风海雨逼人"。一般写七夕银河，总是"盈盈一水间，脉脉不得语"之类的柔情凄景，而词人笔下那天风海雨之势，正显露了他不凡的气魄与胸襟，这种逼人的天风海雨，便是他豪放词风形象性的说明。

李之仪

【作者介绍】

李之仪（1038—1117），字端叔，号姑溪居士，沧州无棣（今属山东）人。宋神宗时进士，曾从苏轼于定州为幕僚，历枢密院编修官。徽宗朝以文章获罪，编管太平州，后徙唐州，终朝议大夫。存词八十余首，有《姑溪词》。

忆秦娥

用太白韵

【原文】

清溪咽，霜风洗出山头月。山头月，迎得云归，还送云别。

不知今是何时节？凌歊①望断音尘绝。音尘绝，帆来帆去，天际双阙。

【注释】

①凌歊（qiāo）：在安徽黄山顶，南朝宋武帝曾筑宫于此。

【赏析】

词题"用太白韵"，可证传为李白所作的《忆秦娥》词此时正在流行，所以李之仪也次其韵写了一首和作。无论从音节的哀迫，意境的清冷来看，它都近似于原作。

上片写景，首二句。清溪低咽，霜风冷峭，就连山头露出的那轮孤月，也像经过清洗一样，冰冷惨白。作者先展示出一幅凄凉冷寂的画面。"山头月"三句，写山头月的孤独、寂寞。它年年岁岁永远悬于山头，"迎得云归"，又"还送云别"。拟人化手法的运用，连山月也有了人的感情，使词表现得更为生动形象。

下片以"不知今是何时节"的问句入词，从月宫写起。举首望月，不知月宫今天到了哪年哪代，与苏轼"不知今夕是何年"意义相同，作者思绪翩翩，飞入月宫，进入缥缈难测的宇宙长河。但他无意于天上，还望人间，凌歊望断，音尘断绝。他因文章获罪，被贬太平州，想到南朝宋武帝曾筑行宫于此，而现在却是"音尘绝"，即一切都烟消云散了，那么自己的一点不平遭遇放到这历史的大背景中，又算得了什么呢？最后三句"音尘绝，帆来帆去，天际双阙"。远望滚滚长江，帆来帆去，只能遥祭"天际双阙"（即故都汴京）了。这里暗寓作者登临凌歊台，感怀故国，心情惆怅，深感失落的感慨。在那似乎无情的"云归云别"、"帆来帆去"的眼前景物中，融进了作者贬谪之愤慨和故国之哀思，表现了李词"神锋"内藏的风格。同时也可以看出他深受苏词影响，气势豪放、清婉峭劲，正如《四库提要》在论其《文集》时说，其作"往往具苏轼之一体，盖气类渐染，与之化也。"

黄　裳

【作者介绍】

黄裳（1044—1130）延平（今福建南平）人。元丰五年（1082）进士第一。累官端明殿学士。建炎四年（1130）卒。赠少傅。有《演山先生文集》、《演山词》。

减字木兰花

竞　渡

【原文】

红旗高举，飞出深深杨柳渚①。鼓击春雷，直破烟波远远回。　　欢声震地，惊退万人争战气。金碧楼西，衔得锦标第一归。

【注释】

①杨柳渚：长满杨柳的小洲。渚，水中间的小块陆地。

【赏析】

这是黄裳任官杭州时所写的一首小令，极为生动的描写了端阳佳节龙舟竞渡的盛况。

上片写比赛的场面。"红旗"二句，比赛开始，红旗飘扬，龙舟飞驶，刹那间那竞渡的龙船飞一般地从柳荫深处的小洲边冲了出来，着一"飞"字，形象生动地把千舟齐发的场面渲染得有声有色，且红旗、绿柳，色彩鲜明，场面热烈。"鼓击"二句，写鼓声雷动，如春雷震耳，赛手们划完半程又立即冲破烟浪，奋力回程。"远远回"三字，凝练地写出船去如箭，转瞬到达又急转回头的精彩场面，动人心弦。

下片紧承上片的激烈竞渡转入对夺魁龙船的特写。在激动人心的竞赛场面上，人呼马叫，欢声震地。那领先的船只以势不可挡的锐气赢得群众的掌声，也挫退了其他船只争胜之心，在压倒一切的气势下，夺冠者终于到达盛装的领奖台前，领到锦标，胜利而归。用一"衔"字，活画出夺魁者得意洋洋的神态。

本词篇幅短小，内容丰富，场面热烈，格调轻快。

黄庭坚

【作者介绍】

黄庭坚（1045—1105）字鲁直，自号山谷道人，洪州分宁（今江西修水县）人。进士出身。曾任秘书省校书郎，并参加修撰神宗《实录》。晚年两次受到贬谪，崇宁四年（1105）死于西南荒僻的贬所。他以诗文受知于苏轼，为苏门四学士之一，他的诗成为江西诗派的开山大师。其词追攀苏轼，受苏词影响较深，具有豪放风格。除了诗文词赋外，书法成就也很高。著有《山谷集》、《山谷词》等。

念 奴 娇

八月十七日，同诸甥步自永安城楼，过张宽夫园待月。偶有名酒，因以金荷酌众客。客有孙彦立，善吹笛。援笔作乐府长短句，文不加点。

【原文】

断虹霁雨①，净秋空，山染修眉新绿。桂影扶疏②，谁便道，今夕清辉不足？万里青天，姮娥何处，驾此一轮玉？寒光零乱，为谁偏照醽醁③？　　年少④从我追游，晚凉幽径，绕张园森木。共倒金荷家万里，难得尊前相属⑤。老子平生，江南江北，最爱临风曲⑥。孙郎⑦微笑，坐来声喷霜竹⑧。

【注释】

①断虹霁雨：半隐半现的虹霓，出现在新雨后的天空。

②桂影扶疏：传说月亮中有桂树，高五百丈。扶疏：形容枝叶繁茂。

③醽醁（líng lù）：代美酒，酃湖（湖南衡阳市东）及渌水（江西万载县东）之水取以酿酒，非常甘美，因称醽醁酒。

④年少：即少年，指序中诸甥洪朋、洪刍、洪炎等。

⑤"共倒金荷"两句：金荷，金荷叶杯，形容酒器之精美。尊，酒杯。属，劝酒。意谓离家万里，能在这里把盏对酒，极为难得。

⑥临风曲：临风飞扬的刚健之曲。

⑦孙郎：指孙彦立。

⑧坐来声喷霜竹："坐来"是当时俗语，"顿时"、"立刻"之意。喷，喷发。"霜竹"指笛子。顿时吹出美妙的笛曲。

【赏析】

词人于绍圣四年被贬涪州，安置黔州，后又移至被视为蛮荒之地的戎州，于荒僻边陲受尽磨难，但他却以坚强宽阔的胸怀来看待这一切。本词写于戎州。上片落笔写景，展开想象，绘出一幅秋山新雨图：雨后初晴，秋空清新宜人，彩虹半隐半现，云彩绚丽缤纷，远山如黛，妩媚动人。由傍晚渐至入夜。八月十七的夜晚，依然清辉万里，月中桂树枝繁叶茂。词人禁不住发问，此时此景，月中嫦娥还是驾着一轮如玉的明月在天上运行吗？那明月抛洒的寒素的清辉为什么偏偏照在离人的酒杯中呢？下片由景到人，从几位外甥谈起，感叹今夜能在远离故土之地共饮美酒，实属难得。"老子平生"三句，意谓自己平生不管飘泊何方，都喜欢欣赏那临风飞扬的刚健之曲。此处既表现自己在逆境中旷达自信的生活态度，又表示对座中吹笛的孙彦立的赞赏和鼓励。最后孙郎立刻吹出清越的笛音，使词人陶醉，全词便戛然而止。词人身处逆境，而依旧勃发出一股傲岸不羁之气，荣辱不惊，穷达不系，兀傲崛奇。

水调歌头

游　览

【原文】

瑶草①一何碧，春入武陵溪②。溪上桃花无数，花上有黄鹂，我欲穿花寻路，直入白云深处，浩气展虹霓。只恐花深里，红露湿人衣。　　　坐玉石，欹玉枕，拂金徽③。谪仙何处，天人伴我白螺杯④。我为灵芝仙草，不为朱唇丹脸，长啸亦何为！醉舞下山去，明月逐人归。

【注释】

①瑶草：仙草。

②武陵溪：典出陶渊明《桃花源记》，此指美好的世外桃源。桃源的典故在后代诗词中又常和刘晨、阮肇入天台山遇仙女的传说混杂在一起。

③欹（yī）玉枕、拂金徽：欹，依。金徽，即琴徽，用来定琴声高下之节。

④白螺杯：用白色螺壳制成的酒杯。

【赏析】

本词通过抒发一次春游的感受，表现了对世俗的鄙弃和孤芳自赏的清高。上片写溪山春景。溪山的仙草是多么碧绿啊！原来是春天来到了这世外仙境。词人发出由衷的赞叹，然后用白描的手法极写溪畔春色，灿若红云的桃花和自由自在的黄鹂。春色喜人，春色也撩人，于是主人公出现了，在这佳境之中，他忘却了人间的烦恼，想要直入花丛寻找路径，走向白云深处，舒展满腔浩气。这几句反映了词人出世的愿望和进入花丛后不胜欣喜的心情。"红露"指桃花上的露水，给人以色彩上的美感。下片，推出了高蹈遗世的主人公，他坐在美石之上，斜倚玉枕、轻抚琴弦，清音自赏，飘飘欲仙。他希望遇到知音，但曲高和寡，知音难求，只能叹息。"谪仙（指李白）何处，天人伴我白螺杯。"以下几句直抒胸臆，我是山中不同凡俗的香草，不愿做涂脂抹粉随俗媚世的小人，长叹是没有用的。"醉舞"二句化用李白"暮从碧山下，山月随人归"诗句，极为生动地写出了词人的醉态，大有放浪形骸之外的飘逸和潇洒。

本词缓缓道来，静穆平和，俯仰自得，表现了词人超逸绝尘的审美理想，也流露了他徘徊在入世与出世之间的矛盾心情，但仍不失豪纵之气。

定 风 波

【原文】

万里黔中①一漏天，屋居终日似乘船。及至重阳天也霁②，催醉，鬼门关外蜀江前。　　莫笑老翁犹气岸，君看，几人黄菊上华颠。戏马台南追两谢、驰射，风流犹拍古人肩③。

【注释】

①黔中：包括蜀地在内的云贵川边远地区的泛称。

②霁（jì）：本指雨止，引申为风雪停，云雾散，天气放晴。

③"戏马台南追两谢"三句：先用宋武帝于重阳节在徐州彭城县戏马台引宾客赋诗的典故，表明自己的文才可以追踪谢灵运和谢朓，而且武功犹能驰驱射逐，如此风流倜傥，可以追赶古人，与古人比肩。

【赏析】

上片写重阳节登高望远，面对蜀江开怀畅饮的情景。先写在黔中生活的郁闷：词人远离京城，屈居于蛮荒之地，周围高山绵亘，终日只见头顶一线之天，闷坐屋中，犹如乘船一般。但词人自有自己的怀抱，笔锋一转，出现一个反差极大的场景和情绪迥异的意境。天气霁晴，重阳登高，滔滔蜀江从险峻的崇山峻岭奔腾而过，与友人山头置酒，共饮微醉，何其快意！他没有久久地沉溺于苦闷之中，而是冲破愁城进入了一个豁达旷放的境界。

下片写登高临远的豪放心情，"莫笑老翁"三句，词人意气风发、神采飞扬、谈笑风生，描绘了一个鹤发童颜、头簪黄菊、临风吟咏、豪气纵生的自我形象。他对自己的文才武功都十分自信，自豪地称文才可比两谢，又能驰驱射逐，堪与古人比肩；虽在颠沛流离之中，而豪迈慷慨丝毫不减。本词继承了苏词的豪放词风并起到了推波助澜的作用，对南宋豪放词也起到了一定的启迪作用。

虞 美 人

宜州①见梅作

【原文】

天涯也有江南信，梅破知春近②。夜阑风细得香迟，不道晓来开遍向南枝③。　　玉台④弄粉⑤花应妒，飘到眉心住⑥。平生个里愿杯深，去国十年老尽少年心⑦。

【注释】

①宜州：今广西宜山县一带。

②梅破知春近：梅花绽破花蕾开放，预示着春天的来临。

③开遍向阳枝：南枝由于向着太阳，故先开放。

④"玉台"二句：玉台，传说中天神的居处，也指朝廷的官室。

⑤弄粉：把梅花的开放比做天官"弄粉"。

⑥飘到眉心住：宋武帝女寿阳公主人日卧于含章殿簷下。梅花落于公主额上，成五出花，拂之不去。词中意谓由于群花的妒忌，梅花无地可立，只好移到美人的眉心停住，古代妇女化妆时常在眉心点梅花珠砂痣。

⑦"平生个里愿杯深"两句：年轻时遇到良辰美景，总是尽兴喝酒，可是经十年贬谪之后，再也没有这种兴致了。个里，个中、此中。去国，离开朝廷。

【赏析】

黄庭坚因作《承天院塔记》，朝廷指为"幸灾谤国"，被除名，押送宜州编管。本词作于宋徽宗崇宁三年（1104）到达宜州的当年冬天。他初次被贬是宋哲宗绍圣元年（1094），至此恰好十年。梅花象征着清高孤傲，坚贞不屈，词人在贬谪迁徙的逆境中，常用梅花的精神激励自己。上片开首一句便以惊喜的口吻说"天涯也有江南信"。在他眼中，梅开是光明、希望和美的化身，她原来盛开于江南一带，现在在天涯海角的荒蛮之地突然开放，真是令人喜不自禁，这意味着春天的来临。他不仅欢呼春天的到来，更对自己人生之旅的冬天即将过去充满信心。"夜阑"二句是对"梅破"景象的具体描写：因夜阑风细，自己以为梅花尚未开放，殊不知，清晨一看，梅花已经开满向南的枝头，先抑后扬，跌宕有姿。

下片，"玉台"二句写梅花的开放引起群花的妒忌，只好住到美人眉心，比喻自己在朝廷受到小人的排挤毁谤，远谪天涯，虽然块垒在胸，但仍不乏信心。最后"平生"两句，慨叹自己命运的坎坷，每日只能以酒浇愁，离京十年，"老尽少年心"，深沉又悲凉的表露昔日的少年心被人世的风霜消磨殆尽，黯然情伤，但并不消沉。拟人化的写法，形象、生动；联系词人身世，蕴含丰富，耐人咀嚼。整体风格乐观爽朗。

秦 观

【作者介绍】

秦观（1049—1100），字少游，一字太虚，号淮海居士，扬州高邮人（今江苏省）。神宗元丰八年（1085）进士，元祐初被荐入京，除秘书省正字，兼国史院编修官，与黄庭坚、晁补之、张耒等人并游于苏轼门下，受苏轼识拔，以"苏门四学士"著称于世。因与苏轼关系密切被贬处州、郴州、雷州等地。徽宗朝遇赦北返，死于途中。他的词风俊逸精妙，情韵兼胜，是婉约派的代表词人，有《淮海居士长短句》三卷。

踏 莎 行

郴州①旅舍

【原文】

雾失楼台，月迷津渡②，桃源望断无寻处③。可堪④孤馆闭春寒，杜鹃⑤声里斜阳暮。　　驿寄梅花⑥，鱼传尺素⑦，砌成此恨无重数。郴江幸自绕郴山，为谁流下潇湘去。

【注释】

①郴（chēn）州：今湖南省郴州市。

②"雾失楼台"二句：楼台在雾中消失了，月色朦胧，迷失了渡口。

③"桃源"句：望尽天涯，理想的桃花源无处可寻。

④可堪：那堪，不堪，受不住。

⑤杜鹃：杜鹃鸣声凄厉，像是叫着"不如归去"，容易勾动离人的愁思。

⑥驿寄梅花：引用陆凯寄范晔的诗"折梅逢驿使，寄与陇头人。江南无所有，聊赠一枝春。"

⑦鱼传尺素：引用古诗"客从远乡来，遗我双鲤鱼，呼儿烹鲤鱼，中有尺素书。"尺素：书信。

【赏析】

秦观是婉约派的代表词人，多写儿女情长和离情别绪，但这一首晚年贬往郴州后所写的《踏莎行》却由早期的纤柔婉约转入哀苦凄厉的境界，且进入人生哲理的深层思考。上片，落笔便描绘出一幅凄迷朦胧的画面，楼台和津渡含义丰富，似为词人心中的理想和人生的渡口。词人屡遭贬谪，感到理想破灭。迷失了通达理想的道路。在对人生的目的和意义感到迷惘之后，想寻找世外桃源，可是望断天涯却无路可寻，亦无人为他指点迷津。一"失"、一"迷"、一"无寻"，即表现了他举目茫然，五内无方的心情。"可堪"二句实写自己眼前的处境、词人于贬谪途中投宿在一所孤零零的旅舍里，一扇大门紧闭着春天的寒冷，暮色中又传来了凄厉的杜鹃的啼鸣，此时此境，多愁善感的词人如何能够忍受！十四字写尽羁旅中的孤独和乡愁，带有强烈的主观感情色彩，向来受到词家们的赞赏。

过片化用陆凯和《古诗》诗意，说自己客中虽然收到友人们的来信，但睹信思人，反而增加了自己的离恨。紧接着他浩然长叹：郴江本来是环绕着郴山流动的，为什么要流下潇湘去呢？这是对人生目的和意义的深刻思考。四处飘泊历尽艰辛，究竟为了什么呢？杜甫《佳人》诗云："在山泉水清，出山泉水浊。"那么词人这里也是从心底对自己发出了强烈的谴责，你本来好好地在家乡生活，为何偏要跑到混浊不堪的宦海中去自寻烦恼？这种基于政治风浪而产生的哲理性的思考和慨叹，就特别引起了苏轼的共鸣和赞赏。苏轼把这两句诗特意写在扇子上，把玩不已。少游死后，他叹道："少游已矣，虽万人何赎！"在这首词中，他深切地感受到比一般艳情远为深广的感情内容。的确如此，通过本词可以看出词人已将有关政治遭遇、人生不幸的凄情哀思，写进婉约词传统风格的模式之中，内容拓展，境界开阔。这是一种相当程度的突破。

米　芾

【作者介绍】

米芾（1051—1109）字元章，太原人。自号鹿门居士，又号海岳外史。以母侍宣仁后藩邸恩，补校书郎、太常博士，出知无为军。逾年，召为书画博士，擢礼部员外郎，知淮阳军。有《宝晋英光集》，是北宋著名的书画家。

水调歌头

中　秋

【原文】

砧声①送风急，蟋蟀思高秋。我来对景，不学宋玉解悲愁。收拾凄凉兴况，分付尊中醽醁②，信觉不胜幽。自有多情处，明月挂南楼。　　怅襟怀，横玉笛，韵悠悠。清时良夜，借我此地倒金瓯。可爱一天风物，遍倚阑干十二，宇宙若萍浮。醉困不知醒，欹枕卧江流。

【注释】

①砧（zhēn）声送风急：是"风送砧声急"的倒装。
②醽醁（líng lú）：酒名。

【赏析】

这是一首中秋赏月词。上片落笔先写"砧声""蟋蟀"这些秋天典型的景物，用以表现时令和自己的高洁旷达。秋风萧瑟，秋景凄凉，但词人心胸开阔，天性狂放。"我来对景"三句，表明自己面对秋景不觉悲伤，开怀畅饮，直到明月高悬，一个乐观、自信、开朗的词人形象跃然纸上。换头后紧承上片，写自己在中秋之夜的赏月活动，美妙而韵味悠然的笛音伴着明月和美酒，使他沉醉，但郁积在心头的不平和块垒又使他满腹忧思。"可爱一天风物"，在他眼中，尽管大自然是可爱的，但自己心情愁闷，遍倚十二阑干，而身心无所寄托，他悟出个宇宙若浮萍的真谛。米芾是癫狂的著名词人兼画家，他给自己选择了两条路，一是长醉不醒，一是退居江湖。纵观全词，上下片感情色彩并不相同，上片旷放达观，下片有飘然出世之感，反映了词人内心的矛盾，总的基调豪放洒脱。

减字木兰花

涟水①登楼寄赵伯山

【原文】

云间皓月，光照银淮②来万折。海岱③楼中，拂袖雄披楚岸风④。　　醉余清夜，羽扇纶巾人入画。江远淮长，举首宗英⑤醒更狂。

【注释】

①涟水：地处江苏北部淮河北岸，介于东海和泰山之间。
②银淮：月光照射下的淮水，银光闪闪，故称银淮。
③海岱：海，指东海。岱，指泰山，泰山古称"岱"。此指东海与泰山之间。
④楚岸风：宋玉《风赋》把风分为"大王之雄风"和"庶人之雌风"，涟水，古属楚地，故称楚岸风。

⑤宗英：即赵伯山，因他姓赵，与皇帝同姓，故称宗英，是英杰之意。

【赏析】

上片首先描写了长淮的夜晚，从天空到江面。先写云间的皓月，明亮的月光透过云层，洒落淮水，江面银光闪闪，波纹粼粼，雄浑粗放，气象开阔。词人登上海岱间涟水岸边的高楼之上，拂袖迎风，雄姿勃发，心情十分舒畅。下片转入怀人。紧承上片，开头先写词人的自我形象，在这如诗如画的夜晚，手执羽扇，头戴丝巾，临江望月，酒意浓浓。当词人独自享受这良辰美景时，不由得想起了远方的友人，于是即景抒情，让这绵长的淮河，带去对远在异地的赵伯山的思念吧！词人称赵伯山为"宗英"，而自己又因举止狂放被时人称为"米颠"，故二人相知甚深，息息相通。"举首宗英醒更狂"，是说在思念赵伯山的同时，他酒醒了，人也醒了，直言不讳地说自己酒醉狂放，酒醒更为狂放。这位才华盖世的词人兼书画家一生并不得意，所以他不满现实，内心苦闷，行为狂放不羁，放浪形骸，这种性格使他的词作充满了豪放之气。

贺 铸

【作者介绍】

贺铸（1052—1125），字方回，祖籍山阴（今浙江绍兴），生在卫州共城（今河南辉县）。娶宗室女，授右班殿直。元祐中，通判泗州。为人豪侠尚气，喜论当世之事，渴望建功立业。才兼文武、秉性刚直，不阿权贵，因而一生屈居下僚。晚退居苏州，自号庆湖遗老。其词风格多样，题材丰富兼有豪放婉约之长。有《东山集》一卷、《贺方回词》二卷，共二百八十余词传世。亦工诗文。

行 路 难

【原文】

缚虎手①，悬河口②，车如鸡栖马如狗③。白纶巾，扑黄尘，不知我辈可是蓬蒿人？衰兰送客咸阳道，天若有情天亦老④。作雷颠，不论钱，谁问旗亭⑤美酒斗十千？　　酌大斗，更为寿，青鬓长青古无有。笑嫣然，舞翩然，当垆秦女十五语如弦。遗音能记秋风曲⑥，事去千年犹恨促。揽流光，系扶桑，争奈愁来一日却为长。

【注释】

①缚虎手：即徒手打虎。

②悬河口：言辞如河水倾泻，滔滔不绝，即"口若悬河"，比喻人的健谈。

③车如鸡栖马如狗：车盖如鸡栖之所，骏马奔如狗。

④"衰兰"二句：李贺《金铜仙人辞汉歌》中的句子。

⑤旗亭：即酒楼。此指送别之地。

⑥秋风曲：即《秋风辞》曲，是汉武帝刘彻所写的诗歌。

【赏析】

贺铸是一个极有"丈夫气"的人物，文武兼备，侠气雄爽，性格耿直傲岸，虽然出身尊贵，却得不到重用，雄才大略无法实现，失意不遇，满腹牢骚，这一首词就抒写了词人报国无门、功业难成的失意情怀。

上片写自己和与己交游的英豪当年豪放不羁的生活，以及渴望建功立业的豪情壮志。开头六句写豪杰们的勇敢、胆略和辩才，气度不凡；继写他们脱俗的装扮，外貌和胸中的抱负。"衰兰"二句化用李贺诗句。抒写豪杰们不为时用，被迫离京的不平遭遇。最后四句，写酒楼送别，豪杰们一掷千金的爽朗性格，也表现了他们之间的深厚情谊。下片具体写斗酒饮宴的场面，他们大杯饮酒，笑声朗朗，尽情欢乐，欣赏歌舞。"遗音"以下四句，写词人虽然暂时忘却苦闷，开怀畅饮，但流光逝去，抱负不展，愁思日增，功业难成，欢乐时千年恨促，愁怀时一日嫌长，淋漓尽致地表现词人内心的愤懑。本词一气呵成地排比组合了许多唐人诗句，运之以豪情健笔，出之以奇姿壮彩，在词坛产生了很大的影响。夏敬观评曰："稼轩豪迈之处从此脱胎。"指出了它开启南宋辛派词的先导作用。

六州歌头

【原文】

少年侠气①，交结五都雄。肝胆洞，毛发耸②。立谈中，死生同。一诺千金重③。推翘勇，矜豪纵④。轻盖拥，联飞鞚，斗城东⑤。轰饮酒垆，春色浮寒瓮，吸海垂虹⑥。间呼鹰嗾犬，白羽摘雕弓，狡穴俄空⑦。乐匆匆。　　似黄粱梦，辞丹凤；明月共，漾孤蓬⑧。官冗从⑨，怀倥偬⑩；落尘笼，簿书丛⑪。鹖弁如云众，供粗用，忽奇功⑫。笳鼓动，渔阳弄⑬，思悲翁。不请长缨，系取天骄种，剑吼西风⑭。恨登山临水，手寄七弦桐，目遂归鸿⑮。

【注释】

①少年侠气，交结五都雄：化用李白"结发未识事，所交尽豪雄"及李益"侠气五都少"，诗句。"五都"泛指北宋的各大城市。

②肝胆洞，毛发耸：待人真诚，肝胆照人，遇到不平之事，便会怒发冲冠，具有强烈的正义感。

③一诺千金：喻一言既出，驷马难追，诺言极为可靠。语出《史记·季布列传》引楚人谚曰："得黄金百斤，不如得季布一诺。"

④推翘勇，矜豪纵：推崇的是出众的勇敢，狂放不羁傲视他人。

⑤"轻盖拥"三句：轻车簇拥联镳驰逐，出游京郊。盖，车盖，代指车。鞚，有嚼口的马络头。飞鞚，飞驰的马。斗城，汉长安故城，这里借指汴京。

⑥"轰饮酒垆"三句：在酒店里豪饮，酒坛浮现出诱人的春色，侠少们像长鲸和垂虹那样饮酒，顷刻即干。

⑦"间呼鹰嗾犬"三句：他们间或带着鹰犬去打猎，霎那间便荡平了狡兔的巢穴。嗾（sǒu），指使犬的声音。

⑧漾孤蓬：驾孤舟飘流于水中。

⑨冗从：散职侍从官。

⑩倥偬（kǒng zǒng）：事多、繁忙。

⑪落尘笼，簿书丛：陷入了污浊的官场仕途，担任了繁重的文书事物工作。

⑫"鹖（hé）弁如云"三句：像自己这样成千上万的武官，都被支派到地方上去打杂，劳碌于文书案牍，不能杀敌疆场、建功立业。鹖弁，插有鹖毛的武士帽子，指武官。

⑬"笳鼓动，渔阳弄"：笳鼓敲响了，渔阳之兵乱起来了，战争爆发了。笳和鼓都是军乐器。渔阳，安禄山起兵叛乱之地。此指侵扰北宋的少数民族发动了战争。

⑭"不请长缨"三句：（我）请缨无路，不能为国御敌，生擒西夏首帅，就连随身的宝剑也在秋风中发出愤怒的吼声。

⑮"恨登山临水"三句：恨恨自己极不得志，只能满怀惆怅游山临水，抚瑟寄情，目送归鸿。七弦桐，即七弦琴。

【赏析】

本词作于1088年，当时西夏屡犯边界，词人以侍卫武官之阶出任和州管界巡检，目睹朝廷对西夏所抱的屈辱态度，十分不满，但他人微言轻，不可能铮铮于朝廷之上，只能将一股抑塞悲愤之气发之为声，写下这首曲词悲壮，声情激越的《六州歌头》。上片落笔先从追忆自己在东京度过的六、七年倜傥逸群的侠少生活写起。"少年侠气，交结五都雄"，以"侠"、"雄"二字总摄下文，从"肝胆洞"至"矜豪纵"写豪侠们的"侠"、"雄"品格，勇敢正义，慷慨豪爽。"轻盖拥"至"狡穴俄空"九句，写豪侠们"侠"、"雄"的具体行藏，驰逐、射猎、豪饮，过着快乐的生活。上片有点有染，虚实相间地向读者展示了一幅弓刀武侠的生动画卷。"他们雄姿壮彩，不可一世"（夏敬观语），这在唐诗中屡见不鲜的游侠壮士在宋词中则是前所未有的。

换头紧承"乐匆匆"三字，用"似黄粱梦"四字转折文意、变换情绪，那一切都如梦似幻地过去了，自己和豪友们被迫离开了京城到外地供职，劳碌于案牍文书，不能驰骋疆场，满腔悲思郁愤如决口之堤喷发而出。锋芒直指埋没扼杀人才的封建统治阶级。词人激愤的情绪愈益高昂，词的主题亦随文深化。"箫鼓动"以下六句，是全词的高潮，极写报国无门的悲愤，爱国之情，感人至深。最后三句，变激烈为凄凉，写理想破灭的悲哀，自己既不得志，只能满怀怅恨寄情山水抚瑟送客以为宣泄了。本词第一次出现了一个思欲报国而请缨无路的"奇男子"形象，是宋词中最早出现的真正称得上抨击投降派、歌颂杀敌将士的爱国诗篇，起到了上继苏词、下启南宋爱国词的过渡作用，叙事、议论、抒情结合紧密，全词风格苍凉悲壮。

梦 江 南

【原文】

九曲池头三月三。柳鬖鬖①。香尘扑马喷金衔②。涴③春衫。苦笋鲥鱼④乡味美，梦江南。阊门⑤烟水晚风恬。落归帆。

【注释】

①鬖鬖（sān）：毛发或枝条细长的样子。

②金衔：横在马口被抽勒的铁。金衔，谓衔之讲究、贵重。

③涴（wò）：为泥土所玷污。

④苦笋鲥鱼：微苦的芦笋和鲜美的鲥鱼。鲥（shí）鱼：肉鲜美，是名贵的食用鱼。

⑤阊门：苏州城西门。

【赏析】

这是一首轻松活泼的写景小令，表现了词人在春天到来时的欢快心情。小令文字很少，所以上片下片一气贯通，上片写眼前景。开头先写地点、时间。三月三日的九曲池头，柳树刚刚抽枝吐芽。"鬖鬖"二字，准确地点出新柳的嫩叶又细又长，在漫长而沉闷的冬季之后，柳枝首先透露春光，带来春天的消息。"香尘"二句，写人们纷纷来到大自然中沐浴享受春天的美景，年轻的姑娘媳妇们拥向池边，致使扬起的灰尘都散发着浓香，被称之为"香尘"。词人骑着马也来到池边，一任"香尘"扑面。马似乎感受到香味，不住地喷着口中的金衔，情绪躁动。而那些少女们则坐卧在池边，一点也不怜惜地随意让泥土沾污了他们的春衫。这里不仅是写景，而且描写了春天给人们带来的喜悦。

下片写梦中的江南，词人想起了自己的故乡江南，那里一定更是风景如画吧！而且这个季节芦笋初生，其味稍苦；鲥鱼刚上，其味鲜美，那是何等的惬意啊！他曾在那里度过美好时光的阊门，一定也是烟水迷茫，晚风恬静吧！黄昏时分渔舟唱晚，落帆而归。好一派江南水乡的图景，词人用凝练、明快的语言先绘出了一幅春天的图画，又以典型江南景物加以点染，表现了春天到来时他由衷的喜悦及对江南美景的回忆和深深的思念。语调活泼轻快，感情清新浓郁。

天 门 谣

【原文】

牛渚天门①险，限南北、七雄②豪占。清雾敛，与闲人登览。　　待月上潮平波滟滟，塞管轻吹新《阿滥》③。风满槛，历历数，西州更点。

【注释】

①牛渚（zhǔ）天门：位于太平州（今安徽当涂）采石镇，濒临长江处，绝壁嵌空，突出江中。矶西有两山夹江耸立，谓之天门，其上岚浮翠拂，状若美人峨眉。词人崇宁、大观年间曾通判太平，本词疑为此时之作。

②七雄：当涂居长江上游，牛渚、天门是西方门户，六代（六朝）英雄迭居于此，兼括南唐，谓之七雄。

③《阿滥》：当时曲调之名。

【赏析】

上片写太平地理形势险要，在历史上有重要地位，是兵家必争之地，因此六朝兼南唐都迭居于此，广屯兵甲，高筑墙垒，凭借长江天险以御南来之敌。可是现在他们都随着历史的大浪永远逝去了，而牛渚、天门仍屹立于江边。"清雾敛，与闲人登览"，待到雾气消散，二山似乎有意让人们登临游览。用一"与"字，拟人化地写出"牛渚"和"天门"的友好姿态，使人顿生联想。开篇吊古，气势莽莽，蕴含十分丰富；接着抚今，娓娓道来，轻轻点染，又趣味横生。

下片没有承上继续写眼前风光，笔锋陡转，"待月上"二句，直入夜境，描绘了牛渚天险，月夜湖平波光潋滟的动人景色，在幽静的夜里，不知何处响起塞管悠扬的乐声，清风满槛，掀动游人内心的波澜。月光江景是历史的见证，天险挽救不了六朝覆灭的命运，大浪淘去了千古英雄。"七雄豪占"的军事要塞，今天竟成了游人登临的胜地，显赫一时的英雄和六朝的繁华盛况都随江水逝去了，谁也没有力量倒转历史的车轮，留住自己的辉煌，那么今天人们还有什么必要为某个目的孜孜以求或为某种不幸而失落郁闷呢？最后词人以"历历数，西州更点"作结，引入历史的晨钟暮鼓。西州代指金陵，他在谛听历史的脚步，希望把这历史的一页重重地印在脑海，使人感到言有尽而意无穷。本词虽属小令，但词人用高度的概括，略貌取神的手法，把登临怀古的题材写得苍劲、深沉，又把对历史的慨叹和个人的身世之感不着痕迹地融为一炉，对后世豪放派产生了一定的影响。

将 进 酒

【原文】

城下路，凄风露，今人犁田古人墓。岸头沙，带蒹葭，漫漫昔时流水今人家①。黄埃赤日长安道，倦客无浆马无草。开函关②，掩函关，千古如何不见一人闲？　　六国扰，三秦扫，初谓商山遗四老③。驰单车，致缄书，裂荷焚芰④接武曳长裾。高流⑤端得酒中趣，深入醉乡安稳处。生忘形，死忘名。谁论二豪初不数刘伶？

【注释】

①"城下路"六句：用顾况《悲歌》"边城路，今人犁田昔人墓；岸上沙，昔时流水今人家"略加增改。蒹葭，没有长穗的芦苇。

②函关：即函谷关。是进入长安的必经之路。

③商山遗四老：商山留下四位隐士。此指商山四皓，汉刘邦时的隐士，隐居商山，张良用计请其出山，扶持保护太子刘盈。

④裂荷焚芰：南齐周彦伦隐居钟山，后应诏出来做官，孔稚珪作《北山移文》来讥讽他，中有"焚芰制而裂荷衣，抗尘容而走俗状"之语。其中"焚芰制而裂荷衣"是说他烧掉了用菱叶和荷叶做成的标榜清高的衣服。出来做官。

⑤高流：指阮籍、陶渊明、刘伶、王绩等。

【赏析】

本词通过吟咏、议论、评价历史上的一些史实来抒发自己愤世嫉俗和超凡脱俗的怀抱。上片，从大处着笔，以自然历史沧海桑田的变化领起全篇，"城下路"三句写古人的坟墓现在已经变成了耕田。"岸头沙"三句，则写昔日的水流业已干涸，变成能居住人家的陆地。用"凄风露"和"带蒹葭"渲染了这种变化的凄凉气氛。事物发展的必然结果，并没有给那些追名逐利者敲醒警钟。词人笔锋一转，又把镜头对准那些热衷于富贵功名，孜孜追求权势并为之忙碌的人们。"黄埃赤日"以下五句，写这些人在烟尘迷茫赤日炎炎的长安道上，人倦马渴地奔忙着，函谷关时开时掩，朝代更迭，人们乐此不疲，执迷不悟，无人深思那转头即空的功名利禄的意义，也无人去正视人事无常的必然结局。在这里，词人早已置自己于局外，冷眼旁观，洞察幽微，带着一种"彻悟"在指点着那局内之人，并给予他们深刻的讽刺。

换头后紧承上片，以"六国扰"两句概括七雄争霸到秦朝统一和秦末动乱到西汉统一的历史。"初谓商山遗四老"一句，直言自己的看法，原以为这几乎把世人全部卷进去的社会动荡还留下了超然尘世之外的商山四皓。"驰单车"三句，写统治者又是派车又是写信去请那些隐者，隐者们便把他们用荷叶、菱叶制成的隐士服装撕毁烧掉，一个接一个地出去做官，忘掉了他们原来自诩高洁的初衷，甚至隐居本身就是向统治者要价的一种手段。词人满怀不屑地对这些人进行了淋漓尽致的讽刺，使这些欺世盗名的隐者的丑恶面目昭然若揭。照应上片开头，这些人即使苦心钻营追求到名利，最终还是要化为粪土。

"高流"以下，揭示本篇主题，要像"高流"一样到酒中寻找寄托，寻找乐趣。饮酒既能置生死于度外，忘名利于世间，谁也不去计较开始反对刘伶的二位公子处士了。词人以愤慨、嘲讽的口吻描写了历史上那些热衷于追求权势和名利的各式各样的人物。厌恶和鄙弃使他只能逃避到醉乡中。这种态度是消极的，但从坚决不与统治者合作这一点看，仍有一定的进步意义。词中那居高临下地对历史的俯瞰，超然物外的潇洒情怀，以及物转斗移、沧海桑田人事变更的悲壮情调，都使这首词涂上了一层豪壮的色彩。

水调歌头

台城①游

【原文】

南国本潇洒，六代浸②豪奢。台城游冶，襞笺能赋属宫娃③。云观登临清夏，璧月留连长夜④，吟醉送年华。回首飞鸳瓦，却羡井中蛙⑤。　　访乌衣⑥，成白社⑦，不容车。旧时王谢、堂前双燕过谁家⑧？楼外河横斗挂⑨，淮上潮平霜下，樯影落寒沙。商女篷窗罅，犹唱后庭花⑩！

【注释】

①台城：本系东吴后苑城，东晋成帝时改建为新宫，遂成宫城，历宋、齐、梁、陈，皆为台省（中央政府）及宫殿所在地，故名台城。故地在今南京鸡鸣山前、干河沿北。

②浸：渐进。

③襞（bì）笺能赋属宫娃：陈后主沉湎酒色，在宫中宴会，常先令八妇人襞彩笺作诗，十客赓和，文思稍慢，便要罚酒，君臣酣饮，常常通宵达旦。襞笺，即指此。襞（bì），折叠。

④"璧月"句：陈后主选择宠姬、狎客赋艳诗，配乐歌唱，其中有"璧月夜夜满，琼树朝朝新"之句，多为描写张、孔二妃的美丽姿色。

⑤"回首"二句：写陈朝灭亡，隋将破城，陈宫门被毁。"飞鸳瓦"喻陈宫门被毁。鸳瓦，华丽建筑物上覆瓦的美称。井中蛙，陈宫城破后，后主偕二妃躲入井中，隋军窥井，扬言欲下石，后主惊叫，于是隋军用绳索把他们拉出井外。这里用来讽刺后主穷途末路，欲为井蛙亦不可得。

⑥乌衣：即乌衣巷，在秦淮河南，东吴时是乌衣营驻地，故名。晋南渡后，王、谢等名家豪居于此。

⑦白社：洛阳地名，晋高士董京常宿于白社，乞讨度日。这里作为贫民区的代名词。

⑧"旧时"句：化用刘禹锡《乌衣巷》诗："旧时王谢堂前燕，飞入寻常百姓家"。

⑨河横斗挂：秋夜星空，银河自东南至西北横斜于天，北斗之柄指北，下垂若挂。

⑩"商女"二句：用杜牧《夜泊秦淮》"商女不知亡国恨，隔江犹唱后庭花！"后庭花即陈后主所制《玉树后庭花》，为靡靡之音，时人以为陈亡国的预兆。

【赏析】

这首词，通过对六朝旧都金陵的咏怀，抒发了作者对宋朝廷奢侈腐化的不满情绪。

上片落笔先写南国秀丽的风景，而偏安江南的六朝君主却一个比一个奢侈豪华。"台城"以下五句，集中写六朝奢华之最的陈后主宫中宴乐、吟诗、咏美、醉生梦死的生活。在吟咏酣醉中打发岁月。"回首"二句写陈城破国亡，君臣们连作井底之蛙的机会都望而不得。六朝断送在骄奢淫逸之中。历史的教训太深刻了。

下片写时代的变迁，昔日簪缨望族之居现已沦落为贫民区，街巷窄隘不容车过，从前王、谢堂前的紫燕现在不知飞向谁家？词人化用刘禹锡词句，提供一个发人深省的问题，也是他对历史的慨叹。紧接着笔锋一转，镜头拉向楼外，秋夜星空，银河横天，秦淮河上，秋潮涨满，水月交辉，商旅舟楫，轻歌缓曲，渐渐地，从窗缝里传出后庭花的歌声，化用杜牧诗意，绾合上片陈亡故事，烘托气氛，点明主题，气象苍凉浑莽，情绪沉郁悲壮。北宋积贫积弱、国势日衰，统治者却如六朝之君一样骄奢淫逸。词人关心国事，针砭时弊，借古讽今，具有积极的思想意义。把咏古喻今国家大事一并入词，扩大了词的领域。本词用典贴切，化用古人诗句天衣无缝，音乐感强，辞情俱佳。

晁补之

【作者介绍】

晁补之（1053—1110），字无咎，号归来子，济州巨野（今属山东）人。神宗元丰二年（1079）进士。曾任秘书省正字，著作佐郎、信州酒税监、吏部员外郎等职。后被贬谪，回乡闲居，建"归来园"。晚年又被起用。能诗词，善属文，为苏门四学士之一。其词格调豪爽，语言清秀晓畅，近苏轼，有《琴趣外篇》六卷。

洞 仙 歌

泗州①中秋作

【原文】

青烟幂②处，碧海飞金镜，永夜闲阶卧桂影。露凉时、零乱多少寒螀③，神京④远，惟有蓝桥⑤路近。　　水晶帘不下，云母屏开⑥，冷浸佳人淡脂粉。待都将许多明，付与金尊，投晓共、流霞倾尽⑦。更携取、胡床上南楼，看玉著人间，素秋千顷⑧。

【注释】

①泗州：在今安徽泗县。

②幂：遮蔽。

③螀（jiāng）：蟋蟀。

④神京：指京城。

⑤蓝桥：唐秀才裴航巧遇云英并与之结为夫妇之处。此指与妓女相往还。

⑥云母屏开：化用李商隐"云母屏风烛影深"句。"开"字道出月光满透。

⑦"待都将许多明"三句：意谓将如许之多的月光分付与金尊，等到拂晓时一同喝尽流霞仙酒。

⑧"更携取"三句：携取可以折叠的胡床到南楼上去欣赏月在中天，光满人间，洁白无瑕的景色。赏月用东晋庾亮南楼踞胡床赏月典故。

【赏析】

本词是词人在泗州任上的绝笔之作。晁氏才气飘逸，又曾在宦海中跌过几次跟头，多次被贬，官场失意，意欲寻求精神上的安慰与解脱。上片写中秋夜景。落笔先写月亮初升之景象。云遮雾掩，烟霭迷茫，像碧海一样浩淼的天空，飞起一轮金镜般的明月，著一"飞"字，赋予月亮以生命，以动感，静中有动。"永夜"句写近景，夜来阶闲，是从词人内心感受缓缓道来，用一"卧"字，传神地写出了桂树的影子投映到地上寂然不动的姿态，亦是词人寂寞心境的反映。闲寂之月夜缀以此起彼伏零乱之寒螀，有"蝉噪林愈静"之感，夜静与心寂互为因果，也互相映衬，失意的词人不禁感慨万千。使他最难忘怀的是，他的宦途失意，所以说"神京远"。而还能给他安慰，且具有讽刺的悲凉意味的是"蓝桥路近"，他的仕途无望，只落得与妓女们往还以排遣岁月。下片把失意之感转入对佳人美酒的描写。先以云母屏，水晶帘衬出佳人的高雅，又用"冷"、"淡"写出佳人的清幽和素洁，这里一语双关，既是现实中的佳人（紧扣上文"蓝桥"，但并非浓妆艳抹的卖笑女子，而是和词人情感相通的红颜知己），又借佳人以自况。"待都将"以下几句，是词人想要把月光付于金尊到天亮时和朝霞一道饮尽。至此，他终于从寂寞凄凉的氛围中解脱出来了，他将抛弃一切人间烦恼，让洁白无瑕的月光洗净自己的俗念尘心，把自己从宦海的浮沉、官场的宠辱中彻底解脱出来。最后三句写登楼赏月的心境变化，这时他经过了一个短暂又漫长的飞跃，心灵得到了净化，眼前出现的是千顷素光纯净明澈玉一般的人间美景。境界突然开阔，倾泻出一派磊落坦荡之气，以至后人胡仔评价此词能与苏词"差可比肩"。

摸 鱼 儿

东皋寓居①

【原文】

买陂塘②、旋栽杨柳，依稀淮岸湘浦。东皋嘉雨新痕涨，沙觜③鹭来鸥聚。堪爱处，最好是，一川夜月光流渚。无人独舞。任翠幄张天④，柔茵藉地⑤，酒尽未能去。　　青绫被⑥，莫忆金闺⑦故步。儒冠⑧曾把身误。弓刀千骑⑨成何事？荒了邵平瓜圃⑩。君试觑⑪。满青镜、星星鬓影今如许！功名浪语。便似得班超⑫，封侯万里，归计恐迟暮。

【注释】

①东皋寓居：东山，词人在贬谪后退居故乡时，曾修葺东山的"归去来园"。

②陂（bēi）塘：池塘，代指东皋，以部分代全体的借代手法。

③沙觜：突出在水中的沙洲。

④翠幄张天：绿柳遮天。翠幄即绿色帐幕，指树阴浓密。

⑤柔茵藉地：到处都是软嫩的草坪。

⑥青绫被：汉制，尚书郎值班，官供新青缣白绫被或绵被。"青绫被"代指做官时的物质享受。

⑦金闺：即金马门。汉武帝使学士待诏金马门，备顾问。晁补之曾官著作郎，供职馆阁，此代指自己在朝为官的生活。

⑧儒冠：语出杜诗"儒冠多误身"，即读书人。

⑨弓刀千骑：指太守级的地方官出行时的卫队。晁氏曾知何中府等，故云。

⑩邵平瓜圃：邵平，秦时人，封东陵侯。秦亡，隐居长安东种瓜，瓜有五色，很美，称东陵瓜。

⑪觑：细细地看。

⑫班超：东汉名将，在西域三十多年，七十多岁才回到京城洛阳，不久而卒。

【赏析】

本词通过对东皋景色的赞美，抒发了作者被贬后的田园生活及对官场的不满和厌恶。上片描写东皋的田园景色。开首三句写买池买地，栽树种柳，建成景色优美的东山园林的全过程。然后宕开一笔，分别赞扬雨后沙觜是鹭来鸥聚，月光下的川渚则是树阴浓密，软草铺地，这几句表现了词人对东皋的关注和热爱。"嘉雨新痕涨"，观察细致，体物入微，鹭鸥、绿阴、软草为东皋带来了勃勃生机，这动静相间的描写既安谧清幽又淡远飘逸。词人陶醉在无人打扰的清静环境之中，竟然想要翩然起舞。进而写自己流连忘返，即使已经喝干了美酒，也不愿离此而去。

上片着重写景，但句句有情，为下片蓄势。换头后直抒胸臆。"青绫被"两句先表示自己不留恋官场的生活，接着用杜甫"儒冠多误身"诗意，倾诉自己做官没有成就，反而使田园荒芜，误了自己。"弓刀千骑"三句表示对朝廷权贵的蔑视，对官场倾轧的厌恶，和对隐居生活的由衷向往，这里有悔恨、有激愤，磊落意气，倾泻而出。当然最令他痛苦的是，现在清醒已为时过晚了，望着镜中白发，年华已逝，一切都追悔莫及，于是他的激愤之情达到高潮，在痛苦的反思之后，愤怒地说："功名浪语"！他终于彻底地否定了封建士子的最高追求。"便似班超"三句，借古代立功封侯的班超印证"功名浪语"的感慨，叹息归计太迟。全词慷慨磊落，洒脱豁达，使读者既可感到他在隐居生活中寻觅到的安宁憩息之情，又能从字里行间察见其被迫"闲居"的不平之气。感情爽直，境界开阔。

谢　逸

【作者介绍】

谢逸（1064—1113），字无逸，临川（今属江西）人。屡试不第，以布衣终老。工诗能文，曾作蝴蝶诗三百多首，中多佳句，人称"谢蝴蝶"。所作小词，风格清丽。有《溪堂词》，存词六十多首。

西　江　月

【原文】

青锦缠条佩剑，紫丝络辔飞骢。入关意气喜生风，年少胸吞云梦①。　　金阙②日高露泫③，东华④尘软香红。争看荀氏第三龙⑤，春暖桃花浪涌。

【注释】

①云梦：为古泽名。在湖北安陆县南，本二泽，合称云梦。司马相如《子虚赋》云："云梦者，方九百里。"此处化用《子虚赋》之语，表达自己的凌云壮志。

②金阙：宫殿。

③露泫：泫，露光。谢灵运有："花上露犹泫"之句。露泫，露滴闪着光彩。

④东华：东华门。是宋代东京宫墙东面之门。

⑤荀氏第三龙：东汉荀淑有子八人，皆备德业，时称八龙。第三龙者，疑为谢逸排行第三，借此自称。

【赏析】

这是一首先写少时壮怀宏志之作。上片先写少时的风华正茂和宏大的志向。"青锦"二句，作者少时所佩之剑是以青色的锦条装饰，所骑之马的缰绳是用紫色丝绦做成，说明他少时既好读书，又好习武，仗剑远游，有李白之风。"入关"二句，明确抒写自己少时的意气昂扬和雄心壮志。

下片"金阙"二句，先抒写幻想中的高中及第情景，廷试高中，宴开琼林，红日朗照，花枝上的露珠也闪着光彩，东华门红毯铺地，百花飘香。那时春风送暖，桃花争开，波浪汹涌，自己是鲤鱼跳龙门，何等荣耀，何等惬意！当然这只不过是作者的想象而已，他虽满腹才华，却屡试不第，少年时的美梦彻底地破灭了。

谢逸多写轻柔婉媚之词，本词却是例外，豪迈飘逸，朝气蓬勃，气度不凡。

唐 庚

【作者介绍】

唐庚（1071—1121），字子西，眉州丹棱人。绍圣间，登进士，官博士。张商英荐其才，除提举京畿常平。商英罢，亦贬惠州。有《眉山集》。

诉 衷 情

旅 愁

【原文】

平生不会敛眉头①，诸事等闲休②。元来③却到愁处，须著与他愁。　　残照外，大江流，去悠悠。风悲兰杜④，烟淡沧浪，何处扁舟？

【注释】

①敛眉头：即皱眉。

②等闲休：根本不放在心上。等闲，平常，随便，不以为意。休，罢。

③元来：即原来。

④兰杜：兰花杜若。都是芳草的名称，为《离骚》中语，象征贤才。

【赏析】

这是一首抒写羁旅愁思之作。起二句先从反面落笔，言自己平生不会敛眉，什么事都看得很淡，不放在心。"不敛眉"，实际是欲写愁先说不会愁，实为下文写愁蓄势。看来作者是一个豁达大度，豪放爽朗之人，在一般情况下，是不会生愁的。言外之意，倘若有愁，则为浓愁、重愁，难解之愁。果然，"元来"二句陡转，现在愁来了，不愁也不行，须得让他去愁，原来人生之愁是这样无从抗拒，躲也躲不过啊！可见从前不曾敛眉之愁并不算愁，这躲不过的愁才是真正的愁。词义大起大落，波澜起伏，顿挫生姿，使人对这无法抗拒的"愁"，顿时振起精神另眼相看。

换头，具体写"须著与他愁"的内容。作者形象生动地描写了羁旅他乡激发乡愁的眼前之景：夕阳残照，大江奔涌，去意悠悠，境界苍凉开阔，一片沉郁黯淡的氛围。滚滚而逝的不尽江水，使他在羁旅愁思之外更添一份光明易逝，人生如寄之愁，意境更为深邃。不仅如此，"风悲兰杜，烟淡沧浪，何处扁舟？"言风亦为兰花杜若而伤感，寄托自己怀才不遇的忧思。在浩渺迷茫，漫无边际的大江之上，何处弄扁舟？"弄扁舟"有避世隐去之意，但他即使隐去也前途渺茫，著一"何处"，透露了他那无所依傍，凄怆茫然的悲苦心境。至此，作者羁旅之愁，感叹流光易逝之愁，怀才不遇之愁和精神无可寄托之愁全部点出，题旨逐层深化，满腹豪情，都化作万斛忧愁，语极淡而情至悲，以清空之笔，发寥廓之忧，峭拔苍劲，跌宕有姿。

惠　洪

【作者介绍】

惠洪（1071—1128），字觉范，后易名德洪，方外僧人，俗姓彭。筠州（今江西省高安）人。往来于当时官僚张商英、郭天信之门。政和元年（1111），张、郭得罪，觉范决配朱崖，旋北还。有《石门文字禅》、《冷斋夜话》、《天厨禁脔》等。

西　江　月

【原文】

大厦吞风吐月，小舟坐水眠空。雾窗春晓翠如葱，睡起云涛正涌。　　往事回头笑处，此生弹指声中。玉笺①佳句敏惊鸿②，闻道衡阳价重。

【注释】

①玉笺：洁白精美的纸张。
②惊鸿：惊飞的鸿雁，比喻文思敏捷。

【赏析】

本词意在赞颂黄庭坚的人品和诗才。惠洪与黄的友情甚笃，黄被贬宜州时，在长沙与惠洪相会，盘桓月余。黄买一小舟带十六人而居，惠洪甚感狭窄。黄笑道："烟波万顷，水宿小舟，与大厦千楹，醉眠一榻何所异？"乘舟离去，于衡阳作诗写字，名重一时。惠洪钦佩其人，写本词以赠。

上片起笔引用黄庭坚的话以赞之："大厦吞风吐月，小舟坐水眠空。"在黄庭坚眼里住在大厦里可以"吞风吐月"，宽阔舒适，住在小舟中亦能"坐水眠空"尽享自然之美。描写了黄庭坚胸襟开阔，飘逸不凡的气度。"雾窗"二句，转向小舟四围之景，春天的清晨，一觉醒来，透过舟中的小窗，可以看到窗外薄雾如烟，山岭青翠葱茏，感受到晨风光波、云海生涛。景色优美，丰神独具，衬出舟中之人情趣高雅，出尘绝俗。

下片赞美黄庭坚出众的才华。"往事"二句，写黄庭坚倘若回首往事，足以自慰，没有虚度此生。因为他名重当世，虽遭贬谪，依然受人景仰。所以身处逆境，却怡然自乐，诗文自娱，豪情不减。"玉笺"二句，具体赞美黄的文才。在被贬衡阳途中，求诗索句者不绝，"衡阳价重"，意谓人们求索黄诗黄字，洛阳为之纸贵，风流高雅，横绝一时。

作者在黄庭坚贬谪期间，写词以寄，盛赞黄的人品，诗品，患难之中愈见真情，襟怀坦荡，豁达爽朗，逸兴豪情，潇洒自由，亦可见作者高标出世的人品。

吴则礼

【作者介绍】

吴则礼（？—1121），字子副，兴国州（今湖北阳新）人。以荫入仕。历任卫尉寺主簿、直秘阁。知虢州。后编管荆南。晚居江西，号北湖居士。有《北湖集》。

江 楼 令

晚 眺

【原文】

凭栏试觅红楼①句，听考考②、城头暮鼓。数骑翩翩度孤戍，尽雕弓白羽。 平生正被儒冠③误。待闲看、将军射虎④。朱槛潇潇过微雨，送斜阳西去。

【注释】

①红楼：本指富家女子所居住的华丽楼房。
②考考：戍鼓的声音。

③儒冠：化用杜甫《奉赠韦左丞丈十二韵》"纨绔不饿死，儒冠多误身"。

④将军射虎：典出《史记·李将军列传》"广出猎，见草中石，以为虎而射之。中石没镞，视之石也。"

【赏析】

这是一首抒发壮志难酬之苦闷的小令。从"凭栏试觅红楼句"落笔，说明自己本来满腹愁思，试图用写一点温馨香艳的句子，来排解苦闷。但突然传来边城那戍边暮鼓的"考考"声，扰乱了词人的心境，悲壮苍凉的鼓声，使柔美沁芳的红楼诗意顿时荡然无存，这是耳闻。以下写眼见。出现在眼前的是几个轻快的骑兵，巡逻在孤零零的哨所边，白色的羽箭在斜阳下闪闪发光。掀动了他深藏在内心的失落感。

下边抒发感慨，看到戍边将士在守卫边疆，触发了他报国无门的切肤之痛，自己饱读诗书，却无所作为，深感为儒冠所误，未能驰骋疆场。但"待闲看，将军射虎"，着一"闲"字，暗用李广射石的典故，进一步说明，即使是戍守边防的将士，他们难道就能英雄有用武之地吗？词人生活在两宋交替之际，统治者醉生梦死，一味妥协求和，虚设边防，更不交兵，那些骁勇无敌的将士也未能驰骋疆场，一洒热血，岂不更悲？最后以景语收束，"朱槛潇潇过微雨，透斜阳西去。"一阵潇潇微雨飘洒朱槛，斜阳落山。直点"晚眺"之题，同时造成一种悲凉气氛。词人一生苦读，却无用武之地，时移境迁，时不我待，感触惆怅尽在不言之中，是景语亦是情悟。本词寓情于景，情景相生。结构缜密，跌宕有致，含蓄自然，颇具魅力。

赵子发

【作者介绍】

赵子发，宋太祖赵匡胤次子燕王德昭之五世孙，官至保义郎。其词作仅存十七首，大多空灵婉丽，意境浑然，亦有充满爱国热情的篇章。

鹧 鸪 天

【原文】

约略应飞白玉槃^①，明楼渐放满轮^②寒。天垂万丈清光外，人在三秋爽气间。　　闻叶吹，想风鬟^③，浮空仿佛女乘鸾^④。此时不合人间有，尽入嵩山静夜看。

【注释】

①白玉槃：月的代称。李白诗"小时不识月，呼作白玉槃"。
②满轮：指月亮。
③风鬟：蓬松的发髻。
④鸾：传说中仙人乘坐的一种鸟。

【赏析】

这是一首写景抒怀的小令。作者在高楼感到夜色明朗，立即猜测大约是月亮已经飞上天空了吧！皓月当空，照得楼台通明，月光如水，使人感到秋夜的寒意。紧接着又轻轻一转，万丈银纱垂天而降，三秋爽气傍人而生。清亮、爽快之感，使人神清气爽，寒气顿消，在这深山里的月夜中，遥望明月，思乡念人之感油然而生。

下片从视觉的感受又转向听觉上的感受。听到树叶在秋风中飒飒瑟瑟，不禁想起自己所怀念的女子，希望她能在此时乘着鸾鸟飘然而至。在他的想象中，她仿佛已经冉冉而来，想象丰富，具有浪漫色彩。此情此景太美妙了，使他不禁由衷地赞叹，这种美景简直不是人间所有，要到嵩山深处的夜晚才能看到啊！以赞叹结束全篇，一方面点明时间、地点，另一方面也照应了开头，使全篇结构十分严密，把念旧之情融入恬适自然、和平淡泊的理想境界，使人意驰神往，动人心弦。空灵蕴藉，兼有婉丽与豪爽之风。

王安中

【作者介绍】

王安中（1075—1134），字履道，阳曲人。元符三年（1100）进士。历任大名主簿、中书舍人、御史中丞、翰林学士承旨。出镇燕山府，召除检校太保，大名府尹。靖康初，象州安置。绍兴初，复左中大夫。有《初廖词》。

菩 萨 蛮

六军阅罢，犒饮兵将官

【原文】

中军玉帐旌旗绕，吴钩①锦带明霜晓。快马去追风，弓声惊塞鸿。　　分兵②闲细柳，金字③回飞奏。犒饮上恩浓，燕然④思勒功⑤。

【注释】

①吴钩：泛指精良的兵器。

②分兵：指大军阅罢，分散驻防。

③金字：本指碑铭文字，这里指皇帝所书的文字，即犒饮大军的圣旨。

④燕然：燕然山，即今之杭爱山，在蒙古境内。

⑤勒功：即勒石记功。汉和帝时大将窦宪追北单于"登燕然山去塞三千里，刻石勒功而还"。

【赏析】

本篇大约作于作者出镇燕山府之时，是一首以边塞军营生活为题材的小令。上片"中军"二句，在中军帐外，军旗迎风招展，战士们的剑戟被擦得锃明发亮，在深秋的清晨闪闪发光。"明"在这里是使动用饬，即使清晨明亮。此二句盛赞军队的整洁，纪律的严明，军容整伤，将士自然英武。"快马"二句，写戍守边塞的将士，驰马弯弓，勇往直前，势可追风，其声亦可惊动天上的鸿雁。真是兵强马壮，威震边防。作者对边塞战士厉兵秣马，严阵以待的行动和高扬的精神面貌充满了自豪，也表现了他个人想要立功报国的豪情壮志。

下片写犒饮将士。将士分散驻防，闲于细柳，此处用周亚夫军细柳之故事，说明军威遥镇边防，敌人不敢来犯，故而守军能"闲"。皇帝传旨犒饮三军，犒军完毕，长官立刻将谢恩的表章飞报朝廷。御赐"犒饮"之后，三军将士感谢皇帝恩重如山，决心为国建功。

本词把记叙、描写、抒情、议论融为一体，情景相生，叙议结合，浑然一体，表现了爱国将士忠于职守，保卫边防的爱国精神，也反映了作者为国政竭尽忠心，立功之后的踌躇满志。情绪乐观，风格豪放。

叶梦得

【作者介绍】

叶梦得（1077—1148），字少蕴，号石林居士，吴县（今江苏苏州）人。绍圣四年（1097）进士。徽宗时，累官龙图阁直学士。为官深得民心，但因违拗当权者，终于落职南归，隐居湖北卞山。南渡之初，官江东安抚制置大使兼知建康府，总四路漕计，支持抗金事业，为支援抗金作过重要贡献。词作多感怀国事，有雄杰之风。

临 江 仙

【原文】

一醉年年今夜月，酒船聊更同浮。恨无羯鼓①打梁州②。遗声犹好在，风景一时留。　　老去狂歌君勿笑，已拚双鬓成秋。会须击节溯中流。一声云外笛，惊看水明楼。

【注释】

①羯鼓：古代的一种两面蒙皮、腰部很细的鼓，据说从匈奴的一个别支羯族传入中原。

②梁州：即《梁州曲》，唐明皇所制《霓裳羽衣曲》。

【赏析】

写这首词的前一年，作者曾在南山台诏芳亭"连三日极饮其上"，三天写了三首临江仙。这一首写于宋高宗绍兴六年（1136），当时他六十岁，闲居吴兴卞山。

叶梦得是支持抗金事业、有志恢复中原的爱国志士，年老之后，退居吴兴家乡，虽然优游山水吟诗饮酒，但仍关心抗金大业。本篇记写他与友人月夜泛舟之事，见景生情，借景抒怀，表达了他抗金报国的雄心壮志和年老力衰不能驰骋战场的遗憾。

上片起首二句照应去年中秋太湖之游，今年又同友人同游太湖，作者十分惬怀，希望年年都能这样在月下泛舟，共同一醉。"恨无羯鼓"三句，写他在开怀豪饮时内心的感受，由月而想到月宫，继而想到唐明皇梦游月宫而作霓裳羽衣曲《梁州曲》，眼前月光虽美，却没有《梁州曲》和粗犷的羯鼓，实为憾事。同时，他又想起了去年今日与友人饮酒高歌的欢乐情景，那美好的回忆至今还留在脑海，难以忘怀。

下片写他酒后豪情。作者今天在座中，兴奋难抑，引吭高歌，他说："大家不要笑我年老不拘形迹，虽然双鬓已秋，但我相信，有一天我还能像祖逖一样率部渡江，中流击楫，一展宏图。"抗金是作者一生为之奋斗的事业，时刻系挂于怀，即使泛舟赏月、酒酣忘忧，仍然想要由节溯中流。当他正沉浸在美好的幻想之中时，突然一声响彻云霄的笛声，把他从幻想中又拉回现实，原来他仍置身于月下的舟中，只见水月交辉，月光把水边楼阁照得通明。

虽是一次泛舟，却气势飞动，豪情满怀，表现了作者词风简淡、雄杰豪放的特色。

水调歌头

九月望日①，与客习射西园，余偶病不能射。

【原文】

霜降碧天静，秋事②促西风，寒声隐地初听，中夜入梧桐。起瞰高城回望，寥落关河千里，一醉与君同。叠鼓闹清晓，飞骑引雕弓。　　岁将晚，客争笑，问衰翁③：平生豪气安在？走马为谁雄？何似当筵虎士④，挥手弦声响处，双雁落遥空。老矣真堪愧，回首望云中⑤！

【注释】

①望日：旧历月的十五日。
②秋事：指秋收，制寒衣等事。
③衰翁：作者自称。
④虎士：勇士，指岳德。
⑤云中：指云中郎，为汉代北方边防重镇，以此代指边防。

【赏析】

本词写于绍兴八年（1138）作者再次知建康时期，当时南京只剩下半壁江山，建康成为据江守险、支援北伐的重镇。词人心系北伐，为自己年老力衰无力报国十分伤怀。本词即以此为主题。

上片，首四句写与客习射西园的时间，深秋霜降，望天清澄，西风暂起，寒意阵阵，夜半时分，直入梧桐。西风凄紧，冬之将至，词人不由自主地想起前方将士，该是为他们准备过冬的粮饷，赶制棉衣御寒的时候了。他曾兼总四路漕计补给馈响，军用不乏，全力支持抗战，冬季来临，自然使他因关切前方而心绪不宁。"起瞰高城"三句，心事重重的词人起身离座，登上城楼，向中原望去，却见千里关河、寂寥冷落，他虽致力于抗战，无奈宋廷坚持苟和，抗金事业沉寂无着。面对冷落的关河，山河破碎、国土沦亡之悲涌上心头，沉痛难耐，只能借酒浇愁，故曰与客同醉。在宴饮之后，天之将晓，军中鼓声响起，习武场上，武士们手持雕弓，走马飞驰，好一派习武驰射的豪壮场面，令人振奋不已。

下片写西园习射。面对众人驰驱习射，六十开外的词人深感自己年老力衰，当年的豪气现在已经消失，哪能像虎士岳德那样，挥手弦响，双箭落地。这里有对虎士的赞许，更有对自己衰老的感叹。敌虏未灭而己身已老，不能驰骋疆场，使他深感遗憾，最后以"老矣真堪愧，回首望云中"作结，直抒胸臆。词人虽因无力报国而惭愧，但他身老志不衰，心系"云中"，情结边防，在垂暮之年，还以抗击金兵，收复中原为己任，表现了一个老年抗金志士的壮伟胸怀。

本篇笔力雄杰，沉郁苍健，具有豪放风格。

水调歌头

【原文】

秋色渐将晚，霜信报黄花。小窗低户深映，微路绕欹斜①。为问山翁②何事，坐看③流年轻度，拚却④鬓双华？徒倚望沧海，天净水明霞。　　念平昔，空飘荡，遍天涯。归来三径重扫，松竹本吾家⑤。却恨悲风时起，冉冉云间新雁，边马怨胡笳。谁似东山老，谈笑净胡沙⑥！

【注释】

①欹（qī）斜：倾斜。
②山翁：作者自称。
③坐看：空看、徒欢。
④拚（pàn）却：意为不惜、不顾。
⑤"三径重扫"二句：化用陶渊明《归去来辞》中的"三径就荒，松竹犹存"。
⑥"谁似"二句：化用李白诗"但用东山谢安石，为君谈笑净胡沙"。胡沙，代指胡人发动的战争。

【赏析】

这是一首自叙平生，抒写怀抱的词篇。上片起首四句先写晚年生活的环境和乐趣。秋色已深，菊花开放，霜降来临，词人所住的房子掩映在花木深处，小路盘山蜿蜒而上。这是一幅山居图景，清丽而幽静。下面用自问自答的方式写自己生活的乐趣：若问我为什么就白白地看着那风月流逝，毫不顾及双鬓已经斑白？我会回答是因为留恋如沧海般辽阔美丽的太湖，它映出了青天云霞，明媚绚烂。

下片写自己的生活和老来的怀抱。飘泊了一生，足迹遍于天涯，现在回到家里，扫净已荒芜的道路，那松竹茂盛的地方就是我的家园。词人回到家中感到喜悦和安慰，所以笔下的家园也显得十分静谧、优美。但在那个国土沦丧，河山破碎的时代，一个胸怀抱国之心的抗金志士，又怎能终老于隐居的山林呢？"却恨"三句，笔锋一转，在隐居之后，词人却时常听到"悲风时起"，这悲风是自然界之风，更是人间悲风，南宋朝廷苟安求和，不愿力战敌人，前线频传战败消息，对他来说，也就是"悲风"。再看到归雁南飞，金兵南下，愤怒之火又在胸中烧起，所以句首着一"恨"字，力敌千钧，倾注了词人的满腔忧愤。这种爱国激情，使他对自己不能像谢安那样从容破敌感到有愧于国家，也对南宋将无良才感到深深的忧虑。虽然退居且愿一享隐居之乐，但他又挂念抗金大计，时刻关注前线，所以一首抒写晚年怀抱之词就表现得感情激越、悲凉、慷慨，充满了爱国忧民之情。

八声甘州

寿阳楼八公山①作

【原文】

故都②迷岸草，望长淮、依然绕孤城。想乌衣年少，芝兰秀发，戈戟云横③。坐看骄兵④南渡，沸浪骇奔鲸。转眄东流水，一顾功成。　　千载⑤八公山下，尚断崖草木，遥拥峥嵘。漫云涛吞吐，无处问豪英。信劳生^⑥、空成今古；笑我来、何事怆遗情？东山老^⑦，可堪岁晚，独听桓筝^⑧！

【注释】

①寿阳楼八公山：寿阳即今安徽寿县，战国楚考烈王和汉淮南王刘安均都此。八公山在城北，相传刘安时有八仙登此山，遂以为名。一说八公指刘安门客左吴、朱骄、伍被、雷被等人，世以八公为仙人乃误传。（见《资治通鉴·晋纪》）。

②故都：指寿阳。

③"乌衣年少"三句：指淝水之战大破符坚军的前锋都督谢玄，"乌衣"，巷名，建康淮河南，东晋谢氏家族聚集之地。"年少"，指谢玄。时谢玄四十岁，相对其叔谢安等而言。"芝兰香发"，称赞谢玄的才略。"戈戟云横"，指谢玄带领雄兵作战。

④骄兵：指符坚之兵。符坚南下时声势浩大，号称百万，攻晋前曾说："以吾之众旅，投鞭于江，足断其流。"（《晋书·符坚载记》）自以为并吞江南，稳操胜券。

⑤千载：从淝水之战到作者写作本词有七百六十多年，千载是举其成数。

⑥劳生：用《庄子》"劳我以生"语意。

⑦东山老：指谢安。他在未出仕前曾隐居浙江上虞的东山，故云。淝水之战，谢安有策划、决策的大功。后因小人挑唆，受到孝武帝的猜忌。

⑧桓筝：指桓伊之筝。桓伊善音乐，为江南第一。他在反击符坚之战中曾立战功。一日孝武帝召伊饮宴，谢安侍坐。伊抚筝而歌曹操《怒诗》，声节慷慨，俯仰可观，其中有"推心辅王室，二叔反流言"之句，安深为感动，泪下沾衣，帝甚有愧色。（《晋书·桓伊传》）

【赏析】

本词大约作于绍兴十一年（1141），宋金达成和议以后。词人感怀国事，吊古抚今，写下本篇。

上片先叙故都旧事。词人登山远眺，故都寿阳尽收眼底，曾经繁华煊赫的都城，经过时代的变迁，现在荒凉寂寥，为淮河岸边之草所迷。淮河逶迤而来，流经寿阳，又东奔而去。用一"孤"字，突出了作为淮南抗金重镇的寿阳，不被重视，日趋荒凉的可悲情景；也透露了宋廷只图苟安，不思恢复的衰微形势。他见景生情，历史风云从心中卷起。这荒凉的地方，曾经是淝水大战的古战场，那时谢玄少年英雄统帅重兵，从容不迫地击败了使波浪沸腾鲸鱼奔窜的北方来敌，顾盼之间，成就了大功。

换头，直抒感慨。词人的思绪又回到现实，千载以来，山河依旧，目前现实和淝水之战时的形势十分相似，但像谢玄这样的英雄却无处可寻，其深刻寄意是，不见英雄，并非没有英雄，而是宋廷只图偏安，压制甚至陷害英雄，此句深含对统治者的谴责。再用一"笑"字，自我解嘲，过去的事已成陈迹，自己为什么还如此伤情。但他又不能不伤情，最后仍是借古抒怀，谢安立功之后受到孝武帝猜忌，听桓筝而涕下。自己在抗金斗争中贡献卓著，也受到秦桧等的压制，令人悲愤，伤今之情，于此深化，表现了词作的主题。

怀古咏史，要在能点化历史，虚实相生，方臻其妙。本篇气势连贯，脉络清楚，跌宕起伏，感情深沉，在这首晚岁所作的怀古词中，仍然保留着"高音"的痕迹，是高亢的抗争之音，证明了宋人关注对其评价"简淡出雄杰"的准确。

点 绛 唇

绍兴乙卯登绝顶小亭

【原文】

缥缈危亭，笑谈独在千峰上。与谁同赏，万里横烟浪。

老去情怀，犹作天涯想。空惆怅！少年豪放，莫学衰翁样。

【赏析】

叶梦得五十九岁时闲居吴兴卞山，这是他登上卞山绝顶的小亭后所写的一首词。上片写景。"缥缈"二句，先写位于高山之巅的小亭，云雾缭绕，远望如在云端，时隐时现。作者和同游者登上小亭，似乎站在千峰之顶，天高气爽，心情愉快，和同游一道说笑聊天。接着以"与谁同赏"设问，然后又以"万里横烟浪"写景。在高山小亭，放眼望去，云海茫茫，如长江的波浪，滚滚奔向万里之外。此时我与谁来同赏此美景呢？

下片抒情。先写自己的老年情怀。他前半生在北宋王朝为官，为北宋的覆亡和国土的沦丧十分痛心。在南宋王朝做官时又积极支持抗金事业，现在虽然已退闲在家，但抗金热情依然不减，"犹作天涯想"表达了他想要奔赴前线收复失地的愿望，虽然年迈，仍要远征天涯，其壮志不衰，雄心不减，一副老战士的乐观情怀。随后作者笔锋一转回到现实。现实是这样残酷，南宋统治者苟安求和的丑恶面目，作者已有深刻认识，他的愿望只能是空想。"空惆怅"三字又流露了他的失望和悲哀。最后两句重新振起，自己年老力衰，上前线已属不能，但对青年人却寄予很大的希望。他对同游的年轻人说，你们正是意气风发之时，可千万莫学我们这些老头子的模样，言外之意，希望年轻人要振作精神，积极参加抗金斗争，为恢复失地而贡献自己的力量。

境界开阔，豪气满怀，虽有叹老之憾，却无低沉之调，充满了爱国的热情和积极向上的力量。

陈　克

【作者介绍】

陈克（1081—1137），字子高，自号赤城居士，浙江临海人。绍兴初因吕祉辟举，任江南东路安抚司准备差遣、敕令所编官。郦琼叛乱时，出战叛军不幸被俘，壮烈就义。有《赤城词》，格韵绝高，婉雅闲丽。

临　江　仙

【原文】

四海十年兵不解，胡尘直到江城①。岁华销尽客心惊，疏髯浑似雪，衰涕欲生冰。　　送老虀盐②何处是？我缘应在吴兴③。故人相望若为情？别愁深夜雨，孤影小窗灯。

【注释】

①江城：指建康，今江苏南京。
②虀（jì）盐：细碎的盐。
③吴兴：在今浙江湖州。

【赏析】

本词作于 1136 年冬，当时作者正在吕祉幕中为属僚，时年五十六岁。在此之前，他曾在吕祉主持下撰定《东南防守利便》，向宋高宗进谏以建康为都，收复中原，不被采纳。因此在本篇中既有对金伪入侵的愤慨，又有对宦途的厌恶，词风由以前的艳丽而变得"苍老"不堪。这是他留给后人的最后一篇作品，次年八月就英勇就义了。

上片"四海"二句，金兵南来到此时已十年，兵战不休，胡虏的铁骑已直抵建康。此二句是叙事，但对金兵南侵和朝廷的妥协，一任金人兵临建康，十分愤怒不满。"岁华"三句，十年来自己消磨了岁月，稀疏的胡须已全白如雪，衰老的面孔流着涕泪，在冬天的寒风中结成冰粒，这一事实使他感到惊恐，自己的年华就在这兵燹之中渐渐消失了。

下片情绪更为低沉，词人想到自己一生将尽，以后终老何处呢？"送老"二句，意为何处是我终老之地？我的缘份大概就在这吴兴之地吧，年老力衰，又能去向何方呢？以"虀盐"代处所。"故人"句，写自己对故人思念之情。在下雨的深夜，孤灯伴着孤影，满腹离愁别绪，难解难排。国破之忧和离别之愁，郁结于词人心头，情绪低沉甚至苍老，使人不忍卒读。

朱敦儒

【作者介绍】

朱敦儒（1081—1159）字希真，洛阳人，学问人品俱佳，青年时代即以布衣负重名。靖康时应召入朝，赐进士出身，为秘书省正字，擢兵部郎中，迁两浙东路提点刑狱，致仕。南渡后高宗又召他入朝，辞而不就。曰："麋鹿之性，自乐闲旷，爵禄非所愿也。"（《宋史·文苑传》）有词三卷，名《樵歌》。其词多写遁世隐居生活，亦有不少忧国伤时之作。

鹧 鸪 天

【原文】

我是清都山水郎①，天教分付与疏狂②。曾批给雨支风券，累上留云借月章。　　诗万首，酒千觞，几曾着眼看侯王！玉楼金阙慵归去③，且插梅花醉洛阳。

【注释】

①清都山水郎：在天上掌管山水的官员。清都，指与红尘相对的仙境。

②疏狂：狂放，不受礼法约束。

③玉楼金阙慵归去：不愿到那琼楼玉宇之中，表示作者不愿到朝廷里做官。

【赏析】

这是一篇以令词写成的热爱自由、鄙弃功名的宣言。朱敦儒崇尚自然、不受拘束、有名士作风，这首词正是他思想品格的自我写照。

上片，一开头"我是"二句便以十分豪放的口吻声明，我是天上掌管山水的郎官，我这种疏狂的性格是上天赋予的，实际上是说自己的疏淡狂放的性格是天生的，是不可改变的，豪放之中又带有刚强。"曾批"二句是第一句的注脚，天上掌管山水的官员其职责一是颁发给雨支风的文券，二是屡上"留云借月"的奏章，意谓风、雨、云、月都由他管理调遣。这二句充满了浪漫的精神，富于神奇的幻想，不仅对首句进行了绝妙而风趣的解释，而且透露了他对大自然的由衷热爱和对世俗发自内心的鄙弃。

下片转入对现实的描写。"诗万首"三句，大有诗仙李白之风：斗酒轻王侯！这是他的人生写照，个性的表现。饮酒赋诗，轻慢王侯，气干虹霓。结尾"玉楼"二句，尤为动人心弦。玉楼金阙，本是人人羡慕向往的荣华富贵，但词人用一"慵"字，十分准确地表现了自己鄙薄名利的态度，相反对于"插梅花醉洛阳"的生活却十分欣赏留恋，这是名士的清高、名士的风流，也是一种心曲的抒写，但不是细腻与柔和的心曲，而是豪迈与狂放的心曲，所以它是一篇表白个性与品格的宣言。

朝 中 措

【原文】

先生筇杖①是生涯，挑月更担花。把住都无憎爱，放行总是烟霞。 飘然携去，旗亭②问酒，萧寺③寻茶。恰似黄鹂无定，不知飞到谁家？

【注释】

①筇（qióng）杖：即竹杖。
②旗亭：即酒楼。
③萧寺：佛寺。

【赏析】

晚年的朱敦儒已经历尽沧桑，饱经风霜，他对重回故国和收复失地都已彻底绝望，只能在静谧的大自然中去寻找寄托，所以在他的晚年词中就充满了一种乐天知命，逍遥自在，超然世外、旷达悠闲的生活情趣。

上片第一句是全篇的纲领。"先生"是词人自称，"筇杖是生涯"有十分丰富的潜台词，意谓他整个的生活就是挂着竹杖徜徉于山水。他以竹杖挑月，又以竹杖担花，吟风啸月，寻春问花。山野的风情，大自然的乐趣，使他陶醉于其中，他早已忘却了世事，无意于嚣尘。于是他对自己的生活进行了概括："把住都无憎爱，放行总是烟霞"。无憎无爱是彻底的超脱，烟霞即表示他所行之处是烟霞缭绕的美景，同时又是道家仙境的代称，表现他清静无为的意识取向。

下片一气贯下，仍承筇杖的意象，抒发放逸之情，也是上片的具体说明。他携着竹杖飘然往来，有时到旗亭问酒，有时又到萧寺寻茶，"问"与"寻"，透露他行迹的潇洒不定，在思想一无挂碍的情况下，一如野云闲鹤，处处名士风流。这两句写出了他怡然自得的心情，所以结尾"恰似"二句，以自由自在的黄鹂自喻，正是他完全解脱之后超旷俊逸的性格和生活的写照。

好 事 近

渔 父 词

【原文】

摆首出红尘，醒醉更无时节。活计绿蓑青笠，惯披霜冲雪。晚来风定钓丝闲，上下是新月。千里水天一色，看孤鸿明灭。

【赏析】

继张志和、柳宗元、苏轼、黄庭坚之后，朱敦儒是以"渔父"为题材的又一词人。他们一无例外的都是披着蓑衣、戴着草笠的有志之士，又都是高蹈于尘世之外啸傲山林的遁世者，他们的感情是相通的，渔夫都出没于风浪之中而潇洒于江湖之上，自由自在、无拘无束的生活，那是他们追求精神解脱的写照。朱敦儒写了六首

《好事近》来歌咏自己漫游江湖的闲适生活，本词即其中之一，通过对渔父的咏叹，抒发了自己的愿望和理想。

"摆首"二句，词人由于对烦嚣尘世的厌恶，常常借酒消闷，以释心中不平。"活计"二句，具体描写渔父的形象，头戴青箬笠，身披绿蓑衣，顶风冒雨，出没于江湖之上，霜雪之中。在渔父生活这特定的情境中，又融入词人一生饱经人世风霜的坎坷经历，照应开头对污浊尘世的不满和厌恶，蕴含十分丰富。

下片写词人回归大自然后的悠闲、静谧和爽朗的心境。晚来风停浪静，渔父钓丝静静地垂于水中。天上的明月与水中的明月交相辉映，波光连天，水天一色。苍茫无际的大江，清丽新鲜的明月和悠闲垂钓的渔翁组成了一幅澄澈旖旎的江南水乡图，再加上孤雁在夜幕中忽明忽灭的点缀，更加美妙，沁人心扉。这是词人所向往的遁世生活，是他对黑暗现实的消极反抗和对自由高洁的热情追求。

好 事 近

渔 父 词

【原文】

短棹钓船轻，江上晚烟笼碧。塞雁海鸥分路，占江天秋色。　　锦鳞拨剌①满篮鱼，取酒价相敌②。风顺片帆归去，有何人留得？

【注释】

①拨剌：活鱼振鳍泼尾之态。
②相敌：相抵。

【赏析】

上片描写打鱼归来江上的景色。"短棹"二句，在晚烟笼罩的辽阔江面上自己的钓船悠悠划来，桨短舟轻，江水清澈碧绿。抬头仰望天空，塞雁与海鸥在天空分飞，平分江天秋色。此二句既点明时间是在秋季，又以天上飞鸟为江景平添一片生机。

下片描写渔父满载而归的喜悦和豪情。"锦鳞"二句极为生动地描写了篓中活鱼欢蹦乱跳的景象，锦鳞是视觉印象，鱼鳞用一"锦"字，足见其美，透露了词人对鱼儿的喜爱。"拨剌"逼真地描写活鱼振鳍泼尾之态，鱼儿的鲜活可想而知。"取酒价相敌"，意谓可将鲜鱼换酒，价值相抵。打鱼换酒，表现了他的豪饮和旷达。最后"风顺"两句，写他在江上扬帆随风而归，无人可以留住他，暗示自己对无拘无束、自由自在地生活在江上感到十分惬意，谁也阻挡不了他自由生活的决心。词人笔下渔父的生活悠然自得，实际上寄托了他的理想。远离人世、放浪不羁、旷达超迈、豪情满怀，这是词人的自我写照，也是他晚年词作的风格。

相 见 欢

【原文】

金陵城上西楼，倚清秋。万里夕阳垂地、大江流。　　中原乱①，簪缨②散，几时收？试倩③悲风吹泪、过扬州。

【注释】

①中原乱：指 1127 年金兵占领中原。
②簪缨：原为达官贵人的帽饰，代指世族。
③倩：请。

【赏析】

本词表现了词人对故土的怀念和国破家亡之后凄凉苦闷的心情。

上片写景。开头二句，写登楼远眺。词人站在金陵西城上，倚楼眺望秋色笼罩下的万里江天。"万里"二句，映入眼帘的有许许多多的景物，但对他触动最深的却是垂地的夕阳，苍茫的暮色和汹涌的大江，景色萧瑟，透露了他心境的悲凉。金兵南侵，徽、钦二帝被俘，中原沦陷，国破家亡，这一残酷的历史现实沉重地打击了包括朱敦儒在内的许多爱国之士。南渡词人个个激愤不已。面对大江落日，朱敦儒也心潮难平，感触良深。

下片抒情，"中原乱"三句，从大江落日直接转到国家大事。金兵南下，中原大乱。权贵们纷纷逃离，且不作收复失地的打算，所以词人激愤而忧虑地问"几时收？"这几句饱含着对国事的悲痛和关切，是他忧国忧民之情的自然流露。所以最后以"试倩"作结，词人从心底发出呼喊：请把我的热泪吹到扬州（时为南宋抗金前线）吧！融入他对前线战事的关切和对抗金军民的支持，表现了词人爱国的精神，含有不尽的情意，耐人寻味。

水　龙　吟

【原文】

放船千里凌波云，略为吴山①留顾。云屯水府，涛随神女②，九江③东注。北客翩然④，壮心偏感，年华将暮。念伊嵩⑤旧隐，巢由⑥故友，南柯梦，遽如许。　　回首妖氛⑦未扫，问人间、英雄何处？奇谋报国，可怜无用。尘昏白羽⑧。铁锁横江，锦帆冲浪，孙郎良苦。但愁敲桂棹，悲吟梁父⑨，泪流如雨。

【注释】

①吴山：指吴地（今江苏南部）的山。

②"云屯"二句："云"、"涛"二字互文见义。水府，水神住的地方。意为水府附近乌云密集，波涛汹涌。神女，宋玉《高唐赋》说楚襄王梦见一个神女自称"在巫山之阳，高丘之阴，旦为行云，暮为行雨。"意为乌云和波涛都随着神女一起而来。

③九江：指众水汇流的大江。

④北客翩然：朱敦儒从洛阳到南方，故自称北客。翩然，一作苍颜，苍老憔悴的容颜。

⑤伊嵩：伊，伊阙在河南洛阳市南；嵩，嵩高，在河南登封县北，

都是山名。

⑥巢由：巢，巢父。由，许由。都是古代隐士，作者自比。

⑦妖氛：不祥之气，代指金国。

⑧尘昏白羽：尘，尘土。白羽，箭名。

⑨梁父：《三国志·诸葛亮传》载诸葛亮好为《梁父吟》，这里作者以隐居南阳，关心天下事的诸葛亮自比。

【赏析】

本篇表达了词人对国事的深切关怀和报国无路的悲愤之情，大约写于1129年金人南侵以后。当时艰危的局势深深地影响了词人，因此全篇充满了对国事的关怀和亡国的悲痛。

上片先写去国离乡之感。"放船"二句写放船长江随心而行，仅稍稍看看吴山而已。"方屯"三句写长江之上云聚涛涌，所有的水都流入长江。面对壮阔的长江，词人不禁心有所感。"北客"以下七句直抒胸臆：自己有报国壮志，却报国无路，年龄渐老，怎不使人伤怀！而逝去的岁月尤为使人怀念，当年在洛阳隐居和品格高洁的友人同游，那是何等惬怀！但这一切都如南柯一梦，很快地消失了。他由北入南，去国离乡，由于留恋从前的生活，亡国的悲痛就更为深沉。

下片紧承上片，一开头就沉痛地抒发自己对国事的忧虑。"回首"三句，写回首中原，仍在金兵的铁蹄之下，而抗金的英雄又在哪里呢？因为当时南宋朝廷坚持投降妥协政策，宗泽、李纲等抗金英雄都受到排挤，这是词人的愤慨之语。"奇谋"三句，有奇谋报国之志，可惜不能受到重用，英雄徒然血洒疆场。此三句既是对抗金英雄的不幸表示同情和惋惜，也表达自己报国无门的悲痛。眼前的现实使他自然地想到晋灭吴的历史故实。"铁索"三句以吴国受困于晋的局面比喻南宋为金兵所逼的艰危局势。想到历史的悲痛又将重演，他痛苦极了，在极度痛苦之中，"但愁敲桂棹，悲吟梁父，泪流如雨"。他只能敲着船桨，像诸葛亮一样悲吟《梁父》，泪流如雨。

本词充满忧国伤时之情和报国无门之悲，王鹏运《樵歌跋》评曰："忧时念乱，忠愤之致"。既有想要忘掉一切的旷达，又有极端关心国事的忧愤、风格豪放、感情深沉。

李 纲

【作者介绍】

李纲（1083—1140），字伯纪，邵武（今属福建）人。政和二年（1112）进士。北宋末任太常少卿，钦宗靖康元年（1126），为兵部侍郎，尚书左丞。在汴京保卫战中，他力主抗战到底，并亲自督战杀敌，击退金兵，但不久就受到投降派的排挤。高宗继位后，他一度又被起用为宰相，仍力主抗金复国，但在职仅七十五天，又遭贬斥，调任荆湖南路安抚使等职。徙居洪州。有《梁溪集》传世！

六 幺 令

次韵和贺方回金陵怀古，波阳席上作

【原文】

长江千里，烟淡水云阔。歌沉玉树，古寺空有疏钟发。六代兴亡如梦，苒苒惊时月。兵戈凌灭，豪华销尽，几见银蟾自圆缺。　　潮落潮生波渺，江树森如发。谁念迁客归来，老大伤名节。纵使岁寒途远，此志应难夺。高楼谁没，倚栏凝望，独立渔翁①满江雪。

【注释】

①"独立渔翁"句：用柳宗元《江雪》诗：千山鸟飞绝，万径人踪灭。孤舟蓑笠翁，独钓寒江雪。"

【赏析】

李纲坚持积极抗金，反对秦桧议和，却遭受投降派打击，一再遭贬，壮志难酬，但埋藏于他心中的愤慨之火苗，却不会熄灭。这一首"席上作"不是一般的席上酬酢之词，而是郁积于胸中忠愤不平之气的发泄，表现了他不甘屈服的倔强意志。

上片是吊古。落笔四句，从眼前之景写起：长江千里，水阔云淡，南朝陈后主亲制的《玉树后庭花》的歌声业已沉寂，只有从古寺里传来稀疏的钟声，还悠然在耳。四句从时间和空间上写出历史的悠远和大自然的永恒，透出词人怀古之情。"六代"五句，身在波阳，面对长江，使人不由得联想到曾先后在金陵建都，煊赫繁华的六朝，它们都如江水逝去一样永远消逝了，只有银色的月光永远不变地圆了又缺、缺了又圆。上片两层，分别以江河星月的永恒与人事沧桑对举，深含一位爱国志士对眼前南宋朝廷耽于享乐，不事抵抗，必将重蹈六朝灭亡之复辙的痛心，这是对历史的冷静追寻和对当今现实的深沉思考。

下片写伤今。"潮落"二句照应上片，转入抒情。大江中潮涨潮落，江岸上树木森森，而自己这个被贬谪的人归来，谁能谅解我年龄老大而名节未立呢？二句透出词人对自己身世和遭遇的慨叹。但他并没有沉溺于自己的悲苦不幸，最后五句笔锋陡转，他不仅没有倒下去，也没有消极颓丧，而是重新振起，坚定地说："纵使岁寒途远，此志应难夺。"在铿锵有力掷地有声的词句中，腾涌起激昂豪情。当然，他对自己黯淡的前途也知之甚清，所以化用柳宗元之诗，表现了自己坚忍不拔的斗争精神。

全词追怀中有思考，感慨中有奋争。忠贞报国的精神，给人以深刻的启迪和向上的力量，人们似乎看到一位老迈、倔强的"独行者"，在崎岖的历史小道上，为了国家和民族的前途，艰难地摸索着，前进着。

李清照

【作者介绍】

李清照（1084—1155）号易安居士，济南人，宋代著名学者李格非之女。金石考据家赵明诚之妻。早年生活优裕，金兵攻陷汴京后，流寓南方，国破家亡，亲人离丧，境遇孤苦。长于词，为婉约派的重要代表。前期多描写闺情相思及对爱情的追求，明快妍丽。后期则主要描写沦陷后的流亡生活，沉哀入骨，词情凄黯，有一定的社会意义。善用白描、语言清丽，明白如话，富有生活气息，人称"易安体"。有《李清照集》。

渔 家 傲

【原文】

　　天接云涛连晓雾，星河①欲转千帆舞。仿佛梦魂归帝所②，闻天语，殷勤问我归何处。　　我报路长嗟日暮，学诗谩③有惊人句。九万里风鹏正举④，风休住，蓬舟⑤吹取三山⑥去。

【注释】

①星河：银河。
②帝所：天帝住的地方。
③谩：空有，徒有。
④举：高飞。
⑤蓬舟：像蓬草一样的轻舟。
⑥三山：传说中的仙山（蓬莱、方丈、瀛洲）。

【赏析】

　　这是一首托梦抒怀之词，写得雄浑开阔，奔放旷达。上片起首"天接"二句，描绘了一个神奇的梦境：天将破晓，云雾如海，星河灿烂，繁星闪烁，犹如千帆飞舞。词人驾着浪漫与想象的小舟，恍惚来到天帝的居所，天帝殷勤地问她"你想到什么地方去呢？"这里，她把天帝写得充满热情和关怀，是她不满人间黑暗，憧憬天上光明，寻找精神归宿的表现。

　　下片，化用屈原《离骚》诗句"欲少留此灵琐兮，日忽忽其将暮"、"路漫漫其修远兮，吾将上下而求索"等句。以"我报路长嗟日暮"起笔，回答天帝的问话。词人想要以屈原为楷模，追求美好的理想，但却"路长"、"日暮"。"学诗谩有惊人句"，意为自己纵有才华写出像杜甫一样惊人的诗句，但在那样歧视女性的社会中，女性无才便是德，女子有才于世无补，所以她只能自我嗟叹。但她胸襟雄阔，不同世俗，在词的末尾又重新振起"九万里"三句，她呼唤《庄子·逍遥游》中的大鹏，与她一道乘风扬波飞向蓬莱三山。

本词意境阔大，豪情遄飞，笔力雄健、神骏矫拔，洋溢着浪漫主义的情趣。

宋 江

【作者介绍】

宋江，生平不详。于北宋政和中，领导农民起义。据《水浒传》云，郓城（今属山东）人。

西 江 月

【原文】

自幼曾攻经史，长成亦有权谋。恰如猛虎卧荒丘，潜伏爪牙忍受。不幸刺文①双颊，那堪配在江州。他年若得报冤仇。血染浔阳江口。

【注释】

①刺文：古代刑罚的一种，在犯人脸上刺刻文字或标记，押送边疆服役或充军。

【赏析】

宋江是北宋农民起义的领袖。在《全宋词》中，宋江词存二首，一首是感伤、惆怅的《念奴娇》，另一就是这首充满豪情的《西江月》。

"自幼曾攻经史，长成亦有权谋"二句显示出宋江对自己文才武略的自信心。"恰如猛虎卧荒丘，潜伏爪牙忍受"，我在过去的生活中逆来顺受，循规蹈矩，就好似那藏卧荒丘中的猛虎，收起爪牙，暂时隐藏自己的锋芒，显示出作者博大的胸怀和审时度势智慧的头脑。"不幸刺文双颊，那堪配在江州"，宋江因杀死阎婆惜，被发配江州，此句是说现在我遭到不幸两颊刺文金印，怎么能忍受被发配到遥远的江州充军？我绝不会善罢甘休！"他年若得报冤仇，血染浔阳江口"，这一句充分体现了作者的勃勃雄心，他对未来充满希望，想要和当权者大干一场，其政治抱负和牺牲精神跃然纸上。

宋江获罪刺配江州，郁积在心中的愤懑因酒醉喷发而出，豪情纵横地抒发了他深藏于心中的不凡怀抱，被当政者称为"反诗"。词中流露的"血染浔阳江口"的想法正是他后来作为农民起义领袖的思想基础。短短的几十个字，就让读者感受到他的不平、怨气和将要有所作为的雄心壮志。

胡世将

【作者介绍】

胡世将（1085—1142），字承公，常州晋陵（今江苏武进）人。崇宁五年（1106）进士。累官兵部侍郎、四川安抚使、川陕宣抚副使、端明殿学士。力主抗金，曾击败金兵，收复陇州一带失地。存词一首。

酹 江 月

秋夕兴元使院作，用东坡赤壁韵

【原文】

神州沉陆①，问谁是、一范一韩②人物。北望长安③应不见，抛却关西半壁。塞马晨嘶，胡笳夕引，赢得头如雪。三秦④往事，只数汉家三杰⑤。 试看百二山河⑥，奈君门万里，六师⑦不发。阃外何人回首处，铁骑千群都灭。拜将台⑧敧，怀贤阁⑨杳，空指冲冠发。阑干拍遍，独对中天明月。

【注释】

①沉陆：即陆沉，指国土沦丧。

②一范一韩：范指范仲淹，韩指韩琦。范韩二人曾主持陕西边防，西夏不敢骚扰。

③长安：借指汴京，代表已被金人占领的中原大地。

④三秦：当年项羽入咸阳后，把关中分封给秦降将章邯、司马欣、董翳，称为三秦。

⑤汉家三杰：指张良、萧何、韩信。当年刘邦用韩信计策，一战收复关中。本篇用此典说明，历史已有先例，收复陕西失地是完全可能的，另外也说明，刘邦所以成功，是能任用张、萧、韩三杰。

⑥百二山河：语出《史记·高祖本记》，形容关中形势险要，二人扼守，可敌百人。

⑦六师：古时天子六军，指中央军队。

⑧拜将台：是刘邦拜韩信为大将之台，在今陕西汉中。

⑨怀贤阁：是宋代为追怀诸葛亮而建的阁，在陕西凤翔东南。

【赏析】

宋高宗绍兴十年（1140），胡世将任川陕宣抚副使，与吴璘积极抗金，刘琦、岳飞、韩世忠等也在中原重击金兵，抗金形势大好。但不久，朝廷任用秦桧，力主和议，罢斥一批抗战人士，把淮河至大散关以北土地拱手让给敌人，本词作于同年秋季。作者痛感朝廷失计、和议误国，满腔愤懑，发之于词。上片以眼看神州沦丧哪有范仲淹、韩琦式的英雄人物来保卫河山起句，极度愤慨溢于言词。"北望"二句，北望长安不见，意为中原已沦丧，连函谷关以西的大半土地也失陷了，语含讥讽，情极沉痛。"晨嘶"二句，写自己清晨骑马出营，傍晚伴着胡笳宿营，因为订了和议，结果任凭岁月流逝，闲白了头发，却不见抗战杀敌。"三秦"二句，宕开一笔，回顾历史。收复陕西，在历史上有过，那是汉初三杰的故事。言下之意，今天仍可以收复失地，关键在于实行抗战政策和任用贤才。

下片紧承上片写不能收复失地的原因。"试看"二句，关中形势险要可以坚守，但朝廷在千里之外，又力主和议，不肯发兵。这里，他把矛头直接对准秦桧一帮卖国贼，进行谴责。愤怒地揭发了投降派的罪行。"阃外"二句，回顾高宗建炎四年（1130）张浚合五路兵马与金兀术战于富平（甘肃灵武），诸军皆败之事，但今天人们忘记耻辱，又谈和议。"拜将"三句，"台欹"，"阁杳"，写这几处历史文物被破坏和被遗忘，表现了当时人们不重人才和糟蹋人才。能守而不守，忘记耻辱，糟蹋人才而侈谈和议，这些现实都促使充满爱国激情的作者激愤难当，但又无可奈何，他只有仰天长叹。最后以"阑干拍遍，独对中天明月"作结。全词充满政治色彩，论事透彻，用典恰当；感情饱满，激昂慷慨；风格沉郁悲壮，洒脱豪放。

赵　鼎

【作者介绍】

赵鼎（1085—1147），字元镇，解州闻喜（今属山西）人。宋徽宗崇宁五年（1106）进士，官开封府士曹。高宗朝，官至尚书左仆射，同中书门下平章事，兼枢密使。力主抗战。受秦桧排斥，多次远贬，绝食而亡。孝宗朝，谥忠简。词颇疏朗豪健。有《忠正德文集》。

满　江　红

丁未九月南渡，泊舟仪真江口作[①]

【原文】

惨结秋阴，西风送、霏霏雨湿。凄望眼、征鸿几字，暮投沙碛[②]。试问乡关何处是？水云浩荡迷南北。但一抹、寒青有无中，遥山色。　　天涯路，江上客。肠欲断，头应白。空搔首兴叹，暮年离拆。须信道消忧除是酒，奈酒行有尽情无极。便挽取、长江入尊罍[③]，浇胸臆。

【注释】

①"丁未"句：丁未，宋钦宗靖康二年（1127），本年春，北宋亡。夏五月，高宗即位南京（今河南商丘），改元建炎，十月，移驻今江苏扬州。九月赵鼎自中原南渡，泊舟仪真江口，作本词。仪真，即今仪征，在江苏长江北岸，靠近扬州。

②沙碛（qì）：砂石浅滩。

③尊罍：古时盛酒器具，形状似壶。

【赏析】

上片写泊舟时所见。起首二句先写泊舟时的天气。时值秋季，西风惨惨，阴雨霏霏。两句笼括全篇。"惨结"二字，既是秋景的阴寒凝积，又是人心的痛苦悲凉，为全词定调。以下具体写眼前之景，仰望天空，凄凉冷落，只有几行飞鸿，在暮色中，向水边沙滩投宿，愈衬出景物的凄凉。"征鸿"触动了词人的乡情，他不禁想到自己的奔波异乡，漂泊无定，发出"乡关何处是"的悲问。朝廷南渡，时局动乱，何以为家？所以这一问是虚问，词人自己也无法回答，故下文以景出之，水云浩荡，南北迷茫，乡关不见。既写景，又兼人事，暗寓不定的政治局势，国难当头，满天风雨。"但一抹"二句，宕开一笔，词人遥看中原的大好河山，不见乡关，只见水乡浩荡、一抹寒青和隐隐约约的山色。景从情出，情景相生。虽然取景轻美，却透出浓浓的凄凉和愁情。

下片直接抒情。"天涯路"四句，两两对仗，叙事抒情，一气贯下，锤炼浑成，把词情推向激扬。国家残破，前途渺茫，使年仅三十四岁的词人有垂暮之感，他搔首兴叹国家和个人命运的不幸，但这种感叹又是无济于事的。着一"空"字，是他当时无助心态的写照。"须信道"二句，意谓一般认为酒能解愁，但有限的酒又怎能解无限的愁呢？最后以"便换取、长江八尊罍，浇胸臆"作结，运用夸张的艺术手法和浪漫的幻想，振起全词，笔势盘旋峭拔，如神龙掉尾，由上半片的愁云惨淡，境界凄凉，到下片的音节高亢，笔力奇矫，使全词的基调变为雄浑豪放。特别词末"便挽取、长江入尊罍，浇胸臆"等句，上继苏词，下启辛词，于中可以看出时代变易促使词风发生嬗变的明显征兆。

向子諲

【作者介绍】

向子諲（1085—1152），字伯恭，临江（今江西清江）人。自号芗林居士。赵构宪肃皇后之再从侄，以恩补官，知咸平县，历任淮南东路转运判官，徽猷阁直学士，知平江府。因与秦桧投降路线不合而致仕，有《酒边集》。

阮 郎 归

绍兴乙卯①大雪行鄱阳道中

【原文】

江南江北雪漫漫，遥知易水寒②。同云深处望三关③，断肠山又山。　　天可老，海能翻，消除此恨难！频闻遣使问平安，几时鸾辂④还？

【注释】

①绍兴乙卯：即1135年。这时岳飞、韩世忠屡挫敌兵，但赵构、秦桧只求苟安，沉湎酒色。绍兴五年，徽宗赵佶死于冰天雪地的五国城（今黑龙江依兰）。

②易水寒：用燕太子丹送荆轲刺秦故事，化用《易水歌》词义。易水源出河北易县，此指沦陷的北方国土。

③三关：泛指北方关隘。

④鸾辂（luán lù）：皇帝所乘之车，代指皇帝。

【赏析】

本词作于绍兴乙卯，因徽宗赵佶被迫入北国不返死于五国城，所以本篇自始至终充满了悲愤、哀悼的气氛。上片落笔先展示了一幅大江南北白雪茫茫的画面，然后用"易水寒"三字渲染出凄冷、悲壮的氛围。"同云深处"二句：写词人望着漫天密布的彤云，笼罩着茫茫白雪的连绵丛山和已沦于敌手的北方关隘，再想起客死异乡的徽宗皇帝，真是肝肠欲断。这里他见景生情，融情入景，直接抒发了心头的悲凉和凄楚。

下片先用反语承上，"天可老"三句，强调胸中悲愤难消，这是一腔爱国热情的总爆发。君死国亡痛彻心肺，报仇雪耻慷慨激昂，都化为一句近乎警言的夸张："天可老，海可翻，消除此恨难!"写到这里感情已到高潮，似乎可以结束了，但词人意犹未尽，峰回路转，又把矛头指向无能的统治者。宋徽宗生前，宋廷经常向金派使臣问安并带去茶、药、金币等进两帝，徽宗死前一年还是如此，即作者所说"频闻遣使问平安"，可现在徽宗已死，说明投降政策彻底失败，真是可耻又可悲！最后词人用"几时鸾辂还"作结，既使人悲哀又具有强烈的讽刺意义。

秦 楼 月

【原文】

芳菲歇，故园①目断伤心切。伤心切。无边烟水，无穷山色。　　可堪更近乾龙节②，眼中泪尽空啼血。空啼血，子规声外，晓风残月。

【注释】

①故园：向子諲于政和年间曾卜居宛丘（今河南淮阳县），此处即指宛丘居所。

②乾龙节：钦宗四月十三日生，此日为乾龙节。

【赏析】

本篇作者仿李白《秦楼月》而作。李词有"秦娥梦断秦楼月"句，故以"秦楼月"为名。上片写景，时间是暮春，正是"芳菲歇"

之时。在这芳菲凋谢的时节，登临远眺淮阳故园，烽烟弥漫，山水迷茫，如何能望见故园？况故园已沦陷于敌人铁蹄之下，思之令人肠断。"伤心切"极言伤心之甚，引起读者的深思，激起读者的共鸣。最后两句"无边烟水，无穷山色"叠用两个"无"字，增强了反复的效果。纵目远观，烟水无边，山色无穷，只是望不见故园，可想而知词人之伤心无边、悲切无穷了。

下片以"可堪更近乾龙节"转入人事。眼下已到钦宗帝生日，而他却因居北国。作为一个极富爱国之心的词人，为此深感痛苦。加上远处又传来子规的悲鸣，足以使词人泪尽啼血。用望帝化杜鹃悲鸣啼血的典故，增加渲染了悲剧的氛围。这里写的是亡国的悲痛，失去河山的悲痛和失去故园的悲痛，其痛之深不言而喻。从望断故园写到乾龙节、杜鹃啼血，主题在不断地深化，感情的强度、力度也在不断增加。当读者与作者产生了强烈的共鸣之后，词人勒住情感的缰绳用"子规声外、晓风残月"作结。拂晓时，轻轻的晨风和西沉的残月，周遭一片宁静，和刚才激烈的情感形成极大的反差，实际上是诗人宕开一笔，把结尾引向深沉蕴藉，看似平淡而韵味无穷。

蒋兴祖女

【作者介绍】

蒋兴祖女，宜兴人，能诗词。其父蒋兴祖于钦宗靖康年间金兵南侵时任阳武（今河南原阳）令。城被敌军围困，他坚持抵抗，至死不屈，十分忠烈，妻与子一同遇难。其女被金人掳掠北上。

减字木兰花

题雄州①驿

【原文】

朝云横度，辘辘车声如水去。白草黄沙②，月照孤村三两

家。　　　飞鸿过也，万结愁肠无昼夜。渐近燕山^③，回首乡关归
路难。

【注释】

①雄州：今河北省雄县。
②白草黄沙：北方地区荒凉景象的特征。
③燕山：指燕京（今北京市）。

【赏析】

本词是作者———一个弱女子，在金兵掳去，道经雄州（今河北
雄县）时，在驿站上所写，描述被掳北行的经历，抒发国破家亡的
剧痛。上片首句写被金人载向北方时的情景，"朝"点明时间是早
晨；"云"点明环境的惨淡，阴云密布，"横度"则写阴云是突如其
来地漫过来，看似写景，实则暗寓政治环境的恶劣，祸从天降。"辘
辘"句，点明坐在车中，车声绵延不断，自己和大批妇女如水一般
被掳北去。全词的视点是在车内，以下所写都是车中所见。"白沙"
二句，写一路所见，天山一带苦寒荒凉，到了秋季枯草遍野、黄沙
迷漫，清冷的月光寂寞地照着只有三两户人家的孤村，这荒凉的景
象是现实的真实再现，也是作者内心的投影。早晨、白天、晚上三
个方面的景物，概括了一天的行程，句句都蕴藏着凄恻悲苦之感和
眷念故国之情。

下片继续写北行直至雄州情景，重在抒情。"飞鸿"二句，忽然
大雁飞过，自由自在，向南而去，而自己身陷敌手，尚不如雁，大
雁南飞可以传书，而自己父母兄弟皆死敌手，即使能够传书，又传
给何人？所以她"百结愁肠无昼夜"。愁之难解，愈来愈深，层层推
进，悲痛之情，已达高潮。最后"渐进"二句，愈来愈临近金人地
域，归家希望已经全无，绝望之下只有痛苦地嗟叹"回首乡关归路
难"！强烈的怀国思乡之情和深沉的亡国丧家之恨，一齐倾泻出来，
字字血泪。况周颐《蕙风词话》说本词"寥寥数十字，写出步步留
念，步步凄恻"的感情。

蔡 伸

【作者介绍】

蔡伸（1088—1156），字仲道，自号友古居士，莆田（今属福建）人。政和五年（1115）进士。曾任太学辟雍博士、知潍州北海县，通判徐州。历知滁州、徐州、德安府、和州。后任浙东安抚司参议官，秩满，提举台州崇道观。词风雄健俊爽。有《友古词》一卷。

水调歌头

时居莆田

【原文】

亭皋①木叶下，原隰②菊花黄。凭高满眼秋意，时节近重阳。追想彭门往岁③，千骑云屯平野，高宴古球场。吊古论兴废，看剑引杯长④。　　感流年，思往事，重凄凉。当时坐间英俊、强半已凋亡。慨念平生豪放，自笑如今霜鬓，漂泊水云乡。已矣功名志，此意付清觞。

【注释】

①皋（gǎo）：水边高地。

②隰（xí）：低下的湿地。

③彭门往岁：彭门，指彭城。为徐州治所，蔡伸曾以徐州通判的身分率领过一支部队北上援助燕山，与辽兵战斗，第二年方回。

④看剑引杯长：用杜甫《夜宴左氏庄》"检书烧烛短，看剑引杯长"原句。

【赏析】

这是一首抚今思昔之作。上片由写景入词，映入作者眼帘的是亭边的树木。树叶凋零，飘落地上，野外低湿处的菊花也已盛开。

登高临远，秋意已浓，原来是重阳节就要到了。先点明时间、地点。眼前之景使作者不禁陷入了美好的回忆之中，他想起了彭门往事。那时自己才三十七岁，正值盛年、英姿飒爽、豪情满怀，带领着一支精壮的部队，驰骋于战场。闲暇时光，将士们在古球场欢宴，抚剑豪饮，议论古今兴亡。这几句话描写了从前戎马生活的一个消闲场面，用杜甫原句"看剑引杯长"入词，把他们满腔热血，忧心国事，希图建功立业的种种情绪暗含其中。

下片以"感流年"三句承上启下，从上片的慷慨激昂转入下片的萧瑟凄凉。当时座中的英豪，一半都已凋亡了，而宋王朝也只剩下半壁江山。自己平生那豪情壮志、抗金的决心和愿望，早已被现实消磨殆尽，只落得两鬓如霜，飘泊在江南水乡。一腔悲愤，无处可消，只有借酒浇愁。

本篇上下片情绪反差很大，上片豪放激烈，下片愤慨悲凉，在雄健俊爽之中蕴含着深沉的抑郁。

王以宁

【作者介绍】

王以宁，字周士，湘潭人。生卒年不详。宣和三年（1121）以成忠郎换文资为从事郎。建炎初以枢密院编修官出守鼎州。升直显谟阁。后因事被贬台州、永州、潮州。五年（1135）特许自便，十年（1140）复右朝奉郎，知全州。有词一卷。

水调歌头

呈汉阳使君

【原文】

大别我知友，突兀起西州。十年重见，依旧秀色照清眸。常记鲭碕①狂客，邀我登楼雪霁，杖策拥羊裘②。山吐月千仞，残夜水明楼③。　　黄粱梦，未觉枕，几经秋。与君邂逅，相逐飞步碧山头。举酒一觞今古，叹息英雄骨冷，清泪不能收。鹦鹉④更谁赋，遗恨满芳州。

【注释】

①鲒（jié）碕：地名，在浙江鄞县。

②杖策拥羊裘：《后汉书·逸民传·严光》隐士严光"披羊裘钓泽中"。

③残夜水明楼：出自杜甫《月》诗。"水明楼"，言明月照水，水光反射于楼台。"明"用作动词。

④鹦鹉：东汉末年祢衡不为曹操所容，后来终为黄祖杀害。他曾在汉阳的鹦鹉洲写了《鹦鹉赋》，抒发怀才不遇的愤慨。

【赏析】

这是作者送给自己志同道合的朋友汉阳使君的一篇词章，汉阳使君姓名无法知晓，从词中知道他二人阔别十年，重会于大别山，感触颇深，因而赋词相赠。

上片起首二句，一语双关，既写人又写山，把人与自然融为一体。大别山，我的朋友，高高地耸立在西州，十年后重新相会，山色依旧秀丽，映照着友人那清亮的眼睛，多么令人欢愉！下面转入对往事的回忆，"常记"三句，"鲒碕狂客"，指汉阳使君是一个豪爽狂放之人，拄着杖披着羊裘，在大雪初停时邀请自己登楼赏景，那时的大别山一派迷人的夜景，使人心醉，在千仞群山中，月亮从山头腾然升起，如被山吐出一样，明月照水，水光又映照楼台，使楼台通明，景色是那样清秀明澈，挚友们在一起畅游，逸兴豪情，何等尽兴！

下片从回忆到现实。"黄粱梦"三句，写经过十年的岁月，国家由盛转衰，空有爱国之心，但仕途蹭蹬，壮志难酬，这一切都如黄粱一梦，眨眼之间，匆匆十年。"与君邂逅"五句，又从感叹转入眼前，现在友人邂逅相逢，两人豪兴不减，重游大别山，举杯痛饮，畅论古今，但两人都坎坷不平，胸怀愤懑，现在只能是"英雄骨冷、清泪难收"了。"骨冷"就是"心冷"，他们满腹爱国热情，徒遭打击，渐至冷却，只能为国洒泪，痛心疾首。最后以"鹦鹉"二句收束全篇，现在还有谁像祢衡一样作《鹦鹉赋》呢？在长满萋萋芳草的鹦鹉洲上，只留下满腔遗恨，是祢衡的遗恨，也是作者及其友人的遗恨。

本词情景结合，境界宏大，写景状物，雄伟开阔，豪情逸兴与身世之志并寓其中、慷慨激昂，旷达豪放。

李弥逊

【作者介绍】

李弥逊（1089—1153），字似之，号筠溪翁，连江（今属福建）人。大观三年（1109）进士，曾任校书郎、起居郎、户部侍郎等职，并担任过庐山知县、冀州知州等地方官。主张抗金，反对与金议和，为秦桧所排斥，晚年归隐连江西山。有《筠溪集》。

蝶 恋 花

福州横山阁①

【原文】

百迭青山江一缕，十里人家，路绕南台②去。榕叶满川飞白鹭，疏帘半卷黄昏雨。　　楼阁峥嵘天尺五，荷芰风清，习习消袢暑③。老子人间无著处，一尊来作横山主。

【注释】

①横山阁：在今福州市区西南隅乌石山上。
②南台：即南台山，一名钓台山，在福州城南，面临闽江。
③袢（pàn）暑：闷热。

【赏析】

本篇是作者退隐后登览横山阁有感抒怀。起首三句，概括地描写福州一带景物的特色。山峦重叠簇聚，闽江之水，蜿蜒东流，犹如丝带一缕，南山台十里长街，人烟辏集。山河美好，荡人心怀。三句勾勒了丛山、江水、城镇辽阔雄伟的总貌，有吞吐万物之力。"榕叶"二句，作者把目光从远处收回，着眼于近景，枫叶纷纷飘落，白鹭翩翩而飞，一派生机。最后作者的笔锋停留在住家人的窗口，黄昏来临，下起细雨，家家疏帘半卷，饶有情趣。化用王勃《滕王阁》中"朱帘暮卷西山雨"诗意，由动景转入静景，并写出对南方多雨气候的感受。

下片写横山阁。本篇题为"福州横山阁"，上片写了登阁后的远眺近望，至此才把目光转向横山阁。"楼阁"之句，横山阁巍然耸立，离天只有一尺五，以夸张的手法极写楼阁之高峻、峥嵘。夹杂着菱荷清香的微风徐徐吹来，顿消夏日之闷热，凉爽宜人。作者笔下近景、远景、动景、静景、植物、动物、人事、建筑巧妙地交织在一起，渲染了这里的山水之美、楼阁之高、环境之好。作者心怀磊落，旷达自适，故笔下的山川景物奔纵豪放，高大奇伟。景物之壮美，由作者眼中看出，却是他心底激情的折射。他热爱祖国的山河，有很高的政治抱负，却因耿介刚直，屡遭排斥，被迫退隐，所以结尾说"老子人间无著处，一尊来作横山主"，这是寄情山水、放浪形骸之语，也是徒怀壮志，无从施展、积愤填胸的愤慨，深沉痛切，却似从不经意中说出，意蕴丰厚，耐人寻味。

陈与义

【作者介绍】

陈与义（1090—1138），字去非，号简斋，本蜀人，后徙居叶县。宋徽宗时进士，曾任太学博士、符宝郎等职。靖康之变后，他辗转至临安，任吏部侍郎，累官至参知政事。后谪监陈留酒税，是江西诗派后期的重要诗人。诗风畅朗，南渡后，趋于沉郁悲壮。有《简斋集》和《无住词》传世。

临 江 仙

【原文】

高咏楚词酬午日，天涯节序①匆匆。榴花不似舞裙红。无人知此意，歌罢满帘风。　　万事一身伤老矣！戎葵凝笑墙东②。酒杯深浅去年同。试浇桥下水，今夕到湘东。

【注释】

①节序：即节令。

②戎葵凝笑墙东：借葵花向太阳的属性来比喻自己始终如一的爱国思想。

【赏析】

建炎三年（1129），陈与义活动在湖南、湖北一带，作于此时的这首《临江仙》，通过端午节凭吊屈原，伤时怀旧，抒发了他的爱国情思。上片"高咏"二句，在避乱之中端午节到了，词人远离亲人和故乡，他感怀爱国诗人屈原的高尚情操，便吟咏楚辞来度过节日，在颠沛流离之际，他感到自己远在天涯，而时间无情，匆匆逝去，不由人不生感慨。"榴花"三句，先写五月之景，五月榴花，鲜红似火，但在避乱他乡的词人眼中，却"不似舞裙红。""舞裙红"代指词人已往名重一时的欢娱生活。榴花触动了他的怀旧之心，一时间感触万端，但谁能理解他此时的心情呢？只有长歌《楚辞》以抒胸怀。歌罢，只感到满帘生风，慷慨悲壮的爱国诗歌、屈原的爱国激情，激发了词人的家国之思，激昂悲壮之气油然而生。

下片紧承上片抒发了更为深沉的感慨。"万事"二句，反思自己，年老后深感一切都与己无缘了，但他的心却像五月的葵花仍然向着东边的太阳凝笑那样永远热爱着祖国。"酒杯"三句，意谓今年的端阳节与去年一样，今年凭吊屈原也与去年一样，词人深情不变，以酒醮江，相信水中的酒今夜就会流到屈原辞世的汨罗江。最后两句照应起句"高咏楚词酬午日"，并深化其内涵，借悼念屈原以抒发自己的爱国情怀，满腔豪情，溢于言表。

本篇酣畅超迈，沉郁豪壮，有苏轼之风。

临 江 仙

夜登小阁忆洛中旧游

【原文】

忆昔午桥①桥上饮，坐中多是豪英。长沟流月去无声。杏花
疏影里，吹笛到天明。　　二十余年如一梦，此身虽在堪惊。
闲登小阁看新晴。古今多少事，渔唱起三更。

【注释】

①午桥：在洛阳南。为文人名士流连优游之地。

【赏析】

陈与义这首《临江仙》是他经历千辛万苦、颠沛流离南渡到达
临安后的感怀之作。上片回忆在洛阳午桥宴饮的盛况。起首"忆昔"
二句，落笔先把时间和地点推回到二十年前的洛阳。最能激发词人
思旧之情的是"午桥桥上饮"的情景，然后点出在这宴会上，"坐中
多是豪英"。豪英应是胸怀壮志，具有文韬武略的有志之士。大家
意气相投，举觥豪饮，欢宴竟日。"长沟"三句，写当时豪饮的环
境：长河流水明月银辉轻柔，清澈澄净，簇拥着迷人的月光，寂静
无声，流向远方。两个"长"，拓宽了境界，使豪饮的背景顿时开阔
起来。而词人却将镜头拉回停留在眼前的"杏花疏影"上，这是近
景；春天的月夜，杏花扶疏，迷离朦胧，突然传来悠扬的笛声，是
何等的雅致，何等的富有诗情画意，而且吹笛竟达天明，一句写尽
旧游的盛况和豪英的豪情。词义词境几经转折，从而使读者得以理
解，词人为什么如此难以忘怀"午桥桥上饮"。

下片转入抒发饱经动乱，物是人非的悲怆感情。"二十余年"二

句，词人此时距洛中旧游已倏忽廿载，他经历了贬谪的辛酸，汴京失陷的痛苦，数载流亡，才到临安，痛定思痛，犹如一场噩梦，所以说"此身犹存堪惊"！从上片昂扬的情绪，陡转为"如一梦"的感伤，情绪上形成了极大的跌宕。"闲登"一句点明题意，词人登上小阁，凭高以观夜色，借此排遣胸中郁闷之气，但远眺并未稍减苦闷，反而勾起了他的沧桑之感，本来可以大发议论，却宕开一笔，只淡淡地说古今多少兴亡的大事，都随着岁月的流逝而永远地逝去了，一切尽付于渔夫的歌唱罢了，心中千愁万恨都凝聚在这一声喟叹之中，言有尽而意无穷。上下两片情境迥异，相映相照，苍凉衰飒。浓笔写乐而更见其乐；淡笔写哀，而倍增其哀。情调悲咽，风格浑厚，千回百转而又纵横排奡。

张元干

【作者介绍】

张元干（1091—1161），字仲宗，自号真隐山人，芦川居士，福建永福县人。靖康元年为李纲僚属，协同抗金。李纲被罢，他亦获罪。绍兴元年（1131）以将作监丞致仕。后因赠胡铨《贺新郎》词遭秦桧迫害削籍除名。晚年漫游江南，客死异乡。词风豪壮，以爱国豪放词为其主旋律。有《芦川归来》和《芦川词》。

贺 新 郎

寄李伯纪①丞相

【原文】

曳杖危楼去。斗垂天、沧波万顷，月流烟渚。扫尽浮云风不定，未放扁舟夜渡。宿雁落、寒芦深处。怅望关河空吊影，正人间、鼻息鸣鼍鼓②。谁伴我，醉中舞③？ 　　十年一梦扬州路④。倚高寒、愁生故国，气吞骄虏。要斩楼兰⑤三尺剑，遗恨琵琶旧语⑥。谩暗涩、铜华⑦尘土。唤取谪仙平章看，过苕溪、尚许垂纶⑧否？风浩荡，欲飞举。

【注释】

①李伯纪：即李纲。

②鼍鼓：用鼍皮蒙的鼓。鼍（tuó），水中动物，俗称猪婆龙。此指鼾声如鼓。

③"谁伴我"二句：用东晋祖逖和刘琨夜半闻鸡同起舞剑的故事。（《晋书·祖逖传》）

④十年一梦扬州路：化用杜牧诗"十年一觉扬州梦"，借指十年前，即建炎元年，金兵分道南侵。宋高宗避难至扬州，后至杭州，而扬州则被金兵焚烧。十年后，宋金和议已成，主战派遭迫害，收复失地已成梦想。

⑤要斩楼兰：用西汉傅介子出使西域斩楼兰王的故事。（《汉书·傅介子传》）

⑥琵琶旧语：用汉代王昭君出嫁匈奴事。她善弹琵琶，有乐曲《昭君怨》。琵琶旧语即指此。

⑦铜华：指铜花，即生了铜锈。

⑧垂纶：即垂钓。纶，钓鱼用的丝线。传说吕尚在渭水垂钓，后遇周文王。后世以垂钓指隐居。

【赏析】

此词作于绍兴九年（1139），当时宋金"和议"已成定局。因屡次上疏反对和议而遭罢官的著名抗金爱国重臣李纲又立即上书谴责议和，张元干在福州闻讯后即书此词寄李，表达他对李纲抗金主张的支持，并借此抒发了自己报国杀敌的雄心壮志。

上片写景，并借景抒情。起首六句，写携杖登楼所见：北斗垂天，烟波万顷，月光如泻。大风吹散浮云，渡口寂无人影，飞雁南来，夜宿芦苇，一片清冷、寂静。词人独自曳杖登楼，充满忧国之思，与他相伴的是自己的孤影。"怅望"以下二句，借眼前凄清的环境抒发自己惆怅郁闷的心情，夜深人静，别人都已鼾声如鼓，自己却难以入眠，暗寓"众人皆醉，我独醒"的深沉感慨，从而转入对李纲的思念。他与李纲志同道合，如今却分离两地，不能共同"闻鸡起舞"，共同商议抗金大计，怎不令人痛彻心肺。他的感情也渐趋激越。

下片面对北宋灭亡，抒发不能实现爱国壮志的悲愤。"十年"三句，直接抒发爱国情思，用傅介子斩楼兰封侯事，表现自己坚定的抗金志向，又用王昭君出塞和亲的故事表现宋向金屈辱求和的遗恨。"谩暗涩"，感叹李纲等主战将领受打击，遭迫害无用武之地，就如宝剑被弃置不用而生锈一样，郁愤难平之气充溢于胸。最后把李纲比做李白，表示对李纲的敬仰，希望他坚持抗金，不要退隐，继续担当起救国的重任，再建奇功。以"风浩荡、欲飞举"作结，感情浓烈，希望殷切，倾注了自己满腔的爱国热情。

本篇表现了爱国抗金志士的苦闷孤独，充满了"抑塞磊落之气"（《四库提要》评语），同时也表现了鼓励李纲等继续抗金的热切希望，使读者感到慷慨悲凉的忧国之心在词人胸腔里跳动，风格沉郁、气势豪放、境界阔大。

贺 新 郎

送胡邦衡①谪新州

【原文】

梦绕神州路。怅秋风、连营画角，故宫离黍②。底事昆仑倾砥柱③，九地④黄流乱注？聚万落千村狐兔。天意⑤从来高难问，况人情、老易悲难诉。更南浦，送君去！　凉生岸柳销残暑。耿斜河⑥、疏星淡月，断云微度。万里江山知何处？回首对床夜语。雁不到、书成谁与⑦？目尽青天怀今古，肯儿曹恩怨相尔汝？举大白⑧，听金缕⑨。

【注释】

①胡邦衡：胡铨，字邦衡。胡铨因上书请斩秦桧遭贬。绍兴十二年（1142）又被除名押送新州。新州，今广东省新兴县。

②故宫离黍：故宫，指汴京。离黍，指故国之思。

③倾砥柱：比喻宋王朝的崩溃。砥柱，砥柱山，黄河急流中的山岛。

④九地：遍地。

⑤天意：杜甫《暮春江陵送马大卿公恩命追赴阙下》诗，"天意高难问，人情老易悲"。此指皇帝的旨意难以揣测。

⑥耿斜河：明亮的天河斜转，表示夜已深了。耿，明亮。

⑦"雁不到"句：古代传说，大雁能传书信，但北雁南飞到衡阳而止，意味新州是大雁飞不到的地方。即使写好书信，又托谁捎去？

⑧大白：酒杯名。

⑨金镂：即《金缕曲》，《贺新郎》词调之异名。

【赏析】

胡铨上书请斩秦桧而被除名押送新州，"一时士大夫畏罪箝舌，莫敢与立谈"（岳珂《桯史》卷十二），都对此事保持缄默，连亲友都惟恐避之不及。但胡铨行经福建时，却有张元干勇敢地站出来写了本词以壮其行色，灭了投降派气焰，长了抗战派志气！张元干的崇高人品和崇高词品，即以此一词而明告天下。

上片形象地概括了北宋灭亡的历史事实，一开始便沉痛地说，我的梦魂一直牵绕着中原沦落地区，伴着秋风传来连营画角的哀声令人惆怅。眼前故国的宫殿和垂头丧气的庄稼又令人感伤。寥寥几句，写出了北宋灭亡后中原的惨状，语极沉痛。接着笔锋一转，提出疑问，为什么北宋王朝像昆仑山坍塌一样地崩溃了？遍地是像黄河泛滥般的金兵，他们如狐兔般地占据了中原的万落千村。连用三个比喻形象地表现了他对北宋灭亡的痛心和对金兵的刻骨痛恨。他心里很清楚是谁造成眼前这惨痛的现实，"天意从来高难问"，锋芒所指，不仅是秦桧等一批卖国奸臣，而且直指宋高宗本人。表现了大无畏的精神。人之常情是年老易悲，这种悲痛又难以倾诉，句中隐含着对秦桧等迫害胡铨的气愤，内涵十分丰富。然后转入送别，用江淹《别赋》"送君南浦，伤如之何"句意，使感情更为深沉。

下片"凉生"三句，具体写送别的时间、地点。凉意从岸边的柳树上生出，催促残暑消散，天空中银河明亮，星星疏朗，月色清淡，片片彩云缓缓飘过，景色美好。但半壁河山已经失去，万里河山现在在哪里呢？山河破碎，对一个爱国志士来说的确是极大的痛苦。现在又送胡铨南行，不知前途如何？"回首"二句，回忆从前对床夜话的亲密情景，再想今后胡铨所去的新州，是大雁不到之处，谁能给他传书送信呢？"目尽"句，望断青天，胸怀今古，国事又涌上心头。虽然分手在即，今后也许很难相见，但却不愿学小儿女那样，只讲个人恩怨。词人把自己满腔的悲愤，通过多次的转折，推进到最高点，因为感情的高扬，最后以饮酒听曲作结，宕开一笔，留下无限回味的余地。

词人那刚正不屈、坚持正义的斗争精神和深沉炽热的爱国情感，是震响词坛的忧国之音，是南宋词坛"高音区"最强的音符之一。慷慨激昂，沉郁悲壮是本词的风格特点。

石 州 慢

己酉①秋，吴兴②舟中作

【原文】

雨急云飞，惊散暮鸦，微弄凉月。谁家疏柳低迷，几点流萤明灭。夜帆风驶，满湖烟水苍茫，菰蒲零乱秋声咽。梦断酒醒时，倚危樯清绝。　　心折③。长庚光怒④，群盗纵横，逆胡猖獗。欲挽天河，一洗中原膏血。两宫⑤何处？塞垣⑥只隔长江，唾壶空击悲歌缺⑦。万里想龙沙⑧，泣孤臣吴越⑨。

【注释】

①己酉：宋高宗建炎三年（1129）。张元干时已六十三岁。

②吴兴：今浙江湖州市。

③心折：比喻伤心至极。语出江淹《别赋》。他用"心折骨惊"，来形容离别的伤心。

④长庚光怒：长庚星发出愤怒的光亮。长庚，即金星。《史记·天官书》载金星主兵戈之事。

⑤两宫：指宋徽宗，宋钦宗，皆被金兵掳去。

⑥塞垣：边境。

⑦"唾壶"句：刘义庆《世说新语·豪爽》："王处仲每酒后，辄咏'老骥伏枥，志在千里。烈士暮年，壮心不已。'（曹操《龟虽寿》里的诗句）以如意打唾壶，壶口尽缺。"作者借用这个典故表示自己不能杀敌雪耻的悲愤心情。

⑧龙沙：泛指塞外，借指徽、钦二帝被掳北行之住地。

⑨泣孤臣吴越：孤臣，作者自喻。吴越是南宋政府的中心地区，在今江浙一带。

【赏析】

宋高宗建炎三年（1129）春天，金兵南侵，高宗从扬州狼狈不堪地渡江逃走，江北地区完全失守。当时张元干正在吴兴避难，同年秋天，他极为愤慨地写下本词以抒发他的满腔悲愤。

上片写景。"急雨"五句，一场秋风急雨，惊散了傍晚的暮鸦，很快雨过天晴，清冷的月亮挂在天空。词人此时泛舟湖上，借着明亮的月光，岸上的景物历历如现，稀疏的柳枝，身影朦胧，萤烛亮光点点，飘来飘去。"夜帆"三句，又把目光移向湖面。扬帆乘风行舟，湖面烟波茫茫，秋风吹动水中的菰蒲发出凄凄的响声。从视觉与听觉两个方面描写秋夜湖上的自然景色，体物入微，描写细致。至此，读者面前呈现出一幅色彩黯淡，清冷寂寥、朦胧迷离的画面。在这画面上，词人推出了梦断酒醒，孤独地依在桅杆上，心中蕴藏着深深的悲愁的抒情主人公，即词人自己。

下片抒情。先以"心折"二字，形容自己极度伤心。此句承上启下，说明他是为国事而伤心。至此他那郁积在胸的满腔悲愤，喷薄而出。"长庚"三句，建炎三年，苗傅、刘正彦兵变，农民起义的风起云涌，和金兵的疯狂南侵，重重内忧外患，使国事艰危，词人心情极为沉重，他站出来要担当起拯救国家的重任。"欲换"二句，豪气纵横，壮志凌云！慷慨悲壮之气，千载之下犹能使人产生共鸣。"两宫"三句，把二帝被掳，视为奇耻大辱，在"挽天河"时，首先想到的就是二帝，可是现在南宋朝廷并不吸取这历史教训。南宋与金以一条长江为界，金兵虎视眈眈，时时都可能提鞭过江，而宋廷却只顾沉溺享乐，不思进取，致使像词人一样的爱国志士报国无门、壮志难酬。自己虽有灭胡虏之志，也只能和汉之王处仲一样空下决心，难以实现。悲壮激越的爱国之情跃然纸上。结句"万里"二句，写他虽然在吴兴避难，每每想到徽、钦二帝还在塞外，便悲愤难抑。那个时代的文人都把爱国和忠君等同相待，词人为国家的山河破碎而痛哭流涕，也为二帝被掳不归而伤心，爱国之情悲切、深沉，动人心弦。

本词寄寓国事，慷慨悲壮，一洗绮罗香泽之态，语言豪壮遒劲，兼顾写景、抒情、叙事、议论，风格豪放，音调激昂。

水调歌头

追　和

【原文】

举手钓鳌客①，削迹种瓜侯②。重来吴会③三伏，行见五湖秋。耳畔风波摇荡，身外功名飘忽，何路射旄头④。孤负⑤男儿志，怅望故园愁。　梦中原，挥老泪，遍南州。元龙⑥湖海豪气，百尺卧高楼。短发霜粘两鬓，清夜盆倾一雨，喜听瓦鸣沟。犹有壮心在，付与百川流。

【注释】

①钓鳌客：典出宋赵德麟《侯鲭录》卷六"李白开元中谒宰相，封一版，上题曰：'海上钓鳌客李白'。"钓鳌客出自神话传说，后人常来比做豪迈的壮举。

②种瓜侯：故秦东陵侯邵平，秦破后为布衣。因家贫，种瓜于长安城东。瓜美，时俗称之为"东陵瓜"。

③吴会：即吴县。

④旄头：星名，即昴宿，古代当作胡星。

⑤孤负：辜负。

⑥元龙：东汉人陈登，字元龙，有英雄气概。《三国志·陈登传》说，许汜曾见元龙，元龙因他只作个人打算，便不与他交谈，让他睡在下床，刘备批评许汜自私，并说，要是我，就自己睡在百尺高楼，而让你（许汜）睡在地上。

【赏析】

本词大约作于绍兴二十三年（1153）前后，其时张元干已年过花甲，两鬓斑白。主要表现了他思念故国、壮志难酬的悲愤。

上片起首二句，先交待自己坎坷不平的身世。他曾追随李纲抗金，热血报国，由于宋廷的苟和偷安，使他壮志难酬，只落得浪迹江湖。他原有叱咤疆场"钓鳌"之志，现在却只能隐身匿迹，像邵平那样种瓜。前一句写豪情壮志，后一句写隐居不仕。其中的转换，蕴含着词人多少辛酸，也是南宋动乱现实在词人身上的折射。"重来"二句，点明时间、地点。说明自己从辞官归隐到此次重游吴县、泛舟太湖已历经二十多年。"耳畔"三句，舟行于风波荡漾的太湖，词人心绪万端，想到自己岁月空逝，功名未就，更想到胡尘未清，山河不整，可自己却如此的无奈。"孤负男儿志，怅望故国愁。"只能心怀惆怅，回望故园愁愤交加，仰天长啸了。

下片承上借梦抒怀。由于对故国的深情，他梦见自己回到中原挥着老泪，踏遍了故国的山山水水。在梦中，他像三国时的陈元龙一样充满了英雄豪气，打算作一番事业。但笔调陡转，词人从梦中醒来，看到自己已经两鬓染霜，更觉惆怅。外面倾盆大雨，敲打着屋瓦沟渠，发出响亮的声音，给他平淡的生活带来了一丝喜悦，但他很快就想到自己虽然壮心犹在，却报国无门，只能随水东流。

本篇慷慨悲凉，是张词中最杰出的作品之一，此类作品开张孝祥、陆游、辛弃疾爱国词之先河，有较高的艺术价值。

渔　家　傲

题玄真子图①

【原文】

钓笠披云青嶂绕，橛头②细雨春江渺。白鸟飞来风满棹，收纶了，渔童③拍手樵青笑。　　明月太虚④同一照，浮家泛宅⑤忘昏晓。醉眼冷看城市闹。烟波老，谁能惹得闲烦恼。

【注释】

①玄真子图：玄真子即唐代诗人张志和。玄真子图即玄真子像。

②橛（juē）头：船名。

③渔童：张志和的仆人。肃宗曾赐张志和奴、婢各一名，他命他们配为夫妻。夫名渔童，妻即下文的樵青。

④太虚：此指天空。

⑤浮家泛宅：指住在船上。

【赏析】

这是一首题画词，根据张志和《渔父》词义，描绘了一位不慕功名，不求利禄，流连于山水自然的渔父形象。

上片写景，由景入情。"钓笠"二句先用淡淡的笔墨勾勒出一幅远山青水，渔翁独钓的优美图画。近处是细雨绵绵，江水泱泱，远处是青山环绕，翠峦如黛。那翘翘的橛头船上坐着一位渔翁，他头戴斗笠，身披蓑衣，神情泰然，目光专注，正在垂钓。"白鸟"三句，写玄真子钓鱼的情趣。一群白鹭翩翩飞来，微风鼓帆，渔翁感到鱼已咬钩，便慢慢地收回丝线，一条活蹦乱跳的鱼儿被钓了上来，把渔童和樵青都乐得拍手欢笑。词人运用丰富的想象生动的描绘了玄真子的生活细节和生活情趣。玄真子在《渔父》词中所描绘的是安静和远离人世，而本词中却为玄真子的生活涂上了人间的乐趣，静中有动、静中有闹、静中有情。玄真子从一个不食人间烟火的渔翁又回归尘世，成了一个活生生的现实生活中的渔翁。

下片重在抒情，并融情于景。"明月"二句，具体地描绘渔翁的生活，他时刻生活在月光天空映照的小船上，忘记了清晨和黄昏。虽然玄真子亦有人间的情趣，但词人没有忘记他是高蹈世外的"真人"，这里进一步写出了他不愿与世俗交往的高逸情趣和孤傲、清高的性格特征。"醉眼"三句，写玄真子对于人世间的热闹，他是"醉眼冷看"。"闹"字含义丰富，包含尘世中人热心功名利禄和为此而作的努力。"冷看"即冷眼旁观，不感兴趣，表现了他超然物外的旷达情怀。最后写他一生与烟波偕老，不可能生出是非烦恼。这是玄真子的隐逸之情，照应开头所描绘的垂钓景象，情景相融，和谐统一。

词人对玄真子垂钓"志不在鱼"而在山水之乐，理解深刻，并息息相通。本词既准确地刻划玄真子的形象又透露了自己的真情，是词人内心世界的真实写照，情致飘逸，风格潇洒。南宋罗大经《鹤林玉露》评比词"语意尤飘逸"。明沈际飞《草堂诗余正集》亦赞此词，并说语意尤"洒然出尘"。

浣 溪 沙

【原文】

云气吞江卷夕阳，白头波上电飞忙。奔雷惊雨溅胡床①。
玉节②故人同壮观，锦囊公子③更平章④。榕阴⑤归梦十分凉。

【注释】

①胡床：亦称交椅、绳床、交床。

②玉节：玉制的符节，古代用作重要的信物。是显赫官员的代名词。

③锦囊公子：本指唐代诗人李贺，他常背锦囊觅诗。此代指文人雅士。

④平章：品评。

⑤榕阴：榕，代指有榕城之称的故乡福州。

【赏析】

这是一首观潮之作。上片起句扣人心弦。大江之上，潮水排山倒海而来，云遮雾掩，大有吞没江水、席卷夕阳之势，波涛汹涌、白浪涛天，迅猛扑来，又转瞬即逝，如闪电一般，涛声如雷震耳，惊心动魄，浪花似雨飞雪，溅湿观潮人的胡床。寥寥数语，就展示了涨潮时的壮观奇景和翻江倒海的气势。

下片，写观潮人群如堵的盛大场面，衬托"涨潮"景观之奇，请看不管是达官贵人还是文人雅士，他们都被天下奇观所吸引，兴致勃勃，指点品评。但作者的感情并未融入众人的热情之中，相反，此时此刻，他内心十分寂寞，思绪飞回到思乡的梦中和热闹的场面形成鲜明的反差。

写景状物，气势飞动，壮阔豪放。但宏大热闹的场面，又透露了作者思乡的愁绪，其味隽永，耐人咀嚼。

如 梦 令

【原文】

卧看西湖烟渚，绿盖红妆无数。帘卷曲栏风，拂面荷香吹雨。归去，归去，笑损花边鸥鹭。

【赏析】

张元干作词赠胡铨而遭迫害后，漫游江南时，写了这首小令。全词共七句，前四句从不同角度推出了西湖的景物、意象：浩荡广阔的湖面烟雾迷离，湖中荷花绿盖娉婷，红花婀娜，轻风拂面，细雨飘香。词人在岸边，欣赏着这一幅红花翠叶、轻风细雨和绿水蓝天交织成的西湖烟雨图，真是大畅心怀。这是静景。而江鸥和鹭鸶等水鸟又为这个画面增加了动感和生气，动静结合，清香氤氲，在这美好的大自然中，因主张抗金屡遭迫害的词人那一颗受伤的心渐渐得到了平复。他面对这和平宁静的美景，怡然而乐，喜不自禁。"归去、归去"的连用，是本篇"情"之所在。语气的急切、坚决，表现了他离开官场之坚定和回到大自然中的决心。但是我们透过的词意，仍然可以感到词人那一颗不平静的心，他急欲归去，是为了摆脱龌龊的官场，是为了洗尽那黑暗的政治带给他的不幸。

　　本篇以清新婉丽之景，抒深沉旷放之情，在词人那慷慨悲壮的词作中是一篇活泼、优美的短歌。

临 江 仙

送宇文德和被召赴行在所

【原文】

　　露坐榕阴须痛饮，从渠叠鼓频催。暮山新月两徘徊。离愁秋水远，醉眼晓帆开。　　泛宅浮家游戏去，流行坎止忘怀。江边鸥鹭莫相猜。上林①消息好，鸿雁②已归来。

【注释】

　　①上林：即上林苑，古代宫苑，秦汉时都有上林苑，这里指行在之所。

　　②鸿雁：汉苏武系于匈奴，汉昭帝使者至匈奴，匈奴诡称苏武已死。使者对单于说，天子在上林苑射中一只大雁，脚上绑着苏武写的一封信，匈奴才把苏武还给汉朝。

【赏析】

　　这是一首送别词。上片写送别的情景。词人的朋友宇文德和被召赴行在所，词人为他饯行，坐在榕树之阴，痛饮美酒，以壮其行。二人依依难舍，全然没有顾及到叠鼓频催，促人登舟。二人一直饮到暮色苍茫新月已经悄悄地徘徊于山巅。离愁缕缕，有如秋水，二人不忍遽别。友情之深，留恋之意尽在不言之中，场面由热烈而渐次清静，又为二人留下许多畅叙衷肠的机会。由月上暮山，到次日天明，晓帆将开，二人皆已醉意朦胧，纵然难舍，也到了不得不分手的时候。

换头，化愁为慰，友人被召赴行，词人对他寄予殷切的希望，也许可以为抗金贡献力量，现在友人全家都欢欢乐乐地走了，江上行船要忘掉一切疑虑，江边的鸥鹭也不要猜疑。最后他借苏武鸿雁归来的典故说明南宋朝廷的形势是好的，此去也许会一帆风顺。词人和他的友人都是主战派，当时秦桧之流为了卖国求荣，陷害了许多爱国大臣，鉴于宇文德和被召、吉凶未卜，尚有隐忧，故词人写词鼓励他、宽慰他，同时也把抗金的希望寄托在他身上。词人襟怀坦白，眼界开阔，忧国之意常现于笔端，虽为送别之词，却未写一般的离愁别绪，政治上的志同道合使全词充溢着浩然正气和豪放之情。

岳 飞

【作者介绍】

岳飞（1103—1142），字鹏举，相州汤阴（今河南县名）人。少年从军，是南宋初期抗金名将，屡次击败金兵，战功卓著。因坚持抗敌，反对和议，为秦桧所害。他的作品不多，质量很高。工诗词，但流传甚少，仅存三首，风格悲壮。有《岳武穆集》。

满 江 红

【原文】

怒发冲冠①，凭栏处、潇潇②雨歇。抬望眼③，仰天长啸，壮怀激烈。三十功名尘与土，八千里路云和月。莫等闲，白了少年头，空悲切。　　靖康耻④，犹未雪；臣子恨，何时灭！驾长车，踏破贺兰山⑤缺⑥。壮志饥餐胡虏肉，笑谈渴饮匈奴血。待从头收拾旧山河，朝天阙⑦。

【注释】

①怒发冲冠：愤怒时的头发竖了起来，顶起了帽子。

②潇潇：骤急的雨势。

③抬望眼：抬头向远处看。

④靖康耻：指宋钦宗靖康二年京师和中原沦陷，二帝被掳的奇耻大辱。

⑤贺兰山：被金人占领的地方，现在宁夏回族自治区和内蒙古自治区的界山。

⑥缺：山岭空缺之处。

⑦朝天阙：朝见皇帝。天阙，皇帝住的地方。

【赏析】

这是一首向来以忠愤著称的壮怀激烈之词。表现了作者对敌寇无比的痛恨，报仇雪耻的迫切心情及收复中原不可动摇的意志。上片起句开宗明义、先写祖国河山遭敌人践踏后愤怒的心情。"凭栏处"四句写明时间、空间、环境和人物的心情与行动，奠定了全词的节奏和基调。"三十"二句，承上说明"壮怀激烈"的原因不是功名，而是收复失地，和还都汴京的救国事业的艰巨。作者年纪在三十岁左右，已屡建战功，但在他看来，都如尘土般的微不足道。扫清中原，直捣敌人老巢，才是自己为之奋斗的目标。抗金的征战艰苦卓绝，困难重重，为了收复失地，不怕披星戴月、千里跋涉。八千里是概指。"莫等"二句，表明了他杀敌报国的急切心情。

下片一气贯下，"靖康耻"四句，二帝被掳，中原沦陷之耻，作者时刻萦怀，有不报国仇，誓不罢休的决心。"驾长车"三句，写自己要立刻驰骋疆场，驾着战车向敌军进攻，踏平敌营。食胡虏之肉，饮胡虏之血。最后三句，他充满信心地说，等到把破碎的山河从敌人手中夺回，再来朝见天子。

本词是伟大的爱国将领，民族英雄光照万古的名篇、激情饱满，语言铿锵，气势宏大，一泻千里，尽情地抒写了对功名的蔑视和对敌人的刻骨仇恨，以及收复山河的坚定信念和发愤自强的战斗精神，它反映了当时广大人民抗敌御侮的坚强意志和那个时代的呼声，通篇风格粗犷，音调激越，洋溢着爱国激情和英雄气概。

小 重 山

【原文】

昨夜寒蛩①不住鸣。惊回千里梦，已三更。起来独自绕阶行。人悄悄，帘外月胧明。　　白首为功名。旧山松竹老，阻归程。欲将心事付瑶琴。知音少，弦断有谁听。

【注释】

①寒蛩（qióng）：暮秋的蟋蟀。

【赏析】

岳飞一生坚持抗战，反对投降。绍兴八年，宋金双方遣使和谈，订立和约，岳飞再次上书论和议之非，与宋高宗、秦桧一伙妥协投降派存在着很大的矛盾，在朝廷遭到嫉恨与排斥，本词写于这种心情之下。

上片写自己"昨夜"不能成寐的情境。"昨夜"三句写由于暮秋蟋蟀的不断鸣叫，自己从梦中惊醒，不能成寐。"梦"前冠以"千里"，可以理解为终日为抗敌所忧的作者，在梦中仍然征战四方，驰骋千里，或者是回到千里以外的北方家乡，但他惊醒之后回到现实就落入了失望的深渊。朝廷不让他挥戈跃马，中原大地已沦于金兵的铁蹄之下。深深的忧患感，孤独感和失落感，理想遭到压抑，忠心遭到猜忌的痛苦，使他再也无法安睡，只好起来绕阶徘徊。在万籁俱静，周围的人已沉入梦乡的夜里，只有天空的一轮明月洒下它淡淡的银辉，似乎在向作者表示无限的同情。

下片紧承上片，抒发不被理解的寂寞情怀。"白首"三句，写出自己精忠报国收复失地是为了建功立业、名垂青史。但家乡的松竹已老，自己却归程被阻。"欲将"三句一气贯下，化用伯牙和钟子期的典故，淋漓尽致地倾吐不被当政者理解的愤懑之情。像作者这样一个具有文韬武略、赤胆忠心的英雄，却落到"断肠有谁听"的地步，他的壮志豪情都被迫化为凄婉悲怆，使读者不能不为他一洒悲愤之泪。

本篇抑塞难伸的爱国情怀，表现得委婉顿挫，在清冷深挚的语调之中，后世的读者仍能感到他那为国为民而激烈跳动着的一颗忠心。

满 江 红

登黄鹤楼①有感

【原文】

遥望中原，荒烟外、许多城郭。想当年、花遮柳护，凤楼龙阁②。万岁山③前珠翠绕，蓬壶殿④里笙歌作。到而今、铁骑满郊畿，风尘恶。　　兵安在，膏锋锷⑤；民安在，填沟壑。叹江山如故，千村寥落。何日请缨⑥提锐旅，一鞭直渡清河洛⑦？却归来、再续汉阳游，骑黄鹤。

【注释】

①黄鹤楼：在今武汉长江大桥武昌蛇山黄鹤矶桥头。相传因仙人乘黄鹤仙游于此而得名。

②凤楼龙阁：指皇宫内雕饰华美的宫殿楼阁。

③万岁山：又称寿山艮岳。徽宗政和四年（1122）所建大型宫廷园林。

④蓬壶殿：万岁山中的一座宫殿。蓬壶，传说中的蓬莱山的别称。

⑤膏锋锷：以血肉滋润箭，指士兵死于刀箭。

⑥请缨：即请战。

⑦河洛：黄河洛水。代指中原。

【赏析】

本词大约作于作者任湖北路荆、襄、潭州制置使初屯鄂州（武汉）时。通过登楼所见所感，抒发忧国忧民的悲壮情怀。上片起首"遥望中原"三句，写作者登临黄鹤楼，心念中原大地，出现在眼前的是许多城郭在荒烟的遮绕下时隐时现。"荒烟"二字已暗寓"战乱"，经过战乱之后，田园荒芜，城市颓败，一片萧条，引起作者对往事的回忆。"想当年"以下四句，描写当年的繁华，龙阁凤楼、笙歌艳舞、朱环翠绕。接着"到而今"二句，又透露了对统治者深深的不满，荒淫误国，致使边患日甚，金兵南下，百姓罹难。

下片直接抒怀。"兵安在"与"民安在"，重重谴责统治者给抗敌将士和广大百姓带来的灭顶之灾。前者丧身沙场，后者抛尸荒野，致使山河破碎，国破家亡，江山易主，田园荒芜。当然作者的目的是精忠报国，他满腔的爱国热血还在血管中沸腾，对君王的忠心又使他始终对其抱有希望，所以无论是在前篇《满江红》，或是在本篇中，他都期待着统治者的醒悟，能够重振雄威、精诚抗敌，自己也将请缨提旅、收复中原。大功告成后，再退居林下。

全篇视野广阔，情怀激越，表现了爱国名将的浩然胸襟。

胡　铨

【作者介绍】

胡铨（1102—1180），字邦衡，号澹庵，吉州庐陵（今江西吉安）人。高宗建炎三年（1128）进士，任枢密院编修官。他坚决反对与金议和，是南宋抗金名臣。因上疏请斩王伦、秦桧、孙近三人并羁留虏使，被贬福州签判，直至除名，押送新州（今广东新兴县）编管。后又因作诗谤讪怨望，被移谪吉阳军（今海南省崖县）。孝宗时起为工部员外郎，端明殿学士。词作不多，笔墨酣畅，意气慷慨。有《澹庵文集》、《澹庵词》。

好　事　近

【原文】

富贵本无心，何事故乡轻别？空使猿惊鹤怨①，误薜萝②风月。　　囊锥③刚要出头来，不道甚时节！欲驾巾车归去，有豺狼当辙。

【注释】

①猿惊鹤怨：语本孔稚圭《北山移文》"蕙帐空兮夜鹤怨，山人去兮晓猿惊。"表明作者与山林感情深厚。

②薜萝：即薜荔、女萝，本指隐士的服装，后来借指隐士住所。

③囊锥：出自《史记·平原君列传》毛遂自荐的典故。

【赏析】

绍兴十八年（1148），胡铨贬在广东新州，赋本词。因词中有"豺狼当辙"之句，秦桧的私党张棣向朝廷检举胡铨，又将他移谪海南。

上片表明他对功名和仕途的态度。本来就对功名富贵没有兴趣，为什么轻易离开了故乡，让那些跟自己已十分熟悉的猿鹤都埋怨自己离开了它们。那些披满薜荔、女萝的幽居，清风朗月的山中风景都被耽误了。作者不重功名，为的是尽忠报国，以天下为己任，所以坚持抗金，不畏强暴，他并不是真正的留恋隐士生活，但因仕途坎坷，屡遭陷害，故出此激奋之语。

下片对奸佞当道的现实社会，表现了极大的愤慨，本来自己可以像毛遂一样脱颖而出，施展才能，如囊锥出头，但因没有看清秦桧等奸佞当权一手遮天的真面目，所以才遭到种种迫害，这是作者的激愤之语。最后，他不畏权势，大胆地说："欲驾巾车归去，有豺狼当辙"，不顾忌讳，直抒胸中愤怒，想要驾着车归隐田园，又被豺狼挡住了道路，进退维谷，表现了他对奸臣的痛恨和对自己何去何从的犹豫。作者一心想要拯救国家危亡的政局，但又无从施展，忧愤之心，溢于言表，表现了他不与秦桧之流投降派同流合污的高风亮节。

鹧鸪天

癸酉吉阳用山谷韵

【原文】

梦绕松江属玉飞，秋风莼美更鲈肥①。不因入海求诗句，万里投荒亦岂宜？　　青箬笠，绿荷衣，斜风细雨也须归。崖州险似风波海，海里风浪有定时。

【注释】

①莼美更鲈肥：莼，又名水葵，嫩叶可作蔬菜。鲈，鲈鱼。张翰，吴人，在洛阳做官，因秋风起思吴中菰菜莼羹鲈鱼脍，遂辞归。

【赏析】

上片起句借晋人张翰因思吴中菰菜莼羹鲈鱼脍，辞官归乡的事，写自己对江浙旧地的留恋。此时他正囚居吉阳，秋风渐起，正是江浙莼美鲈肥的季节，他在梦中似乎变成了一只水鸟属玉，飞回吴中，绕着吴淞江上空轻飞。不久前他因写《好事近》而获罪，再次远谪到此，但他并不后悔，反而更加坚强、乐观，并饶有吟诗的兴致。"不因"二句，意谓，已经万里投荒到此天涯海角，哪有不吟诗抒怀之理。作者心中虽然苦涩，但并不消沉，面对秦桧之流制造冤案提出挑战，意气昂然，掷地有声，表现了他凛然不屈的气节。

下片，作者在谪地受到海南人的尊敬，因此过着像唐代张志和那样头戴青箬笠，身披绿蓑衣的渔翁生活，但他没有失去斗争的意志，也不想归隐，他对国事不能忘情，对山河破碎不能无动于衷，坐视不理。因此张志和之词"斜风细雨不须归"，他反其意而用之，坚决地说："斜风细雨也须归"。眼前的崖州海域风高浪急，惊涛腾跃，但海里风波时涨时消是有定时的，作者这里以崖州之海喻高宗朝廷的宦海。宦海之险恶正和崖州之风波相似，但他坚信，政治风浪也会有平息的时候，有朝一日，他会洗雪沉冤，重返朝廷，他还要施展抱负，坚持抗金，收复失地。这是支持他活下去，坚持斗争的精神力量。全篇表现了他为国事不屈不挠的坚强精神和崇高人格力量。有很深的艺术感染力，且豪气逼人。

醉 落 魄

辛未九月望和答庆符①

【原文】

百年强半，高秋犹在天南畔。幽怀已被黄花乱。更恨银蟾②。故向愁人满。　　招呼诗酒颠狂伴。羽觞到手判无算。浩歌箕踞③巾聊岸④。酒欲醒时，兴在卢仝碗⑤。

【注释】

①庆符：名张伯麟。当时秦桧主和，元夕张灯，庆符过中贵入白谔门，见灯盛设，取笔题字曰："夫差，而忘勾践之杀尔父乎？"秦桧闻之，下庆符于狱，捶楚无全肤，流吉阳军。时作者亦因上书力诋和议，请斩秦桧，后又因作《好事近》被诬为"讪谤"，而一贬再贬，终至吉阳军。

②银蟾：传说月中有蟾蜍，古以银蟾代月。

③箕踞：两腿伸开形如簸箕而坐。不拘形式随意而坐的姿态。

④巾聊岸：掀起头巾露出前额，不拘形迹。

⑤卢仝碗：唐代诗人卢仝饮茶的碗。卢仝，号玉川子。曾写过一首著名的玉川茶歌《走笔谢孟谏议寄新茶》，表现了一种看透世事旷达不羁的精神。

【赏析】

本篇表现了作者壮志难酬的悲愤和希图解脱的苦闷心情。"百年强半"二句，流露了年已半百，而长期蹇偃的痛苦。作者从绍兴八年被贬至写词时已十三年，长期的贬谪使他心情异常烦闷，作词的这一天恰好是九月的望日，也正是月圆之时，又有菊花盛开，对此良辰美景，难免想起自己的遭遇，月亮不理解人的愁情，偏偏要在这时特别的圆满，更使词人愁肠百结。

下片转入作者对愁情的自我排解。他邀来了被世俗视之为癫狂的那些为抗金呐喊奔走的慷慨志士，并和他们一道作诗饮酒，狂呼高歌，他们放浪形骸，旁若无人。这种狂放的情景实实为他们内心悲愤的发泄和排解。当他们酒醒之后，又思饮茶，用"卢仝碗"典故，即取卢仝之诗"平生不平事，尽向毛孔散"之意。作者因报国无门而抑郁愤懑，愤世嫉俗，满腔不平都暗寓其中，却发之于狂放，是作者力求排解的表现。语似平淡而诗意深沉，用典恰当，风格豪放自然。

黄中辅

【作者介绍】

黄中辅，号槐卿，义乌（在今浙江）人。元黄潜六世祖。

念 奴 娇

【原文】

炎精①中否？叹人材委靡，都无英物。胡马长驱三犯阙，谁作长城坚壁？万国奔腾，两宫幽陷，此恨何时雪？草庐三顾，岂无高卧贤杰？　　天意眷我中兴，吾皇神武，踵②曾孙周发。河海封疆俱效顺，狂虏何劳灰灭？翠羽③南巡，叩阍④无路，徒有冲冠发。孤忠耿耿，剑铓⑤冷浸秋月。

【注释】

①炎精：太阳的名号。

②踵（zhǒng）：追逐、追随。

③翠羽：帝王车子上装饰的羽毛，代指皇帝。

④阍（hūn）：官门。此代指皇帝。

⑤剑铓：剑的尖锋。

【赏析】

本词作于徽钦北掳、高宗南奔之后不久。上片感叹广大的中原大地，没有御寇的统帅，也没有坚强能战的军队作保卫国家的长城，致使胡马的铁蹄三次入侵，直捣京阙，百姓奔走逃难，徽、钦二帝被掳幽陷。他愤怒地呼喊："此恨何时雪？"接着，作者自然地联想到辅佐刘备成就大业，鞠躬尽瘁的诸葛亮。喟然长叹：难道现在就没有在草庐中高卧的贤杰？当时许多词人都抒发过对入侵者的强烈愤怒，但到此时，由于投降派的得逞，致使抗战受到阻挠，那愤怒的忧国之音，无可奈何地降低了音调，从愤于外患而转向愤于内患。

下片，起首表面上赞颂了高宗赵构的中兴，实则反映了赵构畏敌如虎，无心复国，在金人南下时即仓皇逃至杭州，不久又狼狈逃至海上，致使金人长驱直入的丑行。"翠雨南巡，叩阍无路"，广大抗金将士连皇帝的影子都见不上，谈何勤王报国！最后"孤忠耿耿，剑铓冷浸秋月"，对自己满腔报国之心而无报国之路，空使剑铓冷浸于秋月之下的无奈，表达了无限的悲愤和深深的感慨。

作者的感情"高"而不"亢"，"壮"而不"强"，"愤"而含"悲"，为祖国的前途和民族的命运充满了危机感和焦灼感，使人可以感受到作者那被压抑的豪放，和深沉的悲凉。

韩元吉

【作者介绍】

韩元吉（1118—1187），字无咎，号南涧，许昌人。官至吏部尚书。有《焦尾集词》一卷，今佚。

霜天晓角

题采石蛾眉亭①

【原文】

倚天绝壁，直下江千尺。天际两蛾凝黛，愁与恨，几时极？　暮潮风正急，酒阑闻塞笛。试问谪仙何处，青山外，远烟碧。

【注释】

①采石蛾眉亭：位于安徽当涂西北的长江边，是风景名胜之地，又是兵家必据要冲。蛾亭建在采石矶面江的绝壁上，寄秀美于险峻，为历代文人所赞赏。

【赏析】

上片写作者在亭中的所见所感。起句"倚天绝壁，直下江千尺"，以豪迈的语言，生动地描写了蛾眉亭凭险而立神态：背后倚天，下临绝壁，江水直下，汹涌澎湃，亭筑于此，令人惊心动魄。"天际两蛾凝黛，愁与恨，几时极？"词人凭栏亭中，极目远眺，隔江对峙的东西梁山，有如美人黛色双眉，紧蹙凝锁，似有不尽的忧愁与怨恨。作者运用了比喻、拟人等修辞方法，形象地描写了眼前的两座山体，抒发了自己独特的审美感受。美人紧锁双眉，似有愁恨，是从作者眼中看出，实为作者心中愁与恨的自然流露。此时宋王朝国势艰危，大片中原土地沦于金人铁蹄之下，作者将心中无尽的愁、恨移情于远山，不仅启发人之想象，而且，使山水含恨，可知其恨之深。

下片，"暮潮风正急，酒阑闻塞笛"两句，从写景过渡到对当时形势的描写。傍晚时分夕阳西下，暮色苍苍，江潮汹涌，风急浪高。作者在亭中一边饮酒一边观赏景色，酒阑之际，传来军营笛声。当涂是南京防御金兵渡江南下的前沿要塞，屯有重兵，负有战略重任。此处照应上片的"愁与恨"，进一步表现作者对国事的忧虑，最后"试问"三句，从对国事的隐忧上宕开，转入怀古。作者面对身处安葬唐代大诗人李白的采石矶，自然联想到李白。当涂采石矶的盛名，除了它秀美的景色之外，很大程度上也来自李白，所以他是思接前朝，感慨系之，谪仙李白现在在哪里呢？空余这暮霭笼罩的青山碧水。时间流逝，人事全非，江山依旧，留下许多遗憾给活着的人们。面对秀美的山峦，奔腾的江水，他的许多思绪，尽付于不言之中。

作者把蛾眉亭峻秀风姿，远处壮阔山川美景和自己对国事的忧虑感慨，不着痕迹地融为一体，表现了极深的艺术功底，《吴礼部词话》称其在历史诸多题咏采石矶蛾眉亭的词作中"未有能继之者"。

袁去华

【作者介绍】

袁去华（生卒年不详），字宣卿，奉新（今属江西）人。绍兴十五年（1145）进士，曾任善化（今湖南长沙）和石首（今属湖北）知县。有《袁宣卿词》。

归 字 谣

【原文】

归！目断①吾庐小翠微。斜阳外，白鸟傍山飞。

【注释】

①目断：极目所望。

【赏析】

这首明白如话的小令，仅十六字，却生动地表现了作者不愿与统治阶级合作、弃官归隐的决心和气魄。

起句仅一"归"字，冲口而出，斩钉截铁，既有弃官归隐的决心，又有与统治阶级决裂的气魄。当作者快到家时，远远望见自己那掩映在绿树丛中小巧可爱的房子，心情激动，就用"目断"、"小翠微"等词语表现他归家的迫切和对家园的深情。顺着作者的思路，以下两句是写归家后的情景。"斜阳外，白鸟傍山飞"在傍晚时，落日、青山、白鸟构成一幅美丽的画面。落日、青山之静配以白鸟飞翔之动，使画面静中有动，景中含情，充满诗情画意。使作者此时有物我两忘的出世之感。

全词仅十六字，却含意丰富，充满了超凡脱俗的豪情。

水调歌头

定 王 台①

【原文】

雄跨洞庭野，楚望②古湘州。何王台殿？危基百尺自西刘。尚想霓旌千骑，依约入云歌吹，屈指几经秋。叹息繁华地，兴废两悠悠。　　登临处，乔木老，大江流。书生报国无地，空白九分头。一夜寒生关塞，万里云埋陵阙，耿耿恨难休。徒倚霜风里，落日伴人愁。

【注释】

①定王台：在今湖南长沙市东，相传是汉景帝之子定王刘发为瞻望其母唐姬墓而建。

②楚望：唐宋时按各地的位置规模、发展状况，把全国划分为若干等级。楚望就是指湘州为楚地的望郡。

【赏析】

这是一首吊古伤今之作。上片以"雄跨"两字领起，展示了定王台所处的位置和广阔的背景：洞庭野和古湘州。纵览时空，气势不凡。在这样的历史和地理背景下，巍然高耸台基百尺的定王台使人自然联想到定王当日的威仪，旌旗如云，华盖千乘，丝竹歌吹，响遏行云。千年之后，音犹在耳，但那时的繁华早已云消雾散。斗转星移，历史几经变迁，多少朝代兴废更迭，哪里还有昔日的踪迹呢，使人不禁慨叹兴废的匆匆。

换头转入伤今。"登临处"三句，写登临之意。眼前看到的是万古不变的乔木落叶和大江奔流，使人在哀叹历史的情绪上又生岁月如流生命短暂之叹。"书生报国无地"五句，抒写自己报国无门、请缨无路的悲愤。作者心怀报国之心，但朝廷昏聩、腐败无能，使大好河山一夜之间惨遭沦丧，连象征朝廷命脉的祖陵也被敌人的铁骑所践踏。他满腔的愤恨，难以遏止。这恨有山河破碎之恨，也有报国无门之恨，最后两句以景结情，萧瑟的秋风和昏暗的落日，更增添了他的无限忧愁。

本篇将登临凭吊而激起的忧国之思、怀古之意升华为强烈的民族感情。结构严密，寄慨深沉，苍凉雄阔，慷慨悲壮，有辛（弃疾）派词人之风。

陆　游

【作者介绍】

陆游（1125—1210）字务观，号放翁。山阴（今浙江绍兴）人。南宋高宗绍兴年间应礼部试，因遭秦桧嫉恨，被黜免。光宗时以宝章阁待制告老还乡。他生当宋金两国对峙时，国土分裂，战争频繁，朝政黑暗，人民痛苦。他一生力主抗金，恢复中原，屡受主和派排挤，诗作近万首，题材广阔，是我国文学史上的一位具有深远影响的卓越诗人。诗作风格多样，有《放翁词》，收词一百三十多首。

好　事　近

【原文】

秋晓上莲峰，高蹑倚天青壁。谁与放翁为伴？有天坛轻

策。　　铿然忽变赤龙飞，雷雨四山黑。谈笑做成丰岁，笑禅
龛①椥栗②。

【注释】

①禅龛（kān）：供奉佛像的地方（石室或柜子）。

②椥（jí）栗：木名，可作杖，后借为长杖的代称。

【赏析】

这是一首描写神游华山之词。上片，词人想象自己拿着天坛藤
杖，在秋天的早晨，登上莲花峰，高高地踏在陡峭的悬崖上。在这
里与他相伴的，只有天坛藤杖。

下片词人驰骋想象，藤杖忽然变成一条赤龙，在雷雨纵横，昏
黑幽暗的太空中飞翔。此时他首先想到的是造福人民，他要用自己
手中的这条赤龙，为百姓降下及时甘露，让他们获得丰收，能够丰
衣足食。"谈笑"二字描写他在做这一切时轻松从容的神态。最后一
句"笑禅龛椥栗"，笔锋一转，词人把目光又投向佛龛，那佛龛中
手拿禅杖的神，虽受人供奉，却不造福人间，正如那些被百姓供奉
着的手中掌握大权，而又不造福百姓的统治者一样，令人不齿。词
人轻视他们，对他们嗤之以鼻，用一"笑"字表现了他鄙夷不屑的
态度。

这是一首充满神奇幻想，闪耀着积极浪漫主义光采的小令。词
人那忧国忧民的思想和爱憎分明的感情，令人深受感动。风格雄奇
豪放，语言凝练，清新活泼。

鹧　鸪　天

【原文】

家住苍烟落照间，丝毫尘事不相关。斟残玉瀣①行穿竹，卷
罢《黄庭》②卧看山。　　贪啸傲，任衰残，不妨随处一开颜。
元知造物心肠别，老却英雄似等闲。

【注释】

①玉瀣（xiè）：美酒名。

②《黄庭》：道家著作。

【赏析】

这是一首描写晚年归隐生活的小令。上片具体描写归隐后的生活状况。陆游晚年归隐于故乡绍兴郊外镜湖三山。"家住"二句先写自己隐居的乡间景色。那里风景秀丽，苍茫的烟云笼罩着夕阳，远离尘世，没有时事的纷扰，这是环境。"斟残"二句，写自己归隐生活的内容。饮酒之后就到林间散步，读累了《黄庭》，就随意躺卧下来观看山景。词人撷取了生活中的典型细节，概括地描绘了自己既舒适又懒散的生活。

下片写自己在归隐生活中的内心感受。"贪啸傲"三句，写他无拘无束地啸傲于山林，不顾身体的衰老，在故乡的山水间自由自在开心地往来。"元知"二句，现在他才醒悟造物主（指具有最高权力的皇帝）的心肠和自己这样的爱国志士心肠不一样，居然能让英雄闲置到老。词人一生奔走呐喊致力于恢复中原，但他历经四代皇帝都耽于享乐、醉生梦死，不图北伐。直到晚年，他才悟出这个道理，皇帝只要半壁江山以维持他的享乐，所以压制迫害一切有志于抗金的人，当然更谈不上重用。这是词人悲剧命运的根源。现在他醒了，悟了，他不得已退隐了，但他的心并没有真正的"隐"起来，即使是归隐后写的词，仍然饱含着对最高统治者愤怒的谴责和无情的揭露。本词虽然寥寥数语，却让人们感受一个落寞英雄的悲凉，同时在飘逸淡泊的情绪中，透露出刚毅傲然的风骨。

秋 波 媚

七月十六日晚登高兴亭①望长安南山②。

【原文】

秋到边城角声③哀，烽火照高台。悲歌击筑④，凭高酹酒，此兴悠哉。　　　多情谁似南山月，特地暮云开。灞桥烟柳，曲江池馆，应待人来。

【注释】

①高兴亭：在陕西汉中内城西北。

②南山：即终南山，横亘陕西南部，主峰在长安（陕西西安）南面。

③角声：军用的鼓角声。

④悲歌击筑：《史记·刺客列传》载燕太子丹及宾客送荆轲使秦事："既祖（饯行），取道，高渐离击筑，荆轲和而歌，为变徵之声。"变徵之声就是高而悲的调子。

【赏析】

乾道八年（1172）三月，四十八岁的陆游在汉中南郑担任军中职务，这是他一生中亲临前线的惟一经历。他十分兴奋，豪气满怀，前方有利的形势和军队里雄健的生活激起了他收复长安恢复中原的热切愿望。在南郑前线凭眺长安时，他雄心勃发，浮想联翩，写下本词。

上片起首二句写登高兴亭后，耳边传来了号角声，眼前呈现出边城、高台、烽火，词人顿时精神振奋，战事就在眼前。雄伟、辽阔、苍凉、悲壮之感油然而生。"悲歌"三句，写他和将士们兴奋难抑的心情，大家悲歌酹酒，凭高远眺，壮怀激烈，故国河山近在咫尺，怎不令人激动万分？当然收复失地的决心也因之更加坚定。

下片借景抒情。"多情"二句，紧承上片，词人悲歌酹酒，多情的明月，拨开云层，奉上清辉，她像故土人民一样盼望王师北伐，收复失地。所以下面三句一气贯下，词人选取了长安最具代表意义的"灞桥烟柳"和"曲江池馆"，它们一定也和明月一样，在殷切地盼望宋廷的归来。它们是故土人民的象征，代表了故土人民的心声。同时也从另一面表达了词人和广大爱国将士收复河山的坚定意志和豪迈誓言。含蓄隽永，深情蕴藉，豪气纵横，境界阔大，令人回肠荡气，心潮难平。

汉 宫 春

初自南郑来成都作①

【原文】

羽箭雕弓，忆呼鹰古垒，截虎平川②。吹笛暮归野帐，雪压青毡③。淋漓醉墨④，看龙蛇飞落蛮笺⑤。人误许，诗情将略⑥，一时才气超然。 何事又作南来，看重阳药市⑦，元夕灯山⑧？花时⑨万人乐处，欹帽垂鞭⑩，闻歌感旧，尚时时流涕尊前。君记取：封侯事在⑪，功名不信由天。

【注释】

①初自南郑来成都作：宋孝宗乾道九年（1173），陆游从南郑前线被调到成都任安抚司参议官，心情苦闷，写作了这首词。

②截虎平川：陆游在汉中时有射虎的故事。平川，即平地。

③青毡：毡帐，用毛织成的帐幕。

④淋漓醉墨：乘着酒兴落笔，写得淋漓尽致。

⑤看龙蛇飞落蛮笺：龙蛇，笔势飞舞的样子。蛮笺，古时四川所产的彩色笺纸，称蛮笺。

⑥诗情将略：作诗的才能，用兵作战的谋略。

⑦药市：专门卖药的街道。

⑧灯山：把无数的花灯叠作山形。

⑨花时：成都每年百花盛开时，举行花会，把这一季节称为花时。

⑩欹帽垂鞭：帽子歪戴着，骑马缓行不用鞭打，散漫自适。欹（qī），倾斜。此句写节日热闹，人们缓步游赏的情形。

⑪封侯事在：指班超在西域立功封侯之事。

【赏析】

从南郑前线调到成都，虽然感到失望，但收复河山的信念，仍然坚定不移，并激荡着慷慨昂扬的战斗激情。本篇即表现了这种心情。

上片充满自豪地回忆在南郑的战斗生活。先写秋季河滩射猎的场面，词人和抗金健儿们拿着精美的弓箭，带着猎鹰在河滩上古垒旁边驰逐射虎。雄伟豪壮，动人心魄。其次写晚归军帐，外面大雪纷飞，悲笳四起，词人在帐内却兴酣挥毫，写下了龙飞蛇舞的字幅和气壮山河的诗篇，多么豪爽！多么潇洒！但写到这里，笔锋一转，用"人误许"三字，把思绪拉回现实，当时他认为自己文才武略，足以安邦定国，但现在看来只是"误许"。他并非没有文才武略，成都之行，粉碎了他的梦想，抗金愿望化为泡影，怎能不令人痛彻心肺！

下片写眼前的繁华景象和抗金的决心，词人调到了成都，那里人们似乎忘记了国土的沦丧和前线的战争，药市灯山、繁华似锦。百姓欹帽垂鞭，悠然自得。可他面对着破碎的河山、多灾多难的国土，举起杯来就落下眼泪。由词人的坚定性格所决定，他不会颓丧消沉，一蹶不振，所以在本词的结尾，他又重新振起，"君记取：封侯事在，功名不信由天"。"封侯事"指为抗金而建功立业。取得抗敌胜利的功名，要靠人的努力，而不能靠老天的赐与。豪言壮语，震惊四座，对未来充满了热切的希望。

夜 游 宫

记梦寄师伯浑①

【原文】

雪晓清笳乱起②，梦游处、不知何地。铁骑无声望似水③。想关河：雁门④西，青海际。　　睡觉⑤寒灯里，漏声断⑥，月斜窗纸。自许封侯在万里，有谁知？鬓虽残，心未死。

【注释】

①师伯浑：字伯浑，四川眉山人，隐居不仕。陆游赞他极有才气，

能诗文，且很有能力，是陆游在四川交上的新朋友，说得上是同心同调。

②雪晓清笳乱起：此为梦境。下雪的早晨，凄凉的胡笳声纷纷传入耳中。

③铁骑（jì）无声望似水：披甲的骑兵，衔枚（无声）前进，望去像一股洪流，一片波光。

④雁门：关名，在山西代县西北。边防重地。

⑤睡觉：睡醒。

⑥漏声断：漏，漏壶，古时用水计时的器具。漏壶的水滴光了，指夜深。

【赏析】

陆游一生坚持恢复大业，虽然宦途坎坷，屡遭挫折，但至死不忘抗金。这首词是他从汉中回到四川以后四十五岁到五十三岁间寄给友人的记梦抒怀之作。通过记写梦境抒发了他爱国主义的激情。

上片写梦境。清晨、漫天的飞雪，突然响起了凄厉的胡笳声，并出现了如潮水般默默行进的队伍。词人用塞上风光中最具代表意义的大雪、胡笳、铁骑等意象交织成一幅苍凉开阔的边塞图画。在梦中，他自己也不知道身在何处，恍惚觉得眼前的关河是在雁门关外或青海湖畔。这两个地方是当时的西北边塞。词人的梦，正是他一贯坚持抗金，期望恢复中原的思想反映。屡屡出现在梦中，正说明这是他魂牵梦绕、日夜萦怀的家国大事。他满怀喜悦地向友人倾诉他的梦境，即便是在梦中出征抗敌，也令他兴奋不已，回味无穷。可见他抗金卫国志向的坚定和迫切。

下片写梦醒后的情景。兴奋的词人从梦中醒来，只见灯光昏暗，寒气凛凛，漏声滴断，悄无声响，低斜的月亮透过窗纸散发着浅浅的清光，环境是如此的冷寂。这不仅是指自然环境，更深一层的意思是由于朝廷改变了抗金的大计，压制抗金人士，致使抗金的呼声和情绪也变得一片冷寂。眼前的冷寂和梦中的轰轰烈烈形成了强烈的对比，这使他陷入了极大的悲愤之中。但他年龄虽老，壮志未衰，虽然离开南郑前线，仍念念不忘回到前方去参加抗敌斗争。

通过梦境与现实的对比，使人们进一步感受到词人那崇高的人格和悲剧的命运，既为他感到愤慨，又从他的思想行动汲取到感人的人格力量，境界雄浑壮阔，风格悲壮豪放。

桃源忆故人①

题华山图

【原文】

中原当日三川震，关辅回头煨烬②。泪尽两河征镇，日望中兴运。　　秋风霜满青春鬓，老却新丰英俊③。云外华山千仞，依旧无人问。

【注释】

①《桃源忆故人》：又名《虞美人》、《胡捣练》。

②煨烬：即灰烬。燃烧后的残余。

③新丰英俊：化用王维《观猎》诗"忽过新丰市，还归细柳营"诗意。

【赏析】

这是一首题画词。词人看到《华山图》中的华山巍峨屹立，瑰奇险峻，雄峙于北方大地，不禁浮想联翩，热血沸腾。宋室丧国之耻，山河破碎之悲，顿时涌上心头，题写了本篇。

上片简练概括地写出了北宋所遭受的丧权辱国的大事。"中原"二句，写绍兴十一年（1141）十二月，宋高宗赵构听信秦桧谗言，同意求和，与金商定割让京西唐、邓二州及陕西南、秦二州之半给金，双方以大散关为界。陕西大部沦于敌手，仅余四州，华山亦蒙胡尘。这是使三川（今河南省黄河以南、灵宝以东伊、洛流域及北汝河上游地区一带）震动的奇耻大辱。结果自古以来作为三秦地区天然屏障的雄关险岭就失去作用，无异于化为灰烬，"关辅"一句即是指此。"泪尽两河"二句，指宋高宗建炎四年（1130），金人攻陷南宋两河地区（河北、河东）一事，曾为保卫这一带浴血奋战的抗金志士莫不痛哭流涕，这又是一件令人悲愤不已的奇耻大辱。把恢复、中兴当作自己毕生事业的词人当然更是痛彻心肺。

下片抒发壮志难酬的愤懑心情。投降派当权，残酷迫害和打击主战派，词人也屡遭排挤，闲置在家，岁月蹉跎，青丝成霜。昔日的英雄，壮志消磨，而收复大业，仍然无人过问，沦于敌手的千仞华山，依然难以回归。词人看到华山图，怎能不满腔激愤呢？

全篇抒发了词人对宋室沦亡的悲叹和对收复失地的企盼，同时也表达了对统治者麻木不仁的气愤和英雄失路的苦闷。充满了强烈的爱国主义精神，洋溢着献身的报国激情，是豪放词中的一支奇葩。

鹊　桥　仙

【原文】

华灯纵博①，雕鞍驰射，谁记当年豪举②？酒徒一一取封侯③，独去作江边渔父。　　轻舟八尺，低篷三扇，占断蘋洲烟雨。镜湖④元自属闲人，又何必官家赐与⑤！

【注释】

①华灯纵博：在华丽明亮的灯下尽情博弈。博弈是当时一种流行的游戏。

②当年豪举：指四十八岁时在汉中的军旅生活。

③酒徒一一取封侯：酒徒，指那些只知升官发财、饮酒作乐的人。《史记·郦生传》载郦生语"吾高阳酒徒也，非儒人也。"

④镜湖：又名鉴湖，在浙江绍兴市南。陆游晚年住在三山，临近镜湖。

⑤又何必官家赐与：《新唐书·隐逸传》载贺知章还乡里为道士，"求周公湖数顷为放生池，有诏赐镜湖剡川一曲"，这句是针对此事而言。官家，皇帝。

【赏析】

这是陆游晚年闲居家乡写的词。上片"华灯"三句，回忆当年旧事。陆游四十八岁在汉中南郑前线经常穿着戎衣，参加骑射，并曾有雪中刺虎的壮举，这一段生活给他留下极深的印象，在他的诗词中屡屡出现，他骄傲地称这一段生活中的活动为"豪举"。但用"谁记"二字透露了词人的孤独和感伤。现在朝廷内外一片议和之声，没有人再想起当年抗金的慷慨激昂。"酒徒"二句，用对比的方法写出两种截然不同的人生遭遇。那些只知享乐的酒徒们——封侯，抗金志士却归隐乡间作了渔父，对比之中流露了词人对朝廷深深的失望。

下片"轻舟"三句，以轻松飘洒的笔触写渔钓生活，驾着仅八尺长、有着低低的三扇篷窗的小船，独自享受蘋草丛生的水边景色，词人在烟雨迷濛的蘋洲之上，尽情逍遥，心境也渐渐开阔旷远起来，用贺知章告老还乡唐玄宗诏赐一曲的典故，表示自己作为闲人不要皇帝的赏赐就能优游于镜湖之上。看似消极，骨子里极愤慨，表现了他对朝廷不愿收复失地和不重视抗金志士的谴责和不满。杨慎曾评此词"英气可掬"，可谓独具法眼，于貌似消沉遁世的基调中，看到开朗超拔的精神。

诉 衷 情

【原文】

当年万里觅封侯①，匹马戍梁川②。关河③梦断何处？尘暗旧貂裘④。　胡未灭，鬓先秋，泪空流，此生谁料，心在天山⑤，身老沧州⑥。

【注释】

①觅封侯：寻找建功立业的机会。

②戍梁州：陆游四十八岁时在汉中川陕宣抚使署任职。梁州，在陕

西汉中市一带，因梁山得名。

　　③关河：关塞、河防，指边疆。

　　④尘暗旧貂裘：用苏秦典故。苏秦说秦王不成，到处奔走，所穿黑貂裘积满灰尘，变得又暗又旧。

　　⑤天山：在今新疆境内，用薛仁贵三箭定天山的典故，借指前方。

　　⑥身老沧州：陆游晚年住在故乡绍兴镜湖边的三山。沧州，此指水边，古时隐士住的地方。

【赏析】

　　陆游出生后的第二年，北宋便为金所灭，他从懂事时起便知恢复之事。青壮年时期强烈的恢复中原的愿望一直使他热血沸腾，四十八岁时曾到西北前线南郑参加军事活动，年老退隐之后，仍然壮心不已。他的理想一直未能实现，满腔忧愤时常倾泻于笔端，本篇即是晚年退居山阴后抒写忧愤情怀的词作。

　　上片起首二句追忆当年，为了建功立业而赴万里之外，驰骋疆场为国立功。此指南郑前线的一段战斗经历，是词人历史上最值得自豪也最感欣慰的生活片断。"万里"与"匹马"对举，生动的描绘了词人那"气吞万里如虎"的英雄气概和临阵对敌的飒爽英姿。"关河"二句，投降派横亘在朝，宋廷不愿抗金，徒使英雄理想破灭，功业无成，沦落乡野，如当年的苏秦一样。词人感慨万端，身居江湖，而梦牵魂绕于"关河"，写尽了一个爱国志士壮志未酬而又不忘国家的悲哀。

　　下片，承接上片，倾诉自己无穷无尽的悲愤。胡虏未灭，头发已白，岁月徒逝，眼泪空流。三句话分量极重，有极为丰富的潜台词，自己一生都为恢复奔走呐喊，现在年老衰残，敌势依旧，白白流泪，于时无补，怎不令人悲痛。结尾更为深沉，谁能想到，自己的心仍系于抗敌前方，身却已老于江湖。主观愿望和客观现实尖锐的矛盾，造成了词人的悲剧。这悲剧的根源就在于朝廷的屈辱投降，虽未直书，意在言外，发人深思！

　　全篇的每一个字都发自词人的肺腑，每一句话都凝聚着词人的爱国深情，苍凉慷慨，悲愤难抑，感人至深。

谢 池 春

【原文】

壮岁从戎，曾是气吞残虏，阵云高、狼烽夜举。朱颜青鬓，拥雕戈西戍。笑儒冠、自来多误①。　　功名梦断，却泛扁舟吴楚，漫悲歌、伤怀吊古。烟波无际，望秦关②何处，叹流年、又成虚度。

【注释】

①笑儒冠、自来多误：化用杜甫《奉赠左丞二十二韵》"纨袴不饿死，儒冠多误身"，是牢骚语。

②秦关：秦人所建的函谷关，借指西北边关。

【赏析】

这是陆游归隐山阴后所作之词，稍早于《诉衷情》。上片回忆四十八岁前后一段时间在汉中南郑前线度过的一段战斗生活。起首"壮岁"四句，用"曾是"点出"壮岁从戎"是已经过去了的事，当时他壮年气盛，奔赴前线，那英雄气概大有扫荡一切残敌之势。当时战斗气氛十分紧张，甚至在夜晚，也要反击敌人的进攻。"朱颜"二句，写那时年轻力壮，意气风发，手执雕戈，驰骋疆场，何等豪迈，何等威风。其中"曾是"是句中之眼，既是"曾是"，说明现在"不是"，为下片张目。回忆往昔，情绪高涨。但回到现实，情感就由峰巅跌入峡谷。"笑儒冠"二句，写出了曾经经过的误区，白首穷经，一心报国，谁知豺狼当道，有识之士不被重用，最后仕途坎坷，身世落寞，实在是误了自己，这是读书人共同的悲剧，自己也难逃覆辙。这个牢骚是在看透了社会之后的深切体会，也是对当政不仁的强烈谴责。

下片紧承上片，感叹功名已经成空，建功立业的梦想业已破灭，如今只能泛舟江湖，慷慨悲歌，吊古伤今。眼前的生活和"曾是气吞残虏"形成鲜明的对照，吊古实为伤今，朝廷不思进取，吴楚扁舟，满眼尽是兴亡的陈迹，怎不令人忧思重重。在泛舟江湖之际，词人热血未冷，不由自主地在烟波江上，北望秦地，他的心一直牵挂着西北边关，但望而不见，足以令人叹息。尤为痛心的是，由于投降政策，那紧张的战斗气氛已不可再得，也就是说，再也没有紧张的战斗了。最后以"叹流年，又成虚度"作结，既感叹国事，又感叹自身。时间一年年地过去了，失地不可恢复，而自己年华也如水一般流去了，光阴虚度，事业无成，怎不令人伤感。

写从戎之事豪迈昂扬，英姿勃发，写年华虚掷，衰飒凄凉，曲折地表达了词人内心的矛盾。实际上是从正反两方面抒发了自己丝毫未减的杀敌报国的壮志豪情。

范成大

【作者介绍】

范成大（1126—1193）字至能，自号石湖居士。吴郡（今江苏苏州）人。宋高宗绍兴二十四年（1154）进士。曾拜参政知事，晚年退居石湖。以诗著称，亦能词，风格清逸淡远，有《石湖集》。

水调歌头

【原文】

细数十年事，十处过中秋。今年新梦，忽到黄鹤旧山头。老子①个中不浅，此会天教重见，今古一南楼。星汉淡无色，玉镜独空浮。　　敛秦烟，收楚雾，熨江流。关河离合，南北依旧照清愁。想见姮娥冷眼，应笑归来霜鬓，空敝黑貂裘②。酾酒③问蟾兔④，肯去伴沧州？

【注释】

①"老子"三句：诗人自谓。东晋庾亮镇武昌时，曾与僚属殷浩等人秋夜登南楼，曰："老子于此处兴复不浅"（《世说新语·容止》）。吟

诗宴饮，谈笑甚欢。作者用以描绘自己此次登南楼游乐的情景。

②空散黑貂裘：用《战国策·秦策》的故事。苏秦游说秦王，十次上书均未被采纳，资用乏绝，所穿黑貂皮衣服也已破旧不堪，只好离秦返家。这里比喻作者理想未能实现。

③酾（shī）酒：斟酒。

④蟾兔：代指月亮。

【赏析】

本词通过对中秋月色和大好河山的赞美表现了作者强烈的爱国主义精神和在理想破灭之后凄怆的情怀。上片起首四句先叙述自己的行止。从乾道元年（1165）到淳熙四年（1177）他改官数次，到处飘泊。十多年来，在许多不同的地方度过中秋。此次从成都回朝，途经武昌，又值中秋，登临黄鹤山南楼，写下本词。然后写秋夜宴集南楼，远远望去，夜空无云。星河浅淡，皎洁的圆月如同玉镜一般悬挂在天空，令人浮想联翩，感慨万千。

换头紧承上片，由望月而看到北方的秦，南方的楚，在月光之下，云敛雾收，十分清晰，但貌似平静的大地却无法掩盖南北分裂这一惨痛的现实。在作者眼中，秦地和楚地都被一片愁云笼罩。这是爱国志士的心头之愁。"想见姮娥"二句，抒发自己多年以来岁月流逝壮志难酬的悲怆，似乎月中嫦娥都在讥笑他一事无成，于是他产生了归隐的念头。最后以"酾酒问蟾兔，肯去伴沧州"作结。斟上酒，举杯问玉兔，可肯相伴自己去归隐？嫦娥的嘲笑及问玉兔可肯相伴，都充满了浪漫的情调，也关合着中秋月夜之景，同时表现了作者内心的寂寞和失落。全词的基调是抒发爱国的热情和志在恢复的抱负，当这一切不能实现时，只能走向退居山村的潇洒，激奋之中蕴含着凄怆，热望之中又带有悲凉，笔法灵活，独具特色。

鹧 鸪 天

【原文】

休舞银貂小契丹①，满堂宾客尽关山。从今袅袅盈盈处，谁复端端正正看！　　模泪易，写愁难。潇湘江上竹枝斑。碧云日暮无书寄，寥落烟中一雁寒。

【注释】

①小契丹：契丹族的舞蹈。契丹，古代北方的少数民族之一。居住在西辽河上游（今属内蒙古巴林石旗）一带，曾建契丹国，后改为"辽"。是北宋的主要敌国之一。先于北宋二年为金所灭。

【赏析】

本词是作者在观看了辽国舞蹈"小契丹"之后，感慨生悲，抒发爱国激情和亡国忧愤的词章。

上片劈头便说"休舞银貂小契丹，满堂宾客尽关山"。语气十分激愤。包括作者在内观看舞蹈的人都是戍边关山屡经战斗的将士，他们应该喜欢这种身披银貂、戎装打扮，表现尚武精神的舞蹈。但他却教"休舞"，说明这种舞蹈在他心中引起了强烈的震撼，并非因为舞蹈的出色，而是尚武强悍的契丹国已为金所灭，而宋在稍后不长的时间内亦败于金，只留下江南一隅。"小契丹"之舞勾起了他亡国的悲愤，因此，他情绪激动地要教"休舞"。三四句转折，虽然不愿再看"小契丹"，但看了这种尚武之舞后，不仅满腔悲愤油然而生，而且亡国之恨激起了他振作精神，以图恢复大业的斗志。他们不能再欣赏那些袅袅盈盈的绮靡之舞了，他们不能再在轻歌曼舞的生活中丧失斗志忘记国仇家恨了。作者情绪激昂慷慨，满腔热血沸腾。

下片以"模泪易，写愁难"透露了作者内心深处的悲哀，为什么写愁难，作者的愁在哪里呢？朝廷的醉生梦死卖国求荣，使爱国将士无法实现抗敌的愿望，他们只能岁月空掷。壮志难酬，这是他内心深处的悲哀，所以说"写愁难"。他的愁和悲就像舜之二妃追舜至湘水，挥泪湘竹，使竹成斑那样无限深广绵长。最后两句即景抒情，眼前暮色苍茫，愁云惨淡，飞过一只大雁，大雁本可传书，但作者却无书可寄，也不知向谁寄书，表现了作者忧心国家，惆怅悲伤而又无可奈何的心绪。情景结合，深刻地表现了爱国志士的理想与黑暗现实之间的尖锐矛盾。下片虽然低徊婉转，但基调仍是爱国，不过在那样的现实中，人们已无法振奋精神罢了。

鹧　鸪　天

席　上　作

【原文】

楼观青红倚快晴，惊看陆地涌蓬瀛①。南国花影笙歌地，东岭松风鼓角声。　　山绕水，水萦城，柳边沙外古今情。坐中更有挥毫客，一段风流画不成。

【注释】

①蓬瀛：传说海上有蓬莱、方丈、瀛洲三座仙山。

【赏析】

这是一首于郊外宴饮时的即兴之作。上片起句先推出南国的秀丽风光，朱楼翠嶂，风和日丽，柳暗花明。一个"快"点出了作者即席命笔时愉悦的心情。"惊看"一句写出作者在醉眼朦胧中眼前的陆地上似乎出现了蓬莱、瀛洲等仙山，令人惊喜。这二句抒写宴饮之乐，三四句向前推进一层，由自己的宴乐，想到南宋朝廷的享乐奢靡。在南国花影绮丽，笙歌阵阵的同时，作者似乎听到随着东岭的松风传来了军中的鼓角之声。他虽然身在宴乐，却心忧国事，甚至在酒醉朦胧之时仍挂念前方将士，笙歌和鼓角形成了强烈的对比。其实正是当时的时代氛围，金兵大军压境，南宋仍然歌舞升平，这使爱国志士不能不感到痛心疾首。作为统帅，他一方面自责，一方面也无可奈何。投降政策使他不得不偃旗息鼓，但不战带给他沉重的精神痛苦，又使他揪心，使他忐忑不安。

下片先写眼前之景，宴饮是在"山绕水，水萦城"的环境中举行的，江山如画，美丽多娇。但作者想到的是"柳边沙外"的将士，他们和自古以来的爱国将士一样正在保卫着这美好的河山。这在词中是第二次对比，表现了作者的忧国之深。最后两句，座中的作者要提笔挥毫了，但是却画不成一段风流，实为作者宏图不展，壮志难酬的写照。词中充溢着一股洒脱不羁的豪情，又暗含着忧国伤时的深沉感慨。

满 江 红

清江①风帆甚快，作此，与客剧饮，歌之。

【原文】

千古东流，声卷地，云涛如屋。横浩渺、樯竿十丈，不胜帆腹②。夜雨翻江春浦涨，船头鼓急风初熟③。似当年、呼禹乱黄川，飞梭速④。　　击楫誓⑤、空警俗。休拊髀，都生肉⑥。任炎天冰海，一杯相属。荻笋⑦蒌芽新入馔，鹍弦⑧凤吹⑨能翻曲。笑人间、何处似尊前，添银烛。

【注释】

①清江：江西赣江的支流，代指赣江。

②帆腹：用苏轼《八月七日入赣，过惶恐滩》"长风送客添帆腹"语。船帆因受风而张开，故云"腹"。惶恐滩，是赣江滩名。

③风初熟：用苏轼诗《金山梦中作》"夜半潮来风又熟"语。风起时方向不定，待至风向不再转移，谓之风熟。

④似当年、呼禹乱黄川，飞梭速："当年"指乾道六年（1170）作

者出使金国，交涉收复北宋陵寝及更改南宋皇帝向金使跪拜受书之礼的事宜，表现出大无畏的民族气节，赢得朝野上下称道。"呼禹"，呼唤大禹。"乱黄川"，渡黄河。意谓恰似当年追想着大禹的业绩横渡黄河一样，快如飞梭。

⑤击楫：用东晋祖逖事。《晋书》载：祖逖渡江北伐符秦，中流击楫而誓曰："不能复中原而复济者，有如大江。"后用以比喻收复失地的决心。

⑥休拊髀（bì），都生肉：用三国刘备事。《三国志》本传载：刘备寄栖刘表幕下，一次入厕，则大腿（髀）肉生，慨然流涕。备曰："吾常身不离鞍，髀肉皆消。今不复骑，髀里肉生。日月若驰，老将至矣。而功名不建，是以悲耳。"这里用此抒写作者被投闲置散，功名不就的激愤。

⑦荻笋：荻，芦苇。笋，蒌蒿。

⑧鹍弦：指琵琶。

⑨凤吹：指箫。《列仙传》：春秋时萧史善吹箫，能为凤鸣之声。

【赏析】

作者于乾道八年（1172）冬知静江府（今广西桂林），次年春过此并填写了本词。

上片落笔先写清江水流风高浪急，赣江之水，滚滚东流，千古不变，巨大的波涛声如席卷地，翻腾的波浪又如涌起重叠的房屋，江水浩渺，无边无际，十丈高的危樯，也承受不了张开的帆腹。由于夜来春雨，水势增大，水位增高，风向刚定，便命击鼓开船。此时，风急浪高船快如飞，就如当年出使金国追想大禹业绩横渡黄河一样，令人振奋。顺风急驶，作者心情轻快。与客人痛饮船上，填词佐酒，意气洋洋，潇洒风流。但表面上的轻松难以掩饰他心中沉积的愤懑，览物之情带来的开怀，无法替代报国无门，理想破灭的悲愤，作者只有借酒浇愁，以释胸中苦痛。

下片起首四句用祖逖击楫和刘备抚髀感叹的典故表达自己满腔爱国热情和收复失地的希望都已化为烟云的悲哀。因与朝廷政见不合，受到冷落外放为地方官，无法实现理想，他看透了一切，并表示不以此为意，不管把自己放到南方或北方，不管能否建功立业，一切都无所谓，不在乎，惟有与友人举杯同饮，才最为快乐。以下写他的豪纵行为，吃着新鲜的菜蔬美味，听着美妙的音乐，何等的惬怀。此时此刻他感到，人间还有什么事情比把酒尊前、开怀畅饮更令人高兴呢？作者这些话看似旷达不羁，实则悲恸难抑，他把报国无路和理想成空的失意都化作一腔激愤，貌似豪爽，实为悲哀。全篇用典丰富而贴切自然，写景壮阔，情感激荡。

王 质

【作者介绍】

王质（1127—1189），字景文，号雪山，郓州（今山东）人。寓居兴国军（今湖北阳新县）。绍兴三十年进士。孝宗朝，为枢密院编修官，出判通荆南府，奉祠山居。有《雪山集》。

定 风 波

【原文】

问讯山东窦长卿①，苍苍云外②且垂纶。流水落花都莫问，等取，榆林③沙月静边尘。　　江面不如杯面阔，卷起，五湖烟浪④入清尊，醉倒投床君且睡，却怕，挑灯看剑忽伤神。

【注释】

①窦长卿：作者之友，根据词义大约是一位闲置的将军。
②苍苍云外：远离尘世的地方。
③榆林：在陕西北部，地临沙漠，北宋时防御西夏的边防重镇。
④五湖烟浪：指范蠡载西施泛舟五湖的故事。

【赏析】

本词通过奉劝友人啸傲林泉，表现了作者报国无门而欲超然出世的痛苦心绪。

上片起句点题，直接奉劝窦长卿忘掉挥戈跃马，驰骋疆场的战斗经历，远离尘世，去过那垂钓于江湖，傲啸于山林的隐居生活。"且"字表现了作者对现实的无能为力。他们处在腐朽昏聩的南宋小朝廷投降妥协、屈辱苟安、爱国忠良报国无门且遭贬被害之时，满腔愤懑，难以言说，只好采取消极遁世的态度。"流水"三句，作者劝友人不要再管那些征讨请战之事，以"流水落花"代纷纷的战事。"等取"，是等待之意。"榆林沙月静边尘"，"边尘"指边塞的烽烟战火，"静"形容词使动用法。此句意为等待边塞的荒漠和明月使前线的战火慢慢地平息。

下片承上写归隐后的生活。"江面"二句是夸张之辞，杯中之酒可消心中块垒，可使人宠辱皆忘，超然物外。现实是那样黑暗，作者和友人不得不沉醉到杯中物里去，暂时忘掉一切，因为杯中有胜过江面的雄浑开阔，有令人神往的"五湖烟浪"，那里不仅令人惬意，而且可以远祸全身。"醉倒"三句，继续劝友人酒醉且睡，怕酒醒之后，又将挑灯看剑徒伤精神。劝友人即是劝自己，因为时刻不忘驰骋疆场，一酬壮志，但又无法实现愿望，所以要以酒麻醉，这是何等的伤心痛苦，何等的愤懑不平，刻骨的沉痛都表现在这力透纸背的寥寥数语之中。人们可以从中体会到在故作旷达的神情背后那一颗痛苦而失望的心无助地跳动。

本词忧国伤时之情隐于淋漓痛陈之中，风格奔放豪爽，气度开阔。

张孝祥

【作者介绍】

张孝祥（1132—1169），字安国，别号于湖居士，历阳乌江（今属安徽和县）人，绍兴二十四年（1154）进士第一。累官中书舍人、建康留守、荆湖北路安抚使等。他的词作充满爱国思想，气势豪迈，境界阔大，有《于湖居士文集》和《于湖词》。

六州歌头

【原文】

长淮①望断，关塞莽然平。征尘暗，霜风劲，悄边声，黯销凝。追想当年事②，殆天数，非人力。洙泗③上，弦歌地，亦膻腥④。隔水毡乡⑤，落日牛羊下⑥，区脱⑦纵横。看名王⑧宵猎，骑火一川明。笳鼓悲鸣，遣人惊。　　念腰间箭，匣中剑，空埃蠹，竟何成！时易失，心徒壮，岁将零。渺神京。干羽⑨方怀远，静烽燧，且休兵。冠盖使，纷驰骛，若为情。闻道中原遗老，常南望翠葆霓旌。使行人到此，忠愤气填膺，有泪如倾。

【注释】

①长淮：淮河。绍兴和议时，宋与金的分界线。
②当年事：指徽宗、钦宗二帝被掳的靖康之难。
③洙泗：即洙水、泗水，流经山东曲阜县，孔子曾在此讲学。
④膻腥：本是牛羊的腥臊气味，借指文明之地被敌人糟蹋了。
⑤毡乡：以毛毡为衣被房屋，故曰毡乡。
⑥落日牛羊下：用《诗经·君子于役》"日之久矣，牛羊下来"句意。
⑦区（ōu）脱：边防上筑起守望或戍守的土堡，匈奴语称区脱。
⑧名王：匈奴王，借指金统治者。
⑨干羽：干，盾牌；羽，雉羽。都是乐舞所执之物。

【赏析】

本篇大约作于绍兴三十二年（1162），时在采石大捷之后，但高宗无意乘胜北伐以图恢复，张孝祥时在主战派张浚幕下为客，在宴会上慷慨高歌《六州歌头》，披肝沥胆，直抒爱国情怀，满座动容。

上片描写沦陷区的凄凉景象和敌人的骄纵横行。起首二句针对南宋撤退两淮边备后，淮河一带草木长得和关塞一样高了，极为感伤。起势苍茫、深沉，对当时抗金局势的失望暗寓其中。"征尘暗"四句，写飞尘阴暗，寒风猛烈，边地上悄无声息。呈现出一片荒凉肃杀的秋日景象，暗示朝廷放弃抵抗，使人黯然伤怀。从而引起下文"追想当年事"，回想当年（1127）中原沦陷事变，大概是上天注定的。文化发达的孔孟圣地也被敌人的膻腥玷污了。仅一河之隔，淮河北岸遍地是驻扎在毡篷里的金兵，布满了纵横交错的哨所。那些金兵夜间行军，举着火把，把淮河照得通明。一阵阵胡笳胡鼓的悲鸣，叫人听来心惊肉跳。写敌军的威势，凛然生风。与南宋的放弃抵抗形成鲜明对比。这对比使人伤心，使人气愤也使人胆战心惊！

下片"念腰间剑"以下七句，直抒自己壮志难酬的不平情怀。朝廷不战，致使"剑"与"箭"都因闲置而被虫蚀尘封。"空"字透露了他极度的失望和心中的愤慨。岁月的流逝，更使他抑郁苦闷。"渺神京"七句，失去的汴京，遥望渺茫，而宋廷却用舞干羽这样的礼乐文化怀柔远方，实际上是向金人屈辱求和，以求苟安。边境安静下来停止了战事，冠盖往来，与金和议。叫人如何忍受？最后词人沉痛地说，听说中原沦陷区的人民，经常南望王师，盼望恢复中原。这种局面令人义愤填膺，痛苦的眼泪如倾盆之雨。以情作结，淋漓悲壮，慷慨激昂，一方面感叹自己报国志愿不能实现，另一方面对渴望北伐的中原父老寄以深切的同情。

全词忠愤填膺，一气呵成，面对严峻而屈辱的现实，词人披肝沥胆，震撼四方，相传此词作于一次宴会，当时都督江、淮的魏公张漫读后深为感动，为之罢席。陈廷焯《白雨斋词话》赞曰："淋漓痛快，笔饱墨酣，读之令人起舞。"

西 江 月

阻风三峰下

【原文】

满载一船秋色，平铺十里湖光。波神①留我看斜阳，放起鳞鳞细浪。　　明日风②回更好，今宵露宿何妨？水晶宫③里奏霓裳④，准拟岳阳楼上。

【注释】

①波神：即水神。
②风回：转为顺风。
③水晶宫：水府。
④霓裳：即《霓裳羽衣曲》，是唐代流行的一种歌舞曲。

【赏析】

宋孝宗乾道三年，张孝祥离官潭州（今湖南长沙），途中为风雨所阻，作了这首词。

上片起首二句，写所乘之船在秋光旖旎的江上缓缓而行，秋风渐起，烟水茫茫，十里湖光，一望无际。"秋色"本为无形之物，着"满载一船"四字，化无形为有形，给人以新颖之感。"波神"二句，词人行船为风浪所阻，但他却风趣地说是风波为了挽留自己欣赏湖上斜阳美景和湖面如鱼鳞般的片片细浪。想象奇特，有趣，透露了词人随遇而安、乐观旷达的心态。

下片由景入情。风浪过后，湖平浪静，词人想象明天一定会天气转好，风势转顺，心情愉快地说，即使今天露宿湖面，凉风侵袭，心里也十分惬意。"水晶宫"一句，驰骋想象，造景奇特，照应"波神"，眼前似乎是水府鱼宫伴着秋风，轻打着木船，发出阵阵声响，就像是水族们演奏的《霓裳羽衣曲》，美妙动听。最后以"准拟岳阳楼上"作结，表示他一定要登上岳阳楼欣赏洞庭湖的美景。提起岳阳楼，人们就会联想到范仲淹那"先天下之忧而忧，后天下之乐而乐"的名句，词人在欣赏美景的同时，潜意识里仍受范氏以天下为己任的远大理想所驱动，他希望有朝一日能一展抱负，建立功业。

全词以景入情，情景交融，想象丰富，笔力雄放，静中有动，动静结合，浓厚的浪漫色彩和风趣诙谐的语言，造成了强烈的艺术效果，独具风格。

浣 溪 沙

【原文】

霜日明霄水蘸空，鸣鞘声①里绣旗红，淡烟衰草有无中。
万里中原烽火北，一尊浊酒戍楼东，酒阑挥泪向悲风。

【注释】

①鸣鞘声：行军时身上佩带的武器发出的响声。鞘：刀的套子。

【赏析】

张孝祥于宋孝宗乾道四年（1168）在荆州任荆南湖北路安抚使时年三十七岁，曾约友人登上城楼，北望中原，眼前一派敌我对峙的边塞景象，使他不禁悲从中来，感慨万端。通过登楼观塞的感触，抒发了词人不忘中原失地的爱国情感。

上片"霜日明霄"二句：秋天的太阳照在天空里像蘸了水那样明亮。一个"蘸"字生动地勾勒出一幅秋日明丽的图画。时在霜日，秋高气爽，仰头是"明霄"，碧空万里；俯瞰是江流，浪激长空，气象雄浑。但在这壮丽的山河之上，却是战马奔驰，鞭声响亮，烽烟滚滚，红旗飘飘。这分明是充满战争气氛的边塞，哪里是内地的名城！再向远处眺望则是"淡烟衰草有无中"。连天的枯草在北地若隐若现，凋零的自然风物，给人已经是悲凉的心境又平添几分悲哀。南宋自"隆兴和议"以来，将军不战，空临边塞，朝廷只顾耽于享乐，完全忘记了失去的河山，对于素怀壮志的词人来说，这眼前之景自然激起了他对现实失望愤懑的情怀。

下片"万里中原烽火北"，紧承上片抒发故国之思。联想到遥隔万里的中原大地，沦于敌手已四十多年，故土蒙受金虏践踏，父老遭受敌人蹂躏，国势不振，自己也壮志难酬。"一尊浊酒"二句，在心情极为悲愤的情况下，他只有借酒浇愁。作为荆州主帅，本应登楼观察边塞军事形势，一定平虏大计，但所见到的只是敌方备战紧张，大军压境，而南宋却"歌舞沉沉"、"厩马肥死"。他回天乏术，灰心失望，只能借一杯浊酒与友人共解忧愁，直到酒尽人醉，才情不自禁地在愁风中挥洒热泪。尤法抑制的痛苦随着热泪倾泻而出，感人至深。本词以景起，以情结，寓情于景，通过"霜日"、"绣旗"、"衰草"、"烽火"、"戍楼"、"浊酒"、"悲风"等意象的自然转换，表现了词人深沉的爱国情思，苍凉悲壮，慷慨沉郁，充满了英雄报国无路的浩然正气。

念 奴 娇

过 洞 庭

【原文】

洞庭青草①，近中秋、更无一点风色。玉鑑琼田②三万顷，著我扁舟一叶。素月分辉，明河共影，表里俱澄澈。悠然心会，妙处难与君说。　　应念岭海经年③，孤光自照，肝肺皆冰雪。短发萧骚④襟袖冷，稳泛沧浪空阔。尽吸西江⑤，细斟北斗，万象为宾客。扣舷独笑，不知今夕何夕。

【注释】

①青草：湖名，在岳阳西南面，和洞庭相通，总称洞庭湖。

②玉鑑琼田：形容月光下的湖上景色。玉鑑、玉镜。

③岭海经年：在岭南过了一年，指作者担任广西西路经略宣抚使事。岭海，五岭以南，今广东、广西地区。

④短发萧骚：萧骚，本指萧条凄凉，这里用来形容头发的稀疏。

⑤尽吸西江：借用佛教禅宗语来写饮酒的豪迈心怀，见《景德传灯录》卷八。

【赏析】

宋孝宗乾道二年（1166）张孝祥被谗言落职，从桂林北归，过洞庭湖，写下这首著名词篇。

上片写景。"洞庭"二句，写时近中秋的洞庭月夜十分宁静，广阔的湖面上没有一点风色，先点明时间、地点。"玉鉴"二句，展示波光浩淼、气势壮阔的洞庭湖，再推出自己所乘的一叶小舟，大小对举，愈增其大，愈见其小，起到夸张渲染的效果。"素月"三句细述洞庭月景，月亮把万丈银辉洒在天空与湖面，月影照澈了天河和洞庭湖，里外上下一片澄澈。这些眼前之景，又是词人心灵的自我写照。末二句由景入情，沉醉在湖光月色美景中的词人，怡然自得，深感此中之妙，而难以用语言来表达。

下片抒怀。月光与湖水使他感触颇深，在广西为官一年，遭谗罢职，他借着月光自照，想到自己的行为光明磊落、冰清玉洁，却遭人谗忌，使用一句"肝肺皆冰雪"表示自己的高洁忠贞和襟怀洒落。"短发"五句，具体写感受。现在自己年岁渐老，头发越来越稀疏，落职之后，只好到水天空阔的江湖上泛舟。但情绪并不消沉，相反他还旷达自适，胸怀豪迈。在欢乐的宴会上，宇宙万物都是他的宾客，他们用北斗星斟酒，狂喝猛饮，喝干了西江之水。他用佛教禅宗语来写自己饮酒的狂放，又用极富浪漫色彩的想象来写自己畅饮的乐趣，这是何等的气魄，何等的神奇，又是何等的浪漫！词人此时早已忘却了人间的是非荣辱和人间的功名利禄。身在天地之间，放浪形骸之外，达到物我两忘的超尘绝俗的境地，故歇拍"扣舷"二句，总括前文，当自己在湖上长吟独笑时，早已忘记了今夕是何夕。

全篇笔势雄奇，气魄豪迈，运笔空灵，富于幻想，不仅在词人自己的集中最为杰出，而且以他所创造的超凡的境界和所使用的浪漫手法来看，亦与苏轼的《水调歌头》中秋词风格相通相似。

水调歌头

和庞佑父①

【原文】

雪洗②虏尘静，风约楚云留③。何人为写悲壮④，吹角⑤古城楼。湖海平生豪气，关塞如今风景⑥，剪烛看吴钩。剩喜燃犀处⑦，骇浪与天浮。　　忆当年，周与谢，富春秋。小乔初嫁，香囊⑧未解，勋业故优游。赤壁矶头落照，肥水桥边衰草，渺渺唤人愁。我欲乘风去⑨，击楫誓中流。

【注释】

①庞佑父：一作佑甫，名谦孺（1117—1167）生平事迹不详，他与张孝祥、韩元吉等皆有交游酬唱。

②雪洗：洗刷。这里用"雪"字，疑与冬天用兵有关。

③风约楚云留：说自己为风云所阻，羁留后方，这时作者知抚州（今江西市名，旧属楚国），未能参加前方工作，故云楚云。

④悲壮：指悲壮的胜利战绩。

⑤吹角：奏军乐，这里象征胜利的凯歌。

⑥风景：用《世说新语》载周颙"风景不殊，举目有山河之异"语意，指宋南渡。

⑦燃犀处：晋温峤平乱还镇至采石矶，传云其下多怪物，燃犀照之，见水族奇形怪状。怪物指金兵。

⑧香囊：《晋书·谢玄传》"玄少好佩紫罗兰香囊，（谢）安患之，而不欲伤其意，因戏赌取，即焚之于地，遂止。"

⑨乘风去：《南史·宗悫传》载宗悫少年时胸怀大志，曾对叔父说："愿乘长风破万里浪。"

【赏析】

绍兴三十一年冬，虞允文击溃金主完颜亮的部队于采石矶，这是一次关系到南宋朝廷生死存亡的重要战役，朝野振奋，国人欢呼，张孝祥怀着激动的心情，写了本词。

上片叙事。起首"雪洗虏尘静"充满胜利的痛快与喜悦，为全篇的情绪定调。采石之胜，具有重要的历史意义，洗雪"靖康之耻"，释解宋人痛失家国之恨，所以词人笔调轻快而充满了豪情，同时他为自己因受风云之阻未能奔赴前线而十分遗憾。"何人"二句，写他兴高采烈地命人吹奏军乐，欢庆胜利，然后用一系列的典故抒写怀抱。"湖海"三句，说明自己平生具有豪情壮志，对中原沦丧感到痛心，渴望恢复中原，目睹山河之异，亟欲一展平生抱负。夜间燃烛抚摸宝剑，心潮难平，想到曾在采石矶战胜金军，就如当年温峤燃烛照妖一样使金兵现出原形，心中就十分高兴。

下片抒情。开头巧妙地举出两大战役的名将，破曹的周瑜和击溃苻坚的谢玄以喻虞允文。虞和他们一样年富力强而战功卓著，都是从容不迫地建立了功业。而现在物换斗移，时过境迁，他们的功业，已成历史陈迹，空余古战场供人凭吊。

当前江淮失地尚待收复，词人希望自己能奔赴战场，借宗悫乘风破浪和祖逖中流击楫的故事，表达了自己报效国家的愿望，回应上片"风约楚云留"，以激昂奋发的情绪振起全篇，使全词结束在慷慨悲壮的激情之中。

全词闪耀着时代的光彩，将历史人物和历史事实融入词中，自然贴切，舒卷自如。词人壮怀激烈，忧国情深，是一首洋溢着胜利喜悦抒发爱国激情的壮词。

李处全

【作者介绍】

李处全（1134—1189），字粹伯，徐州丰县（今属江苏）人。高宗绍光三十年（1160）进士。曾任殿中侍御史及袁州、处州等地方官。其词作有一部分表现了爱国的热情和抗敌的决心，亦有难酬壮志的愤懑。有《晦阉词》。

水调歌头

冒大风渡沙子①

【原文】

落日暝云合，客子意如何。定知今日，封六巽二弄干戈②。四望际天空阔，一叶凌涛掀舞，壮志未消磨。为向吴儿道，听我扣舷歌。　　我常欲，利剑戟，斩蛟鼍③。胡尘未扫，指挥壮士挽天河。谁料半生忧患，成就如今老态，白发逐年多。对此貌无恐，心亦畏风波。

【注释】

①沙子：即沙水，今称明河。

②封六巽（xùn）二弄干戈：封六，传说中的雪神；巽二，传说中的风神。意谓风神雪神大动干戈，即要刮风下雪了。

③蛟鼍（tuó）：蛟，蛟龙。鼍，扬子鳄。比喻金人统治者。

【赏析】

这是一首抒发抗敌斗志和爱国热情的词作。起句先写旅途中的天气和景色。天将黄昏阴云密布，即将起风下雪。放眼望去，河上犹有树叶凌风飞舞，就如自己一样，尽管条件恶劣，但雄心壮志却未被消磨。"为何"二句写自己抗金报国之志未能实现，面对黑暗的政治形势，镇定自若。扣舷而歌，意思是自己还是壮志不已，奋斗不息。

下片抒发作者的抗敌雄心和壮志难酬的悲愤心情。作者立志要磨利自己的宝剑长矛。扫清胡尘，与抗金志士一道力挽狂澜，但没有想到半生忧患，白发益多，年事渐高，而未能实现愿望。他在全词最后表明心迹，自己并不畏老惧衰，只是担心国事日非，投降派把持朝政，难以抗金复国。总的来说，全词充满抗敌爱国的深挚感情，壮志凌云，挥洒疏放。

辛弃疾

【作者介绍】

辛弃疾（1140—1207），字幼安，号稼轩，历城（今山东济南）人。在他出生前，金人已占领山东。早年率众起义，曾生擒叛徒张安国南归。历任建康府通判，江西提点刑狱以及湖南、江西、福建安抚使等职。多次上书，力主抗金复国。被斥后闲居江西上饶、铅山二十年之久。后被启用为绍兴、镇江知府，不久又被免职，终于抑郁而死。辛词题材广阔，内容丰富，意境深远，风格以豪放悲壮为主，笔力雄健，沉郁悲凉，具有强烈的爱国主义精神和积极的社会意义，与苏轼并称"苏辛"，他善于熔铸经史，以文为词。他的爱国词作情辞慷慨，爱憎分明，艺术感染力很强，推动了南宋前期词风的变化，对后世产生了深远的影响。著有《稼轩长短句》，存词六百多首。

菩 萨 蛮

书江西造口①壁

【原文】

郁孤台②下清江水，中间多少行人③泪！西北望长安④，可怜无数山。　　青山遮不住，毕竟东流去。江晚正愁余⑤，山深闻鹧鸪⑥。

【注释】

①造口：在今江西省万安县西南六十里，亦称皂口。

②郁孤台：今江西省赣州市西北隅田螺岭上的名胜古迹，赣江从台下流经万安县的造口，过南昌入鄱阳湖。

③行人：指被金兵侵扰得流离失所的人们。

④长安：借指北宋的都城汴京。

⑤愁余：使我忧愁。

⑥鹧鸪（zhè gū）：鸟名，相传其鸣声如曰："行不得也哥哥"，凄切异常。

【赏析】

宋孝宗淳熙二、三年（1175—1176）辛弃疾任江西提点刑狱，驻节赣州，造口是他过往之地，他追想四十多年前金兵南下时人民遭受的苦难，又遥念今天仍然沦陷敌手的中原，不胜感慨，写了本词。

上片愤怒地控诉金兵的侵略罪行。出现在词人面前的是清澈的赣江流水，看到它，就不禁想起四十年前这里人民受到的浩劫，赣江之水流淌的是遭受苦难的人们的血泪啊！四十年时间过去了，可现在北方土地仍然处在敌人的铁蹄之下。向西北望去，想看看故都、故土，可叹被无数的青山遮住了视线。

下片即景抒情。换头，词人振起，青山能遮住视线，却挡不住赣水的东流，人们抗金的意志正如这滚滚的江水，奔腾而前，不可阻挡。最后两句，当他想到南宋朝廷苟安求和，不思北伐的现状时，感情又有回落，江畔日暮已使我忧愁，耳边又传来鹧鸪的哀鸣，它似乎告诉人们，抗金之事行不通啊！这更使我愁肠百结。写黄昏深山凄黯之景，鹧鸪鸟的哀鸣之声，暗示时局之危与个人心境之恶。

本词以眼前山水起兴，并以山水意象为比喻，抒发了词人对南北分裂，国势维艰的忧危之感。悲壮、苍凉、风格沉郁顿挫，具有很强的艺术感染力。

水 龙 吟

甲辰岁寿韩南涧①尚书

【原文】

渡江天马②南来，几人真是经纶③手？长安父老，新亭风景④，可怜依旧！夷甫⑤诸人，神州沉陆⑥，几曾回首？算平戎万里⑦，功名本是，真儒事？公知否？　　况有文章山斗⑧，对桐阴⑨、满庭清昼。当年堕地，而今试看，风云奔走。绿野⑩风烟，平泉⑪草木，东山⑫歌酒。待他年，整顿乾坤事了，为先生寿。

【注释】

①韩南涧：即韩元吉，辛弃疾居信州，与韩相邻，往来唱和频繁。

②渡江天马：原指晋王室南渡，建立东晋，因晋代皇帝姓司马，故

云天马，此指南宋王朝的建立。

③经纶：原意为整理乱丝，引申为处理政事，治理国家。

④新亭风景：在今南京市南，三国时吴所建。东晋初渡江南来的士大夫，常在新亭饮宴。一次，周颉（yǐ）于座中感叹："风景不殊，举目有河山之异。"大家都相视流泪，见《世说新语·言语》。此指南宋人们对河山废异的感慨。

⑤夷甫：西晋宰相王衍的字。他专尚清淡，不论政事，终致亡国。

⑥沉陆：也说陆沉，指中原沦丧。

⑦平戎万里：指平定中原，统一国家。戎，指金兵。

⑧山斗：泰山、北斗。《新唐书·韩愈传》曾说韩的文章"学者仰之如泰山、北斗"。此句赞扬韩元吉的文章。

⑨桐阴：韩元吉京师旧宅多种梧桐树，世称桐木韩家。元吉有《桐阴旧话》记其事。此句写其家世、生活。

⑩绿野：唐宰相裴度退居洛阳，其别墅曰绿野堂。

⑪平泉：唐宰相李德裕在洛阳的别墅名平泉庄。

⑫东山：在今浙江省上虞县。东晋谢安寓居东山，常游赏山水，纵情歌酒。这三句是预想韩元吉将来功成身退后的生活。

【赏析】

本词是宋孝宗十一年辛弃疾为向韩元吉祝寿而写。当时元吉亦因抗金之志受阻无成，退隐上饶南涧。祝寿词是应酬之作，多庸俗无聊。而本词却脱略故常，摆落陈规。表现了词人一贯的爱国壮志和战斗精神。

上片情辞激愤地指斥了当权者的投降误国。起首二句就严厉地斥问南宋自高宗渡江，至淳熙十一年（1184），偏安江左已六十年，在此期间，有几个人能算得上经略天下，治理国家的人才。"长安父老"六句，分别用三个典故说明六十年来国家可悲的形势。北方沦陷区的父老，依旧日夜盼望南师北伐，感叹者依旧感叹，局势却丝毫未变。当权者像王夷甫一样忘掉了陆沉之耻，高谈阔论，不思进取。"算平戎"三句，词人把"平戎"的希望寄托在韩元吉身上，满怀热情地说，看来平定中原之事还要靠像你一样的"真儒"来承当。

下片，因为是祝寿词，所以对元吉不无赞美，切入祝寿意，但主要则是以"风云奔走"相期和以"整顿乾坤"自勉。"况有文章"二句，紧承上片，先写对元吉文才的景仰。"当年堕地"三句，意谓当年你的出生就不凡，以后又不断为国事奔走。"绿野"三句，用裴度、李德裕和谢安三人放浪歌酒，纵意园林的事说明元吉虽然现在隐居山林，但将来一定也会像他们一样担负国家重任。最后，他真诚地说，待你把国家大事整顿完善之后，我还要为你祝寿。

本词借祝寿之机，尖锐地批判了统治阶级的无能，抒发了个人恢复国土的壮志，提出了对友人担负重任的希望。全篇充满了强烈的爱国感情和进取精神，气势壮伟，风格豪放。

水 龙 吟

登建康赏心亭①

【原文】

楚天千里清秋，水随天去秋无际。遥岑②远目，献愁供恨，玉簪螺髻③。落日楼头，断鸿声里，江南游子。把吴钩④看了，栏干拍遍，无人会，登临意。　　休说鲈鱼堪脍，尽西风、季鹰归未⑤？求田问舍，怕应羞见，刘郎才气⑥。可惜流年，忧愁风雨，树犹如此⑦。倩⑧何人唤取、红巾翠袖⑨，揾⑩英雄泪。

【注释】

①建康赏心亭：北宋丁谓所建，在建康（南京）下水门的城上，下临秦淮河，为观赏胜地。

②遥岑（cén）：远山。

③玉簪螺髻：玉制的头饰和螺形的发髻，用以比喻山峰。

④吴钩：吴地出产的一种刀，刀形稍弯。后来泛指利剑为吴钩。

⑤"休说"三句：典出《世说新语·识鉴》："张季鹰（翰）辟齐王东曹掾，在洛见秋风起，因思吴中菰菜羹、鲈鱼脍，曰：'人生贵得

243

适意尔，何能羁宦数千里以要名爵?'遂命驾便归。"通常用此典喻弃官归隐。这三句说自己不愿学张翰超然于时事之外，归隐还乡。

⑥"求田问舍"三句:《三国志·陈登传》载，刘备对许汜说:"君有国士之名，今天下大乱，帝王失所，望君忧国忘家，有救世之意，而君求田问舍，言无可采，……如小人欲卧百尺楼上，卧君欲地，何但上、下床之间邪?"刘郎，指刘备。作者意为:在国家危难之时去求田问舍，无雄心壮志，会被人耻笑。

⑦树犹如此:《世说新语·言语》:"桓公(温)北征，经金城，见前为琅邪时种柳，皆已十围，慨然曰:'木犹如此，人何以堪!'攀枝执条，泫然流涕。"

⑧倩:请。

⑨红巾翠袖:代指美女。

⑩揾(wèn):擦拭。

【赏析】

本词作于南归之后，宋孝宗乾道四至六年(1168—1170)，当时词人满怀收复中原，复兴国家的热忱，却屡遭排斥，于是借登览抒发胸怀。全词即景抒情，感情炽热，笔势浩荡。

上片借景发端，由景入情。落笔"楚天"二句，登高望远，极目千里，秋天空旷辽阔，滚滚长江向天边流去。气势恢宏，统摄全篇。"遥岑"三句，远山如美人头上的碧玉簪和青螺髻，用比喻的手法写远山的明媚多姿，又用拟人手法写山"献愁供恨"，隐含主观心绪，烘托出抒情的气氛。"落日"三句直抒他不可遏止的愤懑之情。在红日西沉时，独自站在赏心亭上，耳边传来孤雁的声声哀鸣，正如自己这个江南游子一样寥落飘零。词人自1162年归宋，至今已十二年，一直沉沦下僚，无法实现北伐理想，家国之感，失意之悲、尽寓于此。"把吴钩"三句，直抒胸臆。看刀抚剑，意欲驰骋疆场，杀敌立功，但由于宋廷的猜忌，使他无法一展骥足。现在登高临远，拍遍栏干，也没有人能理解他的登临望远的感受。

下片进一步抒发有志难伸的牢骚。"休说"三句，用张翰思乡归隐之典，着"休说"二字予以否定，表示自己大业未竟，并不打算归隐。更不愿意像许汜那样不顾家国而求田问舍。这里他情绪激昂，精神振奋，但现实又使他不得不痛感岁月空逝，事业无成。最后，以"请谁来擦去英雄因失意而落下的眼泪"的问句作结。

通篇沉郁悲壮，慷慨激昂，波澜相间，潜气内转。不是理想幻灭后的冷漠和茫然，而是壮志难伸的愤激，其不屈不挠、忧国忘家的精神令人振奋。语言刚健，音调铿锵、雄浑，豪放。

水调歌头

舟次扬州和人韵^①

【原文】

落日塞尘起^②，胡骑^③猎清秋。汉家组练^④十万，列舰耸层楼。谁道投鞭飞渡，忆昔鸣髇血污，风雨佛狸愁^⑤。季子正年少，匹马黑貂裘^⑥。　　今老矣，搔白首，过扬州。倦游欲去江上，手种桔千头。二客东南名胜，万卷诗书事业，尝试与君谋：莫射南山虎，直觅富民侯^⑦。

【注释】

①舟次扬州和人韵：指杨济翁、周显先，是东南一带名士。下文"二客"即此意。

②塞尘起：边疆发生了战争。

③胡骑猎清秋：古代北方的敌人经常于秋高马肥之时南犯。猎指战争。

④组练：指军队。

⑤"忆昔鸣髇（xiāo）血污"二句：指1161年金主完颜亮南侵失败为其部下所杀事。鸣髇，即鸣镝，是一种响箭，射时发声。血污，指死于非命。佛狸，后魏太武帝拓跋焘小字佛狸，曾率师南侵，此借指金主完颜亮。

⑥"季子正年少"二句：苏秦字季子，战国时的策士，以合纵策游说诸侯佩六国相印。这里指自己如季子年少时一样有一股锐气，寻求建

立功业，到处奔跑貂裘积满灰尘，颜色变黑。

⑦"莫射南山虎"二句：《史记·李将军列传》载：汉李广居蓝田南山中，闻郡有虎，尝自射之。又据《汉书·食货志》载："武帝末年悔征战之事，乃封丞相为富民侯。"这二句是感叹朝廷偃武修文，作军事工作没有出路。

【赏析】

上片写少年时期蔑视敌人的英雄气概。"落日"二句，先写胡人南犯事。金主完颜亮于1161年发动南侵，最初声势浩大，占领了扬州作为渡江基地。"汉家"五句，写宋军奋起抵抗，调动大批士兵，江中陈列着许多兵舰高耸如楼，谁说敌人能渡江南侵？完颜亮终于在采石矶被宋军击败，并被部下所杀。词人抗敌事业即从完颜亮南侵时开始，并在扬州以北地区和敌军作过艰苦的斗争，那时他年轻力壮，风华正茂，怀着报国杀敌建立功业的目的驰骋疆场，冲锋陷阵，因此，多年后，"舟次扬州"时感触很深。

下片先写事业无成的倦游思想。词人在南宋朝廷遭受猜忌和排挤，岁月蹉跎，壮志难酬，就产生了到江湖上过隐居生活的思想，他想种树养家，与友人诗酒往来，终此一生。因为在国难当头之时，南宋朝廷放弃北伐，偃武修文，所以他愤愤地说"莫射南山虎，直觅富民侯"，其实他不是要追求富贵，而是借此指出恢复无望，话中寄托着很深的感慨。

上片气势沉雄豪放，表现了抗敌报国建立功业的英雄气概。下片则抒发了理想不能实现的悲愤，貌似旷达实则感慨极深，失路英雄的忧愤、失望跃然纸上。

满 江 红

送李正之提刑入蜀

【原文】

蜀道登天，一杯送、绣衣行客①。还自叹、中年多病，不堪离别。东北看惊诸葛表^②，西南更草相如檄^③。把功名、收拾付君侯，如椽笔。　　儿女泪，君休滴；荆楚路，吾能说。要新诗准备，庐山山色。赤壁矶^④头千古浪，铜鞮陌^⑤上三更月。正梅花、万里雪深时，须相忆。

【注释】

①绣衣行客：汉武帝时设绣衣直指官，其职责与宋代提刑有相似处，故以此代李正之。

②诸葛表：诸葛亮为出师北伐曾向后主刘禅上前后出师表。

③相如檄：司马相如有《喻巴蜀檄》以安蜀民。

④赤壁矶：在今湖北黄冈县西北，即苏东坡误以为周瑜破曹操之赤壁而为前后《赤壁赋》者也。

⑤铜鞮陌：指襄阳。雍陶《送客归襄阳旧居》诗："唯有白铜鞮上月，水楼闲处待君归。"

【赏析】

淳熙十一年（1184）冬，当时辛弃疾被弹劾罢官闲居已三年，为送友人李正之入蜀赴任，作了本词。

起首"蜀道登天"用李白"蜀道之难难于上青天"诗意，点明友人的去向。下面转写自己身体多病和友人离别，倍感伤情。词人身体不好，最主要还是因为心情不好，政治上的失意，使他十分郁闷，又怎能忍心与友人别离。但他毕竟是铮铮男儿，抗金志士，即使在困境中，他首先想到的仍然是抗金。故"东北"二句，用诸葛亮居蜀不忘屡次上表奏请出师北伐，和司马相如体察民情安抚百姓巩固后方的事迹，鼓励李正之要为抗金大业贡献自己的力量，曲折地表达了自己收复中原的意志永不动摇。"把功名"三句，表示自己相信友人一定能为抗金事业建立功勋。

下片转入写旅途，先劝友人不要为离别而难过。为了安慰对方，词人向他依次介绍了旅途中风景最美丽的几个地方：庐山、赤壁、襄阳，劝他利用这个机会到这些风景名胜去游览一番，并把它们写入他的新作之中，表现了词人对祖国大好河山的热爱。最后补出送别的时间是在梅花开放，雪飘万里的冬季。以"须相忆"叮咛对方要记住彼此的情谊，切入送别主题。

送别词一般侧重于写离情别绪，本篇写别离之时渗透了对国事的关心和忧虑，这是词人一生爱国情结的又一体现。以离情为线索，字字有情，而又寓情于国事，寓情于抗战，寓情于景，情景相融。用典贴切，纵横古今，大开大阖。风格遒劲，表现了词人一贯的豪放词风。

丑奴儿近

博山①道中效李易安体②

【原文】

千峰云起，骤雨一霎③儿价。更远树斜阳，风景怎生图画？青旗④卖酒，山那畔、别有人家。只消山水光中，无事过这一夏。　　午醉醒时，松窗竹户⑤，万千潇洒。野鸟飞来，又是一般闲暇。却怪白鸥，觑着人欲下未下。旧盟都在，新来莫是，别有说话？

【注释】

①博山：在永丰西（今江西广丰）二十里，古名通元峰，因形似庐山玉炉峰，故改名博山。

②易安体：著名女词人李清照，字易安。她的词善用白描，明白如话，生动细腻地描写了景物和人的心理状态。本词注明"效李易安体"即用白描手法。

③一霎儿：一瞬间。

④青旗：酒店的布招牌多用青色，故称青旗。

⑤松窗竹户：窗户外面全是松树和竹子。

【赏析】

本词通过对博山风景的赞美，表达了词人对大自然的由衷热爱。

上片起首二句写词人在博山道上行走，忽然间，千峰万岭，乌云密布，霎那间，骤雨倾盆。山中之雨来得疾，也去得快，一会儿云过天晴，斜阳已经挂在远方的树梢上。此时斜阳血红，青山碧绿。骤雨清洗过的山村，更加清新爽朗，美丽多姿。词人从心底里赞美眼前的风景，他用了一句"风景怎生图画"的问句，极写这如画风景之美丽多娇。意谓这里的风景是用图画画不出来的。接着"青旗卖酒，山那畔、别有人家。"在山野之中，青色的酒旗突然扑入人的眼帘，使人顿感亲切，精神为之一振。美景如画，美酒飘香，词人产生了希望自己能在这山光水色中，悠闲地度过夏天的想法。

下片紧承上片，既有酒家，词人必然饮酒，饮酒醉眠也是一种享受。午觉醒来眼望窗外雨后的松竹，格外的潇洒清幽。一会儿又有野鸟飞来，它那悠闲模样简直和我一样。他对山村里的一切都感到十分新鲜，十分惬意。他极力想说明自己已经忘记了朝廷和黑暗的人世间，已经完全摆脱了官场的羁绊，所以下面他兴趣盎然地分析他和白鸥的关系。词人初到带湖时，与鸥鸟相处十分融洽，他说自己与鸥鹭结成盟友，约定互不猜疑。但现在鸥鸟不知为什么和他疏远了，偷偷地瞧着他欲下又不下的，好像不信任他了。于是他亲切地对它们说，我们原先约定好互不猜疑，我并没有变心，难道你们变心不愿和我作朋友了吗？

本篇抒发了词人对山村景色和山村生活的热爱之情，是他退居之后极力调整心态，达到乐以忘忧，陶醉于自然的结果。全词不用典、不修饰、纯用白描，意境清新、洒脱、形象鲜明生动，语言风趣，流畅，笔调轻松活泼。

木兰花慢

席上送张仲固①帅兴元

【原文】

汉中开汉业②，问此地，是耶非？想剑指三秦③，居王得意，一战东归。追亡事④，今不见，但山川满目泪沾衣⑤。落日胡尘未断，西风塞马空肥。　　一编书是帝王师⑥，小试去征西。更草草离筵，匆匆去路，愁满旌旗。君思我，回首处，正江涵秋影雁初飞⑦。安得车轮四角⑧，不堪带减腰围⑨。

【注释】

①张仲固：名坚，镇江人。淳熙七年（1180）由江西转运判官改知兴元府（今陕西汉中）兼利州东路安抚使。张赴兴元任，特意到潭州（长沙）与正在湖南安抚使任上的辛弃疾相晤，稼轩设宴迎送，本篇为席间之作。

②汉中开汉业：汉高祖刘邦以汉中为基础开创了汉朝的帝业。

③剑指三秦：刘邦东进三秦，击败项羽所立的三王，平定关中。

④追亡事：指萧何追回韩信，后来刘邦采纳萧何的建议，拜韩信为大将。

⑤山川满目泪沾衣：用唐李峤《汾阴行》："山川满目泪沾襟，富贵荣华能几时？不见祇今汾水上，惟有年年秋雁飞"诗句。

⑥一编书是帝王师：《史记·留侯世家》载下邳上老父出一编书（《太公兵法》）示张良曰："读此，则为王者师矣。"

⑦江涵秋影雁初飞：用杜牧《九日齐山登高》"江涵秋影雁初飞，与客携壶上翠微"诗句。

⑧车轮四角：化用陆龟蒙《古意》诗"愿得双车轮，一夜生四角"，这是盼望车子开不动把行人留下来之意。

⑨带减腰围：化用《古诗》"思君令人老，衣带日已缓"诗意。

【赏析】

这是一首送别词，通过歌颂汉高祖刘邦开创汉业的雄才大略，批判了南宋当局的不思进取，表现了作者忧国忧民的思想感情。

上片首先赞扬刘邦以汉中一隅之地为基业，延揽英雄，拜韩信为大将，东进三秦，平定关中，终于战胜强大的敌人，完成了统一天下的大业。由此而联想到南宋王朝苟安求和不思进取的现实，大片土地已沦为敌手，宋廷面对滚滚胡尘，却甘心据守半壁河山，而使战马空肥不能驰骋疆场，此情此景，怎不令人肝肠痛断。点明南宋不能中兴是由于统治者不重人才，怀古和伤今浑然一体。

下片起首先称赞张仲固有像张良那样为帝王之师的才干，此次出帅兴元只能是小试身手，一代英豪未能才尽其用。但他对张的此行又寄予希望。想到与友人就要于此分手，不禁"愁满旌旗。"最后几句写别情，车轮不可能留下友人，别后，我一定会因思念而带减腰围，情真意切动人心弦。

本词构思曲折紧凑，内容丰富，把忧国之心、离情别绪及个人的怀才不遇交织在一起，总体上表达了词人炽热的爱国之情，运用古人诗句能翻出新意，恰到好处。

水 龙 吟

过南剑双溪楼①

【原文】

举头西北浮云，倚天万里须长剑。人言此地，夜深长见，斗牛光焰②。我觉山高，潭空水冷，月明星淡。待燃犀下看③，凭栏却怕，风雷怒，鱼龙惨。　　峡束苍江对起④，过危楼、欲飞还敛。元龙老矣⑤，不妨高卧，冰壶凉簟⑥。千古兴亡，百年悲笑，一时登览。问何人、又卸片帆沙岸，系斜阳缆？

【注释】

①南剑双溪楼:南剑,宋时州名(今福建南平县)。《南平县志》:双溪楼在府城东,又有双溪阁在剑津上。此指后者,剑津,即流经南平的剑溪,双溪指剑溪和樵川。

②斗牛光焰:光焰出现于斗牛,即北斗牵牛二星之间。王嘉《拾遗记》载干将,莫邪双剑的故事:"及晋之中兴,夜有紫色冲牛斗。张华使雷焕为丰城令,掘而得之,华与焕各宝其一。……后华遇害,失剑所在。焕子佩其一剑,过延平津,剑鸣,飞入水,及入水寻之,但见双龙缠屈于潭下,目光如电,遂不敢前取矣。"

③燃犀下看:《晋书·温峤传》载苏峻兵反,温峤奉命平乱,至牛渚矶,水深多怪物,峤命燃犀角而照,即见妖怪。燃犀,即照妖的意思。

④峡束苍江对起:苍青的江水受到了对峙的两峡的约束。

⑤元龙老矣:陈登字元龙,三国时人,少有扶世济民之志,有大略。这里作者以陈登自比,表示要高卧不问时事。

⑥冰壶凉簟(diàn):喝凉水,睡凉席。指闲居自适的生活。

【赏析】

南宋光宗绍熙三年(1190),闲居了十年之久的辛弃疾被起用为福建提点刑狱,次年秋,升任知福州兼福建安抚使。但在绍熙五年(1194)秋天又被谏官弹劾罢官,归途中经过南剑州,登上双溪楼,写了这首词。

上片写登楼怀古时产生的幻想。起首二句写词人向西北方向遥望,只见乌云弥漫,他想自己如有一把倚天长剑,能够剖开乌云,西北方就能重见光明。这里用暗喻,指中原被金占领,自己决心持剑杀敌,收复失地。"人言"三句,巧妙地运用了雷华宝剑落水的故事,紧扣上文抽剑,幻想找到宝剑就可以上决浮云。紧接着词人用散文的笔调,直抒忧虑。"我觉山高"以下,写山高水冷,剑潭空荡,月明星淡。环境这样凄凉阴暗。怎么能找到宝剑呢?他想燃起犀牛角,照亮水中,但又怕风雷发怒鱼龙凶虐。"风雷"、"鱼龙"都暗喻南宋朝廷的主和派。他想积极行动起来抗金杀敌,又怕受到主和派的阻挠和打击，于是倚天抽剑的豪迈气势又骤降为无可奈何的哀叹。

下片写壮志不酬，抑郁苍凉的心情。"峡束"三句，以江水奔流受到两山夹峙的扼制，穿过危楼时，想要奔腾飞泻，却不得不紧束收敛。这是词人受到投降派势力压制的心态写照，由景入情，情绪转而低沉，既然不能奋飞，自己年纪渐老，还是像陈元龙那样高卧凉席，悠闲散漫不问时事吧！然而词人内心的矛盾是极为深刻的，他是胸怀大志的抗金英雄，年虽五十五岁，但豪勇不减当年，尽管他不断地劝慰自己要看穿世事，高卧林间，但对祖国、对民族的责任感，对国家前途的无限关怀，又使他"千古兴亡，百年悲笑，一时登览。"登上高楼，思接千载，纵览古今，心潮难平。最后宕开一笔，"问何人"三句，远远地看那斜阳下沙岸边，是谁卸下了船舟的风帆，系上了绳缆？以景结情，暗示自己此次乃罢官归来，正如一只卸了帆、系了缆绳的舟船，含蓄隽永，耐人寻味。

全篇想象丰富，比喻新颖，曲折婉转，跌宕起伏，风格刚劲，气势雄放。欲扬不得，抑又归扬的心理，描写得细致入微，体现了高呼猛进和痛心疾首的时代特征。

清 平 乐

独宿博山①王氏庵

【原文】

绕床饥鼠，蝙蝠翻灯舞。屋上松风吹急雨，破纸窗间自语。　　平生塞北江南，归来华发苍颜。布被秋宵梦觉，眼前万里江山。

【注释】

①博山：在江西省广丰县西南。

【赏析】

宋孝宗淳熙八年（1181），辛弃疾被罢职，闲居信州（今江西上饶）多年。本词是他游览广丰博山时的遣怀之作。一天，他投宿于博山脚下一户王姓人家。王家茅舍破旧，屋后是一片松林，环境荒凉冷落，他即景生情，感慨万端，夜深人静，写成本篇。

上片先写陋室的寂寞荒凉。饥鼠驰突、蝙蝠翻灯、松涛带雨、风破窗纸。作者以动态的景物和喧闹的词语，反衬环境的孤寂冷清，也暗喻自己凄恻孤愤之情。

下片抚今追昔，抒发感慨。词人在北方曾率起义军与金兵进行过浴血奋战。南归后，足迹遍于吴楚，为抗金救国奔走呼号。"平生"句即是写此，概述自己南北奔走为抗金献身的经历。"归来"句则感叹自己蹉跎岁月、老大无成、头发花白容颜苍老。这两句语气平缓，却凝聚着无比深沉的愤慨。结拍两句，写秋宵梦醒，他不在意饥鼠、蝙蝠、破屋，收于眼底的仍是万里江山。虽然屡遭坎坷，却不忘祖国统一大业，如此阔大的胸襟和如此困窘的环境，形成了鲜明的对比，表现了词人强烈的爱国感情和崇高的精神境界。语言平淡、感情浓烈、以小令而发大感慨，是词人忧愤心灵的独白。别具一格，富有极强的艺术感染力。

贺 新 郎

同父见和，再用前韵答之①

【原文】

老大那堪说。似而今、元龙②臭味③，孟公④瓜葛。我病君来高歌饮，惊散楼头飞雪。笑富贵千钧如发，硬语盘空谁来听？记当时只有西窗月。重进酒、换鸣瑟。　　事无两样人心别。问渠侬⑤：神州毕竟，几番离合⑥？汗血盐车⑦无人顾，千里空收骏骨。正目断关河路绝。我最怜君中宵舞⑧，道男儿到死心如铁。看试手、补天裂。

【注释】

①同父见和，再用前韵答之：本词作于淳熙十六年（1189）春。辛弃疾将前一首《贺新郎》寄赠陈亮后，不久就收到他的和词，于是辛又写了本词给陈。

②元龙：三国时人陈登的字。忧国志士，性格豪爽。

③臭味：气味、意气。

④孟公：西汉时人陈遵的字。豪侠之士，性格放纵、好客。他和元龙都姓陈，性格和陈亮相似，辛在此暗指陈亮。

⑤渠侬：吴方言称他人为"渠侬"，此指朝廷主和派。

⑥离合：偏义复词，强调"离"字。

⑦汗血盐车：让骏马去拖笨重的盐车。汗血，古代良马名，即天马，一日能行千里。此指埋没人才。

⑧中宵舞：指祖逖与刘琨闻鸡起舞之典故。

【赏析】

辛弃疾从 1181 年被弹劾罢官以来，已闲居八年，写作本词时已四十九岁。通过回忆他与陈亮的"鹅湖之会"，抒发了他爱国的热忱并表达了他为国而战的决心。

上片主要意思是：我年纪大了，而一事无成，不值得一提了。现在我只和你意气相投，关系密切。去年我在病中你来看我时，我们一道高歌酣饮、共商抗敌大计，激昂慷慨，几乎惊散了楼头飞雪。我们一道嘲笑那些热衷于利禄的小人，把他们视如千钧的富贵看得轻如毛发。不过，那些豪言壮语有谁来听呢？大约也只有西窗的明月吧！心情寂寞，只有频频饮酒，借酒浇愁、听听音乐，以瑟抒恨。此时词人心里已蓄积了满腹的不平。

下片首先提出一个看法，对待同一件事，不同的人有不同的态度。此处主要指对待恢复中原的问题，主战派和主和派态度不同。那么要问问他们，神州大地历史上有过多少次"离"的局面，既然历史上"离"的时间都不长，为什么此次"离"得这么久？写到这里，思想转为激愤，层层进逼，难道是由于宋廷无人吗？不！试看让汗血那样的骏马去拉盐车，用重金白白收来千里马的骨架，英雄被压制打击，豪杰被弃置不用，他们还口口声声喊什么招纳贤才！词人写到气愤处，又宕开写景"正目断关河路绝"，纵目远眺，大雪塞途，道路不通，以情入景，寓意双关。意为北方至今仍为金兵所占，山河阻隔、道路断绝，令人殊为伤感，同时也是词人对当政者愤怒的谴责。然后照应开头，"我最怜"二句，既表示对陈亮的敬佩，也表示自己坚定的意志。最后二句"看试手，补天裂"，他发出钢铁般的誓言，要像女娲补天那样为拯救祖国的分裂一试身手。词人处在一个悲风四起的时代，他是一个"到死心如铁"的"男儿"，所以词中充溢着一股前人所未有的狂放精神，一种英雄的感怆和强烈的忧国之情，而且他并不停留在感慨和忧虑上，而是进一步担负起救国的重任，投身于战场。在词中，我们看到的是一个正气凛然的爱国志士和驰骋疆场至死不屈的爱国英雄，他的词当然也就是一首爱国的浩歌了。

八声甘州

夜读《李广传》，不能寐，因念晁楚老、杨民瞻①约同居山间，戏用李广事，赋以寄之

【原文】

故将军饮罢夜归来，长亭解雕鞍②。恨灞陵醉尉，匆匆未识，桃李无言③。射虎山横一骑，裂石响惊弦④。落魄封侯事，岁晚田园⑤。　　谁向桑麻杜曲，要短衣匹马，移住南山⑥。看风流慷慨，谈笑过残年。汉开边，功名万里，甚当年健者也曾闲？纱窗外，斜风细雨，一阵轻寒。

【注释】

①晁楚老、杨民瞻：辛弃疾的词友，生平都不详。

②"故将军饮罢"二句：《史记·李将军列传》载李广"尝夜从一骑出，从人田间饮。还至灞陵亭。灞陵尉醉、呵上广。广骑曰：'故李

将军。'尉曰:'今将军尚不得夜行,何乃故也?'止广宿亭下。"

③桃李无言:用谚语"桃李无言,下自成蹊"比喻赞美李广虽不善辞令却是天下人所共同钦慕的英雄。

④"射虎山"二句:出处同②,"广出猎,见草中石,以为虎而射之,中石没镞,视之石也。"惊弦:强烈的弦声。

⑤"落魄"二句:出处同②,"自汉击匈奴而广未尝不在其中","然无尺寸之功以得封邑"。写李广落魄失意。岁晚田园:年老回归田园。

⑥"谁向桑麻"三句:杜甫《曲江三章》:"自断此生休问天,杜曲幸有桑麻田。故将移住南山边,短衣匹马随李广,看射猛虎终残年。"杜曲,代长安。短衣,猎装。南山,即终南山,在陕西蓝田县,李广削职后的住所。

【赏析】

这是一篇借咏历史人物而抒发自己郁闷胸怀的词作。

上片咏史。李广是汉武帝时抗击匈奴战功卓著的名将。但他一生道路坎坷,极不得志,不但没有封侯,还被罢免,最后被迫自杀。词人从李广的生平中选取了两段小故事加以概括,一是李广闲居终南山时,夜过灞亭受辱亭尉之事。一是李广任右北平太守时,射虎入石的故事。从罢官受辱写起,慨叹英雄末路的悲哀。用一"恨"字谴责小人的势利欺人,再用"桃李无言"赞美李广的受人景仰。第二个故事歌颂李广的勇猛善战的豪迈气概。"落魄"二句笔锋一转,感叹李广功高盖世,威名远扬,却屈沉下僚,不得封侯,晚年还被迫退隐田园。词人屡建战功此时也是被劾落职,选取这两件事来写,正表明他对南宋朝廷的不满。借古人的酒杯浇自己的块垒。

下片抒怀。起首五句化用杜诗说自己虽与李广有相似的遭遇,可有谁像杜甫追慕李广那样来对待我,看看我在被迫赋闲之后是怎样慷慨悲歌,饮酒谈笑中度过寂寞的晚年呢?接下来,又为李广鸣不平,汉朝开辟边疆,需要人们去建功立业,为什么像李广那样的英雄却被闲置不用呢?这是为李广鸣冤,更是斥责南宋朝廷扼杀人才,致使自己壮志难酬。结尾三句以景衬情,当他读书读到伤心处夜不能寐时,只见窗外夜色沉沉,斜风带着细雨,袭来一阵轻寒这寒是心头之寒，是冷酷黑暗的现实在他报国的满腔热情中浇上的透骨之寒。融情于景，意在言外，发人深思。

本篇题为戏作，却表现了很严肃的主题。是词人郁郁不得志心态的曲折表现，具有很强的艺术感染力。

贺 新 郎

别茂嘉十二弟①

【原文】

绿树听鹈鴂②，更那堪、鹧鸪③声住，杜鹃声切。啼到春归无寻处，苦恨芳菲都歇，算未抵人间离别。马上琵琶关塞黑，更长门、翠辇辞金阙④。看燕燕，送归妾⑤。　　将军百战身名裂，向河梁、回头万里，故人长绝⑥。易水萧萧西风冷，满座衣冠似雪，正壮士、悲歌未彻⑦。啼鸟还知如许恨，料不啼清泪长啼血。谁共我、醉明月？

【注释】

①茂嘉十二弟：指词人的族弟辛茂嘉。此时茂嘉因事被贬官桂林。
②鹈鴂（tí jué）：鸟名，春分鸣则众芳生，秋分鸣则众芳歇。
③鹧鸪：啼声如鸣"但南不北"。与南来的北人心境有关亦与离别有关。
④"马上"二句：用汉王昭君出塞远嫁匈奴事。长门，汉宫名。汉武帝陈皇后被贬居所。
⑤"看燕燕"二句：用《诗经·燕燕》"燕燕于飞，差他其羽，之子于归，远送于野。瞻望弗及，泣涕如雨"诗意。
⑥"将军"三句：汉代李陵多次与匈奴作战，最后一次战败降敌，于是身败名裂。李陵《与苏武诗》有句"携手上河梁、游子暮何之"，辛词化用其句。
⑦"易水"三句：用荆轲辞燕入秦刺秦王事。

【赏析】

本词大约作于嘉泰三年（1203），词人借送别而写自己长期遭贬的满腔忧愤。

起首五句，连举三种鸣啼悲哀的鸟声，一气奔赴，势如江河。随着这些鸟的悲鸣，春天也逝去了，烘托出离别时令人伤感的环境。"算未抵"一句总绾上文，由景入情，转入人之离别，直抒景物之凄情比不上人间生离死别之苦。以下连用王昭君、庄姜辞家去国，苏武别李陵和荆轲辞燕等著名的离别故事，尽情倾吐了与茂嘉离别的满腹愁绪。

过片不变，浑然一体，一气贯下，层层翻进，步步加深，大有泰山压顶之势。词人与族弟分别，心中难舍，人之情也。但本篇却有许多特定的含义，茂嘉与自己都被贬谪同属失意，心情烦闷，加之自己受人猜忌、排挤，抗金事业未竟，壮志难酬，更觉抑郁不平，所以所举之例都是古代英雄的离别故事，他借以寄寓自己悲壮的爱国情怀，在个人的人生悲欢离合的感受上，又加进了深沉的家国之悲。最后以"啼鸟还知如许恨"照应开篇，鸟尚知恨，人何以堪！加深了主题的力度。末尾以"谁共我，醉明月"收束全篇，透出孤独。这是与弟分别的孤独，也是不为世人，特别是朝廷理解的孤独。

本篇隶事之多，思路之广，为宋词中罕见；大开大合，气魄豪壮。章法绝妙，语语有境。清陈焯评曰："沉郁苍凉，跳跃动荡，古今无此笔力。"（《白雨斋词话》）

贺 新 郎

邑中①园亭，仆皆为赋此词。一日独坐停云②，水声山色竞来相娱，意溪山欲援例者，遂作数语，庶几仿佛渊明思亲友之意③云。

【原文】

甚矣吾衰矣④！怅平生、交游零落，只今余几？白发空垂三千丈⑤，一笑人间万事。向何物、能令公⑥喜？我见青山多妩媚，料青山见我应如是。情与貌，略相似。　　　　一尊搔首东窗里。想渊明、停云诗就，此时风味。江左沉酣求名者⑦，岂识浊醪妙理⑧！回首叫、云飞风起。不恨古人吾不见，恨古人不见吾狂耳⑨。知我者，二三子。

【注释】

①邑中：指铅山县境内。

②停云：停云堂，是辛弃疾晚年住在铅山时所建。

③渊明思亲友之意：陶渊明写过《停云》诗，序中说："停云，思亲友也。"

④甚矣吾衰矣：语出《论语·述而》："子曰：'甚矣，吾衰也。久矣，吾不复梦周公。'"这里是用孔子之语感叹自己老了。

⑤"白发"句：化用李白《秋浦歌》"白发三千丈，缘愁似个长。"

⑥公：词人自称。

⑦"江左"句：用苏轼《和陶渊明饮酒》"江左风流人，醉中也求名"诗意。讽刺当时南方士大夫只知争名夺利。江左、江东，今长江下游一带。

⑧"岂识"句：用杜甫诗："浊醪有妙理，庶用慰沉浮。"浊醪，浊酒，古时米酒呈乳白色，故名。

⑨"不恨"二句：语出《南史·张融传》，融常叹曰："不恨我不见古人，所恨古人不见我。"

【赏析】

这是词人闲居铅山县瓢泉时所作。借题新居《停云堂》而咏人身世之感，抒发知音难寻和生活道路不如意的苦闷心情。

上片，感叹岁月流逝，老大无成。"甚矣吾老矣！"深沉的叹息是全篇感情的基础，此时词人的老友陈亮、韩元吉等都相继去世，自己独自在黑暗的现实中更感到孤独无依。用"白发三千丈"夸张地诉说自己白白消磨了大半生，历尽人间艰辛，却功业不就，白发徒增，语极沉痛。到眼前这种处境，还有什么值得高兴的？大概也只有青山了。对人世的失望，使他只能寄意于大自然，与青山作伴，语调旷达，却透出更深刻的人生悲哀。

下片写饮酒心情。因为独酌无友，他想到前代诗人陶渊明并引渊明为异代知己，笔锋一转又由赞颂高士而转为批判那些沽名钓誉的小人。词人虽然落寞寂寥，却并不颓丧。"回首叫、云飞风起"，词境一变，重新振起，他借刘邦《大风歌》中"大风起兮云飞扬"再一次表达自己的豪情壮志。虽然退居赋闲，壮志难酬，放纵诗酒，但他不忘政治理想，渴望有朝一日重新驰骋疆场，能够搏击时代风云，保持了英雄的心态，所以他豪爽地说："不恨古人吾不见，恨古人不见吾狂耳。"笔锋所指，是黑暗的现实，"狂"是他的精神实质，表现了他这位失路英雄的牢骚与不平。最后以知音仅有二三人作结，强调自己孤寂的处境。

在孤独环境中，不甘寂寞，在逆境中仍想报效国家，托物言志，以古喻今，挥洒自如，意蕴深厚，感情浓烈，波澜起伏。在悲凉的气氛中表现了豪放不羁的风格。

鹧 鸪 天

送 人

【原文】

唱彻阳关①泪未干，功名余事②且加餐。浮天水送无穷树，带雨云埋一半山。　　今古恨，几千般，只应离合是悲欢？江头未是风波恶，别有人间行路难。

【注释】

①阳关：送别的曲子。据王维《送元二使安西》谱成的《阳关三叠》。

②功名余事：功名是次要的事。

【赏析】

这是一首送别词。上片写送别的情景。首二句，先说唱完了《阳关三叠》这送别的曲子，但眼泪还未流完，表明二人情谊之深。再写劝慰之词，功名是次要的事，不要把政治的得失放在心里，且保重身体，多加餐饭。此句透露出友人亦和自己一样，政治失意，仕途坎坷。词人与他遭遇相同，但此时的词人，一定是看透了世事，故有此劝。"浮天水送"二句，转而写景，水天无际，树木朦胧，云带细雨，遮住了远远的一半青山，这是离别的环境。濛濛细雨愁云淡淡，增加了朋友们分手时的离情别绪，使人更加不忍遽别，将无限的情意融于景中，以景衬情，情景交融。

下片抒怀。在二人不忍言别的情况下，词人开导友人，"今古恨"三句，说古今有多少恨事啊，难道只有离别才使人悲哀，相聚才使人欢乐吗？意为离别还不是最悲哀的事。"江头"二句，写人在江头遭遇风波，也不能算最险恶的处境。什么是最不幸，最险恶的处境呢？"别有人间行路难"一句，写出只有仕途的凶险才是最可怕的处境。由于他本身政治遭遇的不幸，使他把功名当作余事的旷达，只是暂时的解脱，政治上的阴影时刻萦怀，驱之不散，即使在劝慰友人看透世事时，自己仍不免堕入感慨悲叹的旧渊。

千 年 调

蔗庵①小阁名曰厄言②，作此词以嘲之

【原文】

厄酒向人时，和气③先倾倒。最要然然可可④，万事称好。滑稽⑤坐上，更对鸱夷⑥笑。寒与热，总随人，甘国老⑦。　　少年使酒，出口人嫌拗。此个和合道理，近日方晓。学人言语，未会十分巧。看他们，得人怜，秦吉了⑧。

【注释】

①蕉庵：是辛弃疾之友郑汝谐居官信州时在当地城隅山顶所构的一所宅第，有小阁名曰"卮言"。

②卮言：始见于《庄子·寓言》："卮言日出和以无倪。"陆德明释文引王叔之云："卮器满则倾，空则仰，随物而变，非执一守故者也。施之于言，而随人从变，已无常主者也。"卮，是一种圆形的酒器。

③和气：指酒的芳香。

④然然可可：意即唯唯诺诺。

⑤滑稽：一种"转注吐酒终日不已"的流酒器。

⑥鸱（chī）夷：腹大如壶的革制酒囊。

⑦甘国老：即药中的甘草。

⑧秦吉了：一种会学人说话的鸟。

【赏析】

这是一首借题发挥、指桑骂槐、发泄满腔愤世嫉俗之气的讽刺词。

上片以铺叙的笔调列举酒卮、滑稽、鸱夷等酒器的性状和特点。人们在倒酒时，卮器总是倾斜着身子，向人散发着"和气"，唯唯诺诺，万事称好。起首四句，形容那些"未曾开口、脸先带笑"的拍马奉迎之辈，维妙维肖。"滑稽"二句，写滑稽与鸱夷的特征。转注流行、永无穷竭，就像那讲话滔滔不绝、油嘴滑舌向人讨好的小人一样。而"鸱夷"容量大，可张可弛，正如那巧于应付，见风使舵的虚伪之徒。他们不管是寒是热，总是顺随着别人，这些人构成了一幅人云亦云，阿谀奉承，随机应变的百丑图。而"甘国老"三字，就更是直接地讥讽此辈的毫无立场，随声附和了。

下片，以因酒任性，不会阿谀迎合的正面形象，来针砭世俗庸辈的"和合"之道。词人强抑着愤怒，尖刻地讽刺那些在国家民族危机深重之时，不思报国杀敌，却一味媚腔妖调，以阿谀奉承，随波逐流为能事的苟且之徒，嬉笑怒骂、发泄了一肚子的愤世嫉俗。最后他总括一句"看他们，得人怜，秦吉了。"原来他们不过是一批学人言语的可怜虫和应声虫。而词人自己，绝不是此辈中人，他仍旧要"出口人嫌拗"地发表自己那不讨人喜欢的抗战言论。

词人的"狂放精神"在污浊之世中被迫转化为一种"嘲世"的人生态度，使他的这首词带有一种"滑稽"味，却仍含有他对不合理现状的深刻批判与辛辣讽刺，体现了他胸中那种不甘屈从于现状的狂放精神。

太 常 引

建康中秋夜为吕叔潜①赋

【原文】

一轮秋影转金波，飞镜又重磨。把酒问姮娥：被白发，欺人奈何！ 乘风好去，长空万里，直下看山河。斫去桂婆娑，人道是、清光更多。

【注释】

①吕叔潜：据《庚溪诗话》知吕氏名大虬，又据汪应辰的《与吕叔潜书》知其与高宗末、孝宗初的一些著名人物有所交往，其余不可考。

【赏析】

辛弃疾于乾道四年（1168）、淳熙元年（1174）两次居官建康，本词大约作于这一时期。词人在词中运用丰富的想象，描写了祖国山河的壮丽，表达了他的爱国情思。南宋孝宗帝即位后，发愤进取，意欲改变高宗朝廷苟安求和的被动局面，抗战派人士受到一定的鼓舞，但朝中主和派势力强大，孝宗常为这一势力所左右，虽有恢复之志，却未能使抗金志士得到任用。因此词人虽然也感到振奋，实际情况又不能不使他惆怅。

上片，中秋之夜，词人与友人月下饮酒。一轮圆月转动金波，如打磨得十分光亮的铜镜悬挂在天上，引起他许多遐想。他不仅举起酒杯，向嫦娥发问，我的理想还没有实现，岁月已逝，白发欺我年老，也悄悄地爬到我的头上了，我有什么办法呢？在向嫦娥的发问中，表达了他壮志未酬的遗憾。

下片，月光这么美好，词人驰骋想象，如果能飞上万里长空，在天空俯视祖国的大好河山，那该多好啊！他进一步想象，如果能斫掉月中的桂树，那月光岂不更加清澈光亮。月光下，他神驰天空，在极具浪漫色彩的想象中，寄托了自己对现实的希望和理想。孝宗帝虽主抗战，力图恢复，就如天上明月，他的光辉却被主和派，即月中的桂树所挡，倘能像斫掉桂树一样除掉他们，皇帝就能有所作为，如月亮一样更加明亮了。在那个时代，词人不能不把希望寄托在皇帝身上，客观上也表现了他忧国忧民的情怀。

想象丰富，构思奇特，语言清新，意境开阔，是一首很具感染力的小令。

破 阵 子

为陈同甫①赋壮词以寄之

【原文】

醉里挑灯看剑，梦回②吹角连营③。八百里分麾下炙④，五十弦⑤翻塞外声。沙场秋点兵。　　马作的卢⑥飞快，弓如霹雳弦惊。了却君王天下事⑦，赢得生前身后名。可怜⑧白发生！

【注释】

①陈同甫：即陈亮，字同甫。与辛弃疾是志同道合的好友。

②梦回：梦醒。

③吹角连营：各个军营里接连不断地响起了号角声。

④八百里分麾（huī）下炙（zhì）：部队官兵分食牛肉。八百里，牛的代称。《世说新语·汰侈》王恺有一爱牛名"八百里驳"。

⑤五十弦：指瑟，瑟有五十弦。这里泛指多种乐器。

⑥的卢：一种烈性快马。

⑦君王天下事：指抗金复国的大业。

⑧可怜：可惜。

【赏析】

这首词通过回忆青年时代横戈跃马的战斗生活，表现了词人恢复祖国河山的幻想以及壮志难酬的悲愤心情。

上片描写青年时代军营中紧张热烈的战斗生活。起首二句，词人醉酒之后，挑亮了灯火，深情地端详着心爱的宝剑。酣然入梦后，又被雄壮的军号声唤起。"八百里"三句，进一步渲染部队军营生活的气氛。大伙儿同甘共苦，分食烤牛肉，军乐队弹奏着塞外乐曲，气氛热烈，场面壮观，令人精神振奋。紧接着以"沙场秋点兵"五字展现出一幅秋天阅兵，雄壮威武的图画。

下片除末一句外，其他部分和上片浑然一体，词人沉浸在青年时代战斗的激情中。"马作"二句，写英雄骑着快如"的卢"的战马，拉开如霹雳震耳的弦弓，飞驰战场，英勇杀敌，连用两个比喻，生动地描绘了惊险激烈的战斗场面，刻画了一个冲锋陷阵杀敌报国的抗金英雄形象，正是词人自己。整个军旅生活和战斗场面写得如火如荼，酣畅淋漓，动人心弦。"了却"二句是词人终生为之奋斗的目标，建立功勋，为君王收复失地，为自己生前死后留下美名。他用自己的生命在实践，这里有成功的喜悦，也有胜利的兴奋，感情达到沸点。最后一句，笔锋陡转，因为词人最终没有能实现理想，所以在他的胸中更多的是悲愤，他的幻想终于被"可怜白发生"碾碎了。理想和现实之间尖锐的矛盾构成了词人的悲剧。结拍处"卒彰显其志"，起到了画龙点睛的效果，和前面的热烈壮观形成极大的反差。

全篇豪迈高昂，激情倾泻。描写军营和战斗生活起到了以乐景写哀，倍增其哀的目的，构思新颖，具有创造性，为辛词代表作之一。

水调歌头

赵昌父①七月望日用东坡韵，叙太白、东坡事见寄，过相褒借，且有秋水之约②；八月十四日余卧病博山寺中，因用韵为谢，兼寄吴子似

【原文】

我志在寥阔，畴昔梦登天。摩挲素月，人世俯仰已千年。有客骖鸾并凤③，云遇青山④、赤壁⑤，相约上高寒。酌酒援北斗，我亦虱其间⑥。　　少歌⑦曰：神甚放，形则眠。鸿鹄一再高举，天地睹方圆。欲重歌兮梦觉，推枕惘然独念，人事底亏全？有美人可语，秋水隔婵娟。

【注释】

①赵昌父：与下文吴子似都和辛弃疾有较深交谊。

②秋水之约：指辛弃疾铅山瓢泉新居中的一所建筑"秋水观"。

③骖鸾并凤：此指驾着鸾和凤。骖（cān），一车驾三马。

④青山：以青山墓地代指李白。

⑤赤壁：以赤壁篇名代指苏轼。

⑥虱其间：寄生混迹其间。虱：寄生虫，此取其寄生意。

⑦少歌：《楚辞》的乐章音节名。

【赏析】

作者以极具浪漫情调的笔墨，抒写自己登天揽月、神游太空的幻想。

上片起句开宗明义先说自己志在寥阔，以下细述梦游太空的情景；自己手揽素月，和那些驾着鸾车乘着凤鸟的仙人为伴，在天上遨游并和所崇拜的李白、苏轼"相约上高寒"，大家举起酒杯共邀北斗，词人亦跻身于诗仙酒友之间。在天上时间虽然不长，俯视下界，已超越千年。词人放怀寥廓，想落天外、想象奇特，气概超

迈，表现了浪漫的情趣和开阔的胸怀。

下片从想象中又回到现实里。先以"少歌"微吟说明自己虽然神已遨游天空，形却卧病寺中，只能唱唱歌来表示自己"志在寥阔"。恍惚间又像鸿鹄飞举，远睹高天厚土，倒也自我安慰。当他刚想要再高歌一曲时，梦却醒了，从美好的梦境跌落到龌龊的人间，他不禁惘然独念，愤愤地责问上天，人事为何有亏有全，难以圆满？惆怅、失落，使他想到人间的友人，但友人却离自己甚远。便以"有美人可语，秋水隔婵娟"作结。意为我虽然有美人（指友人吴子似）可以互诉心声，但她（他）又离我这么遥远，可望而不可及。

本篇既有幽远瑰异的浪漫色彩，又具恣肆旷逸的豪放气势，笔墨挥洒，文字独特。

鹧 鸪 天

有客慨然谈功名，因追念少年时事，戏作

【原文】

壮岁旌旗拥万夫①，锦襜突骑渡江初②。燕兵夜娖银胡䩮，汉箭朝飞金仆姑③。　　追往事，叹今吾，春风不染白髭须。却将万字平戎策④。换得东家种树书⑤。

【注释】

①壮岁旌旗拥万夫：指作者领导起义军抗金事。时年22—23岁，正是少年时期，他在《进美芹十论劄子》里说："臣尝鸠众二千，隶耿京，为掌书记，与图恢复，共藉兵二十五万，纳款于朝。"

②锦襜（chán）突骑渡江初：指作者南归前统帅部队和敌人战斗之事。锦襜突骑：精锐的锦衣骑兵。衣蔽前曰"襜"。

③"燕兵夜娖（chuò）银胡䩮（lù）"两句：叙述宋军准备射击敌军的情况。娖，整理。银胡䩮，银色或镶银的箭袋。金仆姑，箭名。

④平戎策：平定当时入侵者的策略。如《美芹十论》、《九议》等。
⑤种树书：表示退休归耕农田。

【赏析】

这是辛弃疾退闲以后所作，虽然自称戏作，实在感慨很深。上片起首二句意为，我年轻时代曾率领过上万人的队伍，追杀张安国后就带着锦衣骑兵渡江南来。"燕兵"二句具体描写战斗场面：金兵晚上准备箭筒，修筑工事，而宋兵拂晓便发起了进攻。那时战斗何等激烈！士气何等高涨！回忆青年时代自己杀敌的壮举和抗敌的战斗，豪情壮志溢于笔端，他怀着一片报国之心南渡归宋，满怀希望地打算为宋杀敌建功，但却不被高宗重用，亦不采纳他的平戎之策，长期被闲置不用，使他壮志沉埋，无法一展怀抱。因此在转入下片后，追怀往事，不免深深地叹息，随着岁月的流逝，他的髭须已白，春风永远不可能再使它变黑了，不可能再年轻了。他不是为自己生命短暂而感叹，而是为了再没有机会驰骋疆场而感叹。最后他不无气愤地说，自己怀着满腔爱国热情竭尽忠心而写的平戎策，换来的就是东邻家的种树书，就是退隐农耕，种树养花，这怎么能不使词人抑郁不平，仰天长啸呢？英雄失路，壮志难酬，使他悲愤难抑，满腔不平。

上片，从豪气入词，慷慨激昂。下片沉郁苍凉，感慨遥深。

西　江　月

遣　兴

【原文】

醉里且贪欢笑，要愁那得工夫。近来始觉古人书，信着全无是处①。　　昨夜松边醉倒，问松我醉何如？只疑松动要来扶，以手推松曰去！

【注释】

① "近来始觉古人书"二句：指《孟子·尽心章句下》"尽信书，则不如无书。"

【赏析】

本词大约是辛弃疾后期闲居瓢泉所作。上片落笔先写"醉里且贪欢笑，要愁那得工夫。"喝醉了酒贪图欢笑，却用一"且"字，透露出不是真正的欢笑，更不是由衷的欢笑，而是无可奈何的欢笑，是为了忘记痛苦而麻醉自己的欢笑。词人立志抗金报国，满怀热忱渡江南归，却遭受猜忌和排斥，两次罢官闲居达二十年之久，该有多少痛苦，怎么笑得起来！而说"要愁那得工夫"，更是愤慨之言，堵塞于胸的无限忧愁，对于闲居的他来说，有太多的工夫去品尝，怎么说没有工夫？这是激愤之言，是狂放之语。不仅如此，他还进一步说"近来始觉古人书，信着全无是处。"这偏激的语言正是他对现实极为不满的流露，爱国爱民本是圣贤之书的教诲，但在南宋朝廷那里却行不通了，他借醉后狂言，清醒地尖锐地指出正是当权者们才真正违背了圣贤的教导。

下片描写一次酒后的醉态。夜间在松树旁醉倒后，还恍恍惚惚地问松树自己醉得如何。当他感到松树要来扶他时，他却推开松树，把寂寞孤独而又倔强的性格刻画得入木三分。曲折地表达了失路英雄落寞的情怀。短短的八个句子，有动作、有对话、有描写、有议论，把词人包藏在醉态之下的狂放精神和悲愤情绪，表达得何等生动！何等酣畅！同时也看出他的豪放之气和"以文为词"、"化文为词"的写作特色。

沁 园 春

灵山齐庵①赋，时筑偃湖未成

【原文】

叠嶂西驰，万马回旋，众山欲东。正惊湍直下，跳珠倒溅；

小桥横截，缺月初弓。老合投闲，天教多事，检校长身十万松。吾庐小，在龙蛇②影外，风雨声中。　　争先见面重重，看爽气朝来三数峰。似谢家子弟③，衣冠磊落；相如庭户④，车骑雍容。我觉其间，雄深雅健⑤，如对文章太史令。新堤路，问偃湖何日，烟水濛濛？

【注释】

①灵山齐庵：灵山，在上饶境内，是一座绵延百余里的大山。作者在《归朝观》词序里说："灵山齐庵，菖蒲港，皆长松茂林。"

②龙蛇：形容松树屈曲的枝条。苏轼《游灵隐高峰塔》诗："古树攀龙蛇，怪石坐牛羊。"

③似谢家子弟：以谢家子弟比喻山容树色的佳美。因其衣冠磊落，服饰庄重大方，故云。

④相如庭户：《史记·司马相如传》："相如之临邛，从车骑，雍容闲雅甚都。"

⑤雄深雅健：《新唐书·柳宗元传》载韩愈评柳宗元文的特征说："雄深雅健，似司马子长。"司马迁，字子长，曾为太史令，自称太史公。

【赏析】

这是一首别开生面的写景之词。上片，以白描手法描写了山、水、桥、月。起首三句写山，重叠的山峰朝西奔驰，忽然又掉头东向，大有万马回旋之势。犹如千军万马，西驰东奔，几乎于纸上飞动起来。接着写水，"惊湍直下，跳珠溅玉"，其气势之大一泻千里，其晶莹可爱，又如珠玉奔跳。"小桥"二句，用"横截"二字写小桥架在惊湍直下的横截处，又用"初弓"二字写缺月的形状，极富动感。作者此时已彻底赋闲，他自我解嘲地说老了合当过闲散的生活，不做朝廷的官了，却来管十万棵大松树。在他笔下，那棵棵青松，竟变成了十万个魁梧的壮汉。"吾庐小"三句说，因为屋子小，就建在松树旁边，所以常常能听到风雨吹打着松林的美妙声音。

下片，词人从庐外众多景物中抽出山来进行描写。"争先"二句，写夜雾消散时群峰先后显露，早晨的爽气从许多山峰上飘散出来，然后用一组组的特写镜头，对它作拟人化的描写，使人感到清新异常。又按特点把山分为三类，一类如谢家子弟，潇洒俊逸；一类如相如车骑，稳重巍峨；第三类犹如司马迁的文章，"雄深雅健"，博大精深。这种带有强烈"主观性"的描写，反衬出了词人的人格气度和审美趣味。使人感到有一股真气和奇气跳跃于词间，充分体现了辛词"以气入词"的特点。最后以想象偃湖筑成后烟雨濛濛的美好景色作结。

全词描写山景，脱落故常，出奇制胜，摆脱了传统的"委婉曲折"的写法，充满了以气为主的风味。同时，在对音律的突破、对散文句式和散文章法的运用上，也表现了辛词以文为词的特点，使词在文体方面有所突破和解放，体现了豪放词的重要特点。

永 遇 乐

京口北固亭①怀古

【原文】

千古江山，英雄无觅，孙仲谋②处。舞榭③歌台，风流总被，雨打风吹去。斜阳草树，寻常巷陌，人道寄奴④曾住。想当年、金戈铁马，气吞万里如虎。　　元嘉⑤草草，封狼居胥⑥，赢得仓皇北顾⑦。四十三年，望中犹记，烽火扬州路。可堪回首，佛狸祠⑧下，一片神鸦社鼓⑨。凭谁问，廉颇⑩老矣，尚能饭否。

【注释】

①京口北固亭：京口，今江苏省镇江市。北固亭，又名北顾亭，在京口城北北固山上。

②孙仲谋：孙权，字仲谋，早期曾以京口为都，北拒曹操，创建吴国。

③榭（xiè）：建在高台上的屋子。

④寄奴：宋武帝刘裕的小名。他曾据京口起兵，讨平桓玄之乱，后代晋自立，做了皇帝。

⑤元嘉：刘裕的儿子宋文帝刘义隆的年号。

⑥封狼居胥：汉将霍去病追击匈奴，至狼居胥山（在今内蒙古西北部），大获全胜，封山而还。

⑦仓皇北顾：惊慌地北望追来的敌人。宋文帝听了王玄谟谈论用兵策略，曾高兴地说："使人有封狼居胥意。"元嘉二十七年遂命王玄谟率军北伐，结果大败，北魏太武帝拓跋焘（小名佛狸）率军追到长江北岸的瓜步山（今江苏六合县东南），并于山上建行宫（后改为佛狸祠）。

⑧佛狸祠：见注⑦。

⑨神鸦社鼓：神鸦，啄食祭品的乌鸦。社鼓，社日祭祀的鼓声。

⑩"廉颇"二句：《史记·廉颇蔺相如列传》载，赵将廉颇，晚年失意，出奔魏国，秦攻赵，赵王派人去看廉颇是否还可用，"赵使者既见廉颇，廉颇为之一饭斗米，肉十斤，被甲上马，以示尚可用。"这里作者以廉颇自况，表示年虽老而仍希望为国效力。

【赏析】

本词作于宋宁宗开禧元年（1205）知镇江府任上。时作者已六十六岁，却仍保持着旺盛的斗志和对敌我形势的清醒估计，既坚持积极抗金，又反对草率从事，实属难能可贵。在一次登临北固亭时写了本词。

上片见景生情，怀古抚今。起首六句意为，雄伟壮丽的江山千载以来依然如故，但像孙权那样的英雄却无处可寻了，他那英雄的业绩已随着时间流逝而永远消失了。"斜阳"三句，意为夕阳照着荒草杂树，那一条普通的巷陌，人们都说是寄奴从前的住所。回想当年，寄奴挥师北伐、横戈跃马，气吞万里，势如猛虎。运用了与京口有关的历史事实，颂扬孙权不畏强敌、坚持抗战和刘裕北伐中原、收复失地的精神，全面地表达了他关于北伐的战略思想。

下片主要写历史教训，主张北伐不能草率从事。"元嘉草草"三句，用宋文帝北征失败的历史教训，以古鉴今，提醒当权者，吸取历史教训，"仓皇北顾"的历史不能重演。三句凝聚着词人对国事的隐忧。词人虽然主张谨慎从事，却坚决反对偷安苟和。"四十三年"，又从历史回到现实。回想四十三年前，金主完颜亮南侵烽火燃遍扬州。四十多年过去了，现在佛狸祠下，鼓乐迎神祭祀，抗金烽火已不复见，复国的意志也消磨殆尽。词人委婉地指出这是统治者苟且偷安不思恢复造成的结果，最后以廉颇自况，表示自己虽老仍愿为国效力。

全篇借古论今，含蓄深刻，用典虽多，但关摄时事，十分贴切。风格沉郁顿挫，悲壮苍凉。纵横开阖，一气贯片，融写景、叙事、议论为一体，有很高的艺术价值，是辛词的代表作之一。

南 乡 子

登京口北固亭有怀

【原文】

何处望神州？满眼风光北固楼[1]。千古兴亡多少事？悠悠。不尽长江滚滚流[2]。　　年少万兜鍪[3]。坐断[4]东南战未休。天下英雄谁敌手？曹刘[5]。生子当如孙仲谋[6]。

【注释】

①北固楼：即北固亭。

②"不尽长江滚滚流"：用杜甫《登高》："无边落木萧萧下，不尽长江滚滚来"诗意。

③兜鍪（dōu móu）：战士的头盔，此代指士兵。

④坐断：占据。

⑤"天下英雄谁敌手？曹刘"：曹操曾与刘备论天下英雄，云："今天下英雄惟使君（刘备）与操耳"（《三国志·蜀先主传》）。

⑥"生子当如孙仲谋"：曹操与孙权对垒，见舟船、器杖、军伍整肃，喟然叹曰："生子当如孙仲谋，刘景升（刘表）儿子（刘琮）若豚犬耳。"

【赏析】

本词作于镇江知府任上，通过对孙权的歌颂，表达了抗金复国的斗争。

上片抒发兴亡之感。登上北固楼，风光无限，但中原大地却缥缈不见。词人思念中原，又痛感中原落于敌手，无限感慨，油然而生。"千古"三句，感叹千古兴亡之事，都如长江的流水一般永远地逝去了，惟余亘古不变的江水还在不断地流淌。

下片借对古代英雄人物的歌颂表达收复失地的期望和信心。起首二句，称赞孙权少年英雄。他继承父兄基业，未满二十岁，便做了上万战士的统帅，占据了东南半壁江山，还不停地出战争雄。尽管和他对阵的是曹操、刘备那样的英雄人物，但他毫不胆怯，所以结句用曹操"生子当如孙仲谋"之语，表现了对孙权高度的赞扬。词人歌颂赞扬孙权，因为他和今日南宋一样，只占据了江南半壁河山。孙权勇于抗敌，成就了大业，而南宋却苟安求和、不思恢复。词人希望有个像孙权那样的人能扭转乾坤，率领全国上下一举收复失地。表达了他的忧国之深和抗金之切。

全篇大处落笔，视野开阔，气魄宏大，气势豪放，活用典故，镕铸经史，驱遣自如，以极小的篇幅，包含了重大的题材和深广的内容，实属小令中之上品。

陈　亮

【作者介绍】

陈亮（1143—1194），字同甫，婺州永康（今浙江）人。学者称为龙川先生。宋史称他"为人才气超迈，喜谈兵，议论风生，下笔数千言立就"。对于"隆兴和议"，他不同众议，表示反对，始终坚持抗战。他一生没有做过官，光宗绍熙四年（1193）考取进士第一名，授签书建康府判官厅公事，未至而卒，个人遭遇到很多不幸。他在学术上也有许多独到的见解。今传《龙川集》。

水调歌头

送章德茂大卿使虏①

【原文】

不见南师久，漫说北群空②。当场只手③，毕竟还我万夫雄。自笑堂堂汉使，得似洋洋河水，依旧只流东！且复穹庐④拜，会向藁街⑤逢。　　尧之都，舜之壤，禹之封，于中应有，一个半个耻臣戎。万里腥膻⑥如许，千古英灵安在？磅礴几时通？胡运何须问，赫日自当中。

【注释】

①送章德茂大卿使虏：陈亮的友人章森，字德茂，当时是大理少卿，试户部尚书，奉命使金，贺金主完颜雍生辰（万春节），陈亮便写了本词赠别。

②北群空：语出韩愈《送温处士赴河阳军序》"伯乐一过冀北之野而马群遂空"，指没有良马，借喻没有良才。

③只手：独立支撑的意思。

④穹庐：北方少数民族居住的圆顶毡房。

⑤藁（gǎo）街：在长安城内，外国使臣居住的地方。《汉书·陈汤传》曾载陈汤斩匈奴郅支单于后奏请"悬头藁街"，以示万里明犯强汉者，虽远必诛"。

⑥腥膻：代指金人。因金人膻肉酪浆，以充饥渴。

【赏析】

本词作于淳熙十二年（1185）十一月，当时宋朝南渡已近六十年，南宋向金称臣也已二十余年。满朝文武苟且偷安，早已忘了北伐大计。陈亮胸怀国家，焦虑万分，章森此次北行，本非光彩使命，但陈亮却在赠词中，宣泄了自己反对和议的块垒，寄托了对章森的殷切希望。

上片落笔"不见南师久",首先指斥长久不见南师北伐的现状。"漫说北群空"又对金人叫嚣宋朝无人，不能振作进行了反驳。然后颂扬章森能够独当一面，是一位杰出的使节，能够以万夫莫当的英雄气概，只身出入金廷而不辱使命。"自笑"三句，以黄河之水不变东流方向比喻章森一定会忠节自守。"且复穷庐"两句，意谓现在姑且向金主低头，总有一天，他们会被宋朝歼灭。将他们"悬头藁街"，这是词人的理想，从正反两面写出他的理想与现实之间的矛盾。

下片承接上片，继续写在中原这个尧、舜、禹的故都，肯定会有一些以向金称臣为耻的志士。他大声疾呼，金人占据了中原广大的土地，千古英雄如今何在？浩然正气什么时候才能压倒邪气而通于天地之间，把金人驱逐出去呢？在激愤之余，他又鼓励友人对未来要充满信心，金国的命运不用问，快完结了，而南宋方兴未艾，它的前途正如日中天，这是词人的愿望。

本词通篇都洋溢着强烈的民族自豪感和胜利的信心，是南宋爱国词中难得见到的充满必胜信念的"豪放词"。语言率直、情辞俱壮。

念 奴 娇

登多景楼①

【原文】

危楼还望，叹此意、今古几人曾会？鬼设神施，浑认作、天限南疆北界。一水横陈，连岗三面，做出争雄势。六朝何事，只成门户私计？　　因笑王谢诸人②，登高怀远，也学英雄涕。凭却江山，管不到、河洛腥膻无际。正好长驱，不须反顾，寻取中流誓。小儿破贼③，势成宁向强对④。

【注释】

①多景楼：在江苏镇江市北固山上甘露寺内，北面长江。

②王谢诸人：泛指当时有声望地位的士大夫。

③小儿破贼：《通鉴》记淝水之战、谢安得驿书，知秦兵已破，时方与客围棋，摄书置床上，围棋如故。客问之，徐答曰："小儿辈遂已破贼。"当时率军作战的是其弟侄，故称"小儿辈"。

④强对：强敌也。

【赏析】

南宋人登临多景楼所赋篇很多，但若论气概之豪壮，则当以此首为最。隆兴和议以后，南宋统治者欲以长江为界的南北定势为借口，放弃北伐，苟安江左。陈亮坚决反对，在建康、京口一带进行考察，然后回京口临安向宋高宗第四次上书。本词是在京口所写。

上片写登楼远眺。词人登上多景楼，四周望去，深感这里有极重要的战略意义，有利于抗金北伐，可古往今来偏安江左的王朝都没有认识到这一点。宋、齐、梁、陈相继而亡。南宋却又重蹈覆辙。"此意"是指词人蕴蓄已久，多次上书论及的"战略意义"。"鬼设神施"二句，说江山构造的奇巧如鬼设神施，朝廷却认为长江就是划分南北的天然疆界，而忽视了它的战略意义。"一水横陈"三句，赞美长江地理形势险要，形成争雄中原的有利条件。面对这样伟岸、雄壮的长江天险，"六朝何事"二句，质问南朝统治者为什么只想到依靠长江天堑作偏安的自私打算呢？明言六朝，暗指南宋统治者，不顾国家存亡，只顾牟取私利，有力地戳穿了"南疆北界"的欺骗性。

下片继续借六朝故事，批评时政，可笑那些达官贵人终日里醉生梦死，却要学爱国志士的模样假惺惺地流泪。他进一步敲响警钟，如果不振作起来，仅仅依靠长江天险，还是无法收复那已被金人占去的中原大地，真是痛快淋漓！最后，他气势轩昂地喊出了"正好长驱"、"势成宁问强对"的进军、杀敌之声。用祖逖中流击楫和谢安的小儿辈破贼的典故，描绘出一幅北伐胜利的理想图景。这里有他要求北伐的迫切心情，有对先辈的赞美，更多的则是对抗金的期望，极富号召力和鼓动性。词中那豁达的胸襟和豪迈的气魄，表现了词人的人格、思想和个性，贯注着"气足盖物"的大气。

刘　过

【作者介绍】

刘过（1154—1206），字改之，号龙洲道人，吉州太和（今江西泰和）人。多次应试不第，屡陈恢复方略不报，长期流落江湖以终。宋子虚称其为"天下奇男子，平生以气意撼当世"。曾为辛弃疾的座上客。其词亦师法辛弃疾，多慷慨悲壮之语，今传《龙洲词》。

西　江　月

【原文】

堂上谋臣尊俎①，边头将士干戈。天时地利与人和，燕可伐欤曰可②。　　今日楼台③鼎鼐④，明年带砺山河。大家齐唱大风歌⑤，不日四方来贺。

【注释】

①尊俎（zǔ）：酒器，代指宴席。刘向《新序》说："夫不出于尊俎之间，而知千里之外，其晏子之谓也。"

②燕可伐欤曰可：《孟子·公孙丑下》沈同以其私问："燕可伐欤？"孟子曰："可。""燕"借指会心。

③楼台：指相府。

④鼎鼐：炊器；古时把宰相治国比做鼎鼐调味，古以之代相位。

⑤大风歌：汉高祖扫平四海，统一天下之后，以家乡少年一百二十人伴倡，齐声高唱大风歌。

【赏析】

宋宁宗嘉泰、开禧年间，韩侂胄执掌朝廷大政，想建功立业，力主北伐，请宁宗封岳飞为鄂王，而改谥秦桧为"谬丑"。于是朝野人心振奋，韩侂胄威望大增。刘过大约写于嘉泰四年（1504）为贺韩生日而作的《西江月》，借祝贺生日预祝北伐胜利。

上片写北伐的条件已全部具备。一上来便满怀喜悦地说：朝廷上，有"不出尊俎之间、而知千里之外"的决策大臣，他们足智多谋，运筹帷幄；边防上，有兵强马壮，枕戈待旦的将士，他们上下一心，士气高昂。再加上朝野拥护，百姓支持，北方人民盼望恢复，金国气数已尽，兼有进可攻退可守龙蟠虎踞的长江天险，真是占尽天时地利人和，北伐如何不胜？写到此，词人把《孟子·公孙丑下》里，别人的问题和孟子的回答熔为一句，表现了坚定的信心和必胜的信念。分析北伐取胜的有利条件，实际上是对韩北伐表示支持。

下片预祝韩侂胄伐金取得胜利。一二句写韩侂胄今日贵为丞辅，相府楼台，万民景仰，治国雄略，朝野敬叹，治理万机，势如鼎鼐；明天北伐胜利，举国庆贺，加封进爵，永传子孙，那种盛况，只有汉高祖封功臣可比。用不了多久，北伐胜利，中原收复，国势强盛，八方来朝，将指日可待。

语言精练，含义丰富。用典贴切、自然、无迹。乐观自信，激昂慷慨，气势恢宏。

清 平 乐

【原文】

新来①塞北，传到真消息：赤地居民无一粒，更王单于争立。　　维师尚父鹰扬②，熊罴百万堂堂。看取黄金假钺③，归来异姓真王。

【注释】

①新来：当时俗语，就是"新近"之意。

②尚父鹰扬：韩侂胄如姜尚一样韬略英武，大展雄才。语出《诗·大雅·大明》，尚父即姜尚。

③黄金假钺：在状如大斧的兵器上饰以黄金，为皇帝专用的仪仗。特别重要的军事行动，皇帝不能亲行时，允许统帅假借黄钺。

【赏析】

刘过写过许多豪情激越的词章，鼓励韩侂胄北伐，本篇即是其一。

上片写塞北情况。新近塞北传来了确切的消息，百姓们遭受灾害颗粒无收，千里赤地，陷入绝境。就在百姓处在水深火热之中的时候，金朝统治者却争权夺利，发生内哄，刀兵相见，互相残杀。自然灾害加上政权的动乱，金朝的统治眼见坐不稳要倒台了，这对南宋无疑是十分有利的。

下片写南宋方面。"维师"二句，上句写韩侂胄将像周之姜尚一样胸怀韬略，率军出征，大展雄才，下句写士兵精锐，勇悍如熊罴，百万大军、势不可挡。"看取"二句：出征时假以皇帝的仪仗，声势浩大，威风凛凛，得胜归来一定会封爵封王。

全词通过金与南宋从统帅、军队、百姓等方面的详明对比，说明了南宋取得北伐胜利的必然性，给人以必胜的信心。特别是给统帅韩侂胄以极大的鼓励和力量，令人激昂兴奋，豪情满怀。

沁 园 春

寄辛承旨①。时承旨招，不赴

【原文】

斗酒彘肩②，风雨渡江，岂不快哉？被香山居士③，约林和靖④，与东坡老⑤，驾勒吾回⑥。坡谓"西湖，正如西子，浓抹淡妆临镜台⑦"。二公者，皆掉头不顾，只管衔杯。　　白云"天竺去来⑧图画里峥嵘楼阁开。爱东西双涧，纵横水绕；两峰南北，高下云堆"。遁曰："不然，暗香浮动⑨争似孤山先探梅⑩。"须晴去，访稼轩未晚，且此徘徊。

【注释】

①辛承旨：即辛弃疾。因其曾于开禧三年（1207）被任为枢密院都承旨而得名，不过那时刘过已死，"承旨"二字可能是后人加的。

②斗酒彘（zhì）肩：《史记》载，樊哙见项王，项王赐与斗卮酒（一大斗酒）与彘肩（猪前肘）。

③香山居士：白居易晚年自号香山居士。

④林和靖：林逋，字和靖。

⑤东坡老：苏轼自号东坡居士，后人称为坡仙。

⑥驾勒吾回：强拉我回来。

⑦"西湖正如西子"二句：苏轼诗"欲把西湖比西子，浓妆淡抹总相宜。"

⑧"天竺去来"六句：白居易在杭州时，很喜爱灵隐天竺（寺）一带的景色。他的《寄韬光禅师》诗："东涧水流西涧水，南山云起北山云"，便是写东西二涧和南北两高峰的。

⑨暗香浮动：林逋《梅花》诗："疏影横斜水清浅，暗香浮动月黄昏"。

⑩孤山先探梅：孤山位于里、外两湖之间的界山，山上种了许多梅花。

【赏析】

本词写于嘉泰三年（1203），时作者流寓杭州，诗满天下，名震文坛。辛弃疾在绍兴任浙东安抚使，派人约请他前来相会，刘过适以事不及行，便"效辛体《沁园春》"作一词，向辛作答。词的体裁和题材都很奇特，才气横溢，构思巧妙，模仿逼真。辛弃疾"得之大喜，致馈数百千，竟邀之去，馆燕弥日。（岳柯《桯史》）"。

上片落笔先写他想象自己由杭州渡过钱塘江来到绍兴，在辛弃疾那里大吃豪饮的痛快情景。但因事不能赴招，便"请"出三位古人白居易、林逋、苏轼把他留下，委婉又饶有趣味地向辛说明自己不能赴行的理由。然后分别以三位古人在杭州时所作的名诗名句入词，写出三人对西湖、灵隐、天竺、孤山各持己见，争论不休的有趣场面，实际表示自己已跻身于大诗人之列，现在游览西湖是为了显示自己的狂放不羁。过片不变，一气贯之。最后表示，天晴之后，将去赴招。

这首效辛体的词作飞扬着辛词的狂放豪情，又充满了辛词的诙谐风趣。采用对话的方式，不受格律的约束，构思大胆、别致，表现了辛词以文为词的风格。用对话叙事，抒情、写景超越时空，富于理趣和创造性。

贺 新 郎

【原文】

弹铗①西来路。记匆匆、经行十日，几番风雨。梦里寻秋秋不见，秋在平芜远树。雁信落、家山何处？万里西风吹客鬓，把菱花②、自笑人如许。留不住、少年去。　　男儿事业无凭据。记当年、悲歌击楫③，酒酣箕踞④。腰下光芒三尺剑，时解挑灯夜语。谁更识、此时情绪？唤起杜陵风月手⑤，写江东渭北相思句。歌此恨，慰羁旅。

【注释】

①弹铗：用冯谖客孟尝君事。冯谖未受重视，他弹着自己的剑铗而歌"长铗归来"。

②菱花：镜子。

③悲歌击楫：《晋书·祖逖传》载，逖统兵北伐，渡江，中流击楫而誓曰："不能清中原而复济者，有如大江。"

④酒酣箕踞：酒喝得很痛快，把膝头稍微屈起来坐，形状如箕，叫做箕踞，表示倨傲、愤世的态度。典出《世说新语·简傲》。

⑤杜陵风月手：指杜甫。

【赏析】

本词写于词人中年以后溯江而上之时。他有志报国，投书献策，希图仕进，并劝说诸路帅臣，致力恢复中原，均未奏效，流寓他乡，抑郁不平。

上片起首三句先用冯谖弹铗的故事叙说自己从金陵西上，旅途艰苦，窘迫十分不得意的状况。"梦里"三句点明时间是在秋季，心情的苦闷，更勾起思乡的情怀。但家乡路遥，欲归不得，更令人伤感。"万里"以下，感叹自己长期在外奔波，岁月流逝，年纪已老，却事业无成，字句之间，流出深沉的感慨。

下片，追忆青年时代的凌云理想与豪迈气概。那时他的理想虽无人理解，但他自己立下不澄清中原绝不罢休的壮志，酣放自若，不可一世，连腰上的宝剑也发出声来表示要上阵杀敌，可现在自己一事无成，谁能理解我此时的心绪？最后他希望有李白杜甫那样的诗人，用他们的诗句，抒发自己壮志难酬的悲愤情绪。

本词抒发了作者事业无成的忧虑和苦闷，风格豪放，感情深沉、用典贴切，笔力峭拔。

姜　夔

【作者介绍】

姜夔（约1155—约1221），字尧章，饶州鄱阳（今属江西）人。后卜居弁山白石洞下，自号白石道人。布衣终身，为人狷洁清高，襟怀洒落，品格孤高。精通音律，能自度曲，尤以词称。与当时名重一时的诗人范成大、杨万里为翰墨之友。姜夔词风神潇洒，笔力疏峻，言情体物，善用健笔隽句，形成刚劲峭拔之风。推敲文字，斟酌声律，素以空灵含蓄著称。有《白石道人歌曲》、《白石道人诗集》存词80多首。

永　遇　乐

次稼轩北固楼词韵①

【原文】

云隔迷楼②，苔封很石③，人向何处？数骑秋烟，一篙寒汐④，千古空来去。使君心在，苍崖绿嶂，苦被北门⑤留住。有尊中酒，差可饮，大旗尽绣熊虎。　　前身诸葛，来游此地，数语便酬三顾。楼外冥冥，江皋⑥隐隐，认得征西路⑦。中原生聚⑧，神京耆老⑨，南望长淮⑩金鼓⑪。问当时，依依种柳⑫，至今在否？

【注释】

①次稼轩北固楼词韵：嘉泰三年（1203），辛弃疾出任绍兴知府兼浙江东路安抚使时，姜夔和他时有往来，互相唱和。开禧元年（1205）六十五岁的辛弃疾转任镇江知府，积极准备北伐。他写作的《永遇乐·京口北固亭怀古》词，表现了老当益壮的雄心。姜夔深受感动，对辛的政治主张表示热烈的支持和赞扬，并依辛词的韵脚填写了本词。北固亭，一名北固楼，在今镇江市北固山上，面临长江。

②迷楼：在扬州。

③很石：在北固山甘露寺中，相传三国时孙权曾坐石上和刘备共商破曹之计。

④一篙寒汐："一篙"，指江上稀疏的船影。汐，晚间的潮水。黄昏时在江上漂动着稀疏的归帆。

⑤北门：南宋时镇江接近边界，已成为北方的重镇和北大门。

⑥江皋：指长江两岸高地。

⑦征西路：晋驸马都尉桓温西征成汉国，被封为征西大将军。此借指辛弃疾北伐收复中原。

⑧生聚：人口增多。

⑨耆老：老人。

⑩长淮：指当时宋金的边界淮河。

⑪金鼓：指出征的队伍。

⑫依依种柳：《晋书·桓温传》载，桓温北伐，看到自己任琅琊太守时种的柳树，都已十围。姜夔用此表示希望辛弃疾早日北征，待路过历城时，看看自己当年栽的柳树是否仍在。这些话曲折的表示，胜利在望，北伐必胜。

【赏析】

上片起首三句写江上烟云弥漫，先点出京口自然形势的险要，再写苔封很石，暗指由于朝廷压制抗金人士，现在已没有像孙权、刘备那样商议讨论破敌大计的人了。江上好像还是那么平静，年复一年地来往着稀疏的船只，永无变化。"使君心在"三句说辛弃疾本来已惯于生活在苍翠的山崖和绿色的山丛之间，但为了收复中原北伐，而被留在抗金的前线了。"有尊中酒"三句分析北伐取胜的有利条件，以鼓励辛弃疾，不仅有可饮之酒、可用之兵，更重要的是有辛弃疾这样坚定威武的统帅，率领着战旗上绣有熊虎的大军，北伐必胜无疑。上片主要写京口本来如死水一潭，由于辛弃疾领导，抗金大业才出现转机和希望。

下片赞扬辛弃疾有文才武略，如同三国时的诸葛亮一样，谈笑间就完成了北伐的重任。在北固楼眺望，烟水茫茫，江岸隐约，辛弃疾一定会像当年桓温征西一样取得北伐胜利，那中原的百姓，故都的父老，他们都在期待南师北伐。最后他再次为辛鼓气，你一定会马到成功，等胜利回来时，你会如桓温凯旋重见昔日手植的柳树业已成围那样看到江南的变化。词人以此增强辛弃疾的信心，激励他勇往直前。

由于受到辛弃疾虽老而犹能"气吞万里"的雄健之风的感染，姜夔也写出了这样气势恢宏之词，使这位一向比较低沉的词人感发出愤慨的声音，合着辛派词的基词而共振共响，表现了他内心深处还是有着"豪放"的一面，使他心胸也为之开阔，作品也有了生气。

李好古

【作者介绍】
李好古，字仲敏。生卒年月及籍贯事迹均不详。

谒 金 门

【原文】
花过雨，又是一番红素。燕子归来愁不语，旧巢无觅处。

谁在玉关①劳苦？谁在玉楼歌舞？若使胡尘吹得去，东风侯万户。

【注释】

①玉关：即玉门关。

【赏析】

本词描写了元军南侵，家园破败的景象，表现了词人对南宋朝廷强烈的不满和对国事深深的忧虑。上片落笔先写春雨过后，百花盛开，春天如期而来。然后用拟人的手法描写经过战乱之后，燕子回来因找不到旧巢而愁闷不语。揭示了战争给百姓生活带来的深重灾难，田园荒芜、家园破败。词人的满腔忧愤和无限感慨都凝聚在"愁不语"三个字上了。

下片前二句直接点出造成眼前惨状的原因，连用两个问句，质问、斥责、揭露统治者荒淫误国，玩忽岁月的丑恶行径。元军铁蹄南下时，将士们据关死守，为国捐躯，备尝苦辛，而统治者却在安乐窝中寻欢作乐，导致战败失地，还将导致亡国。正反的对比，形成了强烈的反差，更激起了读者对南宋统治者的切齿之恨。词人在万般无奈的情况下，只好寄希望于缥缈的幻想。最后二句说如果东风把胡尘吹走，就封它作万户侯。词人把对国事的忧虑和对朝廷的绝望都融入这拟人化的幻想中，语极沉痛又极愤慨，表现了词人忧国之切，爱国之深。全词运用了拟人、对比、反衬等修辞手法，强化了并突出了主题。

刘仙伦

【作者介绍】

刘仙伦，生卒年不详，一名儗，字叔儗，号招山，庐陵（今江西吉安）人。终生布衣。其词清畅自然，与刘过齐名，时称"庐陵二士"。有《招山小集》。

念 奴 娇

感怀呈洪守

【原文】

吴山青处，恨长安①路断，黄尘如雾。荆楚西来行堑远，北过淮堧②严扈。九塞貔貅③，三关虎豹，空作陪京④固。天高难叫，若为得诉忠语。　　追念江左英雄，中兴事业，枉被奸臣误。不见翠花移跸⑤处，枉负吾皇神武，击楫凭谁，问筹无计，何日宽忧顾。倚筇⑥长叹，满怀清泪如雨。

【注释】

①长安：代指汴京。

②淮堧（ruán）：淮河上的宋金边界。

③貔貅：猛兽名，借指勇士。

④陪京：即陪都，指建康（南京）。

⑤翠花移跸（bì）：谓帝王出行时行止的变化。翠花，华丽的装饰，代车驾。

⑥倚筇：拄着筇杖。

【赏析】

作者见景生情，抒发了感叹奸臣误国，自己报国无门的感慨。

上片起首三句，由吴山青青而联想到北方领土沦丧，前往汴京的道路不通。"荆楚"二句，写从荆楚到淮河地区，宋金边界都是戒备森严。"九塞"五句，写边境上的战士、要塞和关口，虽然严阵以待，防守严密，但朝廷苟安求和，这一切又有什么用呢？可叹我一片报国之心，却因苍天太高（皇帝太远）忠心向谁倾诉！

下片，作者为抗金英雄的遭遇义愤填膺，岳飞、韩世忠等英杰的不幸遭遇尤为使人痛心，他愤怒地说：中兴大业，都白白地被奸臣断送了！吾皇虽然神武，但也被迫移跸，现在哪里有像祖逖一样中流击楫的英雄，想要为国筹划，却苦无良策，什么时候才能让人宽心不再忧虑呢？最后以自己倚杖叹息、痛心流泪作结。

作者对抗金大业极为关怀，充满了报国立功的豪情壮志，表现了他不忘复国的思想和壮志难酬的遗憾，视野开阔、境界宏大，感情深沉。

戴复古

【作者介绍】

戴复古（1167—?），字式之，号石屏，天台黄岩（今属浙江）人，不得功名，浪迹江湖，隐居于故乡南塘石屏山下。以诗鸣江湖间，为江湖派重要作家。亦工词，词风自然，豪健奔放。有《石屏诗集》、《石屏词》。

柳梢青

岳阳楼

【原文】

袖剑飞吟①。洞庭青草②、秋水深深。万顷波光，岳阳楼上，一快披襟③。　　不须携酒登临。问有酒、何人共斟？变尽人间，君山④一点，自古如今。

【注释】

①袖剑飞吟：相传吕洞宾三醉岳阳楼，留诗于壁上，曰："朝游百越暮苍梧，袖里青蛇胆气粗。三入岳阳人不识，朗吟飞过洞庭湖。""青蛇"，指剑。"袖剑"即"袖里青蛇"之意。"飞吟"，即"朗吟飞过"之意。作者即以吕洞宾的行动自比。

②洞庭青草：青草湖是洞庭湖的一部分，二湖相通，总称洞庭湖。

③一快披襟：宋玉《风赋》"楚襄王游于兰台之宫，宋玉、景差侍。有风飒然而至，王乃披襟而当之，曰：'快哉此风。'"

④君山：在洞庭湖。

【赏析】

这是一篇豪壮的悲歌。起首"袖剑飞吟"点出自己的豪气与吕洞宾相类，落笔气势雄阔。"洞庭青草，秋水深深"二句，写眼前之景，极有韵致，加以"波光万顷"把八百里洞庭作为词人活动的背景，气势浩瀚，境界阔大，然后推出了在岳阳楼上披襟当风的词人形象。真是狂放之至，痛快之至！

过片"不须携酒登临"突兀而出，出人意料，后句揭出答案，原来是有酒无人共斟。词人仕途失意，流落江湖，而知音难觅，只落得飘泊孤独，无人与共，两句说尽心中感慨，由奔放转向沉郁。最后三句"变尽人间，君山一点、自古如今。"包涵丰富，力敌千钧。命运的多蹇，朝政的腐败，国家的兴亡，都涌现于心头，如凝聚于火山口下的岩浆突然喷发而出，这是一种宏观、深邃的历史和哲理的思考，使人感到他那一颗强烈跳动着的忧国伤时之心。

小令写得一波三折，笔力雄劲、豪放雄健，韵味醇厚，余音不绝。

贺 新 郎

寄丰真州①

【原文】

忆把金罍②酒。叹别来、光阴荏苒，江湖宿留。世事不堪频着眼，赢得两眉长皱。但东望、故人翘首。木落山空天远大，送飞鸿、北去伤怀久。天下事，公知否？　　钱塘风月西湖柳。渡江来、百年机会，从前未有。唤起东山丘壑梦③，莫惜风霜老手，要整顿、封疆如日。早晚枢庭开幕府，是英雄、尽为公奔走。看金印，大如斗④。

【注释】

①丰真州：作者的朋友，曾任真州（治所在今江苏仪征）知州，生平不详。

②金罍（léi）：泛指华美的酒盏。

③东山丘壑梦：典出《晋书·谢安传》。晋文帝时，谢安被召为著作佐郎等职，他以病辞，隐居会稽东山，与王羲之等人游山玩水，吟诗作文，被称为"放情丘壑"、"无处世意"。后出任宰相，颇有政绩。

④看金印，大如斗：《世说新语·尤悔》，东晋大将军王敦举兵叛乱，周顗曰："今年杀诸贼奴，当取金印如斗大，系肘后。"

【赏析】

这是作者寄赠给友人丰真州的一首词，意在勉励老友为国立功。上片从回忆二人共饮的情景入词，然后以一"叹"字领起，描绘别后情景。自己功名未就，光阴飞逝，只不过在江湖上来来往往，想起不仅收复中原无望，而且现在仅有的半壁江山还不断受到金兵的威胁，自己便痛心疾首，"两眉长皱"。再念及沦陷区的人民，还在翘首企盼收复，心中更加痛苦。望着浩渺的天空，不尽的落叶，北送的飞鸿，他久久地伤怀了。紧接着，他把希望寄托在朋友身上，情不自禁激动地说"天下事，公知否？"作者身在江湖，心系世事、希图恢复，并恳切地勉励友人。

下片具体抒写他的劝勉。首先说你是真州知州，钱塘风月、西湖垂柳，这些江南美景令人留恋，但为国杀敌的机会也切莫放过。不能像谢安那样盛年便隐居，要不失时机地抗金报国。朝廷腐败，你要振作精神，"要整顿、封疆如旧"，此句寄寓了作者深切的希望。在作者眼中，丰真州是将才、是帅才，一定能入主枢密院，招揽天下英雄，奋起抗金，所以他说，那些英雄豪杰，也一定会齐集于你的帐下，为你奔走。最后以"看金印，大如斗"表达自己盼望对方出马挂帅，驰骋疆场，早日抗金复国的迫切心情。

全词笔力豪健，气势浑厚，从自己的沉郁哀伤中站起来，寄殷切希望于对方，感情愈来愈昂扬、愈来愈奔放，把自己的爱国精神融入对友人的厚望之中，用典巧妙含蓄。渲染气氛，烘托主题，各臻其妙。《四库全书提要》赞道："豪情壮采、直逼苏轼"。

水调歌头

题李季允①侍郎鄂州吞云楼

【原文】

轮奂②半天上，胜概压南楼③。筹边独坐，岂欲登览快双眸。浪说胸吞云梦④，直把气吞残虏，西北望神州。百载一机会，人事恨悠悠。　　骑黄鹤⑤，赋鹦鹉⑥，谩风流。岳王祠⑦畔，杨柳烟锁古今愁。整顿乾坤手段，指授英雄方略，雅志若为酬。杯酒不在手，双鬓恐惊秋。

【注释】

①李季允：名埴。曾任礼部侍郎，沿江制置副使并知鄂州（今湖北武昌）。

②轮奂：高大华美。

③南楼：在湖北鄂城县南。

④胸吞云梦：司马相如《子虚赋》"吞若云梦者八九于其胸中，曾不蒂芥。"言齐国之大，吞下八九个云梦不觉梗塞。云梦，楚大泽名，方几百里。

⑤骑黄鹤：崔颢诗"昔人已乘黄鹤去，此地空余黄鹤楼。"

⑥赋鹦鹉：汉末文人祢衡在《鹦鹉赋》用拟人化的手法描写当时的有志之士，如同憧憬自由的鹦鹉尽情领略高山美景。

⑦岳王祠：惨死在秦桧手中的抗金名将岳飞的祠堂。直至宋宁宗时才追封为鄂王、建立祠庙。

【赏析】

开首"轮奂"二句写李季允的吞云楼高大华美，高耸入云，奇景壮观，压倒武昌黄鹤山上的"南楼"，先极口称赞吞云楼，为下文蓄势。吞云楼如此壮观，在楼上观景远眺、岂非快事。接着写李侍郎在楼上"筹边独坐"，独坐不是为了观景而是在筹边，作为边帅（武昌在南宋时是抗金的前沿阵地），他时刻不忘抗金大计。"岂欲"句进一步说明，他哪里有心思登楼观景。先赞楼，后赞人，赞楼也是为了赞人，表现了词人对李侍郎致力于抗金事业的由衷赞颂。"浪说"以下二句，吞云楼前广阔壮美的自然景观，虽引人入胜，但词人表示且慢去说它，他要说他时刻悬于心头的抗金大事。"直把气吞残虏，西北望神州"，他的理想是北伐抗金，收复中原。写到这里整个上片都洋溢着饱满的爱国热情。但南渡以来将近百年，统治者沉溺于偏安局面，断送了许多大好时机，令人又气又恨。上片末二句，情绪产生了强烈的转折。于是换头后一连五句都是追念先烈，感叹当今，围绕"古今愁"三字尽情抒发感慨。他经历了骑鹤登天和如鹦鹉般追求自由的幻灭，有志之士陷入了委屈与苦闷的深渊。抗金名将岳飞未能实现他的"收拾旧山河"的愿望而惨遭杀害。现在岳王祠畔，杨柳飘烟，这都是志士仁人自古及今的悲剧，就是"古今愁"的内涵。当然充满爱国之情的词人并没有在古今愁面前消沉下去，他寄厚望于当今这位追求"整顿乾坤"理想的有志之士李侍郎。其实他心中始终有一个挥之不去的阴影。即黑暗的政权，昏庸的统治者，所以再度昂扬的情绪又暗淡下来。壮志难酬啊！如果没有杯酒来消愁，词人和李侍郎等爱国者的双鬓早就斑白了，照应了上片的"恨悠悠"和下片的"古今愁"，深化了主题，收束全词。

全词写得正气浩然，气然雄浑，是词人追求"整顿乾坤"理想而上下求索的真实写照。奇想联翩、纵横古今，风格豪放悲壮。

刘克庄

【作者介绍】

刘克庄（1187—1269），字潜夫，号后村居士，莆田（在今福建省）人。以荫补官，淳佑六年（1246）赐同进士出身，官至龙图阁学士。前后四次在朝为官，又四度罢官。理宗赏识他"文名久著，史学

"尤精"。他的词继承了辛派词人的爱国主义传统及豪放风格。有《后村长短句》。

清 平 乐

五月十五夜玩月

【原文】

　　风高浪快，万里骑蟾①背。曾识姮娥②真体态，素面原无粉黛。　　身游银阙珠宫，俯看积气濛濛。醉里偶摇桂树，人间道是凉风。

【注释】

　　①蟾：蟾蜍，俗称蛤蟆，月中的精灵。
　　②姮娥：即嫦娥。

【赏析】

　　这是一首充满了浪漫主义色彩的小令。上片破空而来，词人想象自己借高风快浪，骑着蟾蜍，在万里夜空中遨游，抵达月宫后见到了嫦娥，并看清了她的体态和容貌。原来这位美貌的月中仙子体态轻盈，脸上不施粉黛，显示出一种本色的自然之美。

　　下片想象自己在天宫的情景。"身游"二句，他在巍峨壮丽如银似雪的月宫里，俯视人间，只见下界雾气濛濛、混水不堪。天上是那样月明辉清，而人间却是那样龌龊昏暗，正如南宋政权的昏聩不明。词人置身天上，神清气爽，再饮月中琼浆，感到心满意足。但他并没有忘记人间，带着醉意，他偶然地摇了摇桂树，便给炎热的人间带去了凉风。此处也透露了词人希望能从天上吹来一股政治清风，使南宋政权能变得清明一点。

　　全文构思新奇，想象大胆，驰骋想象，笔势飞动，具有豪迈的风格和浪漫主义的色彩。

忆 秦 娥

【原文】

梅谢了，塞垣冻解鸿①归早。鸿归早，凭伊问讯，大梁遗老②。　浙河西面边声悄，淮河北去炊烟少。炊烟少，宣河宫殿③，冷烟衰草。

【注释】

①鸿：即鸿雁，是一种候鸟。秋风起时北雁南飞，春季则自南归北。在诗词中常被当做信使。

②大梁遗老：即中原父老、北宋遗民。大梁，战国魏都，即北宋时都城汴京。

③宣和宫殿：借指故国宫殿。宣和，宋徽宗年号。

【赏析】

本词见景生情，抒发了对中原沦陷区人民命运的关切和深沉的爱国感情。

上片起首"梅谢了"二句先点明时间，是在初春，梅花纷谢、暖气渐生、大地解冻的时候。南去过冬的鸿雁已早早地飞回北方。词人不禁想起现在只有大雁才能飞回北方，那从北方渡江来到南方的南宋朝廷，已经很难再回北方故国了，也只有靠鸿雁才能给北方沦陷区的百姓带去同胞的关怀和问候。

下片紧承上片，写鸿雁自南而北飞过的途程。"浙河"二句，先写浙江西路，包括南宋与金的边界镇江一带。"边声悄"三字，写边庭沉静，毫无抗敌的迹象，言下之意是宋廷根本无意于北伐恢复中原。所以他想象鸿雁再向北飞过淮河（宋金交界）之后，那里一定十分荒凉，人烟稀少。飞过故都宫殿时，那里则更是断壁残垣，冷烟衰草了。废墟之上，凄凉迷离，令人哀思不尽。通过鸿雁的北归视线，展示了北宋沦陷之后，百姓被掳掠摧残，田地荒芜，农村凋敝的凄惨景象，也暗示并谴责了南宋政权的苟且偷安，不思恢复，昏庸误国，寄托了词人对故土的思念，和对国力不振的哀伤。语虽委婉，意极含蓄，表达了深沉的故国之思。

玉　楼　春

戏　林　推①

【原文】

年年跃马长安市，客舍似家家似寄。青钱换酒日无何②，红烛呼卢③宵不寐。　　易挑锦妇机中字④，难得玉人⑤心下事。男儿西北有神州，莫滴水西桥⑥畔泪。

【注释】

①林推：姓林的节度推官，刘克庄的同乡。

②日无何：《汉书·袁盎传》："（袁盎）能日饮，无何。"无何即再没有别的事情。

③呼卢：古代掷骰子，五子全黑叫"卢"，可获全胜。所以赌博时争着喊"卢"。

④锦妇机中字：用窦滔妻苏氏织锦为回文诗以寄其夫的典故。

⑤玉人：美人，指妓女。

⑥水西桥：妓女住的地方。

【赏析】

上片先批评林推官的放荡淫乐生活。"年年"二句，写林推官在临安的灯红酒绿纸醉金迷的生活。长安在此借指临安。把客店当作家，而把家当做客舍。"青钱"二句，写林推官日夜沉湎于荒唐放荡的生活里，青钱换酒狂饮，红烛高照赌博。在国难当头之际，忧国忧民以国事为念的词人，对朋友这种饮酒、赌博、嫖妓的劣行感到痛心疾首。"日无何"和"宵不寐"就是对他的讽刺和批评。

下片，词人以儿女之情和家国之情语重心长地规劝林推官，希望他能迷途知返。"易挑"二句，你妻子如窦滔妻苏氏真情恋夫那样的对待你，而你迷恋的那些青楼妓女是绝不可能对你产生真情的。劝林要珍惜夫妻之情，这是从家庭和儿女之情出发劝林。"男儿"二句则从国家大事出发，规劝林：堂堂七尺男儿，应当时刻牵挂失去的西北神州大地，以驰骋疆场戮力杀敌、报效国家为己任，不要为妓女流下珍贵的眼泪。二句如昆仑压顶、横空而出，晴空霹雳、震彻天空。即使是对朋友的私生活进行批评，也表现了词人深沉、执著的爱国情感。字字千钧，挺拔有力，寓庄于谐，词风豪俊，含有无限的家国之感。

忆 秦 娥

【原文】

春酲①薄，梦中毬②马豪如昨。豪如昨，月明横笛，晓寒吹角。　　古来成败难描摸，而今却悔当时错。当时错，铁衣犹在，不堪重著。

【注释】

①酲（chéng）：意为病酒，即酒醒后神志不清，就像患病一样。
②毬：即球，又称鞠丸。古代人习武用具，以皮为之，中实以毛，或步或骑，足踏或杖击而争之。

【赏析】

宋宁宗嘉定十一年（1218），刘克庄出参江淮制置使李珏幕府。小令写的就是当年的军幕生活。

上片，由做梦而引起对从前军幕生活的怀念。酒喝得微醉而进入梦乡，在梦中他和战士们一起踢毬习武、骑马奔驰，豪气纵横、飒爽英武。他似乎又听到军营里月下的笛声，和清晨寒风中嘹亮的号角。日有所思，夜有所梦，因为军幕生活提供给他杀敌报国、建功立业的机会，使他欢以忘怀，所以才如此生动地出现在梦中。

下片因梦抒怀。自古以来成败都是难以预测的，当年他如果不退出军幕，也许会杀敌疆场，建立功业，可现在自己已失去了这个机会，使他不由得感叹当年退出幕府是做错了。词人胸怀大志，渴望国家统一，而现在战衣还在，却没有重穿上阵的机会，南宋王朝也日渐腐败，几乎没有恢复的希望，使词人只能凄凉感旧，慷慨生哀了。

一 剪 梅

余赴广东①，实之②夜饯于风亭

【原文】

束缊③宵行十里强。挑得诗囊，抛了衣囊。天寒路滑马蹄僵，无是王郎，来送刘郎。 酒酣耳热说文章。惊倒邻墙，推倒胡床④。旁观拍手笑疏狂。疏又何妨，狂又何妨？

【注释】

①余赴广东：这一次刘克庄是到广东潮州去做通判（州府行政长官的助理）。

②实之：王迈，字实之，和刘克庄唱和之作很多。有《臞轩集》。

③束缊（yùn）：用乱麻搓成火把。

④胡床：坐具，即交椅，可以转缩，便于携带。

【赏析】

这是一首抒写与友饯别的令词。上片写临行前的情景。"束缊"三句，先写自己将在天亮之前拿着火把，走十多里的路，不可背负过重，便把衣囊抛弃，只挑着诗囊上路。豪爽的性格与嗜诗如命的心情于此可见。"宵行"已露旅途之苦。"天寒"三句，先从自然条件的恶劣写旅途之艰苦，再点友人相送之谊。"王郎"送"刘郎"，用典巧妙。"王郎"暗指友人系"王谢"望族之后，而"刘郎"则为被贬谪者的代称（刘禹锡多次被贬，自称"刘郎"，此用其意）。

下片写饯别情景。二人分手在即，却并不伤别感慨，而是痛饮酒醋，豪情满怀，谈文论诗，睥睨世俗，狂放不羁。二人高谈阔论，以致惊动了东邻西舍。词人曾以《落梅》诗受谤免官，他对此十分不平，所以最后三句写道：当别人笑他疏狂时，他满不在乎地回答他们，并不以疏狂为意。这正是对当时束缚思想的、严酷的礼法制度的挑战和抗议。

全篇表达了词人傲视世俗的耿介个性，是他主动向社会发动"攻击"的狂放表现。语极夸张，情极大胆，豪爽、超迈、淋漓酣畅。

贺 新 郎

送陈子华①赴真州

【原文】

北望神州路，试平章这场公事②，怎生分付？记得太行兵百万，曾入宗爷驾驭③。今把作握蛇骑虎。君去京东豪杰④喜，想投戈、下拜真吾父⑤。谈笑里，定齐鲁。　　两河萧瑟惟狐兔，问当年祖生⑥去后，有人来否？多少新亭挥泪客，谁梦中原块土？算事业须由人做。应笑书生心胆怯，向车中闭置如新妇。空目送，塞鸿⑦去。

【注释】

①陈子华：陈韡，字子华，懂军事，善策划，时知真州兼淮南东路提点刑狱（掌管刑法讼狱，纠察吏治的官吏）。真州，今江苏仪征县，在长江北岸，是当时的国防前线。

②试平章这场公事：平章，评论、筹划。这场公事，指卫国抗金的大事。

③"记得太行"二句：指当时农民起义军王善、杨进、王再兴等的

武装队伍，后为著名的爱国英雄宗泽所收。宗爷，即宗泽，金人呼为宗爷爷，不敢进犯。

④京东豪杰：指汴京东部的义军将士。

⑤想投戈，下拜真吾父：《宋史·岳飞传》载张用在江西起事，岳飞以书晓谕，张用得书说："真吾父也"，即投降。

⑥祖生：即祖逖。晋祖逖击破石勒，收复黄河以南上地。此借指宗泽、岳飞等曾在中原抗金的名将。

⑦塞鸿：比喻陈子华此行。鸿雁生长于北方边塞之地，故称塞鸿。

【赏析】

本词是刘克庄四十一岁（1227）时所作。当时农民起义军崛起于北方，纷纷攻金，金兵退出山东后，蒙古军又与起义军发生冲突。在此形势下，南宋朝廷派陈子华赴真州处理问题。刘克庄"以词作论"向陈子华提出一个"正确对待农民起义军"的问题。

上片针对上述问题的如何处理提出看法。"记得"二句，回忆当年宗泽联合王善、杨进等起义军的办法，用爱国的精诚和大义去感化、团结义军，使他们真心归宋，共同御敌。"今把作握蛇骑虎"，含蓄地批评了南宋朝廷视义军如"蛇"、"虎"的错误态度，对陈子华能继承宗泽、岳飞的正确路线和策略，使"京东豪杰喜"，从而拥护宋军，一道平定齐鲁，寄予了很大的希望。

下片对宋廷不联合起义军进行北伐进行了谴责，并讽刺当权者苟且偷安与懦弱无能，表现了词人渴望恢复中原的雄心壮志。黄河两岸地区沦陷后都成为狐兔（指金人）出没之地，很久没有人再谈北伐之事，朝廷之上即使像新亭对泣那样对河山流泪的人也已经没有，连还我河山的梦也不敢做一下，写到这里，词人悲愤填胸，他不由得大声疾呼"算事业须由人做！"这是对南廷的一声断喝，又是对陈子华此去的大力支持。最后，他自谦地说自己不能同往前线是由于"书生心胆怯"，像个不敢见人的新媳妇。最后二句表示相送，点题。

通篇围绕着恢复中原问题而展开议论，在反映现实的深度与宽度上都超过了前人，有了新的拓展，对政治的批判性也有所加强，说理叙事，运用自由。意气风发，气势超迈，不受传统格律的约束，有豪放之风。

沁 园 春

梦孚若①

【原文】

何处相逢？登宝钗楼②，访铜雀台③。唤厨人斫就，东溟鲸脍；圉人④呈罢，西极龙媒⑤。天下英雄，使君与操，余子谁堪共酒杯？车千辆，载燕南赵北⑥，剑客奇才。　　饮酣画鼓如雷，谁信被晨鸡轻唤回。叹年光过尽，功名未立；书生老去，机会方来。使李将军。遇高皇帝，万户侯何足道哉！披衣起，但凄凉感旧，慷慨生哀。

【注释】

①孚若：方信孺，字孚若。以使金不屈著名。

②宝钗楼：汉武帝时建造，故址在今陕西咸阳市，宋时这里是著名的酒楼。

③铜雀台：曹操建造，故址在今河南临漳县西南。

④圉（yǔ）人：养马的官。

⑤龙媒：骏马名。

⑥燕南赵北：韩愈《送董邵南序》："燕赵古称多感慨悲歌之士（指荆轲、高渐离等）。"

【赏析】

这首词是悼念亡友之作。作于淳祐三年，（1243）即方孚若死后三十一年。方孚若主张抗金，与词人志同道合，生前在政治上没有得到充分发挥的机会，词人借以抒发怀才不遇、壮志难酬的悲愤。

上片写梦境相逢的情景。词人在梦中与故人相逢，一起到他们从未去过的中原名胜，由于他们渴望恢复中原，所以中原的名胜就一一出现在他的梦境。在梦中，厨师切好东海长鲸之脍，马倌牵来西方极远之地的良马龙媒，他豪情焕发，称自己和方孚若为当世英雄。众多英雄豪杰骑良马乘千辆车，大家要一道驰骋中原，大展奇才。这时词人慷慨激昂，气壮如山。

下片，换头承上，继续写梦中情景。当他正和英雄们饮过酒，擂响战鼓，要奔赴战场时，竟然被晨鸡从梦境中唤回。跌落到现实中之后，才清醒地意识到自己年华已逝、功名未就的悲哀，也是亡友的悲哀。和梦中情景形成强烈的反差，他不由得想到汉飞将军李广的遭遇。当时文帝曾对他说："惜乎，子不遇时！如子当高皇帝时，万户侯何足道哉？"自己和方孚若亦如李广一样生不逢时，没有建功立业的机会。当然，其中更深一层的含义是谴责只图偏安江左，不思恢复失土的宋朝统治者，他们造成了国势的危殆，也造成了英雄的失路，隐含着对统治者摧残人才的愤慨。最后，以"披衣起"三句作结，现实的黑暗、处境的凄凉和满腹的愤慨使他难以入眠，只好披衣而起，中夜徘徊。

全词驰骋想象，梦境与现实浑然一体，充满了强烈的爱国热情，使一个报国无门的志士形象，跃然纸上。

踏 莎 行

甲午重九牛山①作

【原文】

日月跳丸，光阴脱兔，登临不用深怀古。向来吹帽插花人②，尽随残照西风去。　　老矣征衫，飘然客路，炊烟三两人家住。欲携斗酒答秋光，山深无觅黄花③处。

【注释】

①牛山：在今山东淄博市临淄之南。因牛山之木被人伐尽，后人以

为此山不生草木，以"牛山濯濯"形容，并借喻为人的头发脱落后光秃的样子。

②吹帽插花人：指文采风流、俊逸落拓之士。

③菊花：是理想的象征。

【赏析】

本词为登高抒怀之作。上片写登临。重阳节词人登上牛山，看到光秃的山坡，像是脱尽头发的光头，不禁想到只有岁月流逝才能致人于此境，于是"日月跳丸，光阴脱兔"就脱口而出，意为日月如跳动的泥丸，和放开奔跑的兔子，转瞬即逝。他登高望远，怀古伤今，但却想要超脱这种情绪，自我劝解道：不用怀古。"向来"二句写岁月的无情是普遍的规律，是任何人都无法改变的现实，那些才名俊逸的文人雅士，不都一个个随着西风残照而归于永恒吗？这是自古以来很多有识之士经常思考并为之困惑的问题，一旦看透了大自然和人生的这一规律，他们也就不再悲哀，而进入一种旷达超脱的境界了，词人正是如此。

下片抒怀。"老矣征衫"三句，紧承上片，他虽然超脱，但仍不免感叹自己的岁月迟暮和飘泊流离，客中的寂寞更增添了他心境的悲凉。"欲携"二句，写他试图振起豪兴，以斗酒唤起壮怀，但山路阻隔，难觅黄花，理想只能归于破灭。此二句为全词警策，准确地表达了处于风雨飘摇的末世文人，凄凉悲哀的心态，流畅自然，疏放洒脱。

满 江 红

夜雨凉甚，忽动从戎之兴

【原文】

金甲雕戈，记当日、辕门①初立。磨盾鼻②、一挥千纸，龙蛇犹湿。铁马晓嘶营壁冷，楼船③夜渡风涛急。有谁怜、猿臂故将军，无功级④。　　　平戎策，从军什，零落尽，慵收拾。把茶经香传，时时温习。生怕客谈榆塞事，且教儿诵《花间集》。叹臣之壮也不如人，今何及。

【注释】

①辕门：军门，指李珏帅府。

②磨盾鼻：盾鼻是盾的纽。齐梁之际荀济入此，说当在盾鼻上磨墨作檄讨伐梁武帝萧衍。后以"磨盾鼻"喻军中作檄。

③楼船：战舰。

④"有谁怜"三句：李广臂长如猿，人称猿臂。因事降为庶人，因称故将军。平生与匈奴大小七十余战而不得封侯。

【赏析】

本词写作的时间当在"江湖诗案"之后。宝庆初年（1225），刘克庄《南岳集·落梅》诗触怒了权相史弥逊，诗遭劈板，人遭废弃，退居乡里达十年之久。绍定六年，蒙古与宋协议对金南北夹击，宋出师赴汴，他兴奋之极，希望亦能奔赴前线，再度从军，但因父遭废退，徒怀壮志，无路请缨，心中郁闷难消。

上片回忆嘉定十一年，在江淮制置使、江东安抚使、兼知建康府李珏幕府，参加抗金的一段经历。那时帅府辕门威武，军容整肃，战士披坚执锐，士气高涨。自己在军中起草文书，一挥千纸，立马可待，才气纵横，意气昂扬。"铁马"二句，充满自豪地描绘了一幅营壁带寒战马嘶鸣，风涛怒吼楼船夜渡，充满紧张战斗气氛的画面，词人在这里驰骋雄才，挥洒豪情。这值得骄傲的战斗生活是他一生中最珍贵的经历，每次回忆，都令他激动不已。"有谁怜"二句，情绪陡转，以李广屡胜匈奴而无战功暗喻自己虽然热情报国也无功而受斥的遭遇。

下片写自己心灰意冷，不再作从戎报国之想。宋军已赴此地作战，而自己却闲置在家，无法从戎。只得故作旷达地说自己早把那平戎之策、从军诗文扔在一边了，教育孩子读一读《花间集》、茶经一类的书籍，最怕别人谈起榆林塞外前线之事。词人的旷达实乃不得已而为之，作为一个热血志士，此时他最盼望的事就是奔赴前线。既然现实不允许他去从戎，他只好愤愤不平地说自己不想管前线之事，这是他心中悲愤的流露。最后他以"臣之壮不如人"仰天长叹作结，发泄了满腔的怨气。

上片写从军生活，气势恢宏、豪放雄武，下片抒不平之情，超旷而沉痛，失意寂寞的悲哀与从戎报国的愿望交织在一起，深刻而婉曲地表达了词人内心的痛苦，对比手法的运用，使豪放与沉郁相表里，风格雄健而又略带忧伤。

萧泰来

【作者介绍】

萧泰来（生卒不详），字则阳，一说字阳山，号小山，临江（今江西清江）人，绍定二年（1229）进士。曾任起居郎，后出守隆兴府，又任御史。著有《小山集》。

霜天晓角

梅

【原文】

千霜万雪。受尽寒磨折。赖是①生来瘦硬，浑不怕、角吹彻。　　清绝。影也别。知心惟有月②。原没春风情性，如何共、海棠说③。

【注释】

①赖是：亏得是。

②知心惟有月：林逋《山园小梅》描写梅花是"疏影横斜水清浅，暗香浮动月黄昏"。寒梅孤傲，素月冰洁，天上地下，情发一心，故言月为梅之知音。

③如何共、海棠说：用《云仙杂记》引《金域记》之"欲令梅聘海

棠"的传奇典故而翻转其意，表示梅花不慕芳春，不与普通花卉争妍斗奇。

【赏析】

这是一首咏物词，通过对梅花的歌咏，赞美了梅花冰清玉洁和傲雪凌霜的品格。

上片起首二句，先写梅花的生活环境，她不是生在明媚和煦的春季而是生活在千霜万雪冰天雪地的冬季。严酷的环境，使她受尽了寒冷的折磨。"赖是"二句写梅花的形象和品格。一个"瘦"字，描写了梅花的外部形象，一无青枝绿叶，二无丰硕艳葩，清瘦无比，楚楚动人。一个"硬"字则刻画了梅花的内在品格，身处劣境而傲霜斗雪，不惧寒冷，凛然绽放。"瘦"是写貌，"硬"是写神，二字形神兼备，写尽梅花与生俱来的美丽勇敢、清高孤傲的外貌和品格。惟其如此，笛曲《梅花落》一直吹彻，她也能安然受之。

下片写梅花的气质。"清绝"二字，先概括交待梅花的冰清玉洁和不流凡俗。"影也别。知心惟有月"二句用林逋《山园小梅》诗意，素月是梅花的知心，为超凡脱俗的寒梅洒下清辉，使她"疏影横斜"姿态万千，不同俗韵。"影也别"三字极生动地描绘了月下梅影的芳姿独具。最后二句写梅花不慕芳春韶华，以再次赞美她那兀傲的气质作结。本篇状物形象生动、略貌取神，化用典故，浑然无迹；风格清峻，语言凝练，赞美和歌颂梅花的高洁兀傲，正是作者孤高傲世品格的自我写照。

黄　机

【作者介绍】

黄机，字几仲（一说字几叔），东阳（今浙江县名）人。约生活在宋宁宗时期（十二世纪末十三世纪初），胸怀大志，希图恢复中原，却始终不得志，只做过州郡里的小官。他和岳飞之孙岳珂同时，并以长调互相酬唱。曾写词寄给辛弃疾。今传《竹斋诗余》一卷。

满 江 红

【原文】

万灶貔貅①，便直欲、扫清关洛②。长淮路③、夜亭警燧④，晓营吹角。绿鬓将军思下马，黄头奴子惊闻鹤⑤。想中原、父老已心知，今非昨。　　狂鲵剪⑥，於菟缚⑦；单于命，春冰薄。正人人自勇，翘关还槊⑧。旗帜倚风飞电影，戈铤射月明霜锷⑨。且莫令、榆柳塞门⑩秋，悲摇落。

【注释】

①万灶貔貅（pí xiū）：指南宋大军。万灶，极言军队之多。貔貅，猛兽名，勇猛军队的代称。

②扫清关洛：扫清盘踞在关中（今陕西）洛阳地区的敌寇。

③长淮路：指淮河地区（淮南西路和淮南东路）。淮河是宋金的分界线。

④夜亭警燧：夜里前哨严密地警戒着。古时边塞筑亭，派兵卒守望，遇警急便举烽火作信号。燧，烽火。

⑤"绿鬓将军"二句：是说敌方官兵毫无战斗意志。绿鬓，黑发，以喻壮年。下马，即投降。黄头，戴黄色帽子的水军，这里泛指敌军。奴子，奴仆，对敌人蔑视的称谓。鹤，指风声鹤唳。

⑥狂鲵（ní）剪：消灭了敌人。鲵，大鱼名，喻金国。剪，灭。

⑦於菟（wū tú）：虎的别名，借指金国，斥为虎狼之国。

⑧翘关还槊：拿起武器来（打敌人）。翘关，举关。还，同旋，盘弄。槊，长柄的矛。

⑨戈铤（chán）射月明霜锷：兵器在月光的映照之下，刀锋显得明亮如霜。铤，长矛类的武器。锷，刀锋。

⑩榆柳塞门：指北方边塞。北方边塞多生丛榆红柳，故言。

【赏析】

上片突兀而起，极写守军的声势浩大，勇敢善战，排山倒海、攻关破城，预示北伐守军必将取得节节胜利，表现了必胜的信心和美好的愿望。落笔气势不凡。接着写在守军大军压境的形势下，敌人闻风丧胆，惊恐万状。"思下马"和"惊闻鹤"形象地描写了敌人溃败的颓势。然后充满自豪地说，想中原父老也不知道形势发生了巨大的变化，金国气焰已灭，我们应当乘胜追击，赶走入侵者。层层深入，最后再给人以令人振奋的鼓励。

过片豪壮威武，以"狂貌剪，於菟缚"生动地描写了击败金国入侵者的胜利前景，指出金主单于的命运必将如履薄冰。现在是南宋军民同仇敌忾，奋勇当先、攻城陷阵，英勇杀敌的时候，作者想象战斗的场面激烈壮伟，那战旗临风翻卷如雷电闪烁，月光映照兵器锋刃明亮如雪，一场胜利的战斗就要打响了，多么令人欢欣鼓舞啊！但这一切毕竟是作者的主观想象和热切的愿望，因此结尾"且莫令"二句不要让秋来边塞的榆柳空悲摇落，言下之意是要把握时机，争取北伐胜利，不使沦陷区的人民失望。二句流露出深深的顾虑和忧患，和前面一泻无余如江河奔腾的英雄气概反差很大，说明作者心中清楚地知道南宋的统治者是不会奋起抵抗的，所以他深感沉郁忧伤。在南宋后期士气消沉的形势下，这首壮志凌云的词作是振奋人心的，体现了当时人民的共同意志和愿望。

《四库全书简明目录》称黄机"才气磊落，……极激楚苍凉之致"，本篇即是一例。

霜天晓角

仪真①江上夜泊

【原文】

寒江夜宿，长啸江之曲。水底鱼龙惊动，风卷地，浪翻屋。　　诗情吟未足，酒兴断还续。草草兴亡②，休问功名，泪欲盈掬③。

【注释】

①仪真：今江苏仪征县，在长江北岸。这一带是南宋的前方，多次被金兵侵占并经常受到骚扰。

②草草兴亡：是对中原沦陷和南宋危殆的命运而发的感慨。草草，草率。兴亡，偏义复词，指"亡"。

③盈掬：满握，形容泪水多。

【赏析】

这是一首抚时念乱的沉郁之作。作者夜泊仪征江边，面对滔滔江水，环视南北江岸，一时之间，河山之感，家国之恨涌于心头，感怀百端。首二句即点出时间、地点和人的心境。他的心情就和眼前的鱼龙惊动，浪翻风卷一样，澎湃不平，郁勃难抑，写景也是写情，情景相融。使人似乎可以听到作者内心剧烈的跳荡。

下片以"诗情"二句过渡，承上启下，然后转入议论抒情。"草草兴亡"四字直涉南宋偏安之事，把对统治者的不抵抗、求和偏安的满腔气愤，尽寓其中。"休问功名，泪欲盈掬"，写作者对功名的彻底失望。但他所谓的功名是希望使自己的"万字平戎策"为朝廷所识，以图恢复中原。

本篇虽然短小，但内涵丰富，韵味淳浓，起伏跌宕，富于变化。悲愤苍凉，雄阔浑厚。

吴 渊

【作者介绍】

吴渊（1190—1257），宣州宁国（今属安徽）人，字道父，号退庵。嘉定七年（1214）进士，官至兵部尚书，参知政事。积极从事抗金事业，是南宋统治集团中一个有为之士。有《退庵词》，今存六首。

念 奴 娇

【原文】

我来牛渚①，聊登眺、客里今怀如豁。谁著危亭②当此处？占断古今愁绝。江势鲸奔，山形虎踞，天险非人设。向来舟舰，曾扫百万胡羯③。　　追念照水然犀，男儿当似此，英雄豪杰。岁月匆匆留不住，鬓已星星堪镊。云暗江天，烟昏淮地，是断魂时节。阑干捶碎，酒狂忠愤俱发。

【注释】

①牛渚：在今安徽马鞍山市长江东岸，下临长江，突出江中处为采石矶，风光绮丽，形势险峻，自古为兵家必争之地。

②危亭：与下文的照水然（同"燃"）犀，是同一典故，东晋温峤"路经牛渚采石矶，听当地人说矶下多妖怪，便命燃犀角而照之，须臾水族覆灭，奇形怪状，或乘车马著赤衣者。"（《晋书·温峤传》）后人常用"燃犀"来形容洞察奸邪。

③胡羯：指金兵。

【赏析】

这是一片登临抒怀之作，上片写作者登临牛渚山的所见所感。首二句，写作者登上牛渚山，极目远望，绮丽的山势和奔腾的江水，一下子扫清了客中的寂寞。特别是他想起绍兴十一年虞允文在采石矶大破金主完颜亮之师，便感到精神振奋。如今他又游览昔日的战场，心里感触甚深。"谁著"五句写燃犀亭高高耸立在牛渚山上，登上此亭，展现在眼前的是如鲸鱼奔腾的滚滚江水和如猛虎盘踞的雄伟山岭。这险要的地理环境引出他对采石之战辉煌历史的回顾。作者没有正面抒发他的爱国之情，但从对大好河山的赞美和对曾扫胡羯的回顾，使人感受他胸中澎湃着的爱国激情。

下片怀古抚今。紧承上片，起首三句由照水燃犀想到晋代的温峤，他是一个敢于诛除邪恶，抗击外患、平定内乱的英雄，作者视他为榜样，认为男儿应当如温峤一样，做一个能成就一番事业的英雄豪杰。他热血沸腾，豪气满怀，充满了建功立业的豪情壮志。但笔锋一转，"岁月"二句由怀古又跌落到现实中来，岁月匆匆流逝，自己的头发已近斑白，可眼下的形势，天昏地暗，淮河一带，烟云弥漫，战事未休。"云暗"三句，作者由雄壮转为忧愤，"断魂时节"是对时势政局的深刻概括，也表现了他对时局的忧心如焚。最后无法排解时，只有在酒醉之后用拳头猛击栏杆，抒发激愤。纵观全篇，抒情描写和议论相结合，内容丰富，感情波动大起大落，有时慷慨激昂，有时又沉郁顿挫，流露了作者忧国伤时的一腔真情。

方 岳

【作者介绍】

方岳（1199—1262），字巨山，自号秋崖。祁门（今属安徽）人，绍定五年（1232）进士。累官至吏部侍郎。历知饶、抚、袁三州，加朝散大夫。因忤权要史嵩之、丁大全、贾似道等，终生仕途失意。为宋代"江湖派"著名诗人，其词多抒发爱国忧时之情，风格清健。有《秋崖集》四十卷，词集有《秋崖词》，有词七十四首。

水调歌头

平山堂用东坡韵①

【原文】

秋雨一何碧，山色倚晴空。江南江北愁思，分付酒螺红②。芦叶蓬舟千里，菰菜莼羹③一梦，无语寄归鸿。醉眼渺河洛，遗恨夕阳中。　　蘋洲外，山欲暝，敛眉峰。人间俯仰陈迹，叹息两仙翁④。不见当时杨柳⑤，只是从前烟雨⑥，磨灭几英雄。天地一孤啸，匹马又西风。

【注释】

①平山堂用东坡韵：平山堂在扬州西北蜀岗上，庆历八年欧阳修造。因登高远望，江南金、焦、北固诸山尽在眼前，视与堂平，故名。用东坡韵，指按苏轼《水调歌头·黄州快哉亭》韵填作此词。

②酒螺红：即红螺酒杯。

③菰菜莼羹：晋人张翰一见秋风起，便思念故乡的菰菜、莼羹和鲈鱼，后弃官而去。后用此典泛指辞官归乡。

④两仙翁：指欧阳修与苏轼。

⑤当时杨柳：欧阳修《朝中措》词："手种堂前杨柳，别来几度春风。"人称他在平山堂种植的柳树为"欧公柳"。"杨柳"即指欧公柳。

⑥从前烟雨：苏轼《水调歌头·黄州快哉亭》："长记平山堂上，欹枕江南烟雨，杳杳没孤鸿。"

【赏析】

作者登上欧阳修建造的平山堂，缅怀欧、苏遗风，怀古伤今，写下本词。上片写眼前之景。作者平生行遍江南江北，仕途多艰，登高临远，不禁感慨万千，秋雨过后，群山如洗，但清新的空气、青翠的河山却勾起了他满怀的愁思，他感叹自己如芦叶飘零，篷舟万里，行踪不定。美丽温馨的故乡，像梦一般，缥缈难归，心中只有孤寂和落寞。但个人的离愁和坎坷都是次要的、更重要的还是中原的沦落，山河的破碎。当他满怀醉意望着北方的河流和土地时，只能把神州陆沉之恨寄托在夕阳之中。

下片写怀古。随着时间的推移，天色已近黄昏，青翠的河山失去了光彩，变得暗淡无光，如黛的山峰，好像也蹙起了眉头。作者以愁眼观景，景色似乎也笼罩着一片愁云。在平山堂上，他不禁追慕欧阳修和苏轼两位前贤当时的风采，但时经百年，在他们曾留连过的地方，已找不到他们的遗踪；欧公手植的杨柳，随着历史的变化，业已不见，只有苏公笔下的"江南烟雨"千古不变，多少英雄豪杰都随着时间的流逝而烟消云散了。最后以"天地一孤啸，匹马又西风"两句作结，他表示要继续漂泊。在萧索寂寞的意象中，人们似乎又能体会到他的刚健和他的洒脱，他要探索人生并和命运抗争。

全篇在怀古之中流露了沉重的家国之思，在感叹人生如寄的惆怅中，又渗透了个人挣扎的勇气。超越时空、大开大合，思路宽广，笔法灵活，虽沉郁而不失感伤，颇有豪气。

王　埜

【作者介绍】

王埜（yě），字子文，号潜斋，金华（今属浙江）人，曾任两浙转运判官，于任上曾以察访使名义巡视边防，增修兵船。以后在自己的其他职任上都致力于长江防务。理宗宝祐二年（1254），拜端明殿学士，签书枢密院事，封吴郡侯。不久，被劾，主管洞霄宫。存词三首。

西　河

【原文】

天下事，问天怎忍如此！陵图①谁把献君王，结愁未已。少豪气概总成尘，空余白骨黄苇。　　千古恨，吾老矣。东游曾吊淮水。绣春台②上一回登，一回揾泪③。醉归抚剑倚西风，江涛犹壮人意。　　只今袖手野色里，望长淮，犹二千里。纵有英心谁寄！近新来、又报胡尘起。绝域张骞④归来未？

【注释】

①陵图：据《资治通鉴》载："朱扬祖、林柘以《八陵图》上进。帝（理宗赵昀）问诸陵相去几何及陵前洞水新复，扬祖悉以对，帝忍涕太息之。"北宋的皇陵都在河南巩县，献陵图意在不忘故国，恢复中原。王埜对献陵图激起理宗抗敌情绪的事颇为怀念。

②绣春台：在江宁府（今南京）城内。

③揾（wèn）泪：揩拭眼泪。

④张骞：西汉人，于武帝建元二年奉命出使大月氏，相约共同夹攻匈奴，在外共十三年，致力于联合抗敌。

【赏析】

这是一首长调，分为三叠。通过抚时感事，表现了词人在山河破碎之际，忧国忧民的情怀和希图建功立业的愿望。

上片，以对天之问发端，怎忍心使"天下事"落到这个地步！顺着作者的思路，可以看到使他最难忍受的是，像扬祖那样献陵图给皇帝，提醒他不忘祖先以图恢复的人，现在已经没有了。朝廷昏聩，有志之士壮志难酬，豪气化为灰尘，白骨委于黄苇，谁还能再为国献策或赴边抗敌？这怎能不使人愁虑不已呢？

中片承上启下，写自己光阴虚度、身老抱恨的遗憾。"千古恨，吾老矣"，千古之恨，当为亡国之恨，此恨未消，自己年事已高，不能不令人沉痛。"东游"三句写自己曾东游凭吊淮水，又多次登临绣春台，每次都伤怀落泪。利剑在手，却难以报国杀敌，只有借酒浇愁，抚剑临风长叹；但登临之处，江涛如吼，又激起他的奋发之志。说明他人老心不老，身闲志犹坚的品格。

下片又转入对现实的描写，自己年老失势，受人弹劾，被迫退居局外，身在后方，距淮水还有二千里路之遥，纵有恢复之心，却又请缨无路，况且蒙古灭金之后背信弃义，又大举攻宋，作者殚心竭虑，盼望有个像张骞一样的人能为国效力，联合各种力量来击退元军。

本词是词人晚年之作，感情深沉，肌理缜密。他年迈无力，恨愁交集，这恨与愁是亡国失地之恨，报国无门之愁。恨而生愤，老而弥壮，壮而不悲，抒发了一个老年爱国志士的情怀。结尾希望有张骞式的人物戮力退敌，表现了他对恢复大业所寄予的深切希望。既有苍凉沉郁之气，又有壮怀激烈之情。

王 澜

【作者介绍】

王澜，蕲州（今湖北蕲春）人，乡贡进士。

念 奴 娇

避地溢江，书于新亭①

【原文】

凭高远望，见家乡、只在白云②深处。镇日思归归未得，孤负殷勤杜宇。故国伤心，新亭泪眼，更洒潇潇雨。长江万里，难将此恨流去。　　遥想江口③依然，鸟啼花谢，今日谁为主。燕子归来，雕梁何处，底事呢喃语？最苦金沙④，十万户尽，作血流漂杵。横空剑气，要当一洗残虏。

【注释】

①避地溢江，书于新亭：宋宁嘉定十四年，金兵围蕲州，知州李诚之与司理权通判事赵与褒等坚守。终因援兵迁延不进，致使二十五天后城陷。李自杀身亡，家属皆赴水死。赵只身逃出，写了一本《辛巳泣蕲录》，详述事实经过，本词亦见于此书。王澜因避蕲州失陷之灾，而移居溢江（在今江苏南京市），在新亭（即劳劳亭，在今南京市南）上写了本词。

②白云：元朝人以白云喻亲友。

③江口：蕲水在蕲州城流入长江的地方。

④金沙：即金沙湖，在州东十里，又名东湖。此代指蕲州。

【赏析】

这是一篇怀乡之作。上片直抒乡愁。作者家乡被金兵大肆屠杀，掠夺一空，自己逃难在外，想起家乡便痛心疾首，黯然神伤。起首以"凭高远望"发端，看到的只是白云茫茫，一片缥缈，对家乡刻苦的思念使他日夜思归，但家乡已为敌人所占，有家难回，白白辜负了子规殷勤地劝告"不如归去"。当他正在新亭为思乡而凄然流泪时，亭外雨声潇潇，更添悲凉。他把目光转向眼前之景：国破家亡，其恨无穷。这滚滚东流的江水，也难流尽家国之恨，语极沉重，情极悲痛，活绘出一个失去家国的流亡者悲怆的形象。

下片以"遥想"二字发端，写自己的思绪又回到了家乡。那里江口依旧，该是到了鸟啼花谢的时候吧？可现在却是江山易主，物是人非，怎不令人伤感！"燕子"三句，他想象不懂人间之事而照常回家的燕子，找不到旧巢后，十分疑惑呢喃而语。作者选取典型事物，用拟人化的手法描写蕲州被敌人破坏的情景。语虽平淡却感人至深。"最苦"三句，作者压抑不住痛失家国的愤怒，直接写出蕲州城破的惨状。富庶的蕲州，十万户之多的人口都被杀尽，生灵涂炭，血流成河，这里虽运用了夸张的手法，但也是写实，揭露和控诉了金兵惨无人道的罪行。正因为如此，作者由对家乡刻骨的思念，再到对敌的愤怒，最后上升为报仇雪恨的决心和壮志。结尾二句"横空剑气，要当一洗残虏"，是力量、是誓言，也是必胜的信念，二句振起全词，壮志凌云，铿锵有力，是被践踏被蹂躏者奋起反抗而发出的最强音和最高音。

陈人杰

【作者介绍】

陈人杰（1218—1243），一名经国，号龟峰。长乐（今属福建）人。曾以幕客身份浪游西淮、荆、湘等地，卒于临安。词多慷慨忧国，为宋末辛派词人。今存《龟峰词》。

沁 园 春

问 杜 鹃①

【原文】

为问杜鹃，抵死催归，汝胡不归？似辽东白鹤，尚寻华表②；海中玄鸟③，犹记乌衣。吴蜀非遥，羽毛自好，合趁东风飞向西。何为者，却身羁荒树，血洒芳枝④。　　兴亡常事休悲，算人世荣华都几时。看锦江⑤好在，卧龙已矣；玉山⑥无恙，跃马何之。不解自宽，徒然相劝，我辈行藏君岂知？闽山路⑦，待封侯事了，归去非迟。

【注释】

①杜鹃：一名子归。相传古时蜀王杜宇被迫禅让，出逃之后，欲复位不得，死后魂化杜鹃，鸣声凄哀，像是频呼"不如归去"。

②"似辽东白鹤，尚寻华表"：用丁令威在灵虚山学道，后来化成仙鹤，千年之后还飞返家乡辽东，止息于城门前的石柱（华表）上的故事。事见《搜神后记》。

③海中玄鸟：玄鸟即燕子，燕子有其家乡，名乌衣国。

④"血洒"句：从唐李峤《闻子规》诗"断肠思故国，啼血溅花枝"化出，暗示杜鹃啼血，是因为怀有失去帝位，思念故国的隐痛。

⑤锦江：在今四川境内。

⑥玉山：即蓝田山，在今陕西。

⑦闽山路：回乡之路。作者是福建人，故云。

【赏析】

本篇采用了一种别开生面的写作方法，借向杜鹃发问的方式，抒发词人期望建功立业，报效国家的壮伟胸怀。

上片写问杜鹃。一开篇便问杜鹃，你既然拼命不停地催促人们回家，你为什么不回去呢？接着用两个典故说明任何人都留恋家园，像辽东白鹤，千年之后还要回到家乡，长期在外的燕子也知道要回自己的乌衣国，你从吴地（杭州）到蜀地，道路并不遥远，你的羽毛也是那样完好，正好趁着东风飞回西蜀，到底为了什么你却要停留在这荒凉的地方"血洒芳枝"而滞留他乡呢？这一连串的"责问"，摆出了一系列杜鹃应回家的理由。但杜鹃不回家，自有它不回家的理由。词人选择杜鹃作为引发他抒情的对象，确实匠心独具。杜鹃身上寄托着的那个幽怨凄迷的故事，痛失帝位，难以归家，日夜哀鸣，啼血溅枝，说明了它不能回家的理由。这些理由都作为潜台词，尽在不言之中。

下片便针对这些潜台词来宽慰杜鹃。"兴亡"二句说理：国家的兴亡更换是很平常的事，不要为之悲痛。人间的荣华富贵都如过眼烟云，能有几时？"看锦江"四句举出几个有名人物作为论据来论述上述观点：锦江依旧流淌，蜀国的开国重臣诸葛卧龙却早已逝去。玉山无恙，可跃马称帝的公孙述现在到哪里去了呢？杜鹃倘若明白了这些道理，也就不会为失帝位、思故国而苦苦地啼血了。"不解"三句，词人责备杜鹃，你不懂得自我宽慰，反不断地劝人"不如归去"，我们这些人的行藏你怎么能知道呢！最后以告诉杜鹃自己的意愿作结。"闽山路"三句，我要踏上回乡之路，必须等到建功立业之后。这里，词人是一个要拯救国家危亡的志士，他所提到的封侯是指成就抗蒙功业。

本篇设问自答，形式新颖，表现了词人在归乡与建功问题上内心深处的矛盾，结果还是以国事为重，先建功后归家。他那积极用世的态度，表现了他以天下为己任的政治抱负和积极进取的精神，这是一篇格调较高的佳作。

沁 园 春

丁酉岁①感事

【原文】

谁使神州，百年陆沉②，青毡③未还？怅晨星残月，北州豪杰；西风斜日，东帝④江山。刘表⑤坐谈，深源⑥轻进，机会失之弹指间。伤心事，是年年冰合，在在风寒。　　说和说战都难，算未必江沱⑦堪宴安。叹封侯心在，鳣鲸失水；平戎策⑧就，虎豹当关⑨。渠自无谋，事犹可做，更剔残灯抽剑看。麒麟阁，岂中兴人物，不画儒冠⑩？

【注释】

①丁酉岁：宋理宗嘉熙元年（1237）前后，蒙古灭金，发兵南侵攻

宋。宋大片土地失陷，宋廷惊慌。其时宋廷已腐败不堪，无力回天。

②陆沉：无水而沉沦，比喻土地被敌人侵占。借用西晋王衍等清淡误国，使中原沦亡的事。

③青毡：喻中原故土，将敌人比做盗贼。典出晋王献之夜卧，小偷入室偷尽其物，献之慢慢地说："偷儿，青毡吾家旧物，可特置之。"

④东帝：喻岌岌可危的南宋。战国齐湣王称东帝。

⑤刘表：三国时，刘备劝荆州牧刘表袭许昌，刘表不听，坐失良机，悔之莫及。郭嘉说："(刘)表坐谈客耳！"

⑥深源：东晋殷浩的字。他虽都督五州军事，只会高谈阔论。曾发兵攻秦，结果先锋倒戈，他弃军而逃。

⑦江沱：代指江南，沱是长江的支流。

⑧平戎策：即破敌人之策。

⑨虎豹当关：语出《楚辞·招魂》"虎豹九关，啄害下人些。"

⑩"麒麟阁"二句：汉宣帝号中兴之主，曾命画霍光等十一位功臣之像于未央宫麒麟阁上，表扬其功绩。此句意为：难道只有武将才能为中兴立功，读书人就不能为国立功，被画到麒麟阁吗？

【赏析】

面对宋朝统治者无力挽回大片土地沦于敌手的败局，词人既痛心又愤怒，他写词痛击当道误国，也表达了建功立业、为国杀敌的强烈愿望。

上片落笔便责问是谁使得中原国土沦于敌手？矛头直指统治者，满腔激愤，倾泻而出。连用两个典故，使感情渐次深沉。然后以"怅"领起，直贯以下七句，有滔滔不绝之势。北方有志之士，已寥若晨星；半壁江山，如西风中落日，已穷途末路；朝廷中的当道者，又都是只知空谈，或草率用兵。作者分析了南北战略形势，指出朝廷困境，推出"机会失之弹指间"的结果。至此由愤而转为哀，"伤心事"二句，令人伤心的事是南宋年年遭到强敌的进攻，长期屈辱苟安，到处都受到敌人的践踏。此处以自然景物喻人事，情景相融。

下片直抒胸臆。过片"说和说战"二句，由议论承上启下，目前的局势是和不能安，战不能胜。朝廷偏安于江南，耽于安乐的局面是不可能持久的。自然过渡到需要有人出来重整河山，而自己就胸怀壮志，渴望报国杀敌。但由于朝廷的昏庸，自己壮志难酬。下面用一"叹"字领起，以下写自己的困境。虽有建功封侯之志，但却像鳣鲸失水，不能施展；虽然怀揣平戎之策，却因虎豹当关奸佞弄权无人赏识。两次转折，表现了作者内心的重重矛盾。但他毕竟是二十岁的热血青年，对未来充满了乐观自信和美好的憧憬，所以不久又重新振起，"渠自无谋"以下表示他的信心，当权虽然无能，但国事尚有可为，报国的激情使他深夜难寐，灯下看剑，意欲一展雄姿。最后以欲夺功上麒麟阁自勉作结，使全篇流露的爱国热情达到高潮，慷慨激昂，掷地有声，豪言雄语，壮志凌云。在南宋词坛，正是这样许多豪放之歌，组成了当时时代抗敌的最强音。

文及翁

【作者介绍】

文及翁（生卒年未详），字时学，号本心，绵州（今四川绵阳）人，徙居吴兴（今浙江湖州）。进士出身，历官参知政事（副宰相）。宋亡不仕，闭门著书，有文集。

贺 新 郎

游西湖有感①

【原文】

一勺西湖水。渡江来，百年②歌舞，百年醺醉。回首洛阳花石尽③，烟渺黍离之地。更不复、新亭堕泪④。簇乐红妆摇画舫，问中流、击楫⑤何人是？千古恨、几时洗？　　余生自负澄清志⑥。更有谁、磻溪未遇，傅岩未起⑦。国事如今谁依仗，衣带一江而已⑧！便都道、江神堪恃。借问孤山林处士，但掉头、笑指梅花蕊。天下事，可知矣！

【注释】

①游西湖有感：李有《古机杂记》载："蜀人文及翁登第后，与同年游于西湖，一同年戏之曰：'西蜀有此景否？'及翁即席赋《贺新郎》。"他对宋王南渡后的醉生梦死的生活，感慨极深。

②百年：宋室自1127年南渡后，到作者写作本词时已历一百二十年，此为约数。

③洛阳花石：洛阳以园林著称，多名花奇石，此借指汴京，亦借以泛指中原。花石：当年宋徽宗曾派人到南方大肆搜刮民间花石，在汴京造艮（gèn）岳，这也是北宋灭亡的原因之一。

④新亭堕泪：晋室南渡后，士大夫常在新亭（今南京市南）饮宴。一次周颛在席上叹息道："风景不殊，举目有河山之异。"众皆相视流泪。（《世说新语·语言》）

⑤中流击楫：晋室大乱，祖逖（tì）率领部曲百余家渡江，在中流敲击船桨发誓："祖逖不能清中原而复济（渡江）者，有如大江。"（《晋书·祖逖传》）

⑥澄清志：《后汉书·范滂传》："滂登车揽辔，慨然有澄清天下之志。"此处作者以范滂自比。

⑦"磻（pān）溪"二句：相传太公望隐居磻溪（在今陕西宝鸡东南）垂钓，遇周文王，成为周朝的开国大臣。未遇：没有遇到贤君。傅岩：相传傅说（yuè）在傅岩（今山西平陆）隐居，殷高宗举以为相，天下大治。未起：未被起用。

⑧衣带一江而已：以衣带比喻长江狭隘易渡，不足倚仗。

【赏析】

作者借咏西湖而抒发对南宋统治集团偏安东南不图恢复的满腔忧虑和愤怒。上片落笔"一勺西湖水"，以"一勺"极言西湖之小，意在讽刺南宋偏安一隅，耽乐于小范围的河山，将统一大业置之度外的丑恶行径。"渡江来"三句，感情激愤，用词尖锐，是一声当头棒喝，直接揭露了统治者南渡后，一百多年来，醉生梦死、歌舞升平的丑恶。"回首"二句，回头再看北宋灭亡，花石尽净，只剩下渺渺荒烟，离离禾黍、难道这教训还不够深刻吗？可如今南宋统治者乐而忘忧，终日携妓游湖，纵情声色，朝廷上连个新亭堕泪的人都没有，还谈什么中流击楫！靖康之耻，何日得雪？语极沉痛悲愤。

换头，作者以范滂自比，自己虽然素怀澄清天下之志，无奈不被重用，对宋廷不恤人才使英雄无用武之地深感不满和失望。"国事"以下，极写宋廷的昏聩：倘若问他，国事依仗何人？他们的回答是，有一衣带水的长江！还可笑地说有江神保佑他们。若问他们救亡之事，他们却顾左右而言梅花已含苞待放。连用两个设问自答句，尖锐地揭露了南宋君臣的腐朽无能，昏庸无耻，最后水到渠成，逼出结句"天下事，可知矣。"慨叹中原无恢复之望，进一步敲起亡国的警钟，令人扼腕长叹。

作者刚刚登第，就敢于把矛头直指权贵，表现了他的凛然正气、对国事深刻的危机感和敏锐的洞察力。本篇以文为词，讥讽时政，层层递进、环环相扣，纵横吟咏，议论风生，表现了壮怀激烈的豪放词的特色。

周　密

【作者介绍】

周密（1232—1308），字公谨，号草窗，又号萧斋，又号弁阳啸翁。祖籍济南，后流寓吴兴（今浙江县名）。生平以漫游吟咏为乐，宋理宗淳祐中做过义乌（今浙江县名）令。宋亡，隐居不仕，自号四水潜夫，著作颇丰。词集有《蘋洲渔笛谱》，又名《草窗词》。

高　阳　台

送陈君衡被召①

【原文】

照野旌旗，朝天车马，平沙万里天低。宝带金章，尊前茸帽风欹。秦关汴水经行地，想登临、都付新诗。纵英游、叠鼓清筇，骏马名姬。　　酒酣应对燕山雪，正冰河月冻，晓陇云飞。投老残年，江南谁念方回^②。东风渐绿西湖岸，雁已还、人未南归。最关情、折尽梅花^③，难寄相思。

【注释】

①送陈君衡被召：宋亡之后，陈君衡被征召到大都（今北京），后没有接受元朝的封官。被放回江南。北上前夕，作者为陈送行。陈走后不久，作者写了本词。

②方回：指北宋词人贺方回。黄庭坚有"解道江南断肠句，世间唯有贺方回"句，作者以其自喻，"江南谁念方回"是"谁念江南方回"的倒装。

③折尽梅花：用陆凯摘梅寄赠的典故。

【赏析】

这是一首送别词。起首先写送别的场面，旌旗飘扬、车马喧闹、沙平万里、天空低迷。境界开阔，气概颇大。再写路途情景，友人佩戴着玉带金章，风吹茸帽、显赫热闹地出发了，作者想象友人经过秦关汴水，一路上有景必游，登高临远，饮酒赋诗，再加上筘鼓喧喧，名姬相伴，何等风流、何等潇洒！

换头后写友人远去冰雪之地的情景。友人由南而北，去时情绪高昂，但到北地之后，那里燕山雪飘、冰河日冻，其情可知。"投老"两句，想到友人不归，自己年事渐高，风烛残年，无人顾念，顿生伤感。最后再写当看到西湖草绿，大雁北飞，人未南归时，思念友人之情，使人备觉伤怀，就是折尽梅花也难寄相思之意。送别词写来虽有惆怅难舍之悲，又兼有豪爽俊逸之胜，萧瑟凄凉的人生感慨，深寓其中，令人玩味不尽。

刘辰翁

【作者介绍】

刘辰翁（1232—1297），字会孟，号须溪，庐陵（今江西吉安）人。

宋理宗时进士，曾任濂溪书院山长，后被荐居史馆，又除太学博士（即国立大学的教官），由于对当时腐败政治不满，皆坚辞不就。宋亡，隐居不仕。平生著作颇丰。今传《须溪词》

柳梢青

春感

【原文】

铁马蒙毡①银花②洒泪，春入愁城。笛里番腔③，街头戏鼓，不是歌声。　　那堪独坐青灯④！想故国、高台月明⑤。辇下风光⑥，山中岁月，海上心情⑦。

【注释】

①铁马蒙毡：指元朝南侵的骑兵，冬天在战马身上披一层毡毛保暖。

②银花：银色灿烂的花灯。

③番腔：少数民族的腔调。

④青灯：灯光青荧。

⑤想故国高台月明：用李煜《虞美人》"故国不堪回首月明中"词义。

⑥辇（niǎn）下风光：辇下，京师，京城。这里是指故都美丽的风光。

⑦海上心情：临安沦陷，南宋的爱国志士多从海上逃亡，在福建、广东一带参加抗元活动，作者精神上向往他们，故云。

【赏析】

这是一首留恋故国、追怀故国的小令。刘辰翁是在南宋灭亡之前后一直坚持唱着爱国悲歌的著名词人。由于复国无望，他的词情调显得格外沉痛苍凉。上片从描写元宵节的惨淡景象落笔，披着铁甲的战马身上蒙着毡子，节日的花灯抛洒着烛泪，春天来到这愁云弥漫的荒城。起笔两句写景，但景中寓情，词人眼前之景，皆被以主观色彩。战马背上的毡子暗示了蒙古统治者的野蛮和落后，因为在敌人的铁蹄之下，本来给人们带来欢乐和希望象征春天来临的元宵节，似乎也是哀怨悲愁，银烛尚且黯然流泪，可想人之凄怆，三句点明"春感"以景衬情。"笛里番腔"，写异族音乐戏剧的粗糙，令人厌恶，表现了作者对蒙古统治者的鄙夷和对故国的怀念。

换头转入抒情。以"那堪"领起，说自己不堪忍受独对青灯神游故国的痛苦。"想故国"以下，是回忆故都繁华美好的景象。故都的美好，更衬出今天的凄清，也使他联想到正在漂流南海趋于绝境的宋帝昺的灭顶的命运，字字含泪，语极沉痛。情调苍凉，境界寂寥，寄托遥深。

忆 秦 娥

中斋①上元客散，感旧赋《忆秦娥》见属。一读凄然。随韵寄情②，不觉悲甚。

【原文】

烧灯节③，朝京④道上风和雪。风和雪，江山如旧，朝京人绝。　百年短短兴亡别⑤，与君犹对当时月。当时月，照人烛泪⑥，照人梅发⑦。

【注释】

①中斋：邓剡号中斋，民族英雄文天祥的幕僚，他和刘辰翁常有唱和之作。当时邓剡于上元节聚客叙旧，之后写了一首《忆秦娥》赠刘辰翁，刘便写了本篇以寄悲凄感旧的爱国情思。

②随韵寄情：用原韵写词以寄寓自己的思想感情。

③烧灯节：即元宵节。

④京：指南宋旧京临安（今浙江杭州）。

⑤百年短短兴亡别：短短一生竟划为兴亡各别的两个时期，遭遇亡

国的惨痛。百年，指一生。

⑥烛泪：形容泪水就像蜡烛燃烧流下的烛膏。以此形容词人泪流不尽，直至泪干，暗用李商隐"蜡炬成灰泪始干"诗意。

⑦梅发：花白的头发。梅有红白两种，这里以白梅喻发，意为忧愁使人头发变白。

【赏析】

本词作于宋亡后。起首两句写景，描写元宵之夜朝拜京城的路上风雪交加。南宋时，每逢元宵佳节，人们都要从四面八方纷纷赶到京城临安去观灯。风和雪是一种寒冷萧条的荒凉景象，烘托出一种悲凉冷寂的气氛。下面三句由"风和雪"重复上文，深化情境也深化意境。因为这"风和雪"不仅描写了自然界的寒冷，也暗示了南宋亡后，人们心灵中的寒冷，所以"江山如旧，朝京人绝"，大有物是人非的刻骨悲痛。一个"绝"字，深含江山已经易主，人心绝望的沉痛，充满了凄怆的情调。

下片承上进行议论并直抒胸臆。人的一生，本来就十分短暂，但在这短短的一生里，又经历了国破家亡、生离死别的种种不幸遭遇。由于悲痛过深，与友人在月下相逢恍惚就像当年的情景。但现实是残酷的，明月虽如故，江山已经易主，现在只能对月凭吊，寄情故国了。今天之月，犹如当时之月，但今天之人却不是当时之人，由于亡国给人带来的巨大悲痛和无尽的忧愁，使人泪流如注，头发变白。本篇情景交融，意境苍凉，深切地表达了作者对故国故土的留恋。直抒胸怀，不加雕饰，动人心弦。

文天祥

【作者介绍】

文天祥（1236—1283），字宋瑞，又字履善，号文山，吉水（今江西吉安市）人。宋理宗时进士。官至丞相，封信国公。南宋末年，元兵南侵，他在家乡招集义军勤王，英勇奋战，不幸被俘，敌人百般劝降，他大义凛然，不屈而死。有《文山先生全集》。词集有《文山乐府》，诗文词都描写了苦斗不屈的生涯和爱国的浩然正气，表现了崇高的民族气节，感人至深。

酹　江　月

和友《驿中言别》①

【原文】

乾坤能大，算蛟龙、元不是池中物。风雨牢愁无著处，那更寒蛩四壁。横槊题诗，登楼作赋，万事空中雪。江流如此，方来还有英杰。　　堪笑一叶飘零，重来淮水，正凉风新发。镜里朱颜都变尽，只有丹心难灭。去去龙沙，江山回首，一线青如发②。故人应念，杜鹃枝上残月。

【注释】

①和友《驿中言别》：本词作于 1279 年 8 月。"友"指邓剡。文天祥与邓剡先后抗元被俘一起押往大都。途经建康（今南京），邓剡因病暂留天庆观，文天祥继续被解北上。这时邓剡写了一首《酹江月·驿中言别》赠行，文天祥写本篇相和。二词均用苏轼《念奴娇》原韵。

②一线青如发：苏轼《澄迈驿通潮阁》诗："青山一发是中原。"

【赏析】

起首四句以不凡的气势写出天地乾坤的辽阔，英雄豪杰决不会低头屈服，一旦时机成熟，就会像蛟龙出池，腾飞云间。同时又写出风雨送愁寒蛩四壁的俘囚生活使他心情沉闷，怅恨交加。他感叹自己身陷牢笼，无法收拾河山，重振乾坤。"横槊"五句，笔锋一转，虽然像曹操横槊题诗气吞万里，王灿登楼作赋风流千古的人物都已逝去，但眼前滚滚长江，后浪推前浪的壮阔气势，却使他重振精神，他相信，肯定有英雄继起，完成复国大业，词人情绪由悲转壮，对国家民族的前途充满信心。

下片言别。"堪笑"三句嘲笑自己和邓剡身不由己，随秋风流落在秦淮河畔，既点明时间、地点，又写出自己身陷囹圄的悲哀。"镜里"二句以自己矢志不渝、坚贞不屈的决心回答邓剡赠词中坚持操守的勉励。"去去"三句，写他设想此去北国，在沙漠中依依回首中原的情景。收尾两句，更表达了词人的一腔忠愤：即使为国捐躯，也要化作杜鹃归来，生为民族奋斗，死后魂依故国，他把自己的赤子之心和满腔血泪都凝聚在这结句之中。

本词作于被俘北解途中，不仅没有绝望、悲哀的叹息，反而表现了激昂慷慨的气概，忠义之气，凛然纸上，炽热的爱国情怀，令人肃然起敬。王国维《人间词话》曰："文山词，风骨甚高，亦有境界。"文词用生命和鲜血为"燃料"照亮了宋末词坛，给人们留下了无比壮烈和崇高的最后印象。

满 江 红

代王夫人作①

【原文】

试问琵琶，胡沙外怎生风色。最苦是，姚黄②一朵，移根仙阙。王母欢阑琼宴罢，仙人③泪满金盘侧。听行宫，半夜雨淋铃④，声声歇。　　彩云散，香尘灭。铜驼恨⑤，那堪说！想男儿慷慨，嚼穿龈血⑥。回首昭阳辞落日，伤心铜雀⑦迎秋月。算妾身，不愿似天家，金瓯缺。

【注释】

①代王夫人作：王夫人名王清惠，宋末被选入宫为昭仪，宋亡被掳往大都。途中驿馆壁题《满江红》传诵中原，文天祥不满意结尾三句："问嫦娥，于我肯从容，同圆缺。"因以王清惠口气代作一首。

②姚黄：名贵的牡丹。

③仙人：即金铜仙人。汉武帝在建章宫前铸铜人，手捧盛露盘，魏

明帝命人把铜人迁往洛阳，在拆迁时，据说铜人流下泪来。

④雨淋铃：唐玄宗在奔蜀途中，听到夜雨淋铃，思念贵妃，分外凄怆，采其声为《雨淋铃》。

⑤铜驼恨：晋索靖知天下将乱，指着洛阳宫门的铜驼说："就要看见你埋在荆棘里"。官门前的铜驼埋在荆棘里，象征着亡国。

⑥嚼穿龈血：唐张巡临战时对敌大呼，经常把牙咬碎，牙龈流血，喷到脸上，说明愤怒已极。

⑦铜雀：曹操所建台名。

【赏析】

上片写亡国之恨和被掳北行的痛苦。起首二句，以昭君比喻王清惠，她在北行途中，常向琵琶自语叹息：在塞外，除了黄沙还有什么风光！先写塞外的荒凉和她心情的凄怆，然后用名贵牡丹姚黄被人从仙宫里连根挖出，王母娘娘停止瑶池仙宴，汉宫金铜仙人被拆迁而泪满金盘，和唐玄宗在蜀中听到夜雨淋铃而万分感伤等一系列典故，写宋室灭亡，皇室人员被驱北行的惨状。

下片抒写对敌人的仇恨和自己坚守节操保持清白的决心。先写国破家亡，繁华销尽，男儿已为国捐躯，此恨难消的悲痛心情，同时刻画了包括自己在内的民族英雄的形象。再以昭阳殿、铜雀台日落日出的变化，写改朝易代的惨景。最后表示虽然国土沦丧，无以为家，自己还要坚持操守，保持清白，宁为玉碎，不为瓦全。文天祥以民族英雄的胸怀，代王夫人立言，实际上表现了文天祥自己生死不渝的民族气节和顽强斗志。光辉夺目，使人激昂奋发。

满 江 红

和王夫人《满江红》韵，以庶几后山《妾薄命》之意。

【原文】

燕子楼①中，又捱过、几番秋色。相思处、青年如梦，乘鸾仙阙。肌玉暗消衣带缓，泪珠斜透花钿侧。最无端、蕉影上窗纱，青灯歇。　　曲池合，高台灭。人间事，何堪说。向南阳阡上，满襟清血。世态便如翻覆雨，妾身元是分明月。笑乐昌②、一段好风流，菱花缺。

【注释】

①燕子楼：唐代尚书张愔（yīn）有爱姬关盼盼，居燕子楼。张愔死后，盼盼念旧爱而不嫁，居燕子楼十余年，她那执著、坚贞的爱情，受到当时诗人张仲素、白居易及后代苏轼等人的同情和颂扬。

②乐昌：南朝陈将亡时，陈乐昌公主与其夫分离，击破铜镜各执一半，以为他日重见之凭证。陈亡，公主为杨素所得，后凭此镜与夫团圆。

【赏析】

清惠王夫人驿站壁上题《满江红》词，抒写亡国之痛。文天祥读后，颇多感触，作此词以和之。

上片以唐代张愔的爱姬，燕子楼中的关盼盼自比。暗指自己身陷囹圄、苦熬岁月，但却像关盼盼忠于张愔那样，仍然忠于宋室。张愔死后关盼盼感到年轻时乘鸾仙阙的情景都已如梦一样消逝了，香消玉殒人憔悴，珠泪浸透花钿，特别是夜晚独对青灯，更是寂寞孤凄。词人自己亦如关盼盼，早年状元及第，春风得意的情景也像梦一样逝去，如今国破家亡、兵败被囚的现实使他极为痛苦，但他表示即使宋室已灭，他仍要坚持操守，永不屈敌，谄事新主。

下片起首六句直接写亡国之悲，曲池已合，高台无存，山河破碎，国事沧桑，令人痛心疾首，不忍重提。在南阳阡上诀别的满襟清血，再一次表现了他对国家和民族的坚贞不渝。虽然风云变幻，改朝易代，但自己忠贞之心有如明月。最后引用乐昌公主破镜重圆的典故，表示对那些屈节投敌之流的极大轻蔑。

本词借关盼盼之事，表示自己对宋王朝坚贞不屈的节操，巧妙地抒发了自己对祖国民族执著的深情，在凄切悲凉动人的故事的叙述中，使人感受到作者那爱国的情怀和令人敬仰的民族气节。

沁 园 春

题潮阳张、许①公庙

【原文】

为子死孝，为臣死忠；死又何妨？自光岳气分，士无全节；君臣义缺，谁负刚肠。骂贼睢阳，爱君许远，留得声名万古香。后来者，无二公之操，百炼之钢。　　人生翕歘云亡。好烈烈轰轰做一场。使当时卖国，甘心降虏，受人唾骂，安得留芳？自古幽沉，仪容俨雅，枯木寒鸦几夕阳？邮亭下，有奸雄过此，仔细思量！

【注释】

①张、许：张巡、许远，唐将。在安史之乱时，坚守睢阳，最后城陷而壮烈牺牲。

【赏析】

上片热情赞扬张巡、许远尽忠全节的爱国壮举。起首提出自己的生死观，做儿子应尽孝而死，做臣子应尽忠而死，这样死了，是死得其所。然后历数张巡和许远为国捐躯的英勇之举，赞美他们万古流芳。但笔锋一转，"后来者"三句，从反面谈，在二公之后的许多人并无他们那高尚的操守和坚强如钢的性格。下片痛斥那些甘心降虏，屈事新主的卖国奸贼。提出人生短暂，转瞬即逝，应当轰轰烈烈干一番事业，那些变节之徒只能受人唾骂，怎能留芳万世！眼前二公庙庄严肃穆，仪容俨雅，虽然经过了多少年代，仍然正气凛然，令人肃然起敬。那些变节求荣、谄事新朝之徒从此经过，恐怕也要仔细地想一想，为自己的可耻行为而感到无地自容。

词人爱憎强烈、大义凛然，对如"二公"一样的爱国者，盛赞他们"留得声名万古香"；对那些卖国奸贼，指出他们将永远被钉在历史的耻辱柱上，受人唾骂。这是词中一篇的《正气歌》和"讨贼檄文"，是他用生命谱写的"热血文学"！从中我们看到他那崇高的人品和刚烈的气节，也感受到他那名垂千秋的浩然正气。

王清惠

【作者介绍】

王清惠，生卒年不详，字冲华，南宋度宗时昭仪。恭帝德祐二年（1276）临安沦丧，与三宫一起被元兵俘往大都（今北京）。后自请为女道士。

满 江 红

【原文】

太液芙蓉①，浑不似、旧时颜色。曾记得、春风雨露②，玉楼金阙。名播兰馨妃后里，晕潮莲脸君王侧。忽一声、鼙鼓③揭天来，繁华歇。　　龙虎散，风云灭④。千古恨，凭谁说？对山河百二，泪盈襟血。驿馆夜惊尘土梦，宫车晓碾关山月。问姮娥、于我肯从容，同圆缺。

【注释】

①太液芙蓉：唐代长安城东大明宫内有太液池，此借指南宋宫廷。芙蓉，即荷花，比喻女子姣好的面容。

②春风雨露：比喻君恩。

③鼙鼓：古代军中用鼓，此指战祸。

④龙虎散，风云灭：喻宋廷君臣的失散。

【赏析】

上片是忆旧。起首两句描述经过一场巨大变故后，南宋宫廷破损，嫔妃憔悴，完全不是旧时的模样了。这是对"旧时"的追忆和感慨，然后用"曾记得"三字领起，引起对旧时的回忆。那时在玉楼金阙的皇宫里，自己容貌出众美名远播，承恩受宠。当她还沉浸在豪华旖旎的皇宫风光之中时，忽然传来了揭天鼙鼓，元军兵临城下，惊醒了他们的美梦。当时元兵虎视眈眈，窥视南宋，而南宋朝廷贾似道大权独揽，一味粉饰太平，对边防危机与国力衰竭隐匿不报，君臣醺歌深宫，纵情享乐。及至鼙鼓动地，才如梦方醒，然为时已晚。"忽一声"简单的三个字，深刻地揭示了这个惨痛的历史教训。

下片写伤今。换头四句紧承上片点明宋室灭亡，抒发心中无限的悲痛。这千古之恨，无人可与诉说。以下感情更为激愤，面对这二万之师可以抵挡百万之旅的险固山河长江天堑，本来有险可凭，却因朝廷失策，用人不当，以至大好河山沦于敌手，使人尤为痛惜。"驿馆"两句描写囚旅生活。无论是"夜"或是"晓"，她都是在惊恐万状和忧伤愁苦中度过。和从前的"玉楼金阙"形成强烈的对比，使人更加同情她眼下的处境。最后二句，是她在绝望中产生的一缕希望，她问月中嫦娥，是否愿意让自己同月亮一道同此圆缺，表现了她摆脱囚徒生活的愿望和对清静生活的向往，这是她的心声，是她摆脱苦难的渺茫的出路。想象丰富并极富浪漫色彩。

词的作者是一个深宫女子，但她没有只停留在个人遭遇的不幸上，而是把眼光投向国家，投向民族，表现了深沉的家国之痛和民族情感，并且还表现了她敏锐的政治见识，具有震撼人心的力量。

邓 剡

【作者介绍】

邓剡（生卒年月不详）字光荐，号中斋，又号中甫。庐陵（今江西吉安）人。理宗景定三年（1262）进士，曾任礼部侍郎。后来参加文天祥抗元的军幕，兵败投海未死，被俘，与文天祥一起北遣，终不屈节。

宋亡后，以节行著称。今传《中斋集》。

酹　江　月

驿中言别

【原文】

水天空阔，恨东风、不借世间英物①。蜀鸟吴花②残照里，忍见荒城颓壁。铜雀③春情，金人秋泪，此恨凭谁雪？堂堂剑气，斗牛空认奇杰。　　那信江海余生，南行万里，属扁舟齐发。正为鸥盟留醉眼，细看涛生云灭。睨柱吞嬴④，回旗走懿⑤，千古冲冠发。伴人无寐，秦淮应是孤月。

【注释】

①英物：英雄杰出的人物。

②蜀鸟吴花：蜀鸟指子规，相传它是古蜀国的望帝所化。"吴花"出自李白《登金陵凤凰台》"吴宫花草埋幽径"。

③"铜雀"二句：写亡国的悲痛。铜雀，指铜雀台，曹操建造，故址在今河南省临漳县西南。杜牧《赤壁》"东风不与周郎便，铜雀春深锁二乔"，作者借这个假设的典故，暗示宋室投降后嫔妃都归于元官事。金人，汉武帝时铸造的捧露盘的仙人。因用铜铸，故称"金人"。这里借指南宋文物宝器都被敌人劫掠一空。春情、秋泪，都是伤时怀国之感。

④睨柱吞嬴：蔺相如持璧睨柱的壮气压倒了秦王。

⑤回旗走懿：诸葛亮死后，杨仪等整军而出，懿追，姜维令仪反旗鸣鼓，懿退，不敢逼。即"死诸葛，走生仲达"。

【赏析】

邓剡与文天祥同里，早年相识，南宋之后，文天祥、邓剡先后在广东被俘，在囚禁中重逢，二人气节相同，友情深厚。元世祖至元十六年（1279），两人被一同解往大都。至金陵，邓剡因病留居就医，文天祥继续北上，邓剡作此词赠别。

上片写亡国之痛。作者看到水天空阔的长江，想起了三国时周瑜得东风之助火攻曹操船队，大获全胜，痛感天意不助文天祥这样的英雄，现在只落得金陵残破、子规悲鸣，吴花凋落，怎么忍心再看到故国的荒城颓壁。特别是宋廷嫔妃被掳、文物被劫，种种惨状，使人恨之入骨，而惟一可担当复国重任的文天祥又战败被俘，使英雄壮志成空。

下片，写惜别之情。先写自己没有料到在江海余生之后能与文天祥相逢，但现在却马上又要分离，今后自己将隐遁起来与白鸥为伴，再看时局的变化。然后用"睨柱吞嬴"、"回旗走懿"两个典故，来激励和推重文天祥，要以正气压倒强敌，希望他有朝一日东山再起。最后以想象分手后自己独留金陵，在不寐之夜只能与秦淮河上明月相伴作结，对友人的惜别和别后的孤寂充溢于字里行间。作者痛惜英雄失败，又悲叹山河破碎，追忆患难之情，表示自己义不帝元，激励友人坚持斗争扭转乾坤等种种思绪涌向笔端，形象鲜明，用典恰当，构成了悲壮、沉雄的意境。作者的爱国深情和崇高的气节，真实感人。

杨金判

【作者介绍】

杨金判，其名不详。度宗时人。金判，官名，即签判，为"签书判官厅公事"的简称。

一　剪　梅

【原文】

襄樊四载弄干戈①，不见渔歌，不见樵歌。试问如今事若何？金也消磨，谷也消磨。　　柘枝②不用舞婆娑，丑也能多，恶也能多。朱门日日买朱娥③，军事如何？民事如何？

【注释】

①"襄樊"句：襄樊，指湖北的襄阳、樊城一带，为南北水陆要冲，是元军进攻的重地。度宗咸淳四年（1268）九月，元兵筑白河城，始围襄樊。九年正月，城破，二月，襄阳守将出降。此句谓襄樊战事迄今已四年。词人作此词时，城虽被困，但仍未破。守城军民屡次向朝廷求援，但窃居相位的贾似道却置之不理。

②柘（zhè）枝：舞曲名。

③朱娥：指美女。

【赏析】

这是一首抨击当道者之罪恶，深具讽刺意义的词篇。上片写襄樊战事的状况和后果，襄樊战事已经四载，长期的战争破坏了老百姓安定欢乐的生活，再也听不到江上悠扬的渔歌和山中奔放的樵歌，百姓流离失所，哀鸿遍野。旷日持久的守城耗费了大量的钱粮，"金也消磨，谷也消磨"二句直接指出这种后果。当时贾似道等一伙卖国殃民之徒向元人输绢纳币称臣求和，不但不能挽救南宋灭亡的命运，而且更加速了它的灭亡。襄樊危在旦夕，这些误国奸臣却弄权于朝，嫉贤妒能、荒淫无道、沉溺酒色。

下片，面对这种情况，词人无法控制自己满腔的愤怒，大喝一声："柘枝不用舞婆娑！"然后揭露"丑也能多，恶也能多。"前方吃紧，权臣坐视不理，尚自轻歌曼舞，这不是丑又是什么！百姓陷于水深火热，显贵却起楼买女，卖国求荣，这不是恶又是什么！通过对国事的忧虑，对百姓的同情，对权奸强烈的不满和尖锐的抨击，表现了词人忧国忧民的情怀和直面统治者的勇敢精神。文字直质，感情激愤，词语的重叠加深了感情的力度，是一首难得的政治讽刺词。

汪元量

【作者介绍】

汪元量，字大有，号水云，浙江钱塘人。约生于宋淳祐间，元至治前后尚在世。宋度宗时为宫廷琴师，元灭宋，随三宫被掳北去，写下很多纪实诗词，人称诗史。后放还江南，浪迹江湖以终。著有《水云集》、《湖山类稿》。

好 事 近

浙江楼闻笛

【原文】

独依浙江楼，满耳怨筂哀笛。犹有梨园①声在，念那人②天北③。　　海棠④憔悴怯春寒，风雨怎禁得。回首华清池⑤畔，渺露芜烟荻。

【注释】

①梨园：指宫廷乐工。

②那人：指南宋的幼帝赵㬎（xià）。

③天北：遥远的北方，指大都（今北京）。

④海棠：一种较名贵的花木，我国古代词人常用它来比喻高贵而又不幸的人。在本词中，作者用它比喻南宋君臣，也包括作者自己。

⑤华清池：现在西安临潼，这里借指南宋统治者灭亡前在临安的游乐之地。

【赏析】

宋恭帝德祐二年（1276）三月，蒙古大军进入南宋都城临安，南宋灭亡，幼帝赵㬎和其母都被遣送到大都，太皇太后谢道清因病特允暂留，作者亦在其中，本词就作于暂留临安期间。

上片起首二句就烘托出一种极度悲怆的气氛，作者登高远眺，眼看大好河山惨遭蹂躏，心如刀割，已不能自已，那堪耳边不断地传来阵阵哀怨的筂声和笛声。如倾如诉的乐声似乎在抒发他们对被掳北上的幼帝与太后的怜念和痛掉南宋的灭亡。

下片"海棠"二句，作者用比喻的手法，形象地描绘了南宋君臣横遭洗劫的惨痛经历。入侵者如狂风暴雨，摧残了高贵而柔弱的海棠，使人悲愤不禁。最后"回首"二句，以低徊哀婉的笔调倾吐了一个爱国志士对故国故君的无限眷恋：原来那繁华升平、笙歌曼舞的故地，如今已是一派荒凉，荻叶瑟瑟，烟雾缥缈，山河破碎，君臣被掳，深重的忝离之悲为本词涂上了一层浓浓的惨凄的色彩，使它成为奠祭南宋亡灵的一首沉痛的挽歌。

望 江 南

幽州①九日

【原文】

官舍②悄，坐到月西斜。永夜角声悲自语，客心愁破正思家。南北各天涯。　　肠断裂，搔首一长嗟。绮席象床寒玉枕，美人何处醉黄花③。和泪捻琵琶。

【注释】

①幽州：元大都的所在地，即现在北京一带。
②官舍：本指衙门和官吏的住宅，这里指作者在大都的住所。
③黄花：菊花。

【赏析】

这首词是作者随太皇太后谢道清遣送至幽州时所写，适逢九月九日重阳节。每逢此日，人们都要登高怀念远出的游子，而作者在这里感慨尤深，他怀念故乡、亲人，更怀念那已失去的破碎的祖国。上片先写在夜深人静之时，万籁俱寂，自己愁情满怀，不能成寐，面对明月一直坐到月沉西山。这两句点明了时间、地点，推出悲痛难抑、心乱如麻的主人公，即作者自己。"永夜"两句紧承上句表达自己悲痛的情怀。这里长夜漫漫，角声时起，弥漫着荒凉肃杀阴森可怖的气氛，作为一个亡国之人，精神上备感孤独寂寞，只有悲愤地喃喃自语、以排遣痛苦。"客心愁破"，极写他的愁绪之多、之深，这愁绪来自于"思家"，而"家"的概念对他来说则是沦丧于蒙古铁蹄之下的南宋王朝，是故都临安。从大都到临安，千山万水，天各一方，何时才能回到家园呢？

下片写思家的具体行动。被俘北上幽禁于此，能有什么行动呢？无力回天，只能搔首长叹了。作者的思绪飞回临安，宋宫的景象一幕一幕地出现在眼前。当时家国还在，宫中那些拥金枕玉的嫔妃、宫娥，在重阳节里醉赏菊花，尽情欢笑，那是何等畅怀，而今国破家亡，物是人非，那繁华热闹的景象也一去不返了，只留下眼前的凄凉和悲伤。他自己不能跃马沙场，只能含着眼泪弹一曲琵琶，唱一首悲歌，以寄托自己的哀思。

全篇声情凄婉，悲歌当泣。在近乎绝望的境地里，作者的思国之情更显得悲壮、凝重、深沉。

徐君宝妻

【作者介绍】

徐君宝妻（生卒年不详），宋末岳州（今湖南岳阳）人。国破家亡后，被元兵掳至杭州，誓不从敌，投池水而死。留下绝命词一首。

满 庭 芳

【原文】

汉上①繁华，江南人物，尚余宣政②风流。绿窗朱户，十里烂银钩③。一旦刀兵齐举，旌旗拥、百万貔貅④。长驱入，歌楼舞榭，风卷落花愁。　　清平三百载，典章文物，扫地俱休。幸此身未北，犹客南州。破鉴徐郎⑤何在？空惆怅、相见无由。从今后，梦魂千里，夜夜岳阳楼。

【注释】

①汉上：指江汉流域。

②宣政：宣和、政和，是宋徽宗的两个年号。

③烂银钩：灿烂的银制帘钩。

④貔（pí）貅（xiū）：凶猛的野兽，常代指勇猛的军队。

⑤破鉴徐郎：孟棨《本事诗》载，陈将亡时，徐德言与其妻乐昌公主各执破镜一半离散，后凭镜而重获团圆。此处徐郎有双关之意，亦指其夫徐君宝。

【赏析】

这是一首绝命词。一个弱女子在敌人威逼之下，大义凛然，矢志不屈，以身殉国，可歌可泣，令人敬佩。本词概述了南宋灭亡的历史、离乱之苦、殉国之情和夫妻亲情。

上片起首五句，描写了南宋的繁华。江汉一带，地处吴蜀之间，经济十分繁荣，为作者家乡所在之地，先表达了作者对故乡的热爱。但南宋统治者苟安于江南，沉湎于酒色，终日轻歌曼舞，这里作者既有对往昔的留恋，也暗含对当权者荒淫误国的不满和谴责。"一日刀兵齐举"五句，叙述敌军入侵，兵精马壮，势如破竹，南宋王朝顷刻覆灭，过去的繁华风流犹如风卷落花。"愁"字概括地指出国破家亡，给百姓带来了巨大的悲痛和深深的忧愁。

换头三句，先叙述战争给江南带来巨大灾难，宋代三百年的文化、典章制度，顿时化为灰烬。自己虽然侥幸未死，却落入敌人之手。作者把个人身世与国家的兴亡联系在一起，有极深的力度和丰富的内涵。最后五句，写投湖自尽前对丈夫的深情怀念，用"破鉴徐郎"典，取其亡国后夫妇失散之意。但徐德言夫妻最终团圆，而自己为了不受敌人的玷污，保持清白之身，与丈夫只能生离死别了，对国对夫情意深厚。结尾三句，柔中带刚，是对家国、夫君生死相依的誓言和宁死不屈的决心，读来令人迴肠荡气，肃然起敬。本篇在广阔的历史背景下，反映了宋元易代之际广大人民遭受的苦难，把个人的不幸与国家民族的不幸紧密地联系在一起，深沉悲凉，凛然有生气。

醴陵士人

【作者介绍】

醴陵士人，姓名、生卒年月、籍贯等皆不详。

一 剪 梅

【原文】

宰相巍巍坐庙堂，说着经量^①，便要经量。那个巨僚上一章？头说经量，尾说经量。　　轻狂太守在吾邦，闻说经量，星夜经量。山东河北久抛荒，好去经量，胡不经量？

【注释】

①经量：丈量土地。据《续资治通鉴》记载，为了增加赋税，景定五年九月，"贾似道请行经界推排法于诸路，由是江南之地，尺寸皆有税，而民力益竭。"本词即写此事。

【赏析】

这是一篇别开生面之作。自南渡之后，南宋朝廷并不把民族矛盾放在心上，反而以抗敌为借口，大量搜刮民财，以图享乐，从而又加剧了阶级矛盾，本篇就是以讽刺的手法描绘了宋廷各级官僚的丑恶面目，展示了当时社会政治的畸形和矛盾的尖锐。全词上下两片共分四个层次。第一层写贾似道经界推排法的出笼。以"巍巍坐庙堂"写宰相的威严神态，为了进一步盘剥压榨百姓，要丈量土地"说要经量，便要经量"。"说要……便要"，描写他的威重令行，不可违逆，也写出了他的飞扬跋扈和心狠手辣。第二层写朝臣的反映，农民负担已经十分沉重，再实行"经量"，使尺寸之地皆要纳税，分明是要把百姓推向绝望的深渊。但朝廷上下皆为阿谀逢迎为虎作伥之辈，"那个臣僚上一章？"即没有一个臣僚敢上一章提出反对，一个个都跟在贾似道的后面乱哄哄地拍马奉承，口口声声地喊着"经量"。上片用极简短的语句便活画出贾似道与臣僚的丑恶面目。

下片沿着上片从上到下的思路，写到地方官"太守"，这是第三层。"经量"的政策传到地方后，吾邦太守仅仅"闻说经量"，便"星夜经量"，大献殷勤，忙碌奔审，对上趋奉邀宠，对百姓则荼毒残害，实在令人痛恨。最后一层，作者笔锋一转，把视线引向"山东河北"，那是沦陷区。因为女真人不肯耕作，把田地改为牧场，所以田地荒芜，无人管理，作者愤怒又不无讥讽地说，南宋朝廷应该到那里去"经量"，怎么不去那里"经量"呢？言下之意是：宋廷只在江南搜刮百姓，却不敢去收复失地。写到这里，作者义愤填膺，既是辛辣的讽刺，又是满腔的激愤。反诘句的运用，加深了讽刺的力度，深化了主题，使人感受到奔腾在作者血管中那愤怒的谴责和对统治者强烈的不满。

作者以冷嘲热讽的笔墨，画出了从宰相、臣僚到太守，那盘剥百姓的丑态，也揭露了他们对外屈膝，对内压榨的罪恶行径。语言通俗、诙谐，八个"经量"的运用，表达了特定的内容，极富讽刺的意味，意趣隽永，令人忍俊不禁，又深受感染。作为一首政治讽刺词，角度新颖，内容深刻，感情饱满，酣畅淋漓，同时也表现了作者的爱国之心和忧民之情。

蒋　捷

【作者介绍】

蒋捷，字胜欲，阳羡（今江苏宜兴县）人。宋恭帝时进士。宋亡，隐居竹山不仕，人称竹山先生。元成宗大德年间，有人荐他为官，辞不就，抱节以终。与周密、王沂孙、张炎并称为"宋末四大家"。其词多抒发故国之思、山河之恸，风格悲慨清峻、萧寥疏爽；想象丰富，语言多创新，格律形式运用自由，接近辛派。刘熙载称他为"长短句之长城"（《艺概》），对后世影响颇深。

贺 新 郎

兵后寓吴①

【原文】

深阁帘垂绣。记家人、软语灯边，笑涡红透。万叠城头哀怨角，吹落霜花满袖。影厮伴、东奔西走。望断乡关知何处，羡寒鸦、到著黄昏后。一点点，归杨柳。　　相看只有山如旧。叹浮云、本是无心，也成苍狗②。明日枯荷包冷饭，又过前头小阜。趁未发、且尝村酒。醉探枵囊③毛锥④在，问邻翁、要写牛经⑤否。翁不应，但摇手。

【注释】

①兵后寓吴：1276 年元兵占领南宋京城临安，此后蒋捷便飘泊在东南一带，本词是他流离苏州时所写。

②"叹浮云"三句：感叹亡国后时事起了根本的变化。杜甫《可叹》诗："天上浮云如白衣，斯须改变如苍狗。"

③枵（xiāo）囊：空无一文的袋子。

④毛锥：毛笔。

⑤写《牛经》：代人抄写《牛经》，想混一点生活的意思。《牛经》，有关牛的知识的书。

【赏析】

这是一首流浪者的哀歌，也是作者的自叙，宋元易代，战火遍地，作者和广大百姓一样，失掉了家庭的幸福和温暖，东奔西走，四处飘泊，过着孤苦无依的生活。词中的场景和情调，跨度极大，紧扣"兵后"二字，尽抒丧乱之悲。上片"深阁帘"三句，写尽家人团聚的欢乐温馨，衬托出"城头哀角"的悲凉和"影厮伴、东奔西走"的流离之苦。"望乡关"三句，以寒鸦归棲杨柳衬出流浪者难觅乡关之悲哀。

过片"相看只有山如旧"三句，淡淡地，却又是极惨痛地道出了国破家亡，江山易主的沧桑之感。世事变化之大，使人无法预料，正如天上的浮云，明明像姑娘们身上穿着的白色衣服，忽然又变成了凶恶模样的黑狗。这种种强烈的反差形成了鲜明的对比，多层次多角度地烘托出沧桑变迁的沉痛。接着，他叙述自己流落荒村的困顿：荷叶包饭，村酒浇愁，空无一钱，卖艺糊口。战乱后的文士潦倒狼狈，令人可悲可怜可叹；令人再次嗟叹的是，即使卖艺，也卖不出去，"翁不应，但摇手"，尤为令人辛酸。词人拒绝做官，不要富贵，流为贫贱，甘心飘泊，不肯屈节出仕异族统治者的气节和品格，于悲凉的沧桑感中，又透出民族的骨气和傲气。

竹山词兼有豪放、婉约之长，本词即是一例，既有挥洒豪放，又有细致周密。

张　炎

【作者介绍】

张炎（1248—约1320），字叔夏，号玉田，又号乐笑翁。临安（今杭州）人。宋亡前过着贵族公子的优裕生活。宋亡后，落拓浪游，一度曾上元朝京城大都求官，失意而归，以布衣终生。张炎论词标举清空，注重句法、炼字、意趣、用事、音律和构思，追求词的形式美。他的一些作品，表现了家国沦亡的哀恸。有词集《山中白云》及词学专著《词源》传世。

高　阳　台

西湖春感

【原文】

接叶巢莺①，平波卷絮②，断桥③斜日归船。能几番游，看花又是明年。东风且伴蔷薇住，到蔷薇、春已堪怜。更凄然。万绿西泠④，一抹荒烟。　　当年燕子知何处？但苔深韦曲⑤，草暗斜川⑥。见说新愁，如今也到鸥边。无心再续笙歌梦，掩重门、浅醉闲眠。莫开帘。怕见飞花，怕听啼鹃。

【注释】

①接叶巢莺：莺鸟栖息在茂密的树叶间。截取杜甫诗句"卑枝低结子，接叶暗莺巢"。

②平波卷絮：湖面上微波荡漾，翻卷着飘落的柳絮。

③断桥：在西湖孤山侧面白沙堤东，里湖与外湖之间。

④西泠（líng）：西湖桥名，在孤山下，将里湖与后湖分开。

⑤韦曲：在西安市南，唐代韦氏世居此地，故名。

⑥斜川：在江西省星子与都昌两县的湖泊中。

【赏析】

本词通过吟咏西湖春景，表现了词人对国土沦丧，身世浮沉的哀叹。

上片，描写西湖的晚春景象。"接叶巢莺"三句，茂盛密集的树叶遮住了黄莺窝巢，湖面上微波荡漾，翻卷着飘落的柳絮，落日斜照着断桥边的归帆。此三句点题，并透露词人暗淡的心情。"能几番游"以下，词人的忧愁淡淡地渗出，这样的景色还能游赏几时，芳春将尽，看花须待明年。春风伴着蔷薇开放，但蔷薇开放却意味着春天将尽。春天耗尽了它的生命，实在使人怜惜啊！"更凄然"三句，写群芳陨落，春天逝去后，西泠桥一带寂寞荒芜，只留下一抹荒烟。这几句融情入景，暗寓宋亡之后，西湖遭到元人践踏，日渐荒凉，沉痛、伤感油然而生。

下片抒发重游西湖而产生的兴亡之感。当年在西湖安居的燕子，现在也不知飞向何处了，韦曲、斜曲（二地代西湖）都是荒草丛生，青苔遍地，人迹罕至，听说连那自由自在优游于西湖的白鸥也有了忧愁。昔日处处笙歌的繁华情景都已成为过去，再也无人想继续作这种笙歌梦了。写到此，词人灰心已极，伤心地说，把门关起来，喝点酒，去睡觉吧，不想再掀开帘子，害怕看见百花衰落，也怕听见杜鹃的悲啼。

全词把写景、抒情、议论融为一体，词中所表现的群芳落尽，盛会难再，无可奈何的伤春意绪，曲折地反映了词人对昔日盛时的留恋和惋惜，也表现了他对现实生活的绝望。全篇运用比喻寄托手法，把词人的内心活动表现得含蓄隐约、声情凄楚、正所谓"亡国之音哀以思"。

浪 淘 沙

秋 江

【原文】

万里一飞蓬，吟老丹枫①。潮生潮落海门东。三两点鸥沙外月，闲意谁同？　　一色与天通，绝去尘红。渔歌忽断荻花风。烟水自流心不竞，长笛霜空。

【注释】

①丹枫：秋天的枫叶是红色的，故曰丹枫。

【赏析】

本词题为《秋江》，词人通过描写秋江的景色，表达了游子飘泊凄苦的心绪。

宋亡后，词人失去了贵族公子安逸享乐的生活，他常常感叹自己如"断梗"、"浮萍"、"飞蓬"漂泊不定。"万里一飞蓬，吟老丹枫"，正是他身世的写照。自己如万里河山中微小的"飞蓬"在秋风吹拂的枫树下，吟咏着凄苦的诗句，透露出他身世的悲凉。"潮生"三句，先写景，潮水时涨时落，秋月升起，点点沙鸥自在翱翔，鸥鸟那娴静的情致，何人能比呢？

下片写登临之所见。词人登高远眺，只见水天一色，浑无涯际，简直就像是尘世之外的境界。伴着秋风荻花传来断断续续的渔歌，他的心情也渐渐澄静，少了一些感伤，多了一些开阔，既然身世如此，那就泰然处之吧！于是他说：自己的"心不竞"如"烟水自流"。意谓自己与世无争，听天由命。此时，在寒冷的霜空中传来婉转凄苦的笛声，笛声悠扬，迴荡在秋江的上空，也迴荡在游子的心头。以景语作结，余味不尽，将词人的家国之悲和身世之感，一并融入词中，浑然无迹，辽阔、肃爽，颇具豪气。

甘 州

辛卯岁，沈尧道同余北归，各处杭、越。逾岁，尧道来问寂寞，语笑数日，又复别去。赋此曲，并寄赵学舟。

【原文】

记玉关①踏雪事清游，寒气脆貂裘。傍枯林古道，长河饮马，此意悠悠。短梦依然江表②，老泪洒西州③。一字无题外，落叶都愁。　　载取白云归去④，问谁留楚佩，弄影中洲⑤？折芦花赠远，零落一身秋。向寻常野桥流水，待招来不是旧沙鸥⑥。空怀感，有斜阳处，却怕登楼。

【注释】

①玉关：此泛指边地风光。作者没有到过玉门关。

②江表：江南。

③西州：古城名，在今南京市西，借指杭州。

④"载取白云归去"句：用陶宏景诗"山中何所有？岭上多白云"之意。

⑤"问谁留楚佩，弄影中洲"：用《九歌·湘君》"捐余玦兮江中，遗余佩兮醴浦"及"君不行兮夷犹，蹇谁留兮中洲"之意。

⑥沙鸥：喻志同道合的朋友。

【赏析】

这是一首追念北游寄怀故人之作。上片起首五句，以一"记"

字，总绾以下五句，点出是回忆北游之事。当时二人顶着寒风，冒着大雪，一道清游，北地的寒气冻裂了貂裘，极写北地的酷寒。他们一起走在枯林古道之上，又一起长河饮马，尽管是那样落寞，那样艰辛，但朋友共游，苦中有乐，其意悠悠。五句记当年北游之豪情，一气直下，气象苍茫。"短梦"四句，北游匆匆，如短梦一般，醒来依然身在江南，当时词人已四十四岁，故有人生飘泊之叹，想到许多老友已成为泉下故人，不禁老泪纵横。"西州"用羊昙为悼念谢安而不入西州门的典故，表现他对故人情意的深厚。时间已值深秋，落叶殆尽，就是想题叶赋愁，都没有题字之叶。天涯阻隔，无限酸辛。

换头，写沈尧道别去后的寂寞。"载取白云"三句，写沈氏与己重聚又别，此番将偕白云共隐，谁还会为我把美玉留在江边，把情影留在洲中呢？表示他对沈氏的厚谊。"折芦花"四句，写凄寂无人之感与念远之切。我折芦花赠给他，芦花凋零，正如我衰老寂寞，和沈氏分别后我也许会有新的朋友，但却不会再有如同沈氏一般深厚的友谊了。最后三句"空怀感"含意丰富，既有国破家亡之痛，又有个人遭遇不幸之悲，加之友人离去的伤感，百感交集。虽有斜阳，却不愿登临，因为凭栏远望，更使人为之肠断。此三句把朋友聚散的悲伤，家国兴衰的感触，一并融入句中，正所谓含不尽之意见于言外。

全词起得峭劲，结得悠远，顿挫腾挪，声情并茂，颇有力度。但情调较为低沉。

无名氏

水调歌头

【原文】

平生太湖上，短棹几经过。如今重到，何事愁与水云多？拟把匣中长剑，换取扁舟一叶，归去老渔蓑。银艾[①]非吾事，丘鏊②已蹉跎。　　脍新鲈③，斟美酒，起悲歌。太平生长，岂谓今日识兵戈？欲泻三江④雪浪，净洗胡尘千里，不用挽天河⑤！回首望霄汉⑥，双泪堕清波。

【注释】

①银艾："银"是银印。"艾"是绿色像艾草一样拴印的丝带。借指做官。

②丘壑：指隐者所居的山林幽深处。

③脍新鲈：指隐居生活。

④三江：指吴淞江、娄江、东江，这三江都流入太湖。

⑤挽天河：杜甫《洗兵马》中针对国家内乱唱出了"安得壮士挽天河，净洗兵甲长不用"的心声。

⑥霄汉：即高空，暗喻朝廷。

【赏析】

这首词抒发了收复祖国山河的雄心和壮志难酬的悲愤的心情。

上片先写江山破碎的悲怆心情。"平生太湖上"四句，面对浩瀚无际的太湖，作者想到自己曾多次泛舟湖上，它是那样令人陶醉，那样令人感到亲切，这次重游，自己心头却笼罩着茫茫无际的愁云。从前游太湖，北宋还没有灭亡，而现在却是国土沦丧，南宋朝廷偏安一隅，胡骑南窥，所余的半壁河山也危在旦夕。作者用"何事"发问，却没有正面回答，因为在那个时代，家国之恨，使人愁生是不言而喻的。作者愁情满怀，却无计消除，南宋朝廷苟安求和，醉生梦死，纵有报国之心，却无报国之路，在无可奈何之中，他情绪陡转。"拟把匣中长剑"以下五句，写他忍痛放弃报国之志，把准备驰骋疆场的长剑换成一叶垂钓的扁舟，归隐江湖，去作渔翁。他消沉地说，做官就不是我的事，我为此耽误了隐居的山水，让它们白白地等我。作者以超脱的口吻诉说自己悲愤的心情，以归隐的行动表示自己对黑暗现实的不满。

下片以"脍新鲈"三句承上启下，当他吃着脍制好的新鲜鲈鱼、喝着美酒、唱起悲壮的歌曲时，他的情绪从隐居一下又跌落到现实中了，他不能忘记灾难深重的国土。"太平生长，岂谓今日识干戈"，在太平时代生长的人，没想到今天也见到战争，而"干戈"给作者带来的是如大海一样汹涌的激情，对祖国的热爱和对敌人的憎恶，使他顿生扭转乾坤之力，他要倾泻三江洪涛巨浪，涤荡千里中原的胡尘，用不着壮志挽天河洗兵马，要把敌人彻底消灭干净。这种钢铁誓言，如雷震耳，激荡在国人心中，所以当这首词被题在吴江长桥下时，竟不胫而走，甚至引起了朝廷的注意。现实和理想总是有矛盾的，作者虽然雄心勃勃，壮志凌云，但想到黑暗的现实，心头又愁云惨淡，最后以"回首望霄汉，双泪堕清波"作结，表现了他对朝廷的失望。

全篇悲怆、激愤，波澜起伏，首尾呼应，唱出了爱国志士的心声，风格沉雄、豪放。

◇ 金　词 ◇

吴　激

【作者介绍】

吴激（？—1142），字彦高，号东山，建州（今福建建瓯一带）人，初仕于宋，后出使金邦，因知名被留，命为翰林待制。激为北宋著名书画家米芾之婿，亦善书画。工诗能文，尤精于词，与蔡松年齐名，称"吴蔡体"。存词十首。

人 月 圆

宴张侍御家有感

【原文】

南朝千古伤心事，犹唱后庭花①。旧时王谢，堂前燕子，飞向谁家②？　恍然一梦，仙肌胜雪，宫髻堆鸦。江州司马，青衫泪湿，同是天涯③。

【注释】

①犹唱后庭花：用杜牧《泊秦淮》"商女不知亡国恨，隔江犹唱后庭花"诗句。后庭花即陈后主所作《玉树后庭花》，为亡国之音。

②"旧时王谢"三句：化用刘禹锡《乌衣巷》"旧时王谢堂前燕，飞入寻常百姓家"诗意。

③"江州司马"三句：化用白居易《琵琶行》"座中泣下谁最多，江州司马青衫湿"、"同是天涯沦落人，相逢何必曾相识"诗意。

【赏析】

吴激与宇文虚中等在张侍御家会饮，席间有一妇人，原为宋宗室女，被掳北地，沦为侑酒歌妓，诸公感叹，皆作词一首。吴激系名宦之子，才学出众，使金被留，勉强任职，内心十分痛苦，看到这一女子，触动了自己内心隐痛，挥笔书写了本词。起首二句，高处落笔，从历史的高度来观照此事，为全篇定调，以陈后主耽于享乐终日演唱《玉树后庭花》终至亡国为切入点，暗指宋廷昏乱荒淫而导致亡国，悲怆盈怀。"旧时王谢"三句，转入眼前宋宗室女沦为歌妓之事，并融入自己的身世之感，名门之子，亦流落异邦，与眼前之女一样，成了不知飘落于何地的王谢之燕。

换头，以"恍然一梦"承上启下，对故国的回忆，恍惚如同做了一个梦，而"仙肌胜雪，宫髻堆鸦"的歌女，却真真实实地站在面前，她的存在提示着自己曾经经历过亡国的遭遇。最后以白居易《琵琶行》诗意作结，说明自己和歌女的命运及遭遇一样，都是沦落天涯之人，所以引发了对她的深切同情和对自己的悲叹。

短短十一句话，八句都是化用唐人诗句，但并无刻板胶柱之嫌，反觉空灵蕴藉。沉痛之情，尤为深挚，不尽之意，亦觉含蓄，非大手笔，不能为此。刘祁评曰："虽多用前人诗句，其剪裁点缀若天成，其奇作也。"

蔡松年

【作者介绍】

蔡松年（1107—1159），字伯坚，号萧闲老人。本为宋人，徽宗宣和末从父靖守燕山（今北京），降金，除真定判官（今河北正定一带），尝从都元帅兀术伐宋。后除为刑部员外郎，左司员外郎。金为谋伐宋计，高其位以耸南人视听，累擢至右丞相，加仪同三司，封卫国公。卒，加封吴国公、谥文简。词曰《明秀集》，风格雄爽隽逸。

念 奴 娇

还都后，诸公见追和赤壁词①，用韵者凡六人，亦复重赋

【原文】

《离骚》痛饮②，问人生佳处，能消何物？江左③诸人成底事，空想岩岩青壁④。五亩苍烟，一丘寒玉⑤，岁晚忧风雪⑥。西州扶病，至今悲感前杰⑦。　　我梦卜筑⑧萧闲⑨，觉来岩桂，十里幽香发。块磊胸中冰与炭⑩，一酌春风都灭。胜日神交，悠然得意，遗恨无毫发。古今同致，永和徒记年月。

【注释】

①追和赤壁词：即步韵苏轼《念奴娇·赤壁怀古》词。

②《离骚》痛饮：《世说新语·任诞》："王孝伯言：名士不必须奇才，但使常得无事，痛饮酒，熟读《离骚》，便可称名士。"

③江左：长江以东，晋使南渡，东晋及宋、齐、梁、陈相继建都金陵，占领江左一带。

④岩岩青壁：指西晋王衍（字夷甫）。《世说新语》刘孝标注："顾恺之《王夷甫画赞》曰："夷甫天形瑰特，识者以为岩岩秀峙，壁立万仞。"王位居宰相，崇尚清谈，不理国政，导致西晋覆灭。其兵败临终曾曰："向若不祖尚浮虚，戮力以匡天下，犹可不至今日。"（《晋书·王衍传》）

⑤寒玉：喻寒竹。

⑥风雪：喻忧患。

⑦前杰：指谢安。谢安求隐退而不果，被迫出镇广陵（扬州），后还都，以病躯入西州门，未几病卒。

⑧卜筑：择地而建房舍。

⑨萧闲：词人为丞相时在镇阳别墅筑"萧闲堂"，并自号"萧闲老人"。

⑩冰与炭：冰炭一冷一热，不能同器，喻水火中骚乱不宁。

【赏析】

这是一首吊古感怀之作。上片吊古。《离骚》二句破空而来，以饮酒与读《离骚》为人生佳处，先露心中的不平之气。"江左"二句，感叹晋室诸人清谈误国，终至晋亡。"五亩"五句，转写功高位显的谢安，尽管他为东晋立下汗马功劳，但位高遭忌，正如欣欣翠竹忧虑岁晚风雪的到来一样，谢安也曾觉察到自己的隐忧，但未能逃脱命运的安排，终于病入西州而亡，令人可悲可叹。词人晚年亦有谢安之忧，故悲谢安，实悲己也。

下片感怀。"我梦"三句，写自己梦游镇江别墅的萧闲堂，那里桂花香飘十里，令人神往，而在京都，自己却有谢安晚年之忧，胸中块磊不平，心绪繁乱，只能靠杯酒浇之，词人一如谢安位高遭忌，所以在悲感前杰的同时，与前杰思想遥相契合，神交忘忧，古今同调，情趣相投，相知不受时空限制。

词人深受苏轼豪放词影响，有慷慨激宕之气，对历史人物有赞美、有批评，借古人之故事，洗胸中之块磊，既有历史沧桑变化的感触，又有抒发高雅情怀的幽思。

元德明

【作者介绍】

元德明（1159—1206），名不详，字德明。太原秀容（今山西忻县）人。元好问之父。累举不第，放浪山水间，饮酒赋诗以自适。存词一首，见《中州乐府》。

好　事　近

次蔡丞相韵①

【原文】

梦破打门声，有客袖携团月②。唤起玉川③高兴，煮松檐晴雪。　　蓬莱千古一清风，人境两超绝。觉我胸中黄卷④，被春云香彻。

【注释】

①次蔡丞相韵：本词为作者次金朝丞相蔡松年韵之作。蔡曾作《好事近》词，抒发对功名的厌倦。

②团月：即卢仝诗"月团三百片"的月团茶。

③玉川：即玉川子，卢仝之号。年轻时隐居读书，不愿仕进，自称山人。

④黄卷：指书籍。古人用黄蘖染纸以防蠹，纸色黄，故称。

【赏析】

这是一首吟咏品茶雅兴之词。上片落笔先写客人携茶来访。词人正在熟睡，好梦被打门之声惊破。著一"打"字，和"被"字相呼应，门可以推、敲、打，但梦却只能用"打"，才能"破"。开篇极为传神。客人袖携月团名茶来访，见出客人殷勤之意，主人品味之高。这里用卢仝《走笔谢孟谏议寄新茶》诗意，并以玉川子自喻。在睡梦中被惊醒的"玉川子"见到如此高雅的名茶，心里自是十分高兴，于是主客兴趣盎然，撷取松檐晴雪，煮茶共饮。高标出世的劲松，冰清玉洁的纯雪，品质上乘的名茶，隐示着饮茶者一定并非俗子，乃雅士高人也。

既是两位高士饮茶，其情趣定然不俗。下片写品茶之感受。二人品茶之后，精神顿爽，有超然世外，飘飘欲仙之感，被书卷填满的心胸，又被月团茶的清香浸润，顿感神清气爽，妙彻心扉，如蓬莱仙境。短短四句，曲尽饮茶之妙，清淡闲雅，超旷绝俗。全篇清美圆熟、不事雕琢，如一曲清歌，味醇韵足。

蔡 珪

【作者介绍】

蔡珪（？—1174），字正甫，真定（今河北正定）人。蔡松年之子。金海陵王天德三年（1151）进士。累官至礼部郎中，封真定县男。以风疾不能言致仕，寻卒。存词一首，见《中州乐府》。

江 城 子

王温季自北都归，过余三河①，坐中赋此

【原文】

鹊声迎客到庭除。问谁欤？故人车。千里归来，尘色半征裾②。珍重主人留客意，奴白饭，马青刍③。　　东城入眼杏千株。雪模糊，俯平湖。与子花间，随分倒金壶。归报东垣诗社友，曾念我，醉狂无？

【注释】

①三河：在今河北，作者在此任主簿，本词作于此间。
②征裾：征衣。
③"珍重"三句：化用杜甫"为君酤酒满眼酤，与奴白饭马青刍"诗意。

【赏析】

这是一首客中送别词。上片写客中遇到旧友的喜出望外。先写鹊噪，已寓与友人相见之喜。与故人乍一相见，还未认出，故曰"问谁欤？"，暗示离别之久。久别重逢，惊喜交集，弥足珍贵，喜悦自不待言。"千里"二句，写客人征途之苦，友人从千里之外归来，衣服还沾满旅途上的灰尘。"珍重"三句，写主人待客之殷勤。留客本为常事，此处因是老友，主人盛情款待，故用"珍重"二字，宴会气氛之热烈，酒宴之丰盛，尽在此二字之中。不写待客人之酒宴，只写款待客人仆马，从侧面写出主人的盛情，进而看出他们之间情谊之深挚。迎客、待客层次井然，由远而近，渐次清晰。

下片具体写主人的殷勤待客。"东城"五句，先写眼前之景，千株杏花，远望如雪，一湖春水，平静如镜，满眼春色，清酒盈樽，知己痛饮，好不惬怀。于是就出现"与子花间，随分倒金壶"的画面。酒与杏花因杜牧诗"借问酒家何处有，牧童遥指杏花村"而结不解之缘，此处主客在杏花丛中对酌，则酒兴更浓。主人想念故乡亲友，却从对面落笔，以"曾念我，醉狂无?"问之，意谓不知亲友们是否还记得我往日之醉态狂态? 其思之深，尤为动人。以情结景，言有尽而意无穷。语言质朴，明白如话，随意点染，皆谐趣味，语浅意深，真切感人。

邓千江

【作者介绍】

邓千江，生卒年不详，临洮（今属甘肃省）人。金初士子，存词一首见（《中州乐府》），沉雄遒劲，广为传唱。元人陶宗仪《南村辍耕录》云："金人大曲如……邓千江《望海潮》，可与苏子瞻《百字令》、辛幼安《摸鱼儿》相颉颃。"明杨慎《词品》推为金词第一。

望 海 潮

献张六太尉①

【原文】

云雷天堑，金汤地险，名藩②自古皋兰。营屯绣错③，山形米聚④，襟喉百二秦关⑤。鏖战血犹殷。见阵云水落，时有雕盘。静塞楼⑥头，晓月依旧玉弓弯。　　看看，定远西还。有元戎阃命⑦，上将斋坛⑧。区脱⑨昼空，兜零⑩夕举，甘泉⑪又报平安。吹笛虎牙⑫间。且宴陪朱履⑬，歌按云鬟。招取英灵毅魄，长绕贺兰山。

【注释】

①献张六太尉：刘祁《归潜志》云："金国初，有张六太尉，镇西边。有一士人邓千江者献一乐章《望海潮》云云，太尉赠以白金百星……"

②藩：本意是藩篱，引申为屏藩内地的边城。

③绣错：如锦绣交错。

④米聚：比喻山形陡峭。化用《后汉书·马援传》马援"聚米为山，指画形势"之典。

⑤百二秦关：自《史记·高祖本纪》化出，是说秦地关河险固，易守难攻，二万人足当诸侯百万雄士。

⑥静塞楼：大约是皋兰城楼的名称。

⑦阃命：将令也。阃，郭门。

⑧斋坛：拜将的坛场。

⑨区脱：匈奴语，意为防哨，此指西夏营垒。

⑩兜零：置薪草举烽火的用具，每夜初放烟一炬以报平安，名平安火。

⑪甘泉：秦、汉宫名，汉文帝时匈奴入侵，烽火通于甘泉宫。

⑫虎牙：以虎牙比武官。

⑬朱履：指代高级门客。

【赏析】

这是一首给驻守兰州的张六太尉的献词。兰州自古是西北军事重镇，当时又是金人防御西夏的前沿阵地。具有非常重要的战略意义。

上片落笔先写兰州的形势，前三句，写兰州城北，黄河波浪涛天，云雷激荡，自古为战略天堑，使兰州具有艰、险之地利；城池固若金汤，加上山势陡峭，军营密布，真是易守难攻，二万人员挡百万之师。六句写尽兰州襟喉秦关、屏藩中原的军事价值。"鏖战"句，自古以来在此发生的流血战争，都是为了争夺这襟喉要地。"血犹殷"进一步说明兰州的战略意义，且给人以历史的凝重和视觉上的触目惊心。"见阵云"两句，又将读者的视线从战场引向天空。阵云冷落未散，老雕盘旋，寻找可食之尸，给刚历血战的边城笼罩了一片阴森凄厉的气氛。当夜幕降临时，只见晓月如玉，高悬天边，竟与白天在眼前晃动的弯弓如此相像，使人想起恶战情景，不寒而栗，心有余悸。

下片由"看看"起笔，称颂张六太尉打了胜仗，立下如定远侯班超那样的大功，奏凯而还，用一"有"字领起下文，"元戎阃命"五个句子，写张六太尉立功受赏，得到新的任命坐镇皋兰，敌军远遁后，设宴庆功，并将平安信息直报皇宫。然后作者从不同的角度渲染胜利的欢乐：将士们响起笛声，自去欢娱，大帅帐中宾客陪宴，美女献歌，欢声笑语，一片喜庆。在将帅宾客都陶醉于欢庆之中时，作者以"招取英灵毅魂，长绕贺兰山"作结，意在提醒张六太尉，胜利只是暂时的，不可放松警惕，让烈士们的英魂长留于贺兰山吧，他们会提醒人们不要忘记喋血沙场壮烈捐躯的将士。

全词在大书兰州的战略意义之后，又用凝重的笔触，描绘了惊险、森严、阴惨、凄厉的战争环境，在称颂张六太尉煊赫战功的同时，又为他敲起了警钟。以景衬情，长于剪裁；化用典故，亦臻妙境；语句新警，风格悲壮；豪迈沉雄，慷慨激昂。

王　渥

【作者介绍】

王渥（1186—1232），字仲泽，后以字行。太原（今属山西）人。金宣宗兴定二年（1218）进士。以功累迁至权右司郎中，天兴元年（1232），随思烈军与蒙军战于中牟（今属河南），失利，殁于阵。渥工吏事，通经文，善书法，擅诗文。存词一首，见于《中州乐府》，颇高健雄放。

水　龙　吟

从商帅①国器猎，同裕之②赋

【原文】

短衣匹马清秋，惯曾射虎南山下。西风白水，石鲸鳞甲③，山川图画。千古神州，一时胜业，宾僚儒雅。快长堤万弩④，平冈千骑⑤，波涛卷，鱼龙夜⑥。　　　落日孤城鼓角，笑归来，长围初罢。风云惨淡，貔貅⑦得意，旌旗闲暇。万里天河，更须一洗，中原兵马⑧。看鞬櫜⑨呜咽，咸阳道左，拜西还驾。

【注释】

①商帅：即完颜鼎，曾镇商州，故称"商帅"。

②裕之：元好问的字。他有同调词咏此次田猎盛况。

③石鲸鳞甲：语出杜甫《秋兴八首》之七"石鲸鳞甲动秋风。"《西京杂记》载，汉武帝在长安近郊凿昆明池，以习水战。"池刻玉石为鲸，每至雷雨，鲸常鸣吼，鬐尾皆动。"

④长堤万弩：用吴越王钱镠射潮事。

⑤平冈千骑：语出苏轼《江城子·密州出猎》"锦帽貂裘，千骑卷平冈。"

⑥鱼龙夜：本杜甫诗"水落鱼龙夜"，古人认为鱼龙以秋为夜，故"鱼龙夜"指深秋季节。

⑦貔貅（pí xiū）：传说中的猛兽，喻骁勇的军队。

⑧"万里天河"三句：刘向《说苑》："武王伐纣，风霁，而乘以大雨。散宜生谏曰：'此非妖欤？'王曰：'非也，天洗兵也。'"杜甫《洗兵马》诗："安得壮士挽天河，净洗甲兵长不用。"

⑨鞬櫜（jiān gāo）：古代马上盛弓矢的器具。

【赏析】

这是一篇歌咏田猎之词。上片写射猎宏大的声势。起首二句，先推出一位身着猎装，在田野驰骋的将军，带领着一支骁勇的射猎队伍，英姿飒爽地南山射虎。起句扣题突兀有力，接着展示猎场风物：徐徐西风、缓缓白水，飞骑疾驰，巨石如鲸，好一幅壮美的山川图画！山川的壮美，愈增射猎之声威，如此盛大的射猎场面，真乃千古神州的一时胜业，豪迈之情油然而生。进而由衷地称赞商帅豪杰，宾僚儒雅。"快长堤"四句，具体描写射猎的场面和过程，用吴越王钱镠箭弩射潮的故事，以喻此次射猎排山倒海之势，猎手们奔驰在旷野之上，就如波涛席卷深秋大地，野兽必然荡然无存。

下片写射猎归来。落山残照，鼓角悲咽，射猎的健儿们谈笑风生，猎杀之丰使风云惨淡，也使将士们十分自豪。因狩猎活动在古代都常有练兵和进行大规模军事训练之意，因而作者想到，商帅完颜鼎一定能率领大军，战胜敌人，一洗兵马，使国家和平安定。最后，他设想当商帅扬威凯旋时，必将受到百姓的夹道欢迎。

用典和化用前人诗句，浑然无迹，恰当地表达了作者的思想感情。全篇写得威武雄壮，浓墨重彩地渲染了狩猎活动的气势和声威，洋溢着高亢激越的爱国情绪，表现了充满阳刚之气的豪放品格。

高 宪

【作者介绍】

高宪（？—1213），字仲常，辽东（今辽宁辽河以东地区）人。天资聪颖，博学强记。金章宗泰和三年（1203）登进士乙科，为博州（今山东聊城一带）防御判官。卫绍王崇庆元年（1213）十二月，蒙古军破东京（今辽宁辽阳），没于兵间。存词二首，见《中州乐府》，悲歌慷慨，笔势纵横。

三 奠 子

留 襄 州①

【原文】

上楚山②高处，回望襄州。兴废事，古今愁。草封诸葛庙，烟锁仲宣楼③。英雄骨，繁华梦，几荒邱。　　雁横别浦，鸥戏芳洲。花又老，水空流。昔人何处在？倦客若为留？习池饮④，庞陂钓⑤，鹿门⑥游。

【注释】

①襄州：东汉时为襄阳郡，西魏时置襄州，宋时为襄阳府，旧治在今湖北襄樊市汉江南岸。

②楚山：襄州为古代楚国属地，故附近之山称为楚山。

③仲宣楼：东汉末年文学家王粲，字仲宣，因避时乱到襄阳依附荆州刺史刘表，于此时曾作著名的《登楼赋》，后人为纪念他，在襄阳修建了一座仲宣楼，楼已无存。

④习池：在襄阳城南，为襄阳侯习郁养鱼处，晋将山简镇襄阳时，常来此饮宴，"习池饮"，即指此。

⑤庞陂钓：庞指东汉末年襄阳高士庞公，躬耕岘山。岘山面临汉江，庞公曾垂钓于此。

⑥鹿门：山名，在襄阳南边，是唐代诗人孟浩然的家乡。

【赏析】

本词是作者留居襄州时登临怀古之作。上片起首先写登山所见，登上楚山，很自然地就看见了山下的襄州。作者触景生情，又联想到曾在襄州发生过的历史风云、兴废大事，及许多著名人物及他们的经历和业绩。城西诸葛亮隐居的隆中，已被荒草封门，而为王粲修建的仲宣楼，也是烟雾迷茫，不知去向。那些英雄人物煊赫一时，英雄业绩令人佩服，但终于如一梦人生，还是埋骨荒丘，只留下许多令人惆怅的古今之愁，引人感慨不已。

下片首二句"雁横别浦，鸥戏芳洲"写眼前之景。作者从历史的烟雾中又回到现实里，眼前是大雁飞过南浦，鸥鸟戏嬉于芳洲。秋景本来颇具生机，但沉重的历史感、沧桑感，使作者思绪又回到对历史和人生的观照上。"花又老，水空流"，"花老"即花增岁月亦枯萎老去，时间如流水一般白白逝去，而昔时叱咤风云的英雄豪杰却早已看不到了，只留下许多遗憾与后世之人，包括自称倦客的作者。他问自己，既然是厌倦宦途的天涯倦客，还有什么必要留在襄州呢？到此作者情绪已到低谷。但结尾又振起，歇拍三句，羡慕前贤的超脱与高雅，他要留在这里，表示他已经站到一个新的视角来审视这里的一切，得出了一种全新的结论，即超越自己也超越前人。

前面是对历史和人生的慨叹，结尾振起，又隐含着浓浓的豪气，颇有气势。

王予可

【作者介绍】

王予可，字南云，河东吉州（今山西吉县一带）人。曾隶军籍，三十许，病而狂。存词三首，见《中州乐府》。

生 查 子

【原文】

夜色明河①静，好风来千里。水殿谪仙人，皓齿清歌起。
前声金斚②中，后声银河底。一夜岭头云，绕遍楼前水。

【注释】

①明河：即银河。
②金斚（jiǎ）：盛酒的器具。

【赏析】

歌女美妙的歌声，使词人意驰神往，于是他驰骋想象，眼前似乎出现了天上的银河。好风从千里之外徐徐吹来，夜深人静、万籁俱寂，这时从临水的殿堂里传来如天仙般美丽仙女子的歌声，皓齿轻启，珠圆玉润，响遏行云，美妙绝伦。下片，着重写歌声给词人带来的特殊感受。那"仙乐"在夜空中如此轻柔，如此动听，流转婉丽，前声溶化在金尊美酒之中，后声沉落于银河之底，一夜之间，如岭头之云，一直缭绕在楼前流水的上空，使人有仙乐入耳，绕梁三日不散之感。极写词人的感动陶醉和心旷神怡。韵味悠长，意境开阔，笔势流动，空灵清超，想象丰富，充满了浪漫色彩。

元好问

【作者介绍】

元好问（1190—1257），字裕之，号遗山山人，太原秀容（今山西忻县）人。少有诗名，金宣宗兴定五年（1221）进士，历官内乡（今属河南）令，尚书省掾、左司都事，行尚书省左司员外郎。金亡不仕，以故国文献自任，构野史亭于家，著述其上。有诗文《遗山集》，词《遗山乐府》。其词深于用事，精于炼句，横放杰出有苏轼、辛弃疾之风。

清 平 乐

泰山上作

【原文】

江山残照，落落舒清眺。涧壑风来号万窍①，尽入长松悲啸。　　井蛙瀚海云涛，醯鸡②日远天高。醉眼千峰顶上，世间多少秋毫。

【注释】

①风来号万窍：典出《庄子·齐物论》，意谓大风一起，树木的大小窟窿都发出号叫。

②醯鸡：一种微小的酒虫。醯（xī）。

【赏析】

金朝灭亡后，元好问悲恸难抑，两年之后（1236）游泰山，登览所及，哀感良多。

上片写山景。由于心境悲凉，映入词人眼帘里的景物都涂上了一层凄清的色彩。一二句点明登临的时间是傍晚，故为"江山残照"，同时又寓人事，江山易主、国家兴亡，使他百感丛生，用一"残"字，透露了他心中的伤感。极目远眺，本来可以使人心情舒朗，但由于是一个人独游，用"落落"二字，写出自己孤寂的样子与上句西沉的残阳相呼应，增加了苍凉和悲惋。三四句写山景山风。随着山涧山壑风起，一切洞穴树窍都发出声响，而这些声响都汇入松涛的悲啸中去，巨大的悲啸铺天盖地而来，使人的整个情感也融于其中。此处是以情设景，词人身经沉陆亡国之痛，在他眼中，一切景物都是那样悲凉，一切声响，似乎都在悲号、哭泣，傍晚的落照松风，当然更唤起他内心的感触。

下片即景抒怀。由上片那悲慨苦情所引发的，就是对于人与宇宙的思考与感叹。"井蛙"二句，以大衬小，比喻人在宇宙天地间的位置。站在万山之首的泰山峰巅，极目云山，俯仰古今，在这天地悠悠的大千世界里，人是多么渺小！就像井蛙之于瀚海之涛，醯鸡之于遥远的太阳和辽阔的天空。小与大，微与宏的强烈对比，使词人深感人生的没有意义，从根本上否定了自我。当然，从宏观上看，那些煊赫一时的英雄，风流千古的将相，随着时间的推移，也被风吹雨打随水而去，烟消云散，不见踪迹。那么如同沧海一粟的自己的身世浮沉、喜怒哀乐就微不足道了。当他内心经历了人在宇宙中位置的思考之后，他释然了，解脱了，满腔的哀怨，都渐渐淡化了，内心的创伤也慢慢平复了。于是最后二句写他再一次高踞峰巅俯视人寰时，人间的争斗追逐都细若秋毫。终于，他由痛切的悲愤而走向超脱和旷达。不过，在千峰顶上观望人间时，他是"醉眼"，也许清醒之后又别有议论，但在这首词中，他的确是已经走出了自己怀抱悲慨的困境。

浣　溪　沙

【原文】

日射人间五色芝①，鸳鸯宫瓦②碧参差。西山晴雪③入新诗。　焦土已经三月火④，残花犹发万年枝。他年江令⑤独来时。

【注释】

①五色芝：即灵芝。能益精气、强筋骨，久食延寿，旧以为兆端之草。

②鸳鸯宫瓦：宫瓦俯仰相次，故以鸳鸯名之。

③西山晴雪：作者自注，往年宏辞御题有西山晴雪诗。

④三月火：指蒙古军队的烧杀劫掠。《史记·项羽本纪》中载：项羽引兵屠咸阳，烧秦宫，火三月不灭。后世便以"三月火"为遭劫之典。

⑤江令：指南朝人江总，官至尚书令，世称江令。不理政务，日与陈后主游宴后庭，颇有文名，陈亡入隋，此作者以江令自喻。

【赏析】

金亡之后，词人重游故都，触景生情，咏词寄怀。

上片追忆金朝往昔盛况。"日射云间"二句意谓昔日在阳光照耀下的皇宫生长着五色神芝，宫殿鸳鸯碧瓦，红墙参差，一片昌盛景象。"西山"句，回忆曾将"西山晴雪"写入新诗的旧事，借眼前之景写怀念旧君之情。

下片转写现实。"焦土"二句，写蒙古军烧杀掠抢，社稷倾覆，故都化为焦土，而花枝树木不知人事之悲，依然年复一年自开自落，物是人非，愈感悲痛。最后以亡国入隋的江令自喻，自己已沦为异国臣民，在亡国后又独自重游故都，怎不令人感慨万千？

全篇采用今昔对比的手法，写世事变迁，寓黍离之悲，是血泪和流的国难实录，语极痛切，情极感人。

江月晃重山

初到嵩山①时作

【原文】

塞上秋风鼓角，城头落日旌旗。少年鞍马适相宜。从军乐，莫问所从谁。　　侯骑②才通蓟北，先声已动辽西③。归期犹及柳依依。春闺月，红袖不须啼。

【注释】

①嵩山：古称"中岳"，在河南省登封县北。金宣宗兴定三年（1218），元好问因避战乱从三乡（河南省宜阳三乡镇）移家登封嵩山。

②侯骑：侦察的骑兵。

③辽西：今辽宁辽河以西地区。

【赏析】

这是一首描写从军之乐的短歌。起首二句先写边塞的环境，边塞之上，秋风萧瑟，送来鼓角的悲鸣，城头旌旗飘扬，落日沉沉，开篇先展示了一幅苍凉悲壮的边塞图景，交代时间、地点并点明了军旅生活，两句呈现六种意象，组合成一个典型的塞上风光和军营景象，作为人物的背景。"少年"三句，推出主人公，一位潇洒威武的少年，身跨战马，驰骋边关，在词人眼中，这热血少年的飒爽英姿和这粗犷壮美的边塞相辉相映，少年点缀了边塞的雄阔，边塞衬托了少年的英武。他们充满了报国热情，洋溢着青春的浪漫气息，只要能够从军驰骋就十分快乐，并不想知道由谁来带兵。三句表现了少年战士的爱国激情。

下片极写从军之乐。"侯骑"二句，清快跳脱，意谓侦察的骑兵才通过蓟北，而部队的威名已震动辽西。"才"和"已"二字互相呼应，表现了边塞部队威名远扬，使敌人望风而逃的气势。紧接着他乐观自信地说"归期犹得柳依依"，打败了敌人胜利凯旋，还赶得上杨柳依依的春天，还可欣赏春天的美景。从时间上照应上片"秋风"，秋天出征，春天凯旋，部队的战斗力之强显而易见。最后以"春闺月，红袖不须啼"作结。在春暖花开之时，那守在闺中的红袖佳人盼回了丈夫，也就不必为思夫念远而悲啼了。结尾一反从前闺妇思亲的哀怨之情，充满了胜利的喜悦与期盼。

全词襟怀开阔，意气风发，自始至终洋溢着报国从军，积极乐观的豪迈之情，给人以鼓舞和向上的力量。

江 城 子

【原文】

醉来长袖舞鸡鸣[①]，《短歌行》[②]，壮心惊。西北神州，依旧一新亭[③]。三十六峰[④]长剑在，星斗气，郁峥嵘。　　　古来豪侠数幽并，鬓星星，竟何成！他日封侯，编简为谁青[⑤]？一掬钓鱼坛[⑥]上泪，风浩浩，雨冥冥。

【注释】

①舞鸡鸣：祖逖闻鸡起舞之故事，为英雄豪杰报国励志的典范事迹。

②《短歌行》：乐府歌辞，曹操宴会酒酣时所作，表达了他感叹人生短促，事业无成、希望招贤纳上，建立功业的雄心壮骨。

③"西北神州"二句：金朝曾占有南宋的西北疆域，当时又被元人所占，词人与金朝的有志之士就像东晋名士一样，痛心国丧，欲救国而不能，只得聚会新亭，一洒忧国之泪。

④三十六峰：指河南登封县嵩山三十六峰，此时元好问正游此山。

⑤编简为谁青：用杜甫《故武卫将军挽歌》"封侯意疏阔，编简为谁青"原句。编简，即书籍，此指史书。古书刻在竹子上编联成册，故名。

⑥钓鱼坛：作者自注云"钓坛见《严光传》。古代文人最称道的钓坛是浙江桐庐富春江严光（字子陵）的钓坛。词人以严光自比。

【赏析】

词人游嵩山时，有感于自己用世无望，赋词抒志，一吐幽怀。

上片起自即以祖逖闻鸡起舞发端。"醉来"二字，意谓，心中极为沉痛愤懑，醒时尚能自持，醉酒之后，忧国之情，便如脱缰之马，奔腾而出。时值金廷混乱，国势日颓，词人积极用世，已然无望，但醉后却闻鸡起舞，壮怀激烈，表达了他内心深处难以抑制的愿望。以狂放之举，发之于形。词人有济世之志，却报国无门，想起曹操当年赋《短歌行》感叹人生短暂，希图建功立业的情怀，不由得也忧从中来，深感时局艰危，自己却岁月蹉跎。"西北"二句，承上写包括自己在内的金朝有志之士眼看神州沉陆，除了如"新亭对对泣"一般伤心落泪外，别无他计。但"三十六峰"三句，笔锋一转，又重新振起，以嵩山三十六峰喻为三十六柄依天长剑，宝剑精气上射斗牛，气象郁勃峥嵘，暗指自己雄心不泯，壮志不消，还要像紫气凌霄的宝剑，一展雄姿，情绪激昂亢奋，豪气上凌九霄。

换头，如果说上片是写醉中之态，那么下片则是写醉时之情。"古来豪侠"三句，词人是并州人，自古幽并多豪侠之士，自己悲歌慷慨，壮志凌云，当为豪侠之士，但现在年届中年，鬓发渐白，国势日倾，却不能为国立功，岂能不为之叹息！"他日封侯"二句，表示封侯无望的悲哀，他日封侯，名上史书的人到底是谁呢？词人情绪转向低沉，既然自己不能一展宏图，只好去隐居江上。"一掬"三句，用严子陵隐逸垂钓自比，意谓在这江山易代风雨如晦的末世，只有隐逸一条出路，自己将不得已而为之。

上片豪气贯虹，气势磅礴；下片感慨遥深，悲歌婉转，从中可以窥见词人内心深刻的痛苦和矛盾，以及社会政治给他造成的心灵创伤，读来回肠荡气。

水调歌头

赋三门津①

【原文】

黄河九天上，人鬼瞰重关②。长风怒卷高浪，飞洒日光寒。峻似吕梁千仞，壮似钱塘八月，直下洗尘寰。万象入横溃③，依旧一峰闲。　　仰危巢，双鹄过，杳难攀。人间此险何用？万古秘神奸。不用燃犀下照，未必佽飞④强射，有力障狂澜。唤取骑鲸客⑤，挝鼓⑥过银山⑦。

【注释】

①三门津：三门峡，为黄河天险。三门即中神门、南鬼门、北人门。

②人鬼瞰重关：即瞰人鬼重关的倒置。瞰，下视也。

③横溃：浪恶湍急，横肆溃流。

④佽（cì）飞：汉武帝时官名，专门掌管弋射鸟兽。

⑤骑鲸客：李白曾自署海上骑鲸客。

⑥挝（zhuō）鼓：击鼓。

⑦银山：形容波浪的雪白高大。

【赏析】

这是一首即景抒怀之作。上片起首二句，起势奇崛，先以浪漫夸张之笔，托出黄河降于九天的总体意象，极写其来势之高，继写人门关、鬼门关落于万丈下寰，须俯瞰得见，与"九天"形成极大落差，险象逼人。因为这奇特险峻的地势，造成了这里不凡的自然环境。"长风"二句，即此地的自然奇观、风急、浪高，飞瀑直下，浪花溅日，寒光凛凛，令人胆颤心惊，寒意顿生。"峻似"三句，词人细致生动地描绘三门峡奇景。其险峻如吕梁千仞，其壮观如钱塘秋潮，以此天下奇观比衬三门峡，使读者调动自己的记忆产生联想，把三门峡的奇观具体化、形象化，而黄河之水落于重关，势如由天而降，冲洗尘寰的形象就跃然纸上了。"万象"二句，承上写黄河之浪，又险又恶、黄河之流湍急横肆，万象俱乱，只有一峰（即砥柱山，现已被炸毁）为中流砥柱，巍然屹立，视急湍一如等闲。移情于山，以拟人出之，既增添词之情趣，又与急湍互相映衬，湍之更急，峰之更坚，都被收入词人笔下。

下片笔锋一转，由三门峡之奇景转入人间之险情。先从鸟之危巢发端。词人仰望空中，在万仞峭壁之上，有小鸟筑的巢窝，虽然危险万分，但双鹄飞过却难于攀援，小鸟们倒也得到了相对的安全。这奇险对于人有什么用呢？万古以来，在深深的重关之下，隐藏了无数神秘的妖奸，那是大奸巨蠹的藏身之所，燃犀下照佽飞强射也对他们无可奈何，即使中流砥柱也未必能力挽狂澜。揭露时弊，批判社会，语极沉痛，表现了词人对金廷的失望，但词人也无力回天，只好以"唤取骑鲸客，挝鼓过银山"作结。让骑鲸客，击鼓作乐，跨过急流飞湍，情绪又回归旷达。

本词用广角镜摄取了中华民族的摇篮——黄河的雄姿壮彩，又融入个人对黑暗社会的切身感受。境界开阔，气势雄放、感情激迈、豪气纵横。况周颐说"遗山之词，亦浑雅、亦博大。有骨干、有气象。以比坡公，得其厚矣。"

段克己

【作者介绍】

段克己（1196—1254），字复之，号遯庵，绛州稷山（今属山西）人。金末尝举进士，入元不仕，与其弟段成己皆有才名。所作骨力坚劲，意志苍凉，有《遯斋乐府》。

满 江 红

过汴梁故宫城

【原文】

塞马①南来，五陵②草树无颜色。云气黯，鼓鼙声震，天穿地裂。百二河山③俱失险，将军束手无筹策。渐烟尘、飞度九重城，蒙金阙。　　长戈袅，飞鸟绝。原厌④肉，川流血。叹人生此际，动成长别。回首玉津⑤春色早，雕栏犹挂当时月，更西来、流水绕城根，空呜咽。

【注释】

①塞马：指北方蒙古军队。

②五陵：本指长安城外五个皇帝的陵墓，此代指汴京开封。

③百二河山：指关中地形险要，以二万人马阻挡百万之师。语出《史记·高祖本记》。

④厌：多余。此处为堆积不下之意。

⑤玉津：指汴京（开封）南门外的玉津园。

【赏析】

本词是作者在金亡之后重过金朝故都开封故宫时所作。当时元蒙正忙于征服江南的南宋王朝，无暇顾及在中原实行文化高压，故作者直陈高歌，无所顾忌地抒发心中的愤怒和悲怆。

上片写塞马南来的凶残与金朝君臣将帅的昏庸无能导致亡国。蒙古军队狂奔而来，硝烟滚滚，战火连天，汴京城笼罩在血雨腥风之中。草木失色，百姓悲号，天昏地暗，战鼓震天，大有"天穿地裂"之势。全国呈现出一片混乱。接着作者沉痛地指出导致金朝亡国的原因：本来可以凭借险要山河作为屏障以拒塞马，但朝廷昏庸，将帅无能，以致"百二河山"的险要也发挥不了作用，使蒙军长驱直入，直逼九重，终至亡国。作者既痛心国亡，又气愤统治者的昏聩，心中之气，悲抑难平。

下片写亡国之惨状和自己的心灵感受。"长戈袅"四句，蒙军长戈飞舞，连天空的飞鸟都已灭绝，原野上尸体多得无处堆放，似乎河中流淌的都是鲜血。兵燹酷烈，生灵涂炭，这是如实地描述当时元军的暴行，字字血泪，力敌万钧。接着作者笔锋一转，回写自身。以"叹"字领起，在国难之中，活着的人最大的痛苦，莫过于与家人动辄失散，遂成永别。词写到此，已将国难家难写尽，于是以"回首"二字宕开，追古伤今。当年的汴京，春光满城，莺鸣芳树，燕舞晴空，如今却疮痍满目，雕栏虽在，明月犹悬，而人事全非，故国之思，令人肝肠寸断。接着，以"更西来、流水绕城根，空呜咽"作结。"更"字加强感情力度，河水呜咽，着一"空"字，透出作者在亡国之后无可奈何的悲叹，徒增伤感。

写兵祸以实录，用史笔也；写悲感移情于景，用笔空灵。词情激愤，悲壮沉重。

◇ 元　词 ◇

赵孟頫

【作者介绍】

赵孟頫（1254—1322），字子昂，号松雪道人。湖州（今浙江吴兴）人。宋宗室。宋末以父荫补官，入元后累官至翰林学士承旨，封魏国公，谥文敏。精于书画，开有元一代画风，亦能诗、文、词，有《松雪词》一卷传世。

虞　美　人

浙江①舟中作

【原文】

潮生潮落何时了？断送②行人老。消沉万古意无穷，尽在长空澹澹鸟飞中。　　海门③几点青山小，望极烟波渺。何当驾我以长风？便欲乘桴④浮到日华⑤东。

【注释】

①浙江：此指钱塘江。

②断送：消磨。

③海门：在钱塘江入海口。

④桴：木筏。

⑤日华：太阳的光华，此指太阳。

【赏析】

身为宋太祖十一世孙的词人生活在宋、元更替之际，社会动荡，民心不安，这首词表现了他对人世沧桑的深沉感慨。

上片，写舟中感怀。起首二句"潮生潮落何时了？断送行人老。"透出舟行江中的词人对潮起潮落永无终了的大自然的困惑。在永恒的大自然中，人们消磨了自己的青春，匆匆走完了自己短暂的人生旅途。永恒与短暂的对比使人产生了强烈的悲慨。"消沉"二句，化用杜牧"长空澹澹孤鸟没，万古消沉向此中"（《登乐游原》）诗句，从人生的慨叹转入对历史的思考。词人所经历的易代之悲、兴亡之感、仕元之痛，都使他产生消沉万古的绵邈之思，当他把目光投向天空时，在无可奈何的心境下，人生的浮沉，国运的更替，都随飞鸟一道没入浩瀚的天空。

下片，即景抒情。词人极目眺望，远处青山点点，海门烟波渺渺，他不由得想起海上仙山。最后二句抒发他离开浊世的愿望。他想驾长风、乘仙筏，驶向那令人向往的神仙境界，这不仅给全词涂上一层神话色彩，而且透出词人想于烟波浩渺之外寻求人生的解脱，逃避现实的苦恼与困惑的迫切心情。

全词以青山绿水、行舟飞鸟交织成一幅美丽的图画。再以"日华"反照全词，于淡雅之中透出浓丽，寓哲理于状景抒情之中，境界开阔，感情深沉，篇外之意令人玩绎不尽。

张　埜

【作者介绍】

张埜，字野夫，邯郸（今属河北）人。约生活于元世祖至元年间，曾官翰林学士。以词名，其词清健爽朗，风格界乎苏轼、辛弃疾之间。有《古山乐府》。

沁 园 春

泉 南 作

【原文】

自入闽关①，形势山川，天开两边。见长溪漱玉，千瓴倒建②；群峰泼黛，万马回旋。石磴盘空，天梯架壑，驿骑蹒跚鞭不前。心无那，恰鹧鸪声里，又听啼鹃。　　区区仕宦谁怜。道有志、从来铁石坚。但长存一片，忠肝义胆，何愁半点，瘴雨蛮烟。尽卷南溟，不供杯杓，得遂斯游岂偶然。天公意，要淋漓醉墨，海外流传。

【注释】

①闽关：福建泉州南蒲城北之梨关，地势险阻，关隘深狭。

②千瓴倒建：把上千瓶水从高处向下倾倒，比喻山水直泻而下。瓴，盛水的瓶子；建，倾倒。

【赏析】

本词是词人从北方到南方做官，途经福建泉州南蒲时所作。通过体物摹景、抒赞言志，表现了他豪迈的胸襟和豁达的怀抱。

上片依行程写泉南山川形胜。自从进入闽关之后，立刻置身于崇山峻岭、悬崖峭壁之间，一入其"形势山川"，即见"天开两边"令人心惊的景象，随着词人步履和月光的渐次深入，山中的奇观异景也逐渐清晰具体地展现在人们眼前，如千瓶倾泻，飞流直下，激石溅玉。"群峰"四句，千峰苍翠如泼黛，群山如万马奔赴，水流山险，道路崎岖，石磴如悬半空，天梯如架壑巅，极言其陡与险。于是心惊胆战的词人发出"心无那"那无可奈何的感叹！正在惊魂未定，又传来鹧鸪"行不得也哥哥"的啼叫，和杜鹃"不如归去"的悲鸣，内心的感受通过外物的点化，产生了强烈的表现效果，把入闽的艰难险阻描写得淋漓尽致，并为下文的不畏艰险张目。

下片写知难而进，表现了词人不以险阻自馁的亢奋之气。"区区"二句，写自己入闽虽为区区仕宦，但自己长存报国之心和济世之志，忠肝义胆，心如铁石，无坚不摧，这一点"瘴雨蛮烟"何所畏惧。写到这里，他豪情逸兴，喷薄而出，即使尽卷南溟之水，也不足供我杯内之饮，能让我游览这奇境绝非偶然，看来上天之意，就是为了让我一展淋漓醉墨，描绘这美丽山川，使我的佳作流传海外。全不以山川险阻为意，语极豪壮。

全词写景气势博大，开朗豁达，怀抱宽广，激荡纵横，夸张和浪漫之笔为全词增添了瑰丽的色彩，读来令人精神振奋。结构严谨，层层深入，前后照应，颇具匠心。

张可久

【作者介绍】

张可久（约1270—1340后），字伯远，号小山，庆元（今浙江鄞县）人。元时以路吏转首领官，又曾为桐庐（今属浙江）典吏。一生不得志，每纵情酒色，放浪山水。曾漫游江南，晚年居杭州。工散曲，尤善小令。有《张小山乐府》。

人 月 圆

山中书亭

【原文】

兴亡千古繁华梦，诗眼倦天涯。孔林乔木，吴宫蔓草，楚庙寒鸦。　数间茅舍，藏书万卷，投老村家。山中何事？松花酿酒，春水煎茶。

【赏析】

这是一首描写隐逸情致的小令。《人月圆》是词牌，也是曲牌，此词可同时看做散曲小令。

　　上片首二句总摄全篇，是词人隐逸的思想基础。"兴亡"句总写自己的历史观。千古以来，朝代更换，国家的兴亡，不过是繁华一梦，"诗眼"句转入自身，自己诗眼困倦，无意于人世间纷纷扰扰和天涯奔波的辛劳，所以才隐居于山中。"孔林"三句，承上具体写千古兴亡之故事。曲阜孔林，乔木参天，至圣先师万世师表的孔子现在哪里？那盛极一时的吴宫已湮没于蔓草丛中，而与强秦争霸天下的楚国，其宗庙也只落得阵阵寒鸦，到头来都随着时间的流逝而湮没于历史的烟雾之中。盛衰得失，兴亡易代，到底有什么意义。

　　下片具体描写隐逸生活。"数间"三句，是自己山居生活的概括，茅舍林居，与诗书为伴，安享天年，是何等惬意，何等悠闲！"山中何事"三句，运用设问自答的方式，进一步抒写山居的雅趣，"松花酿酒，春水煎茶"二句明白晓畅、清新活泼，富于生活意味，是山居生活的特写镜头，轻快欢欣的语言透露了词人对山居生活由衷的喜爱，这是当时知识分子既怀才不遇又不愿与世俗同流合污所能采取的最佳生活方式，也是他们远离世俗社会的心灵写照。

　　全词清丽欢快，有对历史的慨叹，但更主要的是对隐逸生活的欣赏和自豪。骈散相济，格调雅正自然。

许有壬

【作者介绍】

　　许有壬（1287—1364），字可用，相州汤阴（今属河南）人。元仁宗延祐二年（1315）进士。官至集贤大学士。有《至正集》、《圭塘小稿》。

水　龙　吟

过　黄　河

【原文】

　　浊波浩浩东倾，今来古往无终极。经天亘地，滔滔流出，昆仑①东北。神浪狂飙，奔腾触裂，轰雷沃日。看中原形胜，千年王②气。雄壮势、隆③今昔。　　鼓枻④茫茫万里，棹歌声、响凝空碧。壮游汗漫⑤，山川绵邈⑥，飘飘吟迹。我欲乘槎⑦，直穷银汉，问津深入。唤君平一笑，谁夸汉客，取支机石。

【注释】

①昆仑：昆仑山，在今新疆。

②王：同"旺"。

③隆：盛。

④鼓枻：敲打船舷。屈原《渔父》："渔父莞尔而笑，鼓枻而去。"

⑤汗漫：广阔无边。

⑥绵邈：广泛无边、广远。

⑦乘槎：《荆楚岁时纪》载："张华《博物志》云：汉武帝令张骞穷河源，乘槎经月遇织女、牛郎之故事。"

【赏析】

上片落笔先写黄河浊流波涛滚滚，向东流去，永无休止。从空间上写气势之大，从时间上写其存在之久。二者合璧构成动人心魄的自然景观。气魄宏大，雄浑恣肆，为全词定调。"经天亘地"六句，从黄河的源头昆仑写起，黄河从昆仑发轫，横亘于天地之间，狂飙巨浪，激越澎湃，轰鸣震天，六句写尽黄河声威。以下由写景转入人事，黄河流经中原，哺育中原，使中原旺气长存。黄河的声势象征了元朝的国势。当时正是元朝鼎盛时期，词人由黄河的壮阔而想到国家的强大，情景相融，不仅加深描写的力度，而且也符合特定的政治环境和人物心态。

下片转向对"过黄河"的描写。黄河的气势，振奋了渡河人的心胸，因此在渡河时神采飞扬，慷慨激越，扣舷高歌，歌声"响凝空碧"，透出了词人内心蕴蓄的豪情。"壮游"三句抒写自己壮游天下的雄心，由黄河之壮美联想到祖国河山之壮丽，激发了词人想要历尽祖国名山大川，饱览天下胜境，随处吟咏的愿望。下文还进一步写出他想像汉代张骞一样，乘槎追寻黄河源头，遨游银河，在壮游之中又融进浪漫成分，在浪漫想象的传说故事的基础上进一步抒写"过黄河"的激情豪兴。乘浮槎究河源，是对上片黄河源头的照应，上下一气，首尾照应，用"我欲"、"谁夸"领起，是词人主观意识的体现，总揽全文。全词把黄河雄壮的气势和自己的豪迈胸襟互相渗透，妙合无隙，风格雄浑闳肆，气势磅礴。

萨都剌

【作者介绍】

萨都剌（约 1271—?），字天赐，号直斋，回族（一说蒙族），雁门（今山西代县）人。泰定四年（1327）进士。历官京口录事长、南行台掾、御史台架阁官、闽海廉访知事、河北廉坊经历等微职，因弹劾权贵而左迁。好游山水，文学创作以诗歌为主，为元代名家。存词十余首，多怀古之作。笔力雄健，有《雁门集》。

满 江 红

金陵怀古

【原文】

六代①豪华，春去也、更无消息。空怅望、山川形胜，已非畴昔。王谢堂前双燕子，乌衣巷口曾相识。听夜深、寂寞打孤城，春潮急。 思往事，愁如织。怀故国，空陈迹。但荒烟衰草，乱鸦斜日。玉树歌残秋露冷，胭脂井②坏寒螀③泣。到如今、只有蒋山④青，秦淮碧⑤。

【注释】

①六代：指建都金陵的吴、东晋、宋、齐、梁、陈。

②胭脂井。又名景阳井、辱井，在台城内（今南京市鸡鸣山南）。隋兵攻打金陵，陈后主与妃子避入此井，终为隋兵所俘。

③寒螀（jiāng）：寒蝉。

379

④蒋山：即钟山、紫金山，在今南京市东，因东汉县尉蒋子文葬于此，故名。

⑤秦淮碧：语出刘禹锡《金陵五题·江令宅》："南朝词臣北朝客，归来唯见秦淮碧。"

【赏析】

本词大约作于词人调任江南诸道行御史台掾史时，通过山水景物依旧与六朝繁华消歇的对比，抒发了吊古伤今的感慨。

作为我国六大古都之一的金陵，江山雄丽，自古繁华。六朝在此兴亡相续的故事，常使文人墨客低回伤感，悲歌哀叹，登临怀古是金陵诗词中最常见的主题。萨都剌不是汉族人，但他受汉文化的熏陶，对历史兴亡的见解和怀古的心态却和汉族作家相同。

上片写暮春时节眼前之景。起句直扣题旨。在金陵建都的六个朝代的繁华兴盛，早已在历史的风雨中消逝净尽，如春逝人间，无影无踪。"空怅望"二句承上抒发感慨，山川依然形胜，而繁华已非往昔，"空怅望"三字，感情份量极重，把词人对历史兴衰的沉重慨叹浓缩于其中，也为全词的怀古定调。"王谢堂前"以下四句，化用刘禹锡《乌衣巷》诗，推出特写镜头，以曾栖息于王谢堂前的燕子作为历史的象征和见证，它们曾经历过六朝的繁华，也看到了六朝的衰败，王谢燕子的出现，使人尤感凄恻，加之夜深人静，潮打空城，寂寞的金陵已非往昔繁盛的帝都，而是王气黯然的石头城，历史的沧桑之感顿时涌上心头，牵动了词人悠悠不绝的怀古之思。"春潮"二字，点明暮春的季节，再着一"急"字，既烘托了夜深静谧的氛围，描摹了春潮不甘寂寞的情状，也衬托出山河依旧，大自然亘古不变而人事全非的客观现实。

下片即景抒情。过片连用四个三字句总写怀古伤今之情，情绪激越，一气贯下，直切题旨。词人置身于历史之中，痛切哀悼六朝繁华的尽逝。"愁如织"三字，形象地描绘了词人愁绪满怀的惆怅心情。接着又以"荒烟衰草"，"乱鸦斜日"四种意象构成了一幅衰败萧瑟的残春图画，景象凄楚不堪，这是写景。下面更进一层，以六朝最后一位帝王亡国的典型事物，观照前文，举出"玉树歌""胭脂井"等象征亡国的事物，直点亡国的经过，令人在凄怆的凭吊之中又兼悟六朝衰亡的原因。至此，吊古之情已达极致，最后峰回路转，把眼光投向山水大自然，惟有青青的蒋山，碧绿的秦淮河亘古不变，以大自然的永恒来衬托人事的不变，表现了对人事变化无常的悲哀。

全词以六朝兴衰变迁为反思的切入点，从悠悠时间上挖掘历史事件蕴含的意义和教训，俯仰古今，慷慨悲凉，化用前人诗句，点化自然，浑然天成。融入新意，情真意挚，章法细密，跌宕有致，笔力苍劲，深沉郁抑，是词人怀古之作中的名篇。

◇ 明　词 ◇

刘　基

【作者介绍】

刘基（1311—1375），字伯温，浙江西田人。元宁宗至顺四年（1333）进士，曾任江西高安县丞、江浙儒学副提举等职，不久弃官归隐，后辅佐朱元璋建立明朝。明初诸典，多由其与宋濂等人商定，官至御史中丞，封诚意伯。洪武四年（1371）辞官，后为胡惟庸所谮，忧愤而死。武宗正德中，追谥文成。博通经史、尤精象纬之学，善诗、文。其词兼有清婉妙丽与悲凉慷慨之风。有《诚意伯文集》。

水 龙 吟

【原文】

鸡鸣①风雨潇潇，侧身②天地无刘表③。啼鹃迸泪，落花飘恨，断魂飞绕。月暗云霄，星沉烟水，角④声清袅。问登楼王粲⑤，镜中白发，今宵又添多少。　　极目乡关何处？渺青山、髻螺⑥低小。几回好梦，随风归去，被渠遮了。宝瑟弦僵，玉笙指冷，冥鸿⑦天杪⑧。但侵阶莎草，满庭绿树，不知昏晓。

【注释】

①鸡鸣：化用《诗经·风雨》"风雨潇潇，鸡鸣胶胶"。

②侧身：同"厕身"，即置身。

③刘表：东汉高平人，字景升，官荆州刺史。当时中原战乱，荆州一隅较为安宁，士民多归之。

④角：古代军中的一种乐器。

⑤王粲：字仲宣，三国时人，曾依刘表。曾作《登楼赋》抒写因怀才不遇而产生的思乡之情。建安七子之一。

⑥髻螺：妇女头上盘成螺形的发髻。此喻指山峰。

⑦冥鸿：高飞的鸿雁。

⑧天杪（miǎo）：杪，树木的末梢。天杪，即天边。

【赏析】

这是一首感时伤事、自抒怀抱之作，当时词人尚未遇朱元璋。

上片用刘表、王粲事，抒写怀才不遇的郁闷。起句突兀，先渲染了一个风雨如晦，看不到曙光的环境，暗示元末社会风雨飘摇，动荡不安。次句感叹天地之大竟无像刘表那样的人可以依附，流露了词人的失路之悲。"啼鹃"六句，借景抒情。"啼鹃迸泪"和"落花飘恨"用拟人的手法，把词人沉痛悲怨之心披露无遗，杜鹃的啼鸣又隐含了无限的乡愁，引发了下片的怀乡之情。由于连"依附刘表"亦不可能，便感到魂断无依。"月暗"、"星沉"进一步渲染拂晓前天色的阴沉压抑，画角之声也是那样凄凉哀厉，令人生悲。词人不由得想起曾写过《登楼赋》的王粲，自己和他一样怀才不遇，但他尚能依附刘表，而自己却连这一点都做不到，哀愁的深重可想而知，在对镜自照时，白发又添了许多。

下片抒写乡愁。紧承登楼，词人极目远眺，不见家乡，只见如髻螺般的远山，横于天边，使人惆怅。那远山挡住了自己梦回家乡的道路，眼望不到，梦魂难飘，此恨怎消？以责怨之笔写青山遮梦，意境奇警，更觉深哀。万般无奈，只有借音乐以表哀思，谁想弦僵指冷，难以成调，最后只能目送飞鸿消失在天边，遥寄乡情。最后三句收束全词，没阶的莎草和蔽日的庭树，使人难辨晨昏，这既是写景，也是世事昏暗，自感前途渺茫的心理写照。

全词起得慷慨激越。以啼鹃、落花、断魂等意象的叠加与组合，渲染环境，烘托气氛，将忧愤、哀怨、惆怅、彷徨，融于一体，既有思乡之情，又有失路之悲，节奏强烈快捷，如急风暴雨，颇有豪放之风。思乡之情写得委婉蕴藉，寓情于景，颇觉清丽。全词出豪雄于婉约之中，是元明之际词坛的力作。

高 启

【作者介绍】

高启（1336—1374），字季迪，江苏长洲（今苏州）人。初隐居吴淞江畔的青丘，号青丘子。博学工诗，有文名。明初以翰林院国史编修与修《元史》。后因所作《上梁文》激怒朱元璋，被腰斩于市。有《青丘集》、《扣舷词》。

沁 园 春

寄内兄周思谊

【原文】

忆昔初逢，意气相期，一何壮哉。拟献三千牍，叫开汉阙；蹑一双屩①，走上燕台②。我劝君酬，君歌我舞，天地疏狂两秀才。惊回首，漫十年风月，四海尘埃。　　摩挲旧剑生苔，叹同掩衡门③尽草莱。视黄金百镒④，已随手去；素丝几缕，欲上头来。莫厌栖栖，但存耿耿，得失区区何足哀。心惟愿，对尊中酒满，树上花开。

【注释】

①屩（jué）：草鞋。

②燕台：战国时燕昭王从郭隗建议而修筑的高台，上置千金，以招贤士。

③衡门：即横木为门，指贫士所居。

④黄金百镒：战国时，苏秦游说诸侯，初见李兑，赠以黑貂之裘，黄金百镒（一镒为二十四两），因得入秦，但苏秦以连横说秦失败，黄金用光，回家后又受奚落，词人借此典说明他也陷入了困境。

【赏析】

这是一首赠言词。一般赠言词多事吹捧，但本词却叙事抒情，旨在与友人共勉，鼓励友人振奋精神，不向逆境低头，因此境界较高。

上片回忆二人年轻时的胸怀和抱负。开头三句，叙述二人当年意气相投，充满豪情壮志，立志报国的情景。"拟献"四句，再述他们当年打算向皇帝献上三千言的长疏，为国效力。在想象中，他们的愿望实现了，他们受到君王的赏识，穿上一双麻鞋，登上黄金台，一展壮志，那是何等的意气风发，英姿飒爽啊！"我劝"三句，二人互相勉励，开怀畅饮，唱歌跳舞，真是天地之间两个狂放的秀才。几句写尽二人年轻时的远大抱负和疏狂不羁的性格，生动形象、活泼逼真。但事与愿违，十年过去了，再回首往事，不仅那些愿望早已落空，而且四海战尘弥漫，青春光阴虚掷，使人不得不发出无限的感叹。

下片在回忆过去的基调上，鼓励对方，放眼未来。首二句叙写现在把从前寄予凌云壮志的宝剑拿出来把玩，它早已尘封锈漫，如同长满青苔，可叹我们那简陋的居室也早为野草杂菜所淹围。"视黄金"四句，说彼此到了且老且贫的境地，未能一展抱负，却陷入了困境，怎不令人生悲？但以下三句、笔锋一转，从心理上先跳出困境，不以危困为悲，而以振作相勉。他豁达地劝勉对方，虽处逆境，还要坚忍不拔寻求光明，不以区区得失为怀。最后三句，以乐观向上的情绪展望未来作结，"心惟愿，对尊中酒满，树上花开"。他鼓励友人从逆境中振奋起来，寄希望于美好的未来。在赠友词中，以积极乐观的精神鼓励对方，表现了他开阔的胸怀和远大的志向，虽然他亦壮志未酬，但这种不向命运低头的精神，却是值得人们称赞的。

全词写得气势雄放，富有生气，造语新警、语意不凡。

杨 慎

【作者介绍】

杨慎（1488—1559），字用修，号升庵，四川新都人。明武宗正德六年（1511）进士第一，授翰林院修撰。以直谏忤旨，被明世宗朱厚熜廷杖谪戍云南永昌。年七十二，卒于戍所。熹宗时追谥文宪。著述颇丰，至一百余种，有《升庵集》。其诗渊博缛丽，词则华美流利，与诗格相近，亦赏苏、辛之豪放，不偏执一端。

临 江 仙

《廿一史弹词》①第三段说秦汉开场词

【原文】

滚滚长江东逝水，浪花淘尽英雄。是非成败转头空。青山依旧在，几度夕阳红。　　白发渔樵②江渚③上，惯看秋月春风。一壶浊酒喜相逢。古今多少事，都付笑谈中。

【注释】

①《廿一史弹词》：长篇弹词，杨慎作。以正史所记的事迹为体裁，用浅近的文言写成。唱文均十字句，后再系以诗或曲。
②渔樵：渔父樵夫。
③江渚（zhǔ）：江边。渚，水中的小洲。

【赏析】

本词是杨慎为自己所作的长篇弹词第三段说秦汉而写的开场词。杨慎一生仕途偃蹇，对人生世事感触颇深，本篇是借千古英雄是非成败，表述他的人生态度。

上片"滚滚"二句，写古往今来的英雄在历史的长河中，都像大浪淘沙一样随滚滚江水流逝尽净，那沸沸扬扬的是非成败早已烟消云散，转眼成空。"青山"二句，宕开一笔，把眼光投向大自然：一切转头成空，只有大自然才是永恒不变的，青山依旧、日出日落，又经几度，但历史几经变迁，人事已早全非了。

下片写隐者的乐趣。渔父和樵夫都是隐者的形象，他们远离尘世，隐于江上或山间，尽情享受春风秋月，把古往今来英雄的是非成败，都付于一壶浊酒的笑谈之中。

"是非成败转头空"一句，涵盖千古，表现了作者"世事无常，一切皆空"的人生态度。

他以豪放、高亢的语调表达的不是满怀的豪情，唱出的也不是激越的浩歌，而是转头成空的哀叹，是强烈的生命忧患意识。全篇情绪激荡，却深含超然出世之感。

本词曾为《三国演义》引用为开篇词，流传较广。

李攀龙

【作者介绍】

李攀龙（1514—1570），字于鳞，号沧溟，历城（今山东济南）人。嘉靖二十三年（1544）进士，官至河南按察使。与王世贞同为"后七子"领袖。尝选《古今诗删》。有《沧溟集》。

长 相 思

【原文】

秋风清，秋月明。叶叶梧桐槛①外声。难教归梦成。　　砌蛩②鸣，树鸟惊。塞雁③行行天际横。偏伤旅客情。

【注释】

①槛：栏杆。

②砌蛩（qióng）：台阶旁的蟋蟀。蛩，蟋蟀。

③塞雁：秋天雁从塞上飞回，故称。

【赏析】

这是一首抒写思乡的小令。上片起首三句，月明风清，秋色宜人，栏杆外梧桐叶被秋风吹动，发出阵阵轻响。思乡的词人睹景伤情，不禁悲从中来，更增添了思乡的愁绪，于是辗转反侧，归梦难成。

换头，写户外近处的景物。传入耳中的是台阶旁蟋蟀的悲鸣，夜间寂静，树上栖息的鸟儿见月光而惊飞。两句见出环境的凄凉、冷寂，正应词人孤独的思乡心理。仰首望天，映入眼帘的是大雁成行，横于天际。北雁南归，更触动了他的乡情，使他这羁旅他乡的游子倍增伤感。从听觉、到视觉的转换，拓宽了词作的意象空间，加上烘托、反衬等修辞手法的运用，游子思乡的主题逐渐深入，水到渠成，引出尾句，以"偏伤旅客情"重笔直陈作结。

全词把极寻常的思乡之情，写得含蓄蕴藉，曲折动人，移情于景，借各种具体可感的意象把无形的思乡曲曲传出，文心细密，动人心弦。

王世贞

【作者介绍】

王世贞（1526—1590），字元美，号凤洲，又号弇州山人，太仓（今属江苏）人。明世宗嘉靖二十六年（1547）进士。累官至刑部尚书。与李攀龙同为"后七子"首领。及攀龙殁，独立文坛二十年。有《弇州山人四部稿》等。

忆 江 南

【原文】

歌起处，斜日半江红。柔绿篙①添梅子雨②，淡黄衫耐③藕丝风④。家在五湖⑤东。

【注释】

①篙：竹篙。

②梅子雨：即夏天梅子黄熟时的连绵细雨。

③耐：宜，适宜。

④藕丝风：形容风雨细如藕丝。

⑤五湖：指太湖。

【赏析】

这是一首轻快活泼的短歌。起句以悠扬的歌声，抓住读者的听觉，先声夺人，引出明丽的画面：斜日半江红。斜日正是落日，落日的晚霞洒在江面上，碧绿的江水出现了"半江瑟瑟半江红"（白居易诗）的瑰丽画面。接着词人又以"柔绿的竹篙"和"黄梅细雨"点缀画面，夕阳之下，细雨濛濛，江水新涨，着一"添"字，使人似乎看到竹篙吃水加深，使撑船之人更需奋力，情绪渐渐高涨，推出词中的主人公：穿着淡黄衣衫撑篙的舟子。他那随藕丝般微风飘动的黄色衣衫，不仅给画面增添了新的色彩，也给画面增添了生气。"藕丝风"三字把无形之风写得富有质感，"藕"字透出柔和粉嫩的色彩，造成优美的视觉效果。最后，以"家在五湖东"收尾。这是舟子的家乡，也是词人的家乡太仓的所在地，轻描淡写的陈述句式，却有十分丰富的意蕴，首先是说明家乡之所在，其次点《忆江南》之题，洋溢着舟子，也是词人对家乡的热爱。

全词写景如画，色彩和谐，折射出词人心灵的平静。境界的开阔和景物的明丽，又透露了他强烈的思乡之情。摹景抒情，诗中有画，表现了诗与画的同步造诣和审美情趣，达到了唐代诗人"诗中画趣"的优美境界。

陈子龙

【作者介绍】

陈子龙（1608—1647），字卧子，又字人中，号大樽，松江华亭（今上海松江）人。崇祯十年（1637）进士，官至兵科给事中。清军陷南京后，四处奔走，图谋复国，事泄被捕，投水殉国。清乾隆时追谥"忠裕"。其诗文赋俱佳，词则风流婉丽，绵邈凄恻，寄托遥深，振有明一代之衰，开三百年来词学中兴之盛。有《陈忠裕全集》，词集已散佚，《全集》后附诗余一卷。

点 绛 唇

春日风雨有感

【原文】

满眼韶华，东风惯是吹红去。几番烟雾，只有花难护。

梦里相思，故国王孙路。春无主，杜鹃啼处，泪染胭脂雨。

【赏析】

从本词内容来看，当是明亡之后的作品，约作于隆武年间，词人松江起义失败之后，国破家亡，孤寂一人，飘泊于苏松、杭嘉一带。适逢春日风雨飘摇，落红狼藉，令人触景伤情，便吟本词抒发他那深重的亡国之痛。

题中"风雨"二字喻托词人所经历的人生挫折和苦难。上片四句，先从眼前之景写起："满眼韶华"展示了春天的万紫千红、鸟啼、云行、水流等一切美好的物像，"满眼"二字给读者一种丰富的包举之感。紧接着笔锋一转，"冬风惯是吹红去"，把前句的"满眼韶华"一扫而空；用一"惯"字，显示了摧残和打击的不断发生。"几番烟雾，只有花难护"二句对前三句具体地推演和照应，在哀婉凄迷的烟雾销蚀下，如花一般的美好事物已经凋零、逝去，无法呵护，这是对残酷现实无奈的哀悼。四句淡淡写来，不动声色，实则力重千钧，感慨极深，可以说是当时清兵南侵明朝，韶华尽逝的政治气候的概括。词人对明亡有刻骨之痛，曾欲力挽狂澜，却无力回天，其深切的哀痛尽含其中。

下片即景抒情，更深一层地抒发亡国之痛。"梦里相思"二句，点明自己魂牵梦绕的家国之悲和故国之思。这里的"王孙"当指明廷的宗室子弟特别是正在作最后斗争的朱以海。以王孙代指明廷，表达了他对故国的怀念。此时词人飘泊流离，思欲复明，却报国无路，于是结句发出深沉的感叹："春无主，杜鹃啼处，泪染胭脂雨。"春无主，即国破家亡，自己如百鸟一般无枝可依。"杜鹃啼处"是喻亡国之悲，"泪染"一句意谓哭出之泪把雨染成了红色，如胭脂一般，用夸张渲染的手法极言亡国之痛，收到震撼人心的效果。

全词一路写景，情景相生，象喻深广，层层呼应，比兴寄托，意旨遥深。将胸中汹涌之怒涛，出之以绵邈淡宕之笔触，将剑拔弩张之势，化之为缠绵伤痛之情，百转千回，感天动地，具有强烈的忧患意识。

王夫之

【作者介绍】

王夫之（1619—1692），字而农，号姜斋，又号船山，湖南衡阳人，明崇祯举人，明清之际著名学者和思想家。明亡后，依桂王朱由榔，希图复明。后见大势已去，辞职归隐湘西石船山麓，闭门治学，著述甚丰。有船山遗书三百余卷（附《鼓棹》初、二集及《潇湘怨词》）。

更 漏 子

本 意

【原文】

斜月横，疏星炯。不道秋宵真永。声缓缓，滴泠泠。双眸未易扃①。　　霜叶坠，幽虫絮。薄酒何曾得醉。天下事，少年心。分明点点深。

【注释】

①眸未易扃：扃，门上的插销，此用作动词"关闭"。眸未易扃：

即难以入睡。

【赏析】

王夫之青年时代有报国之志，为抗清事业奔走呐喊，中年后退隐山林，誓不仕清，以屈原自比，拳拳故国，不能去怀。秋夜漫漫，寒虫幽鸣，昔年亡国之悲，少时热血丹心，一下子涌上心头。

开篇二句写夜空景色。西斜的月亮，横在中天；稀疏的星斗，仍然闪闪发光。可以想见词人从月出、月升、月斜一直都是烦忧未眠。所以第三句才脱口而出"不道秋宵真永"，秋夜真漫长啊！不知何时才能熬到天明。为了强调长夜难眠的感受，"声缓缓"三句，细述夜间情景，滴声寂寂，漏声缓缓，遥望夜空，心潮难平。

下片紧承上片描写秋夜之景，秋叶经秋霜的摧残而飘落满地，秋虫鸣声絮絮，凄切哀怨，纵有浊酒，怎能消得胸中块垒。最后三句直抒胸怀，原来他不是无端悲秋，是秋景触动了他对国事的殷忧。从少年时期起就以天下为己任的爱国之心，使他对眼前国势衰微，自己回天乏术感到悲愤、痛心。这种痛苦心情随着秋深夜深也在点点加深。结句既是写景，又是写情，借景抒情，情景相融。

全词以秋夜之景抒写自己的政治怀抱，境界极高。写景自然灵动，婉曲多姿，抒情曲折跌宕，骨力刚健。

摸 鱼 儿

东洲桃浪①

【原文】

剪中流，白蘋②芳草，燕尾江分南浦③。盈盈待学春花靥④，人面年年如故。留春住。笑几许浮萍，旧梦迷残絮。棠桡⑤无数。尽泛月莲舒⑥，留仙裙⑦在，载取春归去。　　佳丽地⑧。仙院⑨迢迢烟雾，湿香飞上丹户⑩。醮坛⑪珠斗⑫疏灯映，共作一天花雨⑬。君莫诉，君不见，桃根已失江南渡⑭。风狂雨妒，便万点落英，几湾流水，不是避秦路⑮！

【注释】

①东洲桃浪：在湖南，为潇湘小八景之一。

②白蘋：多年生水草。

③"燕尾"句：江流南北分岔，形如燕尾。南浦，南面的水边。《文选·别赋（江淹）》"送君南浦"。

④春花靥：形容面貌像春天花朵一样好看。靥，脸两边的酒窝。

⑤棠桡：用棠木做的船桨，这里代指船。

⑥泛月莲舒：北宋名画家李公麟所绘道教神仙太乙真人卧一大莲叶中，执书仰读，韩驹题诗有"太乙真人莲叶舟"句。此句即用其事。

⑦留仙裙：《赵飞燕外传》"成帝于太液池作千人舟，中流歌酣，风大起。帝令冯无方持后裙，风止，裙为之绉。他日宫姝或襞裙为绉，号留仙裙。"此指女子漂亮的衣裙。

⑧佳丽地：谢朓《入朝曲》"江南佳丽地，金陵帝王州"。此指东州。

⑨仙院：指道观之类。

⑩丹户：朱户。

⑪醮坛：祷神的祭坛。

⑫珠斗：星斗。王维《同崔员外秋宵寓直》"月迥藏珠斗，云消出绛河"。

⑬花雨：雨花。落花如雨，梁武帝时有法师于今雨花台讲经，感天雨花。雨花台因此得名。

⑭"桃根"句：晋王献之妾名桃叶，其妹名桃根。相传王献之曾在秦淮河与清溪合流处歌唱爱妾桃叶，故名此渡口为桃叶渡，有时亦作桃根渡。这句说南京陷落，门户尽失。

⑮避秦路：避乱之所在。陶渊明《桃花源记》"自云先世避秦时乱，率妻子邑人来此绝境。"

【赏析】

本词写潇湘小八景之一的东洲桃浪，感叹江山已失，门户尽丧，清军入侵，无处避秦。

上片写赏春人赏春的热情和春去的遗憾。起首二句先描绘东洲的形胜景致，水流迎洲而分为燕尾，洲上芳草萋萋，白蘋盛开。"盈盈"二句写游春女子，年年都把自己扮得如桃花一般。"留春住"三句，写人们虽然殷勤地希望春天能多留一段时间，但时值暮春，芳菲已歇，百花零落，只有水上浮萍和空中飞絮，还残留着春天的一点气息。用一"笑"字。表现出对春去难留的无奈。"棠桡"四句，江上各式各样的船只画舫，载着衣着漂亮的女子，在月光下尽情地游赏美景，但春天还是匆匆地归去了。

下片由追忆过去旖旎风光，引发感叹国家的兴亡。在江南那美丽的土地上，仙院香云缭绕，湿润的芳香飘入红漆朱户，道家的神坛疏灯与天上晶亮如珠的星斗互相辉映，就像是一派由天而降的花雨，这一切都如春天注定要逝去一样，也已逝去了。敌人的铁蹄已至国门，江南的桃根古渡已沦于敌手，在这风狂雨妒的不幸时代，那和桃源相似的万点落英和几湾流水是躲避不了侵略者的铁蹄的。此时桂王所凭据的西南地区几乎全部落入清人之手，百姓避乱无地。作者作为明朝遗民，对此感受最为深切、故而也最为沉痛和悲愤。

本词虽然吟咏江南风景，实则抒发了国家灭亡的痛苦，继承了辛弃疾愁苦孤愤的情调，并效法辛词以自然界的意象与人事进行类比的写作手法，用语含蓄，感情深沉。

张煌言

【作者介绍】

张煌言（1620—1664），字玄著，号苍水，浙江鄞县（今宁波）人。明崇祯十五年（1642）举人。明末在浙江地区起义抗清，官至兵部侍郎。后与郑成功合兵围南京，兵败被俘，英勇就义。有《张苍水集》。

柳 梢 青

【原文】

锦样江山，何人坏了，雨瘴烟峦。故苑莺花，旧家燕子，一例阑珊^①。　　此身付与天顽^②。休更问、秦关汉关。白发镜中，青萍^③匣里，和泪相看。

【注释】

①阑珊：衰落。

②天顽：指自己。谦词，说自己天生愚钝。

③青萍：古代宝剑名。《抱朴子·博喻》"青萍、豪曹、剡锋之精绝也。"

【赏析】

明末清兵入关时，作者投笔从戎，起兵抗清，威震江南，他的词作抒发了他忧时报国的悲壮情怀，表现了一个抗清民族英雄崇高的思想境界。

词人斗争了二十年，最后退居悬岙，有万千感慨郁积于胸，所以本词第一句话便道"锦样江山，何人坏了，雨瘴烟峦。"满腔悲愤如江河决堤，奔腾翻卷。这样锦绣的江山，是谁使它遍地战火，满目疮痍？"何人坏了"四字，浸透血泪，饱含斥责。明王昏聩，奸佞当道，国势衰败，山河破碎，何人之罪？"故苑"三句，写国破之后，那群莺乱飞，草长花香的皇家御苑，已经衰落颓败，故都燕子栖息的权贵堂榭也已萧索荒凉，化用刘禹锡"旧时王谢堂前燕，飞入寻常百姓家"诗意，曲折地表现了词人深沉的沧桑之感。"莺花"已属"故苑"，"燕子"而谓"旧家"，用"一例阑珊"足见南京风物的衰落颓败，以此时之衰景与开头的"锦样江山"对举，满腔愤懑倾泻而出。

下片转写自己的怀抱。故国多难，词人意欲力挽狂澜，自谓天生愚顽，决不顺从时势，屈事新朝。明亡之后，自己将一生都付与故国，就不必再向"秦关汉关"，谁来入主中原。最后三句，感慨尤深，对着镜中的白发。他想到自己壮志未酬，再看青萍宝剑，只能空鸣匣中，气难平，意难消，自己年岁已老，回天乏术，只有愤慨和痛苦。风格悲壮沉郁，慷慨激昂，表现了一个抗清英雄的忠愤情怀。

满 江 红

【原文】

　　萧瑟风云，埋没尽、英雄本色。最发指，驼酥羊酪①，故宫旧阙。青山未筑祁连冢②，沧海犹衔精卫石③。又谁知、铁马也郎当④，雕弓折。　　谁讨贼？颜卿檄⑤。谁抗虏？苏卿节⑥。拚三台⑦坠紫，九京藏碧。燕语呢喃新旧雨，雁声嘹呖兴亡月。怕他年、西台⑧恸哭人，泪成血。

【注释】

　　①驼酥羊酪：代指北方外族。

　　②祁连冢：汉代抗击匈奴之名将霍去病的墓。《汉书·霍去病传》：霍去病死，汉武帝不胜悲悼，"为冢像祁连山"。

　　③精卫石：神话故事说炎帝之女溺于东海化为精卫鸟。

　　④郎当：破败。

　　⑤颜卿檄：唐安禄山叛乱，常山太守颜杲卿领兵抗击，传檄四方，后史思明破常山，杲卿被俘到洛阳，大骂安禄山，英勇就义。

　　⑥苏卿节：汉苏武出使匈奴被扣，矢志不屈，啮雪吞毡，艰苦卓绝，持汉节北海牧羊一十九年。苏卿即指苏武。

　　⑦三台：原为上台、中台、下台六颗星星，古人用来称呼三公。三台坠紫，是以相应的星宿陨落喻重臣之死。

　　⑧西台：曾任文天祥幕下咨议参军谢翱，在文天祥就义后，登上严子陵钓鱼西台，设位祭奠，并写了《登西台恸哭记》。

【赏析】

　　作者隐居悬岙岛（今浙江象山南田）面对大海的风云变幻，想到二十年前的反清斗争，现在军队散尽，自己退居岛上，无所作为，心中感慨万端，故本篇落笔便感叹"萧瑟风云，埋没尽，英雄本色。""最发指"三句，对外族的入主中原感到切齿痛恨。"青山"二句，用霍去病抗击匈奴事表示自己坚持抗清的决心，并用精卫填海的故事表示自己即使死去，也要为国复仇，语极慷慨激愤。"又谁知"二句，笔锋一转，又折回现实。他与郑成功联师北伐，未获成功，义军烽起，亦归于失败。抗清斗争终未成功，"铁马郎当"和"雕弓折"正是对这一历史事实的概括。"又谁知"三字流露出对现实的无可奈何和对失败命运的深沉感叹。

下片，词人不甘心大势已去的结局，又重新抖擞精神，举出历史上抗敌名将颜杲卿和受国志士苏武，盛赞他们坚持民族气节的可贵精神，表示自己像他们一样不惜流血，不怕牺牲，拼舍老命，埋骨九京（即墓地），也要抗争到底，保持气节。他感慨自然界燕语呢喃，雁声嘹呖，风风雨雨，岁月悠悠，而人事变化，却不遂人意，改朝易代，物是人非，令人痛心。最后他又振起一笔，尽管身处逆境，人在孤岛，倘若为国起义，他坚信有西台恸哭之人，一定会有许多和他一样的爱国志士前赴后继，继续反清事业。

全篇感情激愤，跌宕起伏，曲折地表达了在改朝易代之际，亡国臣子的悲愤之情和为国献身的坚定意志，尽管历史已成定局。他对未来仍抱有希望，他对抗清复明事业仍然充满自信。

屈大均

【作者介绍】

屈大均（1630—1696），字翁山，又字介子，番禺（今属广东）人。少年为诸生，明亡后曾参加抗清活动，兵败为僧，中年还俗。与顾炎武、钱谦益、朱彝尊、李因笃等人交往。遍历天南海北，目睹易代之变，所作悲凉慷慨，寄托遥深。词集名《道援堂词》（亦称《骚屑》）。

长 亭 怨

与李天生①冬夜宿雁门关②作

【原文】

记烧烛、雁门高处。积雪封城，冻云迷路。添尽香煤③，紫

397

貂④相拥夜深语。苦寒如许。难和尔、凄凉句⑤。一片望乡愁，饮不醉、垆⑥头驼乳⑦。　　无处。问长城旧主，但见武灵⑧遗墓。沙飞似箭，乱穿向、草中狐兔。那能使、口北关南⑨，更重作、并州⑩门户。且莫吊沙场，收拾秦弓⑪归去。

【注释】

①李天生：李因笃，字天生，山西富平人。明末诸生，早年曾参加抗清活动，故屈大均与他意气相投。

②雁门关：故址在今山西雁门关西雁门山上。

③香煤：指烤火用的煤炭。

④紫貂：用紫貂皮做成的衣服。

⑤凄凉句：指李因笃写的诗词。

⑥垆：置酒的土台、土墩子。

⑦驼乳：驼奶酒。

⑧武灵：战国时赵国武灵王"胡服骑射"以教百姓，使赵国迅速强大，邻国不敢入侵。后因诸子内乱被困饿而死。墓在沙丘（今河北省平乡县东北）。前句中的"长城旧主"也指赵武灵王。

⑨口北关南：指张家口以北、雁门关以南的地区。

⑩并州：古九州之一。大约包括现在的山西大部和内蒙古、河北等省部分地区。

⑪秦弓：秦地南山产檀柘，是弓干的上等材料，故秦以出产良弓著名。屈原《九歌·国殇》有句云"带长剑兮挟秦弓"，这里是表明词人希望明君再世，收复故土的决心。

【赏析】

康熙五年（1666）秋，屈大均北游关中、山西途中，寄居于雁平兵备道副将陈上年家中，经李因笃撮合，娶明故榆林都督王壮猷之女为妻。本篇即作于此时。

上片描写与李国笃寒夜拥炉饮乳的情况。

起句突兀，气势雄浑。用一"起"字，统领全篇，点出词人激荡不平的思绪是事后的追忆，亦即离开雁门关后所作。"烧烛"二字，切合古人"秉烛夜游"的情绪，着一"烧"字，不仅契合此地雁门夜寒的环境，且与交谈者壮士的豪情相协调，风格粗犷。"积雪"二句，极言当地隆冬的严寒，风雪交加，阴云蔽日，使人悲从中来。"添尽"二句，写二人交谈投机，相知甚深，尽管雁门严寒彻骨，围炉夜话，添尽香煤，仍未尽兴，于是紧拥貂裘，长谈不疲。二人都是抗清志士，正好密谈抗清大计。此时此刻既感到天气寒冷，又深感心境凄凉，故"苦寒如许"一句绾合了生理和心理上的双重感受。友人之作惨戚凄凉，使词人深为伤感一时难以下笔，故云"难和尔、凄凉句"。结句点明二人的思乡情结，正因为那排遣不开的乡愁噬啮人心，本欲借酒浇愁，却饮之不醉，愁上加愁。二人都经历了国破家亡的惨祸，国仇与家恨密不可分，"望乡愁"背后隐藏的正是亡国之痛。

　　换头后内容在历史与现实的交织转换中展开。词人身在雁门关，正是赵国故地，触景生情，自然想起振起国威的一代雄主赵武灵王，想起那留在沙丘的"武灵遗墓"，更想起他英雄的业绩。在字里行间，流露了对今天大明帝国的失望，感叹赵武灵王那样英勇善战抵御外敌的英主已不可再得了。空余遗墓荒冢，令人生哀。"沙飞"二句表面上写北地气候恶劣，实则以沙飞代残存的抗清力量，以狐兔喻清兵，然"沙飞"这微弱的力量如何能抵挡清兵。清兵不仅完全控制了燕赵旧地，雁门关不再是并州的门户，也不再是并州的屏障，江山易代之悲油然而生。结拍二句，在浩叹之余，重振精神。既然凭吊沙场，缅怀古人只能徒增感慨，不如收拾弓箭，南归抗清。他以与屈原同姓而自豪，他要继承屈原九死不悔的坚毅精神，誓死抗清。

　　全词沉郁顿挫，激越起伏，风格豪爽粗犷，格调悲凉，气势纵横，富有浪漫精神，追稼轩而超明人。叶恭绰《广箧中词》评曰："纵横排荡，稼轩神髓"。

夏完淳

【作者介绍】

夏完淳（1631—1647），原名复，字存古。松江华亭（今属上海）人。明末著名抗清英雄、诗人。十五岁从军，十七岁为清军所俘，押至南京，从容就义。以诗、文、赋、词、曲，抒发政治抱负，反映斗争经历，无不悲歌激烈，血泪交融，浩然正气，凌轹千古。著有《玉樊堂集》、《内史集》、《南冠草》等，后人编为《夏节愍公全集》。

一 剪 梅

咏 柳

【原文】

无限伤心夕照中，故国凄凉，剩粉余红。金沟①御水自西东，昨岁陈宫，今岁隋宫。　　往事思量一晌空，飞絮无情，依旧烟笼。长条短叶翠蒙蒙，才过西风，又过东风。

【注释】

①金沟：即御沟。

【赏析】

清军入关、北方沦丧，南明小朝廷建立后，朝纲不振，皇帝昏庸，一年即亡，福建又建唐王小朝廷，也仅一年。

本词借咏柳抒发亡国之痛和对南明王朝腐败昏庸的愤慨。上片首句为全篇定调。"无限伤心夕照中"，斜阳之下，柳枝低垂，默默无言，伤心至极。山河破碎，大地变色，明王朝犹如夕阳西沉，残山剩水，犹如惨遭风吹雨打的落花残红。皇宫在丧乱中已荒废无主，只有御沟里的流水无语长流。"昨岁"二句，以亡国的陈后主之陈宫和隋炀帝之隋宫，频繁的更换，喻指南明之主不汲取历史教训，一个个地走向灭亡。借古喻今，用烘托渲染的手法，抒写亡国后的凄凉怀抱和对明统治者腐败昏庸的愤慨。

下片，起首先总摄一句，往事成空，然后紧承首句用反衬的手法写世事的无常，亡国之人，无限伤心，而御沟边的杨柳却"依旧烟笼"，照样飞舞，长条短枝，一片翠绿，它们并不因亡国而有所改变，照样春来秋去，抽枝发芽，送走西风，迎来东风。柳枝是亡国的见证，是"故国凄凉"的旁观者，虽然改朝易代，但大自然依旧故我，既写出了大自然的不可逆转，又写出人事的无情，以无情之柳衬有情之人，人之凄苦益觉深重。借咏柳而表达亡国之恨，手法新颖别致，语言含蓄，意境深远。

◇ 清 词 ◇

吴伟业

【作者介绍】

　　吴伟业（1609—1672）字骏公，号梅村，又号大云居士，江南太仓（今属江苏）人。崇祯四年（1631）科会试第一，廷试第二，授翰林院编修，乞假归，隐居苏州砚清湖。清世祖闻其名，力迫入都，于顺治九年（1652）任国子监祭酒（最高学府主管官），丁继母忧南归，自后家居不出。因屈节事清，每悔恨于心，遗言死后墓碑书"诗人"，不道政绩。吴伟业博学多才，诗、文、词、曲无所不能。少时所为诗词，风华绮丽，后经丧乱，遂多悲凉之音，有《梅村集》。

沁 园 春

观 潮

【原文】

　　八月奔涛，千尺崔嵬①，砉然②欲惊。似灵妃③顾笑，神鱼④进舞；冯夷⑤击鼓，白马来迎。伍相⑥鸱夷⑦，钱王羽箭，怒气强于十万兵⑧。峥嵘甚，讶雪山中断，银汉西倾。　　孤舟铁笛⑨风清，待万里乘槎问客星。叹鲸鲵⑩未剪，戈船⑪满岸；蟾蜍⑫正吐，歌管倾城。狎浪儿童，横江士女，笑指渔翁一叶轻。谁知道，是观潮枚叟⑬，论水庄生⑭。

【注释】

　　①崔嵬：山高峻貌。

②砉（huā）然：皮骨相剥离之声。

③灵妃：水中仙子。

④神鱼：当指鲛人。传说它会织绸子，眼泪滴下来都能变成珍珠。

⑤冯夷：古代传说中的江河之神。

⑥伍相：指伍子胥，春秋时楚人，后为吴相国。吴破越，越王勾践卧薪尝胆，暗中复国。事为子胥觉察，屡谏吴王夫差。吴王不听，赐剑令子胥自刎。子胥临死嘱咐儿子将自己双眼悬挂于南门之上，以观越国灭吴。吴王大怒，取子胥尸体裹以皮囊，抛入江中（见《史记·伍子胥列传》）。传说从此钱塘江便有了波涛滚滚的大潮，乃伍子胥暴怒所致。

⑦鸱夷：是一种革囊。

⑧"钱王羽箭"二句：相传五代时吴越王钱镠曾筑捍海塘，因怒潮汹涌，版筑不成。镠造箭三千，在垒雪楼命水犀军架强弩五百以射潮，迫使潮头趋向西陵，遂奠基以成塘（事见《十国春秋·武肃王世家》）。

⑨铁笛：多指隐者或道士所用乐器。

⑩鲸鲵：能吞食小鱼之大鱼，古以喻凶恶之人。此指清征服者。

⑪戈船：战船。

⑫蟾蜍：蛙之大者，亦代指月亮。

⑬观潮枚叟：汉枚乘作《七发》，其中写江潮一篇最有名。

⑭论水庄生：庄子有《秋水》篇。

【赏析】

这是一首描写钱塘江大潮之词。

上片写景。起首三句排空而来，落笔心惊。钱塘江之潮，以农历八月十五最为汹涌，浪高千尺，如高山峻岭，巨声砉然。下面连用四个传说，写潮水的起伏变化：当其舒缓时，如江中女神秋波婉转，神鱼挥练，翩翩起舞；当其急骤时，巨响如鼓，潮头白浪如万马奔腾，怒潮那排山倒海之势胜于千军万马呐喊冲锋。"峥嵘甚"二句，又以雪山崩裂、银河倾泻夸张地描写了大潮的雄伟壮观。上片写潮有缓有急，纵横跌宕，使人得窥潮之全貌。写大潮之来动人心魄，千姿百态，令人目不暇接，惊魂不定。有色有声、生动传神。

下片抒情。"孤舟"二句，笔势骤缓，转而写情：潮落之后，只身一人乘舟按笛于月明风清之夜，优游于江海之上，也许还能乘槎而去，遥至天河，问津仙境。词人正驰骋想象，遨游太空，思绪又跌落于现实之中，眼前如鲸鲵般的恶人还未剪除，战船满岸，尚有狼烟，可叹人们已忘记了切肤之痛，开始歌舞升平、寻欢作乐。一方面讽刺南明小朝廷的荒淫误国，同时寄托了自己的故国之思，表现了他对时局的忧患意识和兴亡之感。最后以观潮之枚乘和论水之庄子自喻，剖露心迹。钱塘之潮正如他胸中之潮，时而汹涌澎湃，时而舒缓徐迁，正如他内心出世与入世这不可调和的矛盾，此起彼伏。在新朝与故国交替之时，像他这样的有识之士内心都充满痛苦与焦虑。本词作于他仕清之前，其情可知。结语沉郁婉致，发人深思。

全词描景状物、雄浑壮伟，抒怀感事苍凉沉郁，用典自然贴切，全无斧斫痕迹，纵横捭阖，洒脱不羁。

陈维崧

【作者介绍】

陈维崧（1625—1682），字其年，号迦陵，江南宜兴（今属江苏）人。吴伟业称之为"江左凤凰"。当世名流无不与之酬唱定交。清康熙十八年（1679），召试博学鸿词，由诸生授检讨，与修《明史》。四年后，卒于官。以词冠绝一时，为阳羡派领袖。青壮年适逢明清易代，颠沛流离，词风一变而为悲壮苍凉，似南宋辛弃疾。尝与朱彝尊合刊所作曰《朱陈村词》。有《湖海楼诗文全集》传世。

南 乡 子

邢州①道上作

【原文】

秋色冷并刀②，一派酸风卷怒涛。并马三河③年少客，粗豪，皂栎^④林中醉射雕。　　残酒憶荆高^⑤，燕赵悲歌事未消。忆昨车声寒易水，今朝，慷慨还讨豫让桥^⑥。

【注释】

①邢州：即今河北邢台。

②并刀：古代并州在今山西太原一带，以产锋利的剪刀而闻名。

③三河：汉代的河内、河南、河东三郡称为三河，即今河南洛阳及黄河南北一带。

④栎（lì）：落叶乔木。化用杜甫《北游》"呼鹰皂栎林，逐兽云雪岗"诗意。

⑤荆高：指荆轲和高渐离，都是战国时期的刺客。

⑥豫让桥：在今河北晋阳县东。豫让，春秋末战国初的刺客，本是智伯家臣，后赵襄子灭智伯，豫让一心为智伯复仇，漆身变容，谋刺赵襄子。一日赵出行，豫让伏桥下，赵到桥上时，坐马受惊，豫让为赵所擒，伏剑自杀。事见（《史记·刺客列传》）。

【赏析】

起首二句先描绘了北方并州一带萧瑟的秋日景象，秋风凛冽、寒侵肌骨。以并刀比喻秋色，又着一"冷"字，更使人感到北地的荒寒、冷风的刺骨。"并马"三句，连萧瑟寒冷的背景下，出现了三河少年，驰骋骏马，勇射大雕的豪壮身影，作者情不自禁地喝采"粗豪"！射雕本来就是豪壮之举，少年们饮酒之后，带着醉意，马上射猎，英武之中又透露出潇洒和强劲。

下片由叙述眼前之事而转入对历史的回忆。幽、并本多游侠豪奇之士，作者由南至北，北方与江南迥异的气候风物，使他自然联想到曾经出现在这块土地上的英雄，荆高壮烈，燕赵歌悲。他们的壮举深深地激荡着后人的心弦，使人难消燕赵之悲，难忘易水之寒，加上豫让对知己者献身的壮举，让人千古之下，仍然激动不已。

全词虽未直接抒情，却豪情纵横，对历史人物的评价自寓其中，慷慨激昂，境界雄浑。

顾贞观

【作者介绍】

顾贞观（1637—1714）字华峰，一作华封，号梁汾，江南无锡（今属江苏）人。清康熙五年（1666）顺天府（今北京一带）举人，长于词，集名《弹指词》。

青 玉 案

【原文】

天然一帧荆关①画，谁打稿，斜阳下？历历水残山剩②也。乱鸦千点③，落鸿孤咽，中有渔樵话。　　登临我亦悲秋者，向蔓草平原泪盈把。自古有情终不化。青娥④冢上，东风野火，烧出鸳鸯瓦⑤。

【注释】

①荆关：指后梁时河南荆浩和长安关仝。荆浩善山水，关仝从浩学，有出蓝之誉，后世论画者多以荆关并称。

②水残山剩：化用杜甫"剩水沧江破，残山碣石开"诗意。写兵燹之后江山残破的情景。

③乱鸦千点：化用隋炀帝诗"寒鸦千万点，流水绕孤村"。

④青娥：指妙龄少女。

⑤鸳鸯瓦：化用温庭筠"野土千年怨不平，至今烧作鸳鸯瓦"。

【赏析】

这是一首登临抒怀之作。起首三句先推出自己对眼前之景由衷的赞美。词人以艺术家的眼光审视大自然，深感美景如画，不禁从图画的角度来观照眼前之景：这斜阳下的美丽画面出自何人之手？"画"字冠以荆、关，意为如荆浩、关仝之画，有很高的审美价值，极写山水之美。但历经兵燹破坏的山水，在词人眼中只能是残山剩水。夕阳西下，归鸦千点；落雁寂寂，凄凉哀鸣。在这苍茫孤寂的画面上，隐隐地还有人在活动，打鱼的和砍柴的山村野老，他们闲话家常的身影偶尔出现在画面上，给画面增添了一丝动感，同时以动衬静，使画面更显沉寂，与词人心情相呼应。

下片由景入情，直抒登临之感。一般人登临悲秋，感慨良多，词人亦不例外。登临高处，景物尽收眼底，面对秋山秋水，一时之间，千愁万绪涌上心头。兴亡之感和身世之悲交织在一起的悲秋来得更为深沉，更为悲哀，所以才会"向蔓草平原泪盈把"。这种悲愁具有跨越时空的永恒意义，词人以"青娥冢上，东风野火，烧出鸳鸯瓦"，说明这种愁和恨的"终不化"和无穷无尽。这是残山剩水的沧桑之叹，是江山易主的家国之悲。苍茫的景色与沉重的心灵相激撞、相融合，疏朗厚实，寥廓而凝重，语意显豁而尤有韵致。结句则圆朗耐读，颇有家国兴亡的深慨。

邓廷桢

【作者介绍】

邓廷桢（1776—1846）字维周，号嶰筠，江苏江宁人。清嘉庆六年（1801）进士，改庶吉士，授翰林院编修官。道光十五年（1835），累迁至两广总督。十九年，力助林则徐禁销鸦片，屡挫来犯之英舰，终其任英军不得入虎门，次年为闽浙总督，整饬海防，击退进犯厦门之敌。二十一年与林则徐同被谪戍伊犁。二十三年召还，后授甘肃布政使，擢陕西巡抚，卒于任。精通吏治，廉洁自守，长于诗词及古音韵学，著作颇丰。其词忠诚悱恻，出《骚》入《雅》，有《妙吉祥室诗》。

酷 相 思

寄怀少穆①

【原文】

百五佳期②过也未？但笳吹，催千骑。看珠嶰③盈盈分两地。君住也，缘何意？侬去也，缘何意？　　召缓征和④医并至。眼下病，肩头事。怕愁重加春担不起。侬去也，心应碎！君住也心应碎！

【注释】

①少穆：林则徐的字。

②百五佳期：指约在清明前一二日的寒食节。《荆楚岁时记》载：冬至后一百五日为寒食。

③珠嶰（xiè）：指广州珠江，嶰：即海。

④召缓征和：召来缓、征来和。缓、和是《左传》中所记载的秦国良医。

【赏析】

词人和林则徐都是鸦片战争中禁烟名将。他先任两广总督，直接负责查禁洋船、禁毁鸦片。后清廷将他调任两江总督，其原职由林则徐任之。林是词人的好友，二人志同道合，都是禁烟骁将，但他总因失去了直接痛击帝国主义报效国家的机会而十分遗憾，也对清廷感到不满。这种情绪萦绕于怀，使他平添愁绪。在寄给林则徐的这首词里抒写了这种情怀。

上片抒写调任的惆怅。落笔先发问："百五佳期过也未？"他正在两广整治海防，力败来犯之敌时，朝廷却将他调任两江。尽管接任的是好友林则徐，他仍感到十分气恼惆怅，连寒食节过了没有都搞不清楚。军笳声起，催动千骑，整装待发，但这不是去驰骋疆场，而是向两江调防。自己和接任的林则徐虽然只有一江之隔，可林已站在抗敌的最前线，而自己却暂时失去了与敌对垒的机会。对于希望有所作为报效家国的他来说，这不能不说是极大的遗憾，这遗憾中深含着对国事的忧心和对重任的期望。接着连用两个问句，表现了这种强烈的情绪。他不明白朝廷为什么要这样安排，在友人面前，他毫不隐讳，直爽地说出自己的想法，显示了他和林则徐之间友谊的真诚，相信林则徐能理解他的心情，也不会介意他对此事的不满。

　　下片抒写自己对国事的忧虑。当时朝廷由于惧怕英帝，徘徊于战与和之间，如急病乱投医，举棋不定。"眼下病"三句，意谓朝廷首鼠两端之病，使自己担心；不能承担抵抗英帝的重任，又使自己烦心。这些事给他增添许多愁绪，使他承受不起。政治头脑敏锐的词人清醒地认识到自己离开两广，不能担当国家抗敌重任，心中痛苦，而友人林则徐虽继任两广总督，担当抗敌重任，可朝廷忽战忽和的现状，也会给林则徐增添无尽的痛苦。故结尾他发出令人心碎的呼喊，利用反复和重复的修辞方法，造成强烈的感情效果。两个忧心国事，以天下为己任的挚友，在民族存亡的生死关头，不能亲挡大敌，只能两愁相对，怎不令人痛彻心肺。

　　全词语气直爽，感情真挚，忧国之情，跃然纸上，淋漓酣畅，悲愤激昂，充满了豪壮的阳刚之气。

林则徐

【作者介绍】

　　林则徐（1785—1850），字元抚，一字少穆，晚号竢（sì）村老人，福建侯官（今福州市）人。嘉庆十六年（1811）进士，历任监察御史、道元、按察使、布政使，巡抚和总督。道光十九年（1839）被任命为钦差大臣，到广东查禁鸦片，向英侵略者进行了坚决的斗争，是近代史高举反帝旗帜第一人。由于投降派的陷害和清政府的卖国政策而被革职，遣戍伊犁。1845年遇赦东归，先后被任用为陕西巡抚和云贵总督，病卒。谥文忠。曾参加过"宣南诗社"的活动。

高 阳 台

和嶰筠①前辈韵

【原文】

　　玉粟②收余，金丝③种后，蕃航④别有蛮烟⑤。双管横陈，何人对拥无眠。不知呼吸成滋味，爱挑灯、夜永如年。最堪怜，是一泥丸，捐万缗钱⑥。　　春雷欻⑦破零丁穴⑧，笑蜃楼⑨气尽，无复灰然。沙角⑩台高，乱帆收向天边。浮槎漫许陪霓节⑪，看澄波、似镜长圆。更应传，绝岛重阳，取次回舷⑫。

【注释】

①嶰（xiè）筠：邓廷桢，号嶰筠。

②玉粟：作者自注，"罂粟，一名苍玉粟"，为制鸦片的原料。

③金丝：作者自注："吕宋烟草曰金丝醺"。

④蕃航：英国船。

⑤蛮烟：英国贩卖的鸦片。

⑥万缗钱：即万贯钱，极言其多。缗（mín），量词，用于成串的铜钱，每串一千文。

⑦欻（xū）：忽然。

⑧零丁穴：即零丁洋。

⑨蜃（shèn）楼：《史记》："海旁蜃气象楼台，广野气成宫阙"。

⑩沙角：广东东莞县虎门海口外一山名。

⑪霓节：古代使臣所持符节，用以表示信用。

⑫取次回舷：依次返航。舷代船。

【赏析】

本词写禁烟运动。上片痛陈英帝贩卖鸦片给中国人造成的危害。英国人在印度种植罂粟，制造鸦片，运到中国，中国人染上毒瘾，摆起了烟枪、烟灯，沉溺到鸦片中，不分白天黑夜地吸了起来。令人可叹的是，人们不惜重金，为了一个泥丸似的烟头，就舍弃了万贯的银钱。短短的几句话，概括了英帝国主义处心积虑地用鸦片毒害我国人民，造成国民羸弱、国力空虚的严重危害，语极沉痛。

下片写禁烟战后，海面风平浪静。禁烟的诏令如一声春雷，打破了零丁洋的沉寂，可笑那些海上来客发财的美梦如海市蜃楼，顿时烟消云散。他们气数已尽，不可能死灰复燃。现在人们高兴地看到那沙头角炮台高耸，运鸦片的敌舰向天边逃去。用一"笑"

字，表现了作者谈笑破敌的豪壮风采和蔑视敌寇、大义凛然的英雄气概。雄健苍劲、豪气干云。同时又用"收向天边"写出英舰仓皇溃逃的狼狈情景。最后即事抒怀，慷慨陈词，他认为，只要保住海防，就可以使我国沿海保持一片"似镜长圆"的澄波，不必派使臣远渡重洋去和英帝谈判，并告诫人们不可掉以轻心，要严阵以待来犯之敌。表现了他的雄才大略。

林则徐是中国高举反帝旗帜的第一人，他痛感鸦片流毒中华，造成民穷兵弱银涸的严重后果。奉旨禁毒之后，成绩卓著。本词表现了禁烟取得胜利之后，他对这一爱国壮举所充满的自豪和欢欣鼓舞。

龚自珍

【作者介绍】

龚自珍（1792—1841），一名巩祚，字璱人，号定庵。浙江杭州人。道光九年（1829）进士，官至礼部主事。十年后，辞官南归，病逝于丹阳（今属江苏）云阳书院。力主实行政治、经济改革，热切要求维护国家主权，抵抗诸资本主义国家之经济、军事侵略。支持林则徐禁烟。博学有才，长于诗、文，词绵丽飞扬。有《龚自珍全集》，词有《定盦集》。

减字木兰花

偶检丛纸中，得花瓣一包，纸背细书辛幼安"更能消几番风雨"一阕①，乃是京师悯忠寺海棠花，戊辰②暮春所戏为也，泫然③得句

【原文】

人天无据，被侬留得香魂住。如梦如烟，枝上花开又十年！　　十年千里，风痕雨点斓斑里。莫怪怜他，身世依然是落花。

【注释】

①"更能消几番风雨"一阕：指辛弃疾的《摸鱼儿》词。

②戊辰：指嘉庆十三年（1808）。这年作者十七岁，随父在京居住。

③泫然：流泪貌。

【赏析】

这是一首借落花而抒发身世之感的小词。词人偶然见到十年前收藏的一包海棠花瓣，包花纸上抄录的是辛弃疾的《摸鱼儿》词，深有感触，写作了本词，他与辛弃疾一样借惜春来表达无法建功立业的哀怨。

破空第一句，就以极强的感情色彩，抒写自己的一腔怨愤，感慨人生无常，时光飞逝。人生和天意本来就是捉摸不定的，这些花瓣也是偶然被我留住，才免遭"零落成泥碾作尘"的命运。往事已经如梦如烟，花开花谢，又经十年，自己的青春也像花开花谢一样渐渐逝去，年已二十六岁，却未能功成名就，心中十分惆怅。

下片紧承上片结句"十年"，从时间和空间上写自己与花的距离，时间过了十年，现在又在远离京师千里之外的悯忠寺，见到了，它海棠花该经受了多少风吹雨打，自己也一如那花瓣，屡屡飘零转徙。多么相似的命运，这采下来的花瓣，现在虽然还散发着清香，但他们是飘落的残花，不为人赏，那飘落于地的花瓣，更无人怜，这不正是自己命运的写照吗？自己为求功名来回奔波，受尽折磨，虽有雄才大略，但难以施展抱负（写作此词时还未中进士），有谁来赏识自己呢？花儿零落凋残，使他十分同情，自己与花儿可以说是同病相怜。赏花、惜花、怜花，正是自赏、自惜、自怜。在惆怅失意之中，流露出万般无奈的忧伤情绪，是人生的悲哀，也是时代的悲哀。

全词透过客观物象，寄托了自己的身世之感，触物生情，移情于物，咏物与抒情相结合，既绵丽婉约，又奇肆豪放，颇具神韵，见出作者笔法之妙，境界之新，词义深远，耐人寻味。

文廷式

【作者介绍】

文廷式（1856—1904）字道希，号云阁，又号纯常子，江西萍乡人。清光绪十六年（1890）进士，殿试一甲第二名，授翰林院编修，擢侍读学士，兼日讲起居注官。支持光绪帝，反对慈禧太后干政。二十年（1894）中日甲午之役，主战甚力，在京与康有为等发起强学会，广集维新人士，思变法图强。李鸿章乃授意言官劾其交通内监，被革职永不叙用。廷式博学强识，词作超拔，雅近苏、辛。有《云起轩词钞》。

浣 溪 沙

旅 情

【原文】

畏路风波不自难，绳床①聊借一宵安，鸡鸣风雨②曙光寒。　　秋草黄迷前人渡，夕阳红入隔江山。人生何事马蹄间③？

【注释】

①绳床：胡床，此指旅舍简陋的小床。

②鸡鸣风雨：以鸡鸣风雨喻险恶处境。

③人生何事马蹄间：作者自注云："用山巨源语"。山巨源对曹爽（曹操族孙）谋夺司马懿权之前已有所察觉，夜间惊起，劝友人不要继续在外旅行（"无事马蹄间也"）。

【赏析】

文廷式因屡次上书言事，弹劾李鸿章等人，招致慈禧太后的憎恶，李鸿章又欲加害于他，但他在风波险恶的政治畏途上不惧艰险，声称只要有一张小小的绳床，歇歇脚，他便可以安然入睡，一觉睡到天亮，任凭夜间风雨凄凄。鸡叫天亮，光明就会降临。政治局势之险恶可怕，文廷式并不以为难，表现出可敬的勇气，充满乐观、自信的精神。

下片写乞假归乡的愉快心情。"秋草"二句，以景衬情。眼前是宁静的秋草夕阳，回首来路，渐行渐远，他已把政治风波远远地抛在了身后，而夕阳映红了隔江之山，瞻望前景，家乡渐近，喜悦欣慰溢于心头。文廷式既不见容于慈禧和李鸿章，为避李鸿章迫害，便乞假南还，远离虎口，在归途中他不仅释去重负，如羁鸟归林，而且还悟出了"人生何事马蹄间"的道理。人生路上虽有风波、风雨鸡鸣，但他不畏艰难，保持了乐观平和的心态，走出人生的困境，在大自然中，找到坦途，找到安慰。风格旷达、超迈、襟怀开阔，气度不凡。

谭嗣同

【作者介绍】

谭嗣同（1865—1898），字复生，号壮飞，湖南浏阳人。1894年甲午之战后，在浏阳倡立学社，从事改良活动。1896年以父命入资为候补知府。1897年协助湖南巡抚陈宝箴及黄遵宪在湖南推行新政，倡立"南学会"，办"湘报"。1898年8月入京见光绪帝，被任命为军机处章京，参与新政。变法失败，被捕就义，为"戊戌六君子"之一。有《谭嗣同全集》。

望 海 潮

自题小影

【原文】

曾经沧海，又来沙漠，四千里外关河。骨相①空谈，肠轮自转，回头十八年过。春梦醒来么？对春帆细雨，独自吟哦。惟有瓶花，数枝相伴不须多。　　寒江才脱渔蓑。剩风尘面貌，自看如何？鉴不因人，形还问影，岂缘醉后颜酡②？拔剑欲高歌。有几根侠骨，禁得揉搓？忽说此人是我，睁眼细瞧科[3]。

【注释】

①骨相：人的体格状貌，古人常以此估测一个人的前程后事。

②颜酡（tuó）：饮酒脸红。周履靖《拂霓裳·和晏同叔》词："金尊频劝饮，俄顷已酡颜。"

③科：古典戏剧中表示动作的用词。

【赏析】

谭嗣同的这首自题小影，意在借小影以抒豪情壮志和忧患牢落之情，是他仅见的惟一词作。写作本词时词人年仅十八岁，正在甘肃兰州一带。

上片"曾经"三句，先写自己年来踪迹，他小时居京师，十三岁随其父外放甘肃，十五岁回湖南浏阳拜师读书，再返西北，天南海北，道路遥远，故颇多感慨。"骨相空谈"三句，谓己少有壮志，从骨相看，必成大业，但岁月匆匆已历十八春秋，却一事无成，只有肠轮自转，暗自感叹。"春梦"三句转入小影，自己曾对春帆细雨，做过美丽的人生之梦，回首十八年春秋，无所作为，他只有对自己大喝一声"春梦醒来"。面对小影前的几枝瓶花，他想到国事日非，外侮迭至，真是百感交集，郁塞难抑。

下片从写小影转而写自身。从湖南水乡来到西北高原，对镜自照，风尘满面，镜中人与影中人对比，镜不随人意，那醉后的红颜，实为风尘所致。还想慷慨高歌，但对现实的失望，使他发出"有几根侠骨，禁得揉搓"的慨叹，再看镜中之人那风尘挂面的模样，他几乎不能相信那就是自己。

全篇借题小影而抒壮志消磨，事业难成的感慨，表现了词人从青少年时期就有怀抱的雄心壮志，和壮志难酬的抑塞之感，慷慨激昂，颇见风骨，正如词人自己所评："尚觉微有骨气"。

秋 瑾

【作者介绍】

秋瑾（1877—1907），字璿（xuán）卿，号竞雄，又号鉴湖女侠，浙江山阴（今绍兴）人，嫁湘潭富绅子王某。为寻救国真理，1904 东渡日本留学，次年加入"光复会"和"同盟会"，年底回国。1907 初在上海创办《中国女报》，提倡女权，积极参加革命活动。后返绍兴，主持大通学堂，联络金华、兰溪等地会党，组织光复军、与徐锡麟谋划皖浙两省起义。事泄被捕，英勇不屈，就义于绍兴轩亭口。工诗词，多感怀家国，激昂慷慨，格调雄壮，充满了为国牺牲的积极战斗精神和浪漫主义豪情。有《秋瑾集》。

鹧 鸪 天

【原文】

祖国沉沦感不禁，闲来海外①觅知音。金瓯②已缺总须补，为国牺牲敢惜身？　　嗟险阻，叹飘零，关山万里作雄行。休言女子非英物，夜夜龙泉③壁上鸣！

【注释】

①海外：指日本。1904 年秋瑾东渡日本寻求真理。本篇即作于东渡后不久。

②金瓯：本为盛酒器皿。《南史·朱异传》"我国家犹若金瓯，无一伤缺。"此处以金瓯借喻国土。

③龙泉：宝剑名。晋王嘉《拾遗记》中有颛顼帝之剑常于匣中作龙虎吟之说。

【赏析】

本词旨在表现秋瑾为国献身的豪情。上片表明渡日留学的目的就是为了补金瓯。开篇以"祖国沉沦感不禁"抒发自己因祖国沦为帝国主义列强的殖民地而无法忍受的悲愤心情，因此才到"海外觅知音"，实为寻求救国之真理，两句互为因果。三、四句，古人以金瓯完好比喻国土的完整，作者深感必须救国，使祖国重归统一。为此目的，她以反诘的语气表明自己为国献身的坚定意志和大无畏精神。

下片明示自己虽为女子但不畏险阻、寻求救国之路的豪情壮志。"嗟险阻，叹飘零"，两个短句低缓哀婉，是她在征途上遭遇艰难险阻后感伤之情的自然流露，表现了她作为女子心中柔弱的一面，但词人是一热血女子，是女中豪杰，她已把自己的一生献给救国事业，所以"关山"句重新振起，她把艰苦的斗争生涯比做关山万里之行，一个"雄"字，突出了她的凌云壮志和斗争热情。最后以"休言女子非英物，夜夜龙泉壁上鸣"作结，以高昂的斗志向世俗社会对女子的陈腐观念提出挑战，再次抒发了时刻准备用鲜血实践"为国牺牲敢惜身"的英雄誓言。

全篇简短有力，充满了强烈的爱国主义精神和为国献身的满腔热忱。气势雄放，风格豪爽，是她这一时期的代表作之一。

满 江 红

【原文】

小住京华①，早又是、中秋佳节。为篱下，黄花开遍，秋容如拭。四面歌残终破楚，八年风味②徒思浙。苦将侬、强派作蛾眉，殊未屑。　　身不得，男儿列。心却比，男儿烈。算平生肝胆，因人常热。俗子胸襟谁识我？英雄末路当磨折。莽红尘、何处觅知音？青衫湿。

【注释】

①小住京华：光绪二十九年（1903），秋瑾之夫王廷钧捐官户部主事，秋亦随之自湘潭迁居北京。

②"八年风味"句：秋瑾于二十岁出嫁，到迁居京师恰为八年，二人婚后感情不睦，秋瑾十分思念家乡。

【赏析】

上片即景抒情，感叹身世。作者随夫至京，自春及秋，时至八月十五，虽然生活条件优越，但她殊多感慨，从"早又是"三字中就透露出一股不平之气。篱下菊花使秋天显得单调而萧条，正如作者的心情，她郁闷而忧思重重，眼前之景正是她心境的折射。"四面歌残"以下，从三个方面抒发她的忧思，首先是对由清廷腐败而招致帝国主义列强瓜分中国的现实十分痛苦。其次，家庭与丈夫的不睦使她思念娘家。再次，"丰貌英美"的作者对自己生为女子深为不平。在封建社会里，女子只能是男性的附属品，作者以"苦将侬，强派作蛾眉"表现了她对这种命运的抗争和向世俗观念的挑战。

下片，他坦率地表述她的追求，字字金石，掷地有声，虽然身为女子，不得入男儿之列，但心高志壮，比男儿还要刚烈。"算平生"二句，分析自己的性格，她是一个满腔热血的女中豪杰，一般庸俗的世人怎么能理解她呢？当然作为女子，她有忧虑，笔锋一转，词义转向低沉。"英雄末路"三句，作者深感自古英雄豪杰大多末路艰难，结局悲惨，她却怀抱着为国献身的决心要走上救国之路。但茫茫红尘之中，谁是她的知音呢？想到这里，她伤感了，眼泪湿透青衫。

全词以景衬情，情景相融，波澜起伏，跌宕有致，曲折地透露了一个封建时代女性因环境压抑而遭到的苦痛和想要走上救国之路的内心矛盾。痛苦、忧伤的情绪和爱国女子的慷慨激昂交织在一起，表现了她在彷徨中的思考和探索。